U0533920

Into
the
Desert

A
Novel
by
Xue mo

沙漠的女儿

雪漠

著

人民文学出版社

图书在版编目（CIP）数据

沙漠的女儿 / 雪漠著. -- 北京：人民文学出版社，2024. -- ISBN 978-7-02-018750-8

Ⅰ.I247.5

中国国家版本馆 CIP 数据核字第 2024HZ7350 号

责任编辑　陈彦瑾
装帧设计　刘　远
责任印制　张　娜

出版发行　人民文学出版社
社　　址　北京市朝内大街166号
邮政编码　100705

印　　刷　三河市宏盛印务有限公司
经　　销　全国新华书店等

字　　数　238千字
开　　本　880毫米×1230毫米　1/32
印　　张　11.625　插页3
印　　数　1—10000
版　　次　2024年8月北京第1版
印　　次　2024年8月第1次印刷

书　　号　978-7-02-018750-8
定　　价　58.00元

如有印装质量问题，请与本社图书销售中心调换。电话：010-65233595

目 录

引 ……………………………………………………… 001

沙漠的女儿 ……………………………………………… 001

跋 ……………………………………………………… 348

在一次颁奖典礼上的获奖感言 ………………………… 350

附录：雪漠作品海外评论摘编 ………………………… 352

引

在我的生命里，一直有一种意象：大漠和豺狗子。

那意象中，有两个鲜活的图腾，那便是被豺狗子追逐的两个女子。她们用尽所有的生命气力，逃出了豺狗子的围追堵截，到达生命的彼岸。

二十多年了，这两个女子，一直在我的生命中鲜活着，我总能看到她们的微笑，她们是我生命诗意的源泉。每次遇到命运中的豺狗子时，我总是会想到她们。

二十多年前，当我还是一名年轻无畏、想要用文字改变世界的青年时，我第一次踏入了人生的沙漠，它无比寂寞，无比焦渴，却又涌动着无穷的力。那儿，广阔无垠，有烈日，有狂风，总让人叹为观止。

从那时起，我的命运中，总是会遇到一群群"豺狗子"。他们张牙舞爪，围成一个圈，盯着我，我是他们唯一的猎物。因为有了他们，我总能深切地感到生命的紧迫，但也明白我存在的意义。

这豺狗子，便是庸碌。

起初，我拼命跟他们搏杀，他们是他人，也是我自己。每到这时，那两个沙漠中的女子，就会成为我生命的图腾。她们是我内心深处的精神象征。每当我在黑暗中迷失，每当我在纠结中痛苦，我便想起那两个女子。每当陷入困难或绝望，她们就会提醒我：即使在最艰难的时候，也要保持坚强和勇气。

所以，在无数个生命的时段，我总能将手中的笔，化为石块和火枪，赶走那豺狗子。我并没有战胜他们，他们也有自己的生态，但我学会了与他们共存，学会了如何在生命的荒漠中，守住希望和梦想。

《大漠祭》出版二十多年后，远行多年的我，又回到了那片沙漠。时光已改变了很多，景已殊，人已老，但那群豺狗子仍在，他们仍那样猥琐屑小，却俨然又似沙漠主宰。他们的叫声嚣天，仍凶悍无比。我站在沙丘上，心中充满感慨。

我终于明白，这沙漠，这豺狗子，那片焦渴的大漠，那圣洁的女子，已成为我生命抹不去的底色。

二十年过去了，我的笔仍在飞舞，我的心仍有激情。爱与智慧，仍是我生命的动力。我不知道未来会带给我什么，但我知道，无论何时何地，只要有豺狗子存在，那两个女子，将永远是生命的图腾，会带给我无穷的惊喜。我知道，无论前方有多困难，我都不会孤独。后来，在我的生命里，她们已化为无数的读者……还有梦想与爱，共同构建我的生命叙事。

如今，我站在时光的高处，回顾过去，那诸多元素，交织成复杂图案，丰富了我的人生。那群豺狗子虽在，但我不再恐惧，也不再逃避。我站在他们面前，心中充满感慨和敬意。他们不再是威胁和挑战,而化为我的战胜自我之路。我没再用石块或呵斥,而是将我们的相遇,写成了一部小说,在小说《爱不落下》中,亦有他们的影迹。

对面无尽的沧桑,我重启生命的诗意,我挥挥手,不带走一片云彩。我将继续前行。我的眼已大明,我会审视过去,我会体验当下,我会探索未知。我学会了与野兽共舞,因为我参透了只有一线之隔的生死。

女人和豺狗子,宛如梦境般的舞者,她们跟梦想一起,庄严了我的沃土,共同构成了美丽的风景。她们与沙漠融为一体,化为一首永恒的诗,诉说着生命,挥洒着自由,解说无限的可能,能让我更深地理解生命的复杂和美丽。

下面,我将带读者,开启大漠的全新之旅。

其中的风景,来自《大漠祭》,来自《白虎关》,汇合为另一首全新的曲子。

1

瞧，在那本叫《白虎关》的小说中，出现了两个女子。

太阳还没出来，莹儿和兰兰就出了村庄，去往沙漠腹地。

那儿有个叫盐池的地方。据说，盐池有好些盐；据说，盐池的盐，你可以随便驮，能驮多少，就驮多少；据说，驮盐不要钱，给看盐的几个兔子就行；据说，一碗盐能换一碗麦子，攒下足够的麦子，就能去换钱……这一个个据说，汇成了莹儿的希望。于是，兰兰打算陪莹儿去盐池驮盐，赚回赎身钱。

兰兰和莹儿互为姑嫂。兰兰要是离婚，莹儿的哥哥就会打光棍。莹儿想用钱，买来自由。兰兰想帮她。

姑嫂俩又想过好些法儿，都需要本钱。兰兰就说，一勺子舀一疙瘩金子的事，也别想了。……要不，我们到盐池去驮盐？乡里人贪便宜，都吃那盐呢，一碗盐换一碗麦子。天长了，日久了，馍馍渣就能攒个锅盔。莹儿就说，成哩。

姑嫂俩的"家"，就驮在驼背上。因为来时要驮盐，"家"很简单：不过是灶具、被窝、水和吃食而已。为了一次多驮些，莹儿吆自家的驼，兰兰也借了峰驼。

很小的时候，兰兰就跟了爹去盐池。记得，她陷入驼峰后，沙山就忽而俯了，忽而仰了，随了驼峰，梦一样恍惚着。恍惚一阵，兰兰就真的入梦了。有时，枯黄色的梦里，也会响起三弦子的声音。那声音很苍凉，仿佛沉淀了太多的苦难和血泪，总能引起心的痛楚。它承载着痛苦，盛满了血泪，孕育着希望，向往着未来。那未来，虽隐入黄沙间隐隐升腾的雾气中，海市蜃楼般缥缈，但那向往本身，却总能感动兰兰。

步行一阵后，姑嫂俩骑上骆驼。驼行沙上的感觉缓慢而厚重，沙坡的波动更明显了。驼毛暖融融的，很像母亲的怀抱。巨大的安全感在心里泅渗开来。

莹儿想，人一生下，就被抛入了陌生和孤独。谁都需要一份安全感。骆驼真好。它甚至比妈好，比婆婆好，比生活里的人都好。在这个不安全的世界里，它给了自己一份安全感。

2

莹儿老喂骆驼，跟骆驼有了感情。骆驼很乖，每次喂它，它总要亲莹儿的手。它的眼神很清澈，盛满了理解，也盛满了慈祥。它望莹儿时，目光总是显得那么忧郁。莹儿明白，它真的读懂了自己。在有时的恍惚里，她也会将骆驼当成她的恋人灵官。她就跟它对望。那深如大海的眸子，仿佛要将自己吸入。莹儿真想融入其中。

骆驼好。沙漠也好。沙漠很大，那起伏远去的黄色的波纹，仿佛轻柔的风，总在抚慰灵魂。自跟那个冤家闹混之后，莹儿常想到灵魂。她明白，当一个人想到灵魂时，痛苦就开始惦记他了。记得当姑娘时，她混混沌沌。虽有梦想，但很恍惚，那时她不懂灵魂是啥，灵魂也自个儿安睡着。她当然想不到，日后有一天，灵魂会醒来，搅得她六神无主。

沙岭扭动着游向未知，也如梦魇般的漫漫长夜。驼铃被漠风扯成了绸丝，一缕缕远去了。近的是驼掌声，沙沙沙响着，梦一样虚蒙。兰兰时不时斥一声，因为驼总是抢头甩耳，想挣脱羁绊。但主人鞣成的榆木圈很厉害，它穿入鼻圈，拴着缰绳。猛一拽，疼就直溜溜钻入驼脑，拽出浊泪来。

不过，谁也没有想到，那群龇着獠牙的豺狗子，会躲在命运的陌生角落里，正阴阴地瞅她们。

此时的莹儿，只是一个相思的女子，她还想用劳力换来自由，天长地久地等下去。

瞧，沙漠深不见底，那儿，似乎也藏着莹儿的故事。在漠风轻柔的吹拂下，莹儿渐渐陷入了回忆：她想到了一个叫灵官的男子，想到了他们之间发生的诗意故事，想到他远行后自己的孤独，也想到了命运的驼道，还有驼道上的许多故事……

3

所谓驼道，其实是一块块绿洲间的那条线，它可以划在车马走的路上，也可以划在没有人烟的沙漠里。沙漠里的驼道多是阴洼。风将浮沙卷进阳洼。阴洼里的沙子，不定沉积多少年了，踩上去就瓷实些。见阴洼宽了些，兰兰扯了骆驼，跟莹儿并排了走。她的鼻尖上有了汗，眼角里显出了隐隐的皱纹。记得以前，兰兰是很耐看的，粗看时不漂亮，越看越好看。妈答应换亲，就是觉得两家的女儿差不多，谁也不吃亏。现在，兰兰丑了，皱纹爬上眼角了。莹儿想，自己想来也一样。一丝伤感游上心来。她想，还没好好活哩，就开始老了。

兰兰用围巾擦擦汗，眯了眼，望望远处，轻声说："你不用担心。愚公还能移山呢。只要有两把手，钱总会挣够的。"莹儿不说话，也眯了眼望远处。

兰兰扬扬头说，瞧见没，那跟天连在一起的沙山？一过那沙山，就算过了头道沟。再过几道沟，就能看见盐池的。莹儿明白，兰兰轻松说出的"沟"，走来，却跟到天边一样地遥远。以前，她虽进沙窝打过沙米，但那只能算在沙窝边上旋，连一道沟都没过呢。一想要去远到天外的陌生所在，莹儿真有些怕呢。

兰兰看出了莹儿的心思，便拍了拍挂在驼背上的火枪和藏刀，说："你怕啥，有枪哩。我带了几葫芦火药呢，还有几斤铁砂，还有百十颗钢珠子。遇上狼了，就喂它几颗钢珠子。钢珠子要是用完了，还有藏刀。"

一听有狼，莹儿心慌了。她连狗都怕，何况狼。却又想，怕啥？与其这样受煎熬，还不如喂狼呢。看透了，真没个啥怕的。想当初，没遇到灵官前，生活虽也单调，可她觉不出单调；虽也寂寞，她也觉不出寂寞。她一生下，就在这个巨大的单调和寂寞里泡着，混混沌沌，不也活到了二十多岁吗？可自打遇了那冤家，单调和寂寞就长了牙齿，总在咬她。她想，要是真遇了狼也好，早死早脱孽。

又想，憨头死前的平静里，是不是也有这个原因？

这一想，她的心就抽痛了。

憨头是她的老公，害了肝癌，很年轻，就死了。在小说《大漠祭》里，详细描写了他的故事。他很爱莹儿，但因为身体有病，两人并没有孩子。莹儿不爱憨头，她爱的，是憨头的弟弟灵官。憨头活着时，她没在他身上用过啥心思，自从跟灵官有了故事，她的心里就装满了灵官。对女人来说，爱和不爱，差得很远。她想，要是那时，多关心一下憨头，让他开心一些，或是早些逼他去看医生，他的命运会不会不一样呢？

想到这，莹儿的眼眶湿了。她很感谢憨头。憨头活着时，用一般男人做不到的隐忍，成全了她的爱情，但自己却从来没真正顾过他的心情。她无奈地叹了口气。

想着想着，莹儿流泪了。

她是在读了憨头留下的日记后，才知道憨头这么爱她的。憨头的爱很隐忍，几乎没有任何痕迹。但看过日记，想起那点点滴滴，她终于发现憨头的爱有多深。

她知道，要是憨头还在，她定然不用走进沙窝的。憨头会为她挡住母亲，挡住好赌博的哥，挡住那可恶的想叫她改嫁的媒人徐麻子，挡住那个用钱买她的赵三。他会用一个男人的双臂，守护她的自由和爱情，让她继续活在花儿的世界里，做她的花儿仙子。而过去，她却觉不出他的好。现在，她为了守护最后一点尊严,冒着危险走进沙窝,才终于读懂那个总是站在角落里,跟她一样静悄悄的男人。他像大山那样默默无语,也像大山那样在静默中蕴藏着大力。

但读懂的同时,她的心里也多了一种痛,毕竟,这么好的男人死了。

在莹儿所有的疼痛中,有一段回忆是最钻心的。她知道,那冤家灵官也一样。她还知道,那冤家也许就是为了这,才在回忆的折磨中离开沙湾的。

4

那天,灵官从医院回家,带回了憨头住医院的消息,也来向村里人借医药费。

记得,那是女人们最忙的时候,要薅草,也要拔燕麦,每天都顶个日头流一身臭汗。在村里人眼里,这些活,都天经地义是女人干的,男人们反倒成了无事的闲人,不少人都在打白铁聊天,也有一些女人会软硬兼施,把男人弄到地里拔燕麦,于是,这男人便成了别家女人攀比的对象。而被攀比者,则总是耸耸鼻头,表示不屑提及那个塌头。但每在这时,憨头总会到地里帮忙,从来不用莹儿多说。而莹儿,也总是那个被羡慕的对象。毕竟她的男人老实,对她又好,人木讷是木讷了些,但好在不会找野女人。

记得，灵官一说哥哥憨头的病情，妈的脸色马上就变了，却不敢问一句话。灵官笑了，说没事，星期六动手术。

爹问，咋又拖到星期六呢？灵官说，传染病都在星期六动……这就不错了，总算给你排上了。

爹问，交了几回钱？灵官答，两回，一回五百，昨天又催，还没交。

妈吐了吐舌头，说，手术还没动，就花了这么多。等一动，又得花多少钱呢？灵官说，主要就是手术前花，光B超就做了三次，一次三四十。有啥法？真正该花的，倒不多。爹说，反正是冤枉钱，花吧，不花也由不得你。谁叫你害病呢？

莹儿不语。灵官安慰说，没事，动了，就好了。

莹儿还是不说话，望他一眼，低了头，几滴泪落在手背上。

灵官说，真没啥，小手术。说完掏出一瓶油，给了莹儿，说，这是他带给你的。

莹儿接了，说，多少钱？灵官说，十几块呢。

莹儿哟一声，说，这么贵，我不信他舍得给我买这么贵的东西。

灵官说，真是他买的，他说这些年，可真委屈了你。他说他还不知道城里姑娘都用这个。莹儿痴了一下，眼圈红了。半响，用袖子抹一把泪，说，你今儿个去不？灵官说，去呀。莹儿说，我也去，好好赖赖也夫妻了一场。

灵官说，没法住的。莹儿说，不就一夜吗，不睡还不成？总有坐的地方。

灵官说，我不管，你问妈。妈叫去，你就去。

007

妈说，我也想去呢。才几天，觉得过了几年。

莹儿说，同意了？妈说，我有啥不同意的？我早想去了，可一直舍不得花钱。灵官说，能花多少？车费，才几块。再吃上一顿饭，也不过几块。莹儿说，我不吃饭，带上馍馍。

妈扯扯灵官袖子，示意他出去。出去后，她悄声说，你要有点眼色。该叫他们两口子蹲的时候，你避着点。灵官说，病房里十几个人，我避了，人家又不避。妈瞪他一眼，说，人家想喧个啥，还是叫人家喧喧。你又不是榆木脑袋松木节。灵官忙笑道，知道，知道。莹儿在屋里听了，不由得一笑。她那时还不知道，生活的车轮要向她碾来了。

吃过午饭，莹儿收拾了一下，给憨头带了几件换洗衣服，摊了几张憨头爱吃的煎饼，就跟灵官一起出门了。临出门时，妈说不去了，还是舍不得花钱。

村子和公路之间隔着大沙河和一个沙洼，一进沙洼，莹儿便回过头，似笑非笑地望灵官，灵官也望莹儿。莹儿也望着他，脸渐渐红了。忽而，她咬咬嘴唇，眼里涌出泪来。灵官慌了，说，瞧你，我又没惹你，哭啥哩？莹儿垂下眼帘，用手去抹泪，哪知越抹越多，满脸水晃晃的。灵官手足无措，四下里看了看，幸好，不见一个人影。

莹儿的抽泣声渐大，竟成呜咽了。灵官跺跺脚，拉她一把，示意她快走，她却趁势扑进他怀里。灵官推她几下，推不开，已被她吻得满脸泪水。

灵官说，天，你也不看个地方，叫人看见……

莹儿抽泣着说，看见就看见，大不了一死。

灵官吻吻她，轻声说，行了，行了。然后使劲推莹儿。莹儿才松了手，抹去泪，痴了似的望他，许久。灵官眼里一阵温柔，四下里望望，见无人，就捧了莹儿的脸，使劲吻。然后，两人去了沙岭后面的无人处，滚在沙洼里，好一会儿，才分开。

灵官狠狠撕几下头发，说，我真不是人！莹儿马上明白他指的是什么，脸倏地白了，整理衣服的手凝在空中。

灵官又说，我真不是人！然后用拳头一下下砸额头。莹儿坐在沙丘上，呆了半晌，才说，是我不好，不怪你。有报应我一个人受。不怪你。灵官又砸几下额头，说，明知道不该，可没法子……我也没法子……走吧。

进了病房，见到憨头之前，两人谁也没再说话。

一见憨头，莹儿就自责了，憨头瘦了许多，真正是骨架上包了层皮，而且黄得骇人。憨头的脸上斑点多，太多的斑点，掩盖了那黄，莹儿一阵阵心痛，对自己的谴责也越加厉害。憨头却看不出异常，脸上一脸灿烂。媳妇能在这时到他身边，他当然很高兴。甚至一反常态地没半点掩饰，张口笑着，虽说没有声音，但谁都能看出他的幸福和喜悦。这一来，他的颧骨显得更高了，眼窝也更深。

莹儿很意外，觉得瘦了的憨头更丑了，甚至觉得对方异常陌生，仿佛根本不是跟自己同床共枕的那个人。但很快，善良的天性使她产生了异乎寻常的柔情，又想起刚才跟灵官干的事，眼泪一下涌了出来。

憨头被莹儿的泪感动得不知所措，他搓搓手，求助似的望灵官。灵官垂着眼睑，大概也在谴责自己。憨头急了，说，你看，

009

你看这……也没个好吃的。灵官说，我去买果子。就出去了。

同室的病人问憨头，这是你啥人？憨头嘿嘿笑道，媳妇。

那人说，哟，这么漂亮的媳妇。憨头又嘿嘿笑道，就是，谁都这么说呢，都说一朵鲜花插到牛粪上了。莹儿嗔道，谁又说咪？憨头笑了……

憨头的笑脸渐渐模糊了，清晰的是眼前的沙丘。

风一阵阵吹来，兰兰呵斥骆驼的声音又近了。

莹儿抹把泪，悄声说了句"对不起"，那声音却被卷进了风里。

5

在那次沙漠之行里，莹儿心里常晃的，便是憨头的脸。她想到了那个跟她虽有夫妻之名，却无夫妻之实的男人。他像骆驼一样沉默，也像骆驼一样善良。

夜里，两个女人进了一道沟。这所谓的沟，是沙漠里以前流过水的地方，只要有大雨，这沟里，还会流来上游的水。

沟里多草，也叫麻岗。麻岗里有水草。驼们吃上一夜，草汁也够次日的消耗了。兰兰发现，麻岗的绿色比以前少多了。听说，祁连山的雪水是个相对的常数，它虽因气候变化而稍有增减，但平均值相对稳定。那点儿雨雪，能养活的绿洲，也是相对的定数。上游的绿多了，下游的绿就少。千百年间的所有开发，仅仅是绿洲搬家。现在，上游开了好多荒地，麻岗里的绿就少了。

姑嫂俩卸了驮子，支了帐篷。那所谓帐篷，是几块布缝成的，能多少遮些风，但不能挡雨。好在沙漠里轻易见不到雨，谁也不会将防雨的事放在心上。兰兰将几根木棒相搭了，将布甩了上去，四面压进沙里，中间铺了褥子。莹儿则将骆驼拴在草密处。按说，应盘了缰绳，由骆驼随性子吃去，但她怕骆驼跑得太远，会耽搁次日的行程，就想，叫它们吃一阵，再勤些换地方。出了门，啥事都小心些好。

姑嫂俩捡些干柴，燃了火，就着火喝了点水。莹儿有些乏，说随便嚼几嘴馍馍算了。可兰兰说，不行，出了门，吃的不能含糊。你今个含糊，明个含糊，不觉间，身子就垮了。有好些出不了沙窝的白骨，就是这样含糊死的。她叫莹儿躺在火堆边，边休息边入火，自己则取出脸盆，挖些面，做了一顿揪面片。

吃了面片，天已黑透了。

莹儿想起了灵官讲过的沙漠之夜。

沙漠之夜真的很美，《大漠祭》里就这样描写过沙漠之夜：

太阳已没入了沙海。沙漠上空悬着瘦零零的上弦月。月儿洒下冷清清的白光。白光染白了面南的旋坡，映黑了向北的陡脊，白黑间便溢出朦胧神秘味儿。孟八爷能读懂这神秘的沙漠之夜。不多时，便拾来干花棒、枯蒿子点燃篝火。

篝火使得沉寂的大漠之夜充满了活力和诗意，啪啪作响的黄毛柴，呼呼升腾的火焰，唤醒了灵官的童心。一种神奇的力量又在他体内鼓荡开来，冲去了疲惫和麻木。深秋的大漠之夜寒凉彻骨。夜气涌动如液体，漫过蠕蠕沙浪，沁进人的肌肤。被汗水浸透的内衣铠甲似的冰凉。这时，升起的篝火带给灵官的无疑是母亲似的温馨的暖融了。他惬意地躺在火旁的沙上，闭了眼，什么也不去想，一任那暖融和温馨去腌透自己疲惫的身心。

……几根木棍，一顶帐篷，三套被褥，一些简单的灶具和用物，构成他们的"家"。在这个荒凉的世界里，"家"是个多么温馨的字眼啊。

夜，奇异地静，火焰的呼呼便奇异地响。夜仿佛成了一个巨大的黑锅，浅浅一扣，便将大漠罩其中了。星星显得很低，立体感极强，似乎伸手便可摘下。火光映照下的沙山隐隐幻幻，如浅墨勾勒。巨大的黄毛柴则索性蜷缩成一个个鬼影了。只有在火光突燃的时候，它才偶然显现一下。

上弦月细细的，蠕虫一样，挂在天上，洒下很可怜的一点儿光。这甚至算不上光，只能算薄薄的气，一晕晕荡下，荡不了几下，便被奇异的大漠吸到地层深处。月儿羞愧地瑟缩了，颤，颤，颤。灵官觉得它快要一头扎进沙海了。

6

莹儿很喜欢月夜，但老天不能因为她的喜欢，不按时令将月亮搬了来。兰兰已点了马灯。那团光晕虽小，但光总是光。有光就好。莹儿想，自家的盼头不也是生命的光吗？它虽然小，但没它，生命就黑成一团了。记得，她看过个电影，写一群生活在纳粹刀影下的犹太人，死亡时时威胁着他们。他们看不到一点儿希望，好些人就自杀了。为了给人们希望，电影的主人公就编了好多谎言，说自己有台收音机。他每天都给人们编出希望的谎言，好些人因此活了下来。莹儿想，这个故事太精彩了。无论咋说，生命的最终结局都是死亡。那是不可变更的绝望。人总该给自己设想些盼头的。莹儿想，那些宗教，是不是也是觉悟的圣人给人们编造的善意谎言呢？她想，是否真有净土并不重要，重要的是叫人们相信：那生命的彼岸，是个美丽的永恒的世界。自己不也是这样吗？好些东西，究竟如何，谁也说不清。

　　黑很浓地压了来，马灯的光瑟缩着。灯光真的很弱小。夜的黑将兰兰的话也压息了。莹儿想，她定然也在想一些沉重的话题。她知道，兰兰心里的苦不在她之下。记得，兰兰自结婚后，就没离开过苦难。相较于她，自己似乎还算幸运呢。毕竟，占据她的心的，多是苦乐交融的相思。不像兰兰，现实打碎了一切。

　　莹儿抚抚兰兰的脸。不想，竟摸出一手的泪来。兰兰在哭。莹儿问，你在想啥？兰兰屏息许久，才说，那天，我冲撞了爹，他该多么伤心呀。我不配当个女儿。莹儿的心热了，说，你别想那事了，爹早忘了。兰兰说，他忘了是他的事，我却总是内疚。细想来，爹一辈子，真没过几天好日子。当女儿的，真有些对他不住。莹儿说，人生来，就是这样。爹不是老说吗，老天能给，他就能受。真的。谁的生命里没苦难呢？老天能给，是老天的

013

能为。你能受，却是你的尊严。

兰兰抹把泪说，要是驮盐能挣好多钱，我想带爹妈进城，叫他们尝尝下馆子的滋味。妈最喜欢吃炸酱面，一想，就流口水。

这一说，莹儿也想起了妈。妈又开始牵动她心里最柔弱的那根弦了。妈最爱吃猪大肠炒辣子，每次一提，也是口水直流。她想，无论如何，这次驮盐回来，先买些大肠和辣子，去看看妈。这一想，就牵动了好些回忆。她觉得，妈其实对她很好。那天晚上，听着她被徐麻子欺负，妈心里一定很难受。想到这，她的泪也掉了下来，越加懊悔那天说了伤妈的话。

骆驼的咀嚼声传来，打断了莹儿的思绪。她抹了泪，提过马灯，出了帐篷，挪挪骆驼，将缰绳接长些。这样，骆驼吃草的范围就大了许多。她看到好多质感很强的星星。也许因了空气纯净，沙漠里的星星比村里的大，也很低，仿佛手一伸，就能摘下来。

回到帐篷里躺了，还时不时听到兰兰的叹息。莹儿怕引出她更多的伤心，就不再问她，只说早些睡吧，明天还要赶路呢。

7

莹儿将手电放在枕头下，吹熄了马灯。因老惦记着要给骆驼换吃草的地方，她就提醒自己不要睡得太实。在沙漠里赶路，得叫骆驼吃饱。虽然驼峰里贮备着脂肪，但那是万不得已时才用的,不能动不动就叫人家消耗贮备。

莹儿怕失眠,就极力不去想那些伤心的事。好在疲惫也来帮她的忙,没用多大力气,莹儿就迷糊了。梦里还是他。那个冤家。西湖坡上,村里的老光棍毛旦拿他俩开玩笑,她又见到毛旦准备烧掉的那个死娃娃,又被吓倒在地。就是那一次,她和那冤家捅破了窗户纸,有了明确的约定。梦里的她,又唱起了那首定情的花儿——

雨点儿落在石头上,
雪花儿飘在水上,
相思病害在心肺上,
血疤儿坐在嘴上。

半夜里起来月满天,
绣房儿的丞门儿半掩,
阿哥是灵宝如意丹,
阿妹是吃药的病汉。

黄河沿上的牛吃水,
鼻尖儿拉不着水里,
端起饭碗就想起了你,
面条儿拉不着嘴里。

白牡丹掉到了河里了,

紧捞吧慢捞（着）跑了。
阳世上来了好好地闹，
紧闹吧慢闹（着）老了。

叽叽喳喳的尕鸡娃，
盆子里抢一撮米哩。
别看我人伙里不搭话，
心里头有一个你哩。

空名声担（着）个忽闪闪，
你看走哩吗不走。
上房里莫去小屋里来，
知心话说哩吗顺口。

　　再然后，梦里的她悄声问灵官："敢不？"灵官没说话，低着头，还是一脸火烧般的红。她又羞又恼，想转身离开，却听到灵官投降般地说："当然……"巨大的幸福感涌来，她觉得梦中的自己流泪了。

　　记得那天，她和灵官一起回家，天没有一丝儿风，天闷得糊里糊涂，像充溢着稠乎乎的液体。远处的地里有层亮晃晃的东西，哗哗闪，梦里的她也觉出了做梦般的感觉。她一边为刚才的表白脸红，觉得自己咋能自然地说出那些想想就脸红的话呢，一边却有一种幸福的眩晕感。过去，村里人常说偷情的女人"偷汉子"，这个过去令她十分厌恶的词，这时却让她充满了恶意的幸福感。她这才发现，自己原来是很渴望"坏"的，丈夫憨头太好了，就像蹲在供台上的泥神，挑不出啥毛病，可也没有丝毫的情趣。她很羡慕那些公开和丈夫打情骂俏的女人。女人都讨厌坏女人，但只要有机会，也许谁都愿意坏一次。真的，不管别人咋想，她倒真愿坏一次。虽说这次的坏距她内心的坏还有一段距离，但已经使她感受到了一种奇异的幸福、后怕、羞涩、新奇……各类情绪混合着的情感。她不知道这算不算恋爱。在她的人生词典里，恋爱是个尘封的远远躲在角落里的词。她还没来得及拂去它上面的尘灰，婚姻就蛮横地闯入了。她成了憨头的媳妇。她省略了人生最不该省略的一个章节——恋爱。

但阴差阳错，灵官走入了她的生命。

梦里，她一直望着灵官的背影。他走路的姿势很洒脱，透出念书人独有的味道。太阳没了，清风没了，沟里的流水没了，天地间只剩下向她发来幸福波晕的背影。他的步履、身姿，甚至那双沾满尘土的白球鞋，在她的眼里都显得那么和谐完美，妙不可言，仿佛在向她说着一句句能融化掉她的情话。记得那时，她曾经想："要是……要是他，而不是他，这个世界该多美。"谁能想到，不多久后，他会死呢？难道……老天听到了她心中的话，就带走了他？梦中的她，也觉得那是一场噩梦呢。

梦里的大路上多了喧闹。人声、尘灰，还有牧归回来的骡儿马儿羊儿们，为原来沉闷得稀里糊涂的正午添了活泼的色彩。一个骡娃儿在尽情地撒欢，抡头甩耳，尥几下蹄子，时而前蹿，直射村里；时而折回，跑到慢悠悠落了老远的驴妈妈跟前撒娇。莹儿的心中充满了甜蜜和憧憬，她装作看骡儿，有意放慢脚步，和灵官拉开了距离，并有意不去望他。但她那无形的眼仍盯着他，继续接受从他那儿发来的幸福的波晕，喜悦潮水似的涌来。

莹儿心想："他心里也有我呢。……知道不？我心里也有你哩。"她努力地捕捉着随风飘来的灵官的若隐若现的话。飘来的每一个字都像小石子投向她的心海，激出一阵阵幸福的波晕。"多么奇妙……这是恋爱吗？"莹儿想。想到"恋爱"这个词，她抿嘴笑了，脸上也微微发起烧来。

随即，画面一转，虚掩的小屋门开了，灵官一脸慌张地进来，手里还提着鞋。门的吱哇显然吓到了他，他的慌张更加慌张了。他豁出去似的把门一关，趁机投入小屋的月光被挡住了，同时被挡住的，还有夜精灵窥视的小眼睛。完成这一系列动作的灵官，像是终于松了口气，隔着黑暗的莹儿甚至能看到他舒气的样子。这秀才郎，咋也这么狼狈了？莹儿恶作剧似的笑，很想逗一逗他，就说，你来做啥？灵官顿时愣了，窗外透进的朦胧的月光照在他的脸上，莹儿仿佛能看到他的尴尬。不忍心逗他了，于是莹儿又说，想喧，就上炕来喧吧，地上冷。就这样，两个寂寞而滚烫的生命融合为一。

梦中的莹儿尝到了天堂的滋味，这真是久违的幸福啊。自从那冤家走后，这种感觉，就只能在深深的梦里才有了。但醒后，她就会流泪，感到更加寂寞。于是，她总是祈求梦能更长一些，让那冤家能待久一些。可梦上多长，都会醒来的，梦醒之后，还是只有她一人……冤家啊，你难道真的没有心，把莹儿给忘了吗？

画面却突然一转，同样是夜晚，同样是他们两人，可她就像今夜这样，露宿在沙窝里。那冤家站在远处，冷冷地望她，既不过来，也不跟她说话。莹儿的心一下就凉了，她想，他是不是嫌我脏了？这一想，画面又变了，她看到徐麻子朝她色眯眯地笑，边笑边舞弄着冰凉的爪子摸她的小腿。她惊叫一声。这一叫，她就醒了。她觉得真有个东西在摸她的小腿。她狠狠推兰兰一把，亮了手电。

兰兰一骨碌爬起来。

莹儿说，有个东西进了我裤子。兰兰一把抢过手电。莹儿觉得那东西仍在一蠕一蠕地动。

莹儿惊叫，妈呀！

兰兰说，你别动，别动。……好了，我揪住它了。

兰兰抽出那冰凉之物，然后尖叫一声，抡圆了胳膊，往木架上摔打。木架啪啪着，一阵摇晃。这是帐篷里最实用的法儿了。莹儿怕她将木架打散，提醒道，你往地上打。

兰兰喘息道，你点了马灯。她的嗓门颤抖着。莹儿摸出火柴，好容易才划着，却见兰兰已瘫软在被窝上了。

亮光照着兰兰手中的东西。那是一条蛇，足有茶杯粗。

莹儿平生最怕这瘆虫，腿早软了，忙叫，扔了，快扔了。

兰兰喘几口气，说，它死了，死了。

果然，蛇头早碎了。木架上尽是蛇血，被子上也淋漓了好多。

莹儿问，它咬了你没？咬了你没？

兰兰叹息道，我不知道。她的手上尽是血，但不知是蛇血还是人血，就在被子上擦了几把。

019

莹儿用手电一照，见兰兰小臂处有个小口，正在喷血，不知是不是蛇咬的。莹儿听说，辨别有毒或是无毒，要看那蛇头是不是三角形，是三角形就是毒蛇，椭圆就无毒。于是用手电扫视那蛇头，却看不出本来形状。她想，要是有毒，可就糟了。莹儿很怕兰兰死，要是她死了，在这天大地大的沙漠深处，自己一个人咋过呀？又想，我咋能这么自私，只想着自己呢？

兰兰醒了似的，把蛇扔到帐篷外，哭道："我要死了。"

莹儿说不会的不会。她捞过兰兰的胳膊，死命地吸。那黏腥的液体进入口腔时，莹儿想到自己长了好些口疮，有些已溃烂了，要是蛇有毒，自家也会中毒的，却想，管他呢，先吸尽毒液再说。

吸了一阵，觉得就算真有毒，也早叫吸尽了，莹儿就住了口。她想到，应该再看看帐篷里是不是还有蛇，就将被子扔到外面，仔细搜查。虽没发现别的蛇，却见有些蚱蚱虫正惶恐地逃窜。

搜寻一阵，莹儿才放心了，但仍担心那蛇有毒。她问兰兰手臂会不会发麻，兰兰说，只是困，觉不出麻。倒是莹儿觉得自己的舌头麻了。

兰兰说，这事怪我的。来时，爹掏了好多烟屎，我放在塑料袋里，忘了取出。

兰兰取出烟屎，叫它散发那怪味。爹说蛇虫的鼻子尖，一闻烟屎，就会逃远的。话虽如此，姑嫂俩还是放心不下。她们一同出去，又将骆驼牵到草多处拴了，重铺了被褥，却谁也没了睡意。直到东方的亮光照进窝铺时，才稍稍眯了眯眼。

8

大漠的早晨非常美。

《大漠祭》里曾写过灵官眼中的大漠之晨。

当初的灵官,常向莹儿描述那景象——

大约早五更时,灵官就被那种潮湿弄醒了。

他首先看到的是星星。沙漠里的星星仿佛异于别处,质感很强,显得很低,孤零零悬着,像吊着的一盏盏灯,仿佛搭个梯子就能摘下来。望一阵夜空,灵官便觉得被褥成了神奇的飞毯,载了他,忽忽悠悠,飞到星星之中了。他感到奇异地清爽。那是透明的清爽。没有迷瞪,没有杂念,从里到外清清澈澈。每一次呼吸,都像清凉的液体,洗涤着他的五脏六腑和每一个细胞。真好。他差点叫出声来。

……两个身影渐渐远去了。老的轻灵,少的壮实,两个影儿上了沙梁,凝住了,仿佛在斟酌究竟走哪个方向。这一瞬,成了灵官眼中最美的风景。灰蒙中泛白的天空,黑黝黝的沙岭,两个背枪的猎人,定格出一种无与伦比的美。除了内心震颤之外,灵官死活找不出具体的词来形容看到的这幅剪影。在大自然面前,一切语言都显得苍白。

灵官又看到了骆驼。它卧在沙洼里,昂着脑袋,一动不动,仿佛也迷醉于这大漠之晨了。他觉得，骆驼是大漠里最美的图腾，那么宁静，那么安详，无嗔无怒，无怨无争。寻常时分，人们很少能感到它的存在。饿了，它静静吃几口；累了，它静静卧一阵。人们差点遗忘了它，但它一刻也不曾离开人们。

望着骆驼，灵官觉得自己的胸襟倏然博大了。

他穿了衣服，上了一个最高的沙岭。

东方开始红了。先是一抹浅红，像少女脸上的羞红那么淡，几乎让人觉察不出。渐渐地，天空像胭脂透过宣纸那样很快洇出了一晕玫瑰色，蒸汽挥发似的扩散，由淡变浓，在东方浓烈出一片辉煌。

一道日边冒出了沙海。——真是"海"。灵官分明看到了涌动的波浪，分明听到了一浪强似一浪的海涛。那亮晃晃的一片，不正是反射着日光的水面吗？

那是多么耀眼的白呀。瞧，那冒出沙海的日边，竟裹带出一道道射向天际的红霞。莫非是黎明母亲诞生太阳时流出的血吗？那么艳丽，那么辉煌。

太阳上升得很快，一蹿一蹿的，不几下，便蹿出大半个脑袋。没有刺目的光，只有纯粹的白。灵官觉得自己都融入这白里了。大漠醒了，万物醒了。晨雾渐渐散了。一切沐浴在醉人的日光中。沙岭明暗相间，阳面披了金纱，阴洼仍黑黝黝的。日光唤醒了大漠。万物睁开了沉睡了一夜的眼，向太阳发出灿烂的一笑。

这是大漠一日里最美的时辰。没有寒冷，没有酷暑，没有干渴，没有焦躁，只有美，只有力，只有生命的涌动。对，生命的涌动。

那个白球跳出沙海，蹿上浪尖。这是多么惊人的一跳啊。灵官差一点叫出声来。他的胸中鼓荡着激情。大漠的雄奇和博大蹿入眼帘。一座座沙岭扭动着，黄龙一样游向天边，喧嚣出搅天的生命力来。而足下这条巨梁则静卧着，望着一条条蜿蜒游向天际的游龙，仿佛在酝酿着感情，积蓄着力量，准备进行惊世骇俗的一蹿……灵官笑了。活了，一切都活了，谁说这里是死亡之海呢？这是力，是火，是静默的呐喊，是凝固的进取，是无声的呼啸。

又一股激情潮水似的涌来。灵官举起双臂握紧拳头，他想跳，想吼，就吼了——

"嗨——呔！——"

声音远远地传向沙漠深处，又一声声回荡过来。沙洼里响彻了"呔""呔"的回声。

在另一个大漠的早晨，莹儿觉得，自己也体会到了灵官的心。

她幸福地笑了。

9

日光照进帐篷时，莹儿才醒来。头有些疼，嘴里倒没明显异样。兰兰露在被外的胳膊肿得厉害，好在肉皮没黑，莹儿放心了。

她出了帐篷,一见杯口粗的蛇尸,心收紧了。她想,幸好她醒了。听说,以前打沙米时,有个女人的下身里进了蛇。她很是后怕。蛇长相相躺在沙上,沙上麻着黑血。她很佩服兰兰,要是自己,怕真没这份胆量。就算她有勇气抓住蛇,身子也不定会瘫软的。

骆驼卧在沙洼里反刍着,四面还有草,说明骆驼吃饱了。沙洼里有好多洞,不知是老鼠洞,还是蛇洞。夜里宿营时,天已暗了,看不清周围的情况。她想,以后,要早些扎营,选个好些的地方,最好是能远离这号洞。

兰兰醒了。她搓搓胳膊。

莹儿问,你胳膊麻不?

兰兰说,你别怕,那蛇可能多少有点儿毒,但毒不大,不要紧的。要是中了大毒,会影响到脑子的。莹儿说,也倒是。但那肿得发亮的胳膊还是叫莹儿倒抽冷气。

兰兰捡些干柴,燃了火,又找个长柴,穿了蛇身,放火上烤。莹儿知道她要烤蛇肉吃,一阵反胃,就说,要吃你吃,我可不吃。兰兰笑道,这是黄龙爷赐给你的好吃食,你不吃,人家不高兴。莹儿还是摇摇头。

兰兰不再劝她,只管往火里加些柴,火焰围了蛇欢叫,蛇肉发出嗞嗞声。莹儿闻到了一缕香。一想这个发出香味的家伙竟钻进她的裤子,她还是不由得打个哆嗦。兰兰说,蛇肉香,但做不好的话,会腥气逼人的。她说诀窍是不要叫肉沾铁器。要是煮食的话,最好用竹刀。但啥做法,都没烧的好吃。莹儿望着兰兰那肿得发亮的胳膊,说,也好,它咬了你,也该你补补身子。

兰兰撕去黑皮,投入火中,说这些祭黄龙爷。又撕下一块蛇肉,递给莹儿,莹儿说我不要。兰兰笑道,你可别后悔呀。说着,她在肉块上撒些盐,仰了头,夸张地张开口,将蛇肉顺进嘴里。从兰兰的表情上,莹儿相信蛇肉很香。

兰兰说,你真该吃些的。细算来,人的好多习惯,其实是毛病。就说你那洁癖吧,你无论咋洁,还不是惩罚你自己?我们改变不了世界,但至少能改变自己。

这一说,莹儿动心了。她想,就是呀,这些日子,自己不是变了好多吗?有些是自己变的,有些是叫生活赶的。不管愿不愿意,她都在不知不觉地变着。就说,你少给我一点,我尝尝。兰兰却撕了一大块。刚一进口,莹儿就觉出它跟以前吃过的肉不一样,但那异样,还在能忍受的程度内。待她吃了几块,竟觉出奇异的香来。姑嫂俩就取些馍,就了蛇肉,竟吃出了饱嗝。

上路后,她们都骑了驼。那骑驼,也不是轻省活儿。有经验的骑手,不会拿自己的尾骨直直跟驼脊骨硬碰,他会将尾骨错向一旁。莹儿没经验,直愣愣地骑,约到中午时分,就觉得尾骨火烧火燎地疼。兰兰就从自家驼上取下褥子,垫在莹儿的屁股下,教了她一些要领。见莹儿还是拧着个眉头,兰兰安慰道,不要紧,谁刚骑时,都这样,过几天就好。又说,你别享福不知福,等驮了盐,你想骑,得先看人家骆驼有没有力气驮你。莹儿想,就是,我得锻炼锻炼。她走一阵,骑一阵,屁股虽好受了,但小腿肚子又刀割一样了。

10

晌午时分,姑嫂俩遇了两个老牧人。他们赶着一群叫日头爷舔得有气无力的羊。

一个问,诶!你们是不是狐仙? 兰兰笑道,真有狐仙吗?那老汉道,有呀,上回,我们在边墙下,见个红衣女子,正在梳头。我们一抡鞭子,她就尖叫,头一声还在边墙这儿,第二声已到十里外了。不是狐仙是啥?

兰兰笑道,我也希望是狐仙呢,可狐仙们不要我们,我们就只有当剑客了。她拍拍刀枪。老汉笑了,说,要是拿个烧火棍,就成了剑客,沙洼就成剑客窝了……但是要小心呀,今年是豺狗子的天年,有个麻岗里尽是豺狗子,撒麻籽儿似的。小心别叫抽了骆驼的肠子。莹儿虽没见过豺狗子,却不由得一哆嗦。她的印象里,那是很阴的动物,远比狼们可恶。莹儿不敢想象肠子叫豺狗子叼住会是啥感觉。

兰兰却拍拍枪,说,豺狗子也是肉身子,怕啥?那老汉讪讪地说,有枪当然好。另一人却说,最怕的,倒不是豺狗子。你们这么俊的两个,也不怕叫人家起歹心。那些放牲口的,可比牲口还野呀,还是小心些好。另一个说,就是,长年累月,见不上个母的人,难保人家不起歹心。前一个又说,就算人家不起歹心,身子也会起歹心的。那些挨枪的,事罢了,才明白已做了挨枪的事。莹儿明白老汉们说的是实话，心不由得咚咚猛跳。

兰兰却说，不怕，我会过好些毛贼，走不了几趟拳，我就能拨灭他们的灯。兰兰说的是行话，"拨灯"是指弄瞎对方眼睛。这话，孟八爷们老说。莹儿感到好笑，心里仍不由得发虚。

一老汉笑道，既然姑奶奶有那号本事，我们还磨啥牙？又听得另一个悄声说，人家敢进沙窝，想来真有点本事的。两人嘀咕着走了。

莹儿说，人家说的，也不是没道理。兰兰叹道，要是有别的活路，谁愿进沙窝呀？不过，毕竟是太平世界，不信他们还没了王法。话虽如此说，两人还是停了下来，弄些锅煤子，抹黑了脸。从兰兰的脸上，莹儿看出了自己的丑陋，觉得好笑，心却突地悲了。她想，挨刀货，瞧，你把我害成啥样儿了。

因为有类似的担忧，进沙窝时，两人就没带很艳的衣裳，只挑了厚实的耐脏的。单从颜色上看，倒也不扎眼。为了防日晒，又都戴了草帽，戴了头巾。头巾的颜色跟衣服一样，也很俗气。若在几十米外看，是分不清男女的。兰兰就说，以后我们一见人，就吆远些，别叫人看出我们是女的。莹儿却说，那盐池上的人，眼又没瞎。兰兰说，盐池上的人多，狼多不抬羊，不会出事的。话虽这么说，两人却总是心虚，走了好一阵，谁也不想说话。

为了壮胆，兰兰在枪里装了火药，怕走火，她没敢安火炮子。她将枪背在身上。莹儿则拿了藏刀。这下，胆子真壮了些。

翻过又一架高到半天的沙山，就算进了二道沟。沙生植物渐渐多了。途中有好些骆驼的骨架，一见那骨架，骆驼就会抢头甩耳一阵。看来它们也跟人类一样,最怕死了。一见骨架,莹儿也暗自心惊。有些白骨,不知在沙漠里放多少年了,颜色都灰了。有些却是新死的,骨上还带着肉丝呢。听说近些年沙窝里老闹狼祸。莹儿很怕狼,也怕豺狗子。尤其对后者,她总是不寒而栗。"豺狼虎豹"中,豺占首位,想来有它的道理。她老想,要是自己是骆驼,叫豺狗子抽了肠子,会有怎样的疼痛?于是,那瘆人的画面就老往脑子里钻。她甚至能感觉到肠子的抽动了。

一想豺狗子的可怕,莹儿就想打退堂鼓。兰兰说,与其说我们是去驮盐,还不如说在探一条路。世上虽有好多路,有些我们不想走,有些不适合我们走,我们总得找一条自己能走的路。莹儿就不说啥了。

姑嫂俩下了驼,将骆驼牵到一丛草边,叫它们忙里偷闲地吃几口。又取下水拉子,就着水,吃了些干馍。因为天热,馍馍上有了霉点。为防止馍馍长黑毛,兰兰将馍馍分成两份,用纱巾兜了。这下,漠风能自由地出入纱巾,就能带走潮气。

太阳还很高,还能行一段路,两人又出发了。按习惯的路程安排,今夜应该在下一个麻岗里夜宿的。但因昨夜遇了蛇,莹儿心有余悸,她就提出不在麻岗里过夜。麻岗里潮湿,多长虫。她说最好选个相对干燥些的沙洼,那儿只要有沙秸就成。两人可以少喝些水,多少给骆驼一些,以补充不能吃水草的损失。

按说,在沙窝里,要先照顾骆驼的。有它们就等于有了一切。要是没了骆驼,你真是叫天不灵叫地不应的。但兰兰能理解莹儿。任是谁,叫蛇钻一回裤裆,都会这样的。就说,也好,走到哪儿算哪儿,只要有沙秸就成。反正沙窝里不掏店钱,迟一天早一天,问题也不大。

11

看来,今年是豺狗子的天年。出了麻岗不到一里,兰兰们就见到一个死驼。它躺在沙梁上,显然是新死的,看那样子,肠子真叫啥抽了。沙滩上的那摊血很扎眼。这一番惨象,比蛇进被窝更叫莹儿害怕。她握紧了刀子。

兰兰却下了驼,叫一声,财神爷呀,你送钱来了。见莹儿疑惑地望她,兰兰解释道,你知道,一张骆驼皮值多少钱?没等莹儿回答,兰兰说,上回我家那牛皮,卖了三百多块,还是个犊子。瞧,这驼虽死了,皮倒没啥损伤。莹儿说,再值钱,也不是你的。兰兰说,它是无主的驼。爹说,早年,从驼场里跑出了好些驼,它们在沙漠里养儿引孙……性子早野了。孟八爷套下过一峰,可咋驯,也驯不熟,还咬人踢人,只好又放了。又指着死驼的鼻孔说,要是有主的家驼,这儿早没毛了。

莹儿瞅了眼那死驼。它很瘦,峰子软塌塌地萎在沙上,跟老婆婆的奶子一样。它的鼻孔里没有木圈,也没拴过缰绳的迹象。就算它不是真正的野驼,也在沙漠里野多年了。就说,也倒是。

老听说沙漠里有野骆驼,还听说野驼是国家保护动物。但也有人说,腾格里沙漠没有真正的野驼。虽有些无主的驼,却是偷跑到沙漠里的家驼,并不是严格意义上的野驼。不过,不管家驼野驼,只要是无主的驼,剥那驼皮就不算偷了。

兰兰又说,这驼有病,跑不快,才叫野兽抽了肠子。不过,你瞧,皮子倒没叫扯烂。要是我们不剥,过不了一夜,皮就叫野兽扯得七零八落了。反正,老天爷给你赐了一张驼皮,你要不要,那是你的事。我想,它总比牛皮值钱吧?

莹儿想想也对,就说好。

兰兰将骆驼拴在沙米棵上,说,先叫骆驼吃草,我剥了这皮。要是盐池上要皮子,我们就卖了。要是他们不要,我们就驮回去卖给皮匠。说着,她从莹儿手里要过藏刀。莹儿见藏刀长,剥皮嫌笨,就从包里掏出把小刀。这是憨头买来的保安腰刀,很利。

莹儿想,看来,老天也同情我们,这皮子要是卖了,也等于驮了回盐。她想,也好,要是各路儿都来些钱,凑起来就快些。又想,妈呀,你以后可别再逼我,瞧,我正给你弄钱呢。这一想,泪又往眼眶外涌,莹儿仰了头,将泪顺入眼睑。

骆驼不好剥,平时,几个壮汉才能剥骆驼——其难度不在于剥,而在于给死骆驼翻身。兰兰说,不要紧,我们又不要肉,到时候,叫两个骆驼帮忙扯几下,不信两个活骆驼,还翻不了一个死驼。莹儿笑了,说,听你的口气,好像是职业屠汉似的。一说职业屠汉,她想到妈硬要她嫁的那个屠汉赵三,不由得皱皱眉头。

兰兰挽了袖子,挥挥手,驱赶苍蝇。死驼上趴的苍蝇虽不多,但很大,差不多有蜜蜂大。最扎眼的,是它们绿色的头,它跟荧粉一样发出绿幽幽的光。

莹儿嗅到一股腥味,有些反胃,却想,行呀,忍忍吧。为了活人的尊严,你总得付出些代价。想到当初她那么爱干净,连丈夫的汗臭也受不了,现在却不得不忍受这驼尸的腥臭。她想,生活是最好的医生,它会治好你的所有毛病。……瞧,不觉间,她已将以前的洁癖当成毛病了。生活真厉害。

兰兰皱着眉头,寻找着最佳的剥皮角度。那模样,很叫莹儿感动。在这样一种人生里,能有个跟你风雨同舟的姊妹,真是不幸中的大幸。

兰兰说,还是先开剥肚皮吧。她用刀子一下下戳软处。莹儿怕一刀下去,会喷出散发着恶臭的粪来,便掩了鼻子。还好,刀子入肉后,只是冒了几个气泡。莹儿有些恶心,她有心去望天,又觉得对不住兰兰。兰兰紧皱眉头,拉动刀子。那刀真是好刀,跟小船划破水面似的,死驼的肚皮上开了一个口子。

忽听一声厉叫。莹儿还没反应过来,剖开的肚皮处已弹出一个黑球。兰兰一躲,脚被驼后腿绊了一下,身子倒在沙上。黑物在空中扭身,又扑向倒地的兰兰。莹儿叫,用刀子戳!兰兰边直了声厉叫,边用刀戳那怪物。莹儿扑向火枪,一把捞在手里,却仍是手足无措。别说她不会开枪,就算会开,那喷出的火,也定会伤及兰兰的。又见怪物虽然不大,跟狸猫大小相若,却敏捷异常。兰兰舞刀猛刺,虽没刺中怪物,倒也护住了要害。

用枪托砸!兰兰叫。

莹儿虽害怕那怪物,但见兰兰十分危急,就忍了怕,抢了枪托,砸了过去。怪物一弹老高,发出厉叫,落地后只是龇牙耸身，并不敢前扑。兰兰趁机翻身，从莹儿手中夺过枪来，压了火炮子，但不等她扣扳机，怪物已厉叫而去。真像那老汉说的，头一声还在耳旁，第二声已到远处的沙洼里了。

兰兰软在地上。豺狗子。她说。

话音未落，刀口处又弹出了几个黑球。瞬息间，已弹到远处的沙山上了。

莹儿大瞪了眼。她脑中一片空白。要是它们一齐扑来，她们哪有命呀？

兰兰白了脸，喘息道，幸好，带了枪，它们闻到火药了……谁能想到，它们从骆驼肛门钻进肚里，正吃心肺哩。

兰兰爬起身，用枪瞄准驼的刀口处，叫了几声，却不见动静。莹儿说，算了，不剥了。要是里面还有豺狗子，咋办？兰兰说，你去，拿个棍子来，捅一下。要是还有，先给它一枪再说。兰兰手扣扳机，如临大敌。莹儿从驮架上抽个棍子，探入死驼腹内，捅不了几下，却哇地呕了出来。

没了。兰兰说。她的脸白饯饯的，一头的汗珠。方才的惊恐，已耗光了她的所有精力。见莹儿担心地望她，便笑了笑说，按说，朝肚子里打一枪保险些，可皮上洞子一多，怕人家皮匠不要。

莹儿吃惊道，你还剥呀？要是再有豺狗子，你要命不？

兰兰笑道，刚才，是个冷不防。现在，要是有，它一出，我就先给它一刀。她虽强作安详，但那后怕，还是从脸上渗出了。莹儿想，要是叫豺狗子叼住了喉咙，她早没命了，就说，算了，我们不要这皮了。正说着，见兰兰肩上已一片血红了。莹儿扑过去。兰兰说，不要紧，叫豺狗子的爪子剐了一下……

要不是我跌倒，这会儿，正在黄泉路上奔呢。

莹儿见伤口虽不深，血也流得不多，就烧了些驼毛，撒在上面。她很后怕，哭出声来。

兰兰却说，你哭啥，眼泪是换不来自由的。她喝了几口水，慢慢起身说，来吧，我们还是剥皮子，我们不能白担一回惊恐。你别怕，豺狗子虽恶，也不过跟狸猫差不多大。要是里面真还有，它一出，我就先毙了它。

兰兰举枪瞄了刀口处，叫莹儿用棍子搅住肠子往外抽。莹儿没搅几下，又反胃了。兰兰就把枪给了莹儿，叫她瞄准刀口处，安顿道，要是有黑物钻出，你就扣扳机。说完，她将棍子探入驼腹。她本想用棍子将驼的肚肠挑出来，这样，就算里面还有豺狗子，它也藏不了身。但见莹儿干呕不息，就抛了棍子，边警惕地观察刀口处，边剥起皮来。

驼皮比牛皮厚多了，剥起来也很吃力。好在保安刀很利，兰兰也不管皮上是不是带了肉，只管剥了去。剥了一阵，没见里面有啥动静。莹儿放心了，就忍住恶心，上来帮手。姑嫂俩一个扯一个剥，剥一阵，又在死驼腿上拴了绳子，绾到活驼的驮架上，就轻易地将死驼翻了身。二人忙活了一个时辰，总算剥下了驼皮。

天已进入了黄昏，日头爷在西沙丘上赞许地望她们。兰兰抹抹头上的汗。她的身子叫汗渗透了，脊背上水淋淋的。莹儿出的力少，但那提心吊胆，也拽出了好些汗。她给兰兰擦把脸。她发现自己以前并不真正了解兰兰。至少在此刻，她最佩服的人就是兰兰。她觉得，兰兰身上有种很了不起的东西。她想，

033

哥哥真没福气，连这么好的人都无福拥有。

驼皮很重，莹儿使足了劲也捞不动。兰兰喘了一阵气，过来。她俩很想把驼皮搭上驮架，可两人抬了几回，都没能如愿。兰兰说，今个力气用尽了，别前走了，找个干净些的地方，缓一夜再走。说罢选个有沙米棵的洼，先牵驼过去，卸下驮子，叫驼们先吃沙秸。然后姑嫂俩合力，走走停停好几回，终于将驼皮抬进了沙洼。兰兰说，谁也累了，别做饭了，吃些馍吧。莹儿说，你缓着，我做碗揪面片。沙洼里多柴，莹儿捡了一堆。

正做饭呢，忽听到不远处传来厉叫。

兰兰惊叫，豺狗子！

12

不知何时，沙丘上多了好些模糊的黑点，有的奔向死驼处，有的却凝在沙丘上。莹儿明白是豺狗子。她的舌头都吓干了，求救地望兰兰。兰兰端了枪观察一阵，说，不要紧，它们是奔食场而来的。那么大的骆驼身子，够它们吃了，它们是不会冒险攻击人的。莹儿明白她在安慰自己。她很想说，说不准人家眼中的食场，正是我们呢。身子传递着一阵酥麻，她的腿一下子软了。

骆驼望着远处的沙丘，如临大敌。它们狠劲地突突着，时不时直杠杠叫一声。莹儿明白它们在威胁对方。听说狼怕驼啐，但没听说豺狗子也怕，但驼的反应还是感动了她。她想，至少驼在声援自己。这已经很难得了。过去的岁月里,她很难得到这种声援。这世上,多落井下石者,多见利忘义者,多隔岸观火者,但声援者总是很稀罕。有时,哪怕仅仅是一句安慰的话,对一个濒临绝望的人来说,也是最大的帮助。

自家的公驼突突一阵,回望莹儿,仿佛说,你别怕,有我呢。那目光很叫她感动。莹儿想,成了,就算今天死在豺狗子口里,也不算是个孤鬼了。这一想,倒不再有多么害怕了。她对兰兰说,你也别怕,就算它们是奔我们来的,也没啥。头掉了不过碗大个疤。兰兰笑了,放下枪,说就是,细想来,真没个啥怕的。活着有啥好?只是,叫这群豺狗子吞了,却有些不甘心。

莹儿说想透了,谁吞还不是一样。你觉得豺狗子恶,它们的娃儿还认为爹妈好呢。不管它了,要死,也要当个饱死鬼。说着,她支了锅,倒进水,燃了火,和起面来。

兰兰打起精神,将近处的柴棵都砍了来。刀砍木柴声一起,豺狗子都慌了,骚动了好一阵。莹儿想,看来,它们也怕人哩。

吃了饭,兰兰燃起火来。她弄了好些柴,估计能烧一夜。两人也没支帐篷,就在火堆旁铺了褥子。因怕豺狗子抽驼的肠子,兰兰不敢叫骆驼去柴棵里吃,叫它们卧在火堆边,头朝外,尾朝火堆。这样,豺狗子即使真想抽肠子,也得先近火堆。驼们当然明白兰兰的心思,乖乖地卧了。莹儿抱些柴过去,叫驼们吃毛枝儿。

兰兰将驼皮弄开,毛朝上铺在沙上,这样一夜过去,干沙会吸去些水分,皮就会轻一些。等到了盐池,再在上面弄些盐巴,就能防虫蛀了。

入夜不久,死驼处就传来一阵又一阵撕咬声。豺狗子的叫声低沉而充满了嗔恨,在夜空里远远荡了去,又一晕晕荡了来,显得格外瘆人。驼们时不时抿了耳朵,发出突突声。骆驼是最能沉住气的动物,它们是轻易不抿耳朵的,现在这样,说明它们很忌惮那群瘆虫。莹儿口中虽不怕死,但一想豺狗子的模样,心还是一阵阵哆嗦。

那边的撕咬越来越厉害,说明豺狗子们对食物的争夺越来越激烈,也说明驼肉已满足不了它们的需求了。莹儿很害怕。她明白,要是那驼肉能满足豺狗子贪婪的食欲,她们就相对安全些。要是豺多肉少,等啃完那堆肉,豺狗子就会惦记她们了。突然,莹儿想到了村子,想到了妈。此刻,村子竟显得那么遥远而模糊,仿佛远到另一世了。妈也很温馨地朝她笑着。她想,那时,要是想到她会有这样的处境,她不会顶撞妈的。但一想到妈想叫她嫁屠汉,她还是受不了。她想,冤家,我等你,飞出巢的鸟总有回来的时候,我等你。她想,等挣了钱,再给哥娶个媳妇,妈就不会逼她了。

兰兰取出了火药袋子和铁砂,放在离火较远的地方。莹儿则往火中丢着柴,她丢得很少。她想,听说狼怕火,不知豺狗子怕不怕火?要是不怕火,她们活的希望就很小了。莹儿明白,要是豺狗子一齐扑了来,连重机枪都挡不住,别说一杆小小的火枪。

死驼那头的撕咬声越来越密,渐渐演化成一场大战了。惨叫声、吼叫声、威胁声、嘶鸣声一起扑来,间或夹几声长长的嚎哭,莹儿怀疑是狼嚎。她的头皮麻了。兰兰说,豺狗子和狼抢食场呢。豺狗子那么多,它们会吃了狼的。乱麻般的叫声越来越大，爆炸般扩散着，连星星也瑟缩着，渐渐没了。诸多音响汇成巨大的旋风，在沙洼里啸卷着，忽而滚过去，忽而荡过来。忽然，一阵沉闷的撕咬声咬碎了嚎声，嚎声断断续续，渐渐被撕咬声吞了。另一个嚎声却突出重围，逃向远处。莹儿仿佛看到，那堆龇着獠牙的动物正在狞笑着追赶。

兰兰捏捏莹儿的手。莹儿笑着回捏一下。两人的手心里有许多汗。莹儿悄声问，咋办？要不，我们走？兰兰说，来不及了，你的腿再快，也跑不过豺狗子……先多收拾些柴，熬到天亮再说。她叫莹儿拿手电照亮，自个儿抢了柴刀，将沙洼里的柴棵无论干湿，都砍了来。兰兰抱些湿柴给骆驼，又往火中丢了一些。火中马上响起嗞嗞声。

沙丘上的豺狗子都跑去抢食了，骆驼也安稳了。食场里的撕咬声更凶了。豺狗子没固定食场，哪儿死了牲口，哪儿就是它们的食场。或者说，它们瞅中了哪儿的牲口，哪儿就是它们的食场。它们也没固定的窝。除非到了生殖期，那些大腹便便的母豺狗子才可能在某处相对稳定地住上几月。待娃儿一大，它便又成了沙漠中的旋风，哪儿有吃食，它们就刮往哪儿。豺狗子没有地盘观念，它们不像狼呀豹们用尿在自己的地盘上做记号，不，它们用不着。它们从来不抢地盘，因为哪儿都是它们的地盘。它们无处不在。只要有生命的地方，它们便会嗯儿嘎儿地出现，撕咬它们想撕咬的东西。在沙漠里，它们是一个摆不脱的梦魇。

兰兰认真地压着火，不使它熄，也不叫它爆燃。火跟身旁的枪一样，成为这个世界里仅有的两种心灵依怙了。进沙窝时，老顺给她们包里塞了汽油打火机、气体打火机，还有火柴。在沙漠里，有了火，就有希望。老顺把它们分装在各处。兰兰这时才明白了父亲的用心，父亲怕她们不慎丢了，或是用光了。记得当时，她还笑爹愚呢。

兰兰将驮架们放在火堆旁，除了火药距火堆稍远，其余的都挪到了身边。新剥的驼皮趴在不远处的沙上，时不时，风还会带来一股臭味。兰兰想，要不是剥那驼皮，这会儿早走远了。她想，好多东西，难说得很，谁也不知道便宜的后面是不是亏。又想，也许是老天在告诉她们，人是不能起贪心的，贪心一起，灾祸就不远了……还是不想它了，做了的，也用不着后悔了，后悔也改变不了什么。是福不是祸，是祸躲不过，就算这会儿在远处，谁知会不会遇上一群狼呢？兰兰就是这样，遇多大的灾，她总能有一种方法看开。有时，她觉得这是爹的遗传，爹老说"老天能给，老子就能受"，慢慢地，自己也觉得是那么回事了。可见，老祖宗学啥都看重熏染，是有道理。

兰兰把枪放得离火稍远些，以防火焰烤燃火炮子。她对莹儿说，这会儿，它们还顾不上这头，你稍稍眯一会儿。要是它们吃不饱的话，说不准就会打我们的主意。那时你想眯，怕也没时间。莹儿说，还是你眯吧，你剥了半天皮，怕是早散架了。兰兰说也好，你操心些，别叫火熄了，省着点柴。枪上我压了火炮子，你小心些。说完，兰兰靠在驮架上，不一会，竟响起轻微的鼾声。莹儿想，她真是大肝花，在这号形势下，竟能睡熟。又想，就是，有个啥放不下的？大不了是个死，怕啥？可要是真死在豺狗子嘴里，她还是有点不甘心。

莹儿加些柴，火大了些。她有种历尽沧桑的感觉，仿佛活几百年了。她想，哪怕今夜死了，也不算夭折了，至少感觉上是这样。有时想，人生来，本就是受苦的，要是啥都不经经就死去，不是跟没来一样吗？也好。她苦笑了。

那边的撕咬声小了些，但仍时不时响起，说明那儿还有食物。她觉得很是奇怪，那死驼虽大，但也禁不住那么多豺狗子的撕咬。说明不仅有狼在抢食，或许豺狗子们自己也起了纷争。虽然觉得豺狗子们愚，但正是因为它们愚，她才有机会想自己的事。要是它们不愚，自己和兰兰可能早垫豺狗子的肚子了。但她也懒得想啥了，她觉得想啥也没用。人的命运不是你想想就能改变的。有时的想，反倒苦恼了自己。

可又觉得，有时的想，也是必要的。比如那时，要是她不生勾引灵官的念头，就不会行动；要是没有行动，也就没有后来的故事；要是没有后来那故事，妈逼她前行，叫她嫁给赵三时，她还会不会这样反感呢？她会不会再一次认命，由憨头媳妇，降格成屠汉婆姨呢？可能会。刚开始，她不就嫁给了憨头吗？所以，勾引灵官的念头，也许让她有了另一种生命轨迹。看来，命运的改变，有时就源于"想"。她又想，村里也有些寡妇，男人死后不久，就前行了，在另一个男人身边也发出了快乐的笑。她们心里，定然也有些想法。那想法，导致了她们的行动。那行动，构成了她们的命运。

不想它了。莹儿挑挑火，吹口气，叫湿枝儿腾起火苗来。莹儿喜欢湿枝儿，喜欢它们发出的嗞嗞声。它跟鸟鸣一样，也是大自然中最美的音乐。莹儿想，要是豺狗子不危及自己生命的话，那撕咬声又何尝不是音乐呢？她认真地听那声音，透过外现的凶残，竟听出了一种柔音。是不是豺狗子妈妈正给孩子喂食呢？这一想，她就想到了盼盼，眼前就出现了盼盼那张可爱的小脸。

那娃儿，活脱脱一副灵官相，骨碌碌乱转的大眼睛，棱鼻子，指头上的纹路，甚至睡醒时连续打的那呵欠——皱皱眉，皱皱脸，将脸上的肉堆在一起，痛苦至极似的发出"呵——"的一声——总会让莹儿痴呆许久。在先前偷情的许多场景中，最让她难忘的，就是他醒时夸张的呵欠。在那极稀罕的几次能整夜相聚的夜里，莹儿总舍不得睡，总怕眼睛一闭，天就亮了。睡眠能贪污了相聚的幸福，便索性不合眼。她借了透过窗帘的淡淡的月光，瞅灵官那张熟睡的俊秀的脸，看他鼻翼的翕动，看他胸部的起伏，心头荡漾着一种奇妙的韵律。有时，她就放长了灯线，用枕巾包了灯泡，用昏黄的光照灵官的脸。这样，她就能在奇美的感觉里泡上一夜。天快亮时，那花儿旋律就响起来了："四更里的月牙儿撒西了，架上的鸡娃儿叫了。睡着的尕哥哥叫醒来，你去的时候到了。"她就推醒灵官，轻轻咬他的耳垂。灵官就像这娃儿一样，痛苦地堆出一脸皱纹，夸张地"呵——呵——"地打呵欠。莹儿抿嘴笑了。这无奈地叫灵官起床的过程，是最令她难忘的镜头。醒了的灵官会搂了她，很紧地搂了她，搂得她胸都平了，然后念叨："一二三四五，金木水火土，起快快起，不起是个驴。"念完，便英雄气地掀了被，才起身，又萎在她怀里念叨了："不起就不起，当驴就当驴。"

这一切，都鲜活在莹儿心中。

莹儿简直不敢相信，自己是如何度过灵官出走后的几个月的。那是一个噩梦,漫长的噩梦,清醒而又无法摆脱的噩梦。她终日迷瞪,终日昏沉。时不时,就有条理性的鞭子蘸了水抽她一下。她的精神快要崩溃了。屋里的一切,总在提醒她:这儿,曾来过个鲜活的肉体。她曾拥有过他,全部地拥有过他。后来,他走了,去了很远的地方。那地方,远到心外面去了。心外面的地方,才是世界上最远的地方。

出去的那夜,灵官影子似的飘进了屋里。那时,死去的憨头塞满了屋子,也塞满了心。黑夜里,密布着憨头的眼睛。莹儿看得见那一双双悲凉无助的眼睛。灵官自然也看得见。两人于是木然了。许久,灵官说,我想出去,看看外面。那声音很木,很冷。莹儿无话可说。若不是怀了娃儿,她也想看看外面呢。除了电视上尺把大的外面,她还有自己心里的外面。心里的外面,比真的外面大,也比真的外面好。灵官想来也是。莹儿还知道,等看了真的外面,心里的外面也许就没了。但人的一生,总是该看看真的外面的。

于是,灵官走了。

莹儿觉得自己去送他了。她站在高大的沙丘上,望着渐渐远去的灵官的影儿,浓浓的感觉弥漫开来,淹了天,淹了地,淹了心。心便充满了浓浓的液体,激荡着她,一下,又一下,汹涌而强烈。后来,便冲开了心灵的闸门——

走来走来着——越远地远下了——
眼泪的——花儿飘满了——
眼泪的——花儿把心淹了——

哎哩哎嗨哟——
眼泪的——花儿把心淹了——
走来走来着——越远地远下了——
褡裢——里的锅盔轻下了——
心上——的愁肠就重下了——
哎哩哎嗨哟——
心上——的愁肠就重下了——
眼泪——的花儿把心淹了——

在莹儿的感觉中，灵官就是在她的歌声中走出沙湾的。不远处，有个年轻人，被她的歌声迷醉了，并从此被迷了一生，从去巴黎的路上被迷到了西域。这个人叫王洛宾。这是莹儿心里荡漾了无数次的故事，老恍惚在心头，晃呀晃的，早成图腾了。

但真实的故事是，莹儿没送灵官。她是在娃儿幸福的呵欠声中活过来的。这呵欠，是幸福的按钮，总令莹儿迷醉；但又是撕扯伤口的绳索，提醒她一个不得不正视的现实。在一阵阵迷醉、一阵阵撕痛中，娃儿满月了。莹儿也变回了莹儿。她依然那样轻盈地劳作，轻盈地笑，轻盈地抱了娃儿，给他唱那些花儿，像当初给灵官唱时那样投入。

莹儿的感觉中，娃儿在笑，轻轻嚅动的口里，吐出了两个字：天籁。那张小脸，也恍惚成灵官了。给娃儿换衣服时，摸着那嫩嫩的肌肤，莹儿的心就化了。她一下下胳肢他，逗得精肚老鼠儿似的"灵官"咯咯笑，她于是抿了嘴笑，想："真怪，那么俊一条汉子，竟是这样一个精肚老鼠儿变的。"

憨头死后的日子里,就是娃儿的笑,娃儿的哭,娃儿的屎尿,填充了家里和心里的巨大空虚。

莹儿想:老天也长眼睛哩。失去多少,总会在另一方给你补来多少。

小姑子兰兰站娘家时,老逗莹儿,一见娃儿,就夸张地睁了眼,细瞅一阵,又夸张地望莹儿,直望得莹儿脸红了,才问:"我瞧着,这娃儿,咋像一个人呀?"莹儿捣她一下:"哪里呀?你少嚼舌。""不信?我抱了,叫村里人评去。"兰兰抱了娃儿,作势要出门,莹儿便揪了兰兰的耳朵:"叫你嚼舌!叫你嚼舌!"就夺了娃儿,放炕上,再把兰兰胳肢得喘不过气来。

"你呀,想哪里去了?我瞅着,他像个电影明星哩。"笑罢,兰兰说。

说笑归说笑,谁也没把话往明里挑。莹儿想,能叫人猜了去,不叫人听了去。

村里人明里也没啥闲言。暗里,就不知道了。明里的话暗里的屁,没人在乎的。倒是这娃儿谁都稀罕,来串门时,都要抱抱,在他的嫩脸上吧唧吧唧地亲,把对憨头的一切怀念全加在娃儿身上了,乐得婆婆合不拢嘴。

13

撕咬声渐渐息了。

一种巨大的静默卷了过来。莹儿甚至能感觉到挤压的质感，也仿佛看到了黑夜里绿绿的眼睛。她没机会仔细观察豺狗子的眼睛，但看过村里疯狗的眼。想来豺狗子望人时，也跟疯狗差不多吧？只是疯狗的眼睛红，豺狗子的眼睛绿，但红也罢，绿也罢，都定然会有贪婪，会有凶残。她能想出贪婪的眼神，比如徐麻子望她的眼神。想到这里，她干呕了一下，狠狠地晃晃脑袋——凶残是啥样子？她还真想不出来。记得妈妈在某个恨铁不成钢的瞬间，曾"凶残"地望过她，但她不知道用这词儿形容母亲的目光是否妥当。此外，她想呀想呀，也实在没法在她的生活里找出凶残来。这样，四面的夜里，就只能显出徐麻子的眼神和疯狗眼神混合在一起的豺狗子眼睛。

　　莹儿恶心地干呕几声。她宁愿她的四周布满疯狗眼睛，也不愿再叫徐麻子出现了。

　　忽然，骆驼狠狠地哞起来。莹儿吓了一跳。这说明，骆驼发现了逼近的危险。她推兰兰一把，亮了手电。光柱利利地扑向远处沙丘，上面已密密麻麻地布满了绿灯。那绿灯，质感极强，它们磷火一样游动着，飘忽着来去。莹儿打个寒噤，往火中丢一把干柴，吹几口，火突地腾了起来。兰兰悄声说，别怕，它们怕火。她捞过枪，枪口朝天。莹儿说，要不，打一枪，唬一下？兰兰说别急，要是它们不逼近我们，我们也不惹它们。现在，是麻秆儿打狼，一家怕一家。它们要是习惯了枪声，反倒不妙。说着，她取过马灯，点了。

　　为防豺狗子们偷袭，兰兰将铺盖和驮架变了方向，以前她们面朝骆驼，现在成了背向骆驼。骆驼有夜眼。这一变化，等于多了两双监视豺狗子的眼,她们就可以不管身后,只警惕前方了。

兰兰后悔没再多砍些柴,对燃多大的火才能镇住豺狗子,她没有经验。她想,要是它们不怕火光,步步紧逼,火堆就得大一点。这点儿柴,怕支持不到天亮。

豺狗子寂悄悄的,不发出一点儿声音。它们定然也在观察对手。胃里有了垫底的食物,它们当然不急。骆驼也停止了咀嚼,不再啐唾沫。除了火的呼呼外,啥声音也没有。莹儿觉得,那静寂变成了两堵墙,狠劲地夹向自己。这感觉真怪。以前,她喜欢静,厌恶吵闹,可没想到,静也会这样肆无忌惮地冲撞心。心便猛劲地跳,使劲地擂胸膛。沙洼里也涨满了心跳,而且,她渐渐觉出了好多心跳,兰兰的,骆驼的,还有豺狗子的。兰兰的心跳跟棒槌声一样,骆驼的心跳像石磙在缓慢地滚,豺狗子们的心跳则像破锅里炒石子,很是磣牙。渐渐地,磣牙声更大了,神经里就多了千万根拉动的锯条。她狠劲地咬住牙,晃晃脑袋,挨疼般屏了息,但磣牙声却仍在响,想来是豺狗子在咬牙。听老顺说,他亲眼见过千万个老鼠磨牙,那种声音,真是能叫人精神崩溃的。莹儿想,这豺狗子的磨牙声一点儿也不比千万个老鼠的磨牙声好听。但怪的是,自己的心跳声也越来越大。她真怕心脏承受不住。

兰兰往火中扔了些干柴,火大了些,但多大的火光也只能照上十来米,再远,就看不清了。反倒因了近处的火光,模糊了远处的沙丘。莹儿想,要是豺狗子们悄悄摸到近前,冷不防一个猛扑,她们是绝对无法反应的。她亮了手电。强劲的光柱一射过去，沙丘上的黑点儿就慌张地动了，看来，它们将手电的光当成闪电一样的东西了。听说，所有动物都怕雷电，因为沙漠里老有叫雷电殛死的动物。别说一般动物，就是有些很稀罕的有了灵性的精灵动物，也怕雷电。它们或是拜月，或是舐食少女的元红，或是采吸童男的精气，好容易修上千年，一遇雷电，照样叫殛成一堆灰了。豺狗子们当然怕这个闪电般的光柱。

手电一熄，莹儿们又成了瞎子。她们只能看见模糊的沙丘轮廓。只有在火小时，才能望见远处黑里那些绿绿的灯。这也成了个悖论。叫火小些吧，她们怕豺狗子们会一窝蜂扑了来。火燃大些，她们却会变成瞎子。这情形，很像豺狗子们观看由人驼表演的节目。观众把她们看得清清楚楚，她们却一眼的模糊。这真是要命的事。

兰兰想了个法子，她叫莹儿侍候火堆，自己提了枪，提了火药，带了手电，伏在离火堆稍远处。这样，火光就影响不了自己的视力。要是有前来偷袭的豺狗子，她会用火枪招呼的。

一离开火堆，兰兰就发现四面多了好些绿灯。绿灯们飘忽着，说明那帮贪婪的动物又向前推进了。她瞅个绿灯最密的地方，瞄了，一扣扳机，扫帚样的火喷了出去。一阵惨叫传来。绿灯们倏地退了。兰兰笑道，不给点颜色，还以为老娘拿的是烧火棍呢。

那闷雷般的枪响真管用，光柱里的麻点儿小了好多。看样子，至少在百米外了。火枪能装好些铁砂，但有效射程不过二三十米。一些豺狗子虽中了铁砂，但想来只伤了皮毛。兰兰就选了一种架子车钢珠，独子儿射得远些，连黄羊都能打下，不信还弄不死个豺狗子。兰兰说，打死一个豺狗子，至少能安稳一阵，一是给豺狗子一些颜色看看；二来，豺狗子们会抢食死者，她们就会赢得一些时间。兰兰说，到天亮，就好办了。也许，豺狗子跟狐子一样，习惯于夜里活动，日头一热，它们的头就疼。

看来，心真是个怪东西，多恐怖的场面，只要假以时间，它都会木了。虽然强敌仍在环伺，虽然命仍悬在蛛丝上，但两人却没方才紧张了。为了看清对手，兰兰过去，将明火压了，只留下火籽儿。这一来，四面的黑又压了来。她说，沙漠里的牧人多带火枪，豺狗子想来叫揍怕了。莹儿却说，也许它们是第一次见火枪呢。要是真见惯了火枪，它们不会逃这么老远的。兰兰说也倒是。

兰兰举了手电四下里扫，发现豺狗子多集中在东方。西边的沙山上反倒不见黑星儿。她们宿营时，是按老规矩选的地方，即背风，干燥。也就是说，她们背靠西面的沙山，面朝着相对宽敞的沙洼。兰兰说，这不好，要是豺狗子上了西面的沙山，只一滚，就会滚进我们的怀里，你连扣扳机的机会也没有。得挪到沙洼中间，这样，不管它们从哪面来，都得跑一截路，我们才有准备的时间。

趁着豺狗子们叫枪声震闷的当儿，兰兰点个大火把，在相对阔敞些的沙洼里燃起了一堆大火，两人老鼠挪窝似的将驮子、铺盖、柴棵、骆驼们移了过去。果然，半个时辰后，西面沙山上也布满了麻籽儿似的黑点。不过，莹儿却觉得，要是她们不搬，豺狗子们也未必敢上西沙山，因为那在火枪的有效距离之

047

内。现在这样一搬家,反倒腹背受敌了。

一远离西沙山,清冷的漠风明显大了。莹儿觉得脊背凉飕飕的。她打开盛衣服的袋子,取了两件衣服,给兰兰披了一件,自己穿了一件。她们仍是背靠了骆驼,显然,骆驼也看到了西沙山上的豺狗子。

莹儿说,我们不搬倒好些。

兰兰说不搬有不搬的好,搬了也有搬了的好,不搬我怕它们偷袭,老觉它们会滚下沙山。现在,我们在明处,它们也在明处,大家都亮了相,要打了吃劲打一场,大不了填豺肚子。又说,我是想透了,咋也是个死,缩手缩脚是个死,你大了胆子折腾也是个死。自打了几回七,我倒真有些参透人生的感觉了。当然,我离师父的要求还很远,人家菩萨,能舍身饲虎,能割肉喂鹰,按那标准,我该白溜溜躺下,喂这些豺狗子。可是我不想,要是豺狗子跟绵羊一样善良,我叫吃了也没啥。可它们是啥?它们是一群喝血抽肠子的恶兽。

兰兰这话,又提醒了莹儿。跟豺狗子对峙了许久,她真模糊了对手的凶残。她想,要是它们嘣儿嘎儿地一齐扑来,眨眼之间,她们就会变成两具骨架。她又觉出了恐怖。兰兰却笑道,你怕啥,要真免不了死的话,你怕也是死,不怕也是死。就像你活一辈子,你笑也是活,哭也是活,不如开开心心,自得其乐一辈子,你说是不?又说,我想透了,人其实活个心情,那幸福呀痛苦呀,其实都是心情。心情好了,人就幸福。有一辈子的好心情,就等于有了一辈子的幸福。我们没办法改变世界,但总能改变自己的心情,你说是不?

莹儿对兰兰真有些刮目相看了。她发现兰兰近年的变化真大,像方才这番话,她是想不出的。细想来,陶醉她的,或是折磨她的,还是她自己的心情。又想,其实,人的价值,不也是那点儿心情吗?要是真修得心静如水,也许会少了许多做人的滋味的。

兰兰嘘一声,用手电一扫西沙山,那密麻的点儿动了一下。兰兰叫莹儿拿手电照着,她趴在地上,托枪瞄一阵。一股火喷出,没听到惨叫,却见那一线黑点立马炸散开了。

兰兰嘿一声,说,没打中。这独子儿,射程虽远,却没准头,还是铁砂好。

莹儿说,你别乱放枪了。你不放,人家或许还忌惮你,你嘣儿嘣儿乱放一气,人家倒不怕了。就像麻秆儿打狼,狼以为你拿的是棒子,不一定敢到你跟前;你要是用麻秆打它一下,它反倒发现你手中只是唬人的玩意儿。兰兰边往枪里装火药,边说,我是想给它们一点颜色看看的,谁料越瞄越不准。

但莹儿说得没错,这一枪之后,豺狗子只是慌乱一阵,很快又围了上来,距离反倒更近了。而且,它们已经习惯了手电光,无论莹儿咋扫射,它们也不骚乱了。莹儿想,要是豺狗子习惯了枪声和火,她们就该填人家的肚子了。又想,那冤家是不会想到她有这样的结局的。要是他知道她填了豺肚子,会咋想?他会不会哭?也许会,但哭的时间长短,可就难说了。她见过好些卿卿我我的两口子,一方死了,另一方至多哭上一场,不久就有说有笑了。这一想,莹儿万念俱灰。她想,人活着,真没意思,还不如填了豺肚子。记得小时候,妈老骂她"狼吃的"。开初,她觉着这骂好听,亲热,谁想,自己竟真要填豺狼的肚子了。莫非,娘老子嘴里真有毒？当然,她填的,是豺肚子。可人说豺狼豺狼,不就是因为它们形体虽异,却都是凶残的猛兽吗？

她想,死就死吧。与其活着想那号没良心的货,还不如填豺肚子哩。

忽听兰兰叫道,快,点火点火。莹儿醒过来,见那火籽儿,已暗成一点红了。她忙用打火机点毛枝儿,毛枝儿湿,点了一阵,只是嗞嗞响。兰兰递过一把干柴,引燃了火。她说,你得将干柴和湿柴分开,看这阵势,它们要下歹心了。你在四面都弄上些柴,万一它们要扑,就点了。说着,她用手电一照。莹儿倒抽一口冷气:那密麻,直扎眼睛,最近的几个,都看到身体轮廓了。

兰兰说,你管好火堆,千万别叫熄了。我得给它几枪,再不教训,人家就上你的头了。

这时,一直沉默不响的豺狗子们突然齐声大叫,其声震天,很像亿万老鼠堕入沸汤时的惨叫。

兰兰回了一枪,但没压息那叫声。

于是兰兰不再说话,她拧亮了马灯,只管装火药、放枪,铁砂们时不时发出啸声扑向豺狗子,豺狗子们或厉叫,或惨叫。它们虽没齐刷刷扑了来,却也没一听枪响就炸散开。说明火枪的震慑力明显减弱了。它们已习惯了枪声,不再把它当成多么了不起的东西。你想,一个狸猫大小的豺狗子敢跟狼争夺食物,而且不落下风,说明它的凶残和狡诈不在狼之下。恐惧又上了莹儿的心，兰兰也显得有些慌乱。

莹儿说，你省着些用火药。兰兰嗯一声，说不要紧，来时带得多，熬到天亮问题不大。莹儿想，到了天亮，人家赖着不走的话，你有啥法子？

每装一次枪，得几分钟，一到这间隙，总有豺狗子跳跃着前来。它们在试探。看来，它们对火的畏惧倒比枪大。莹儿想，要是没火的话，它们定然早扑上来了。

看到那些试探的豺狗子，兰兰学聪明了，装了火药后，她悄悄瞄了，也不急着扣扳机，待胆大的豺狗子近些，再近些，距火堆有十多米时，就冷不防喷出一团火。这下，有几个豺狗子倒地惨叫了。它们的叫声很是吓人。听那声音，它们不是因为疼痛而叫，而是因为愤怒。它们显然看不起这两个女人。没想到，这两个女人，竟叫它们吃了苦头。

一个豺狗子一瘸一拐地逃了。另几个叫一阵，渐渐寂了，说明铁砂打中了它们的要害。兰兰很高兴。她边装枪，边说，还是砂枪好，虽打不太远，可一打一大片。

听得骆驼又突突起来。原来，西边也出现了几个豺狗子，它们嬉戏般跳蹦着，忽而跳左，忽而跳右，像在挑衅，也像在躲避子弹。豺狗子出现时都这样，它们天性如此。除了有十足的把握扯大肠外，它们很少有猛虎扑食那样的行为。它们的力量并不大，但借助惊人的弹跳力，往往能将尖牙利齿的威力发挥到极致。

兰兰装好了枪。她屏了息，瞄那些蹦来蹦去的黑点。其实她也用不着瞄，铁砂冲出枪口时，不过酒盅粗的一股火，待到了几丈外，火就牛车轱辘大了。夜幕里看来，着实吓人。

待得那嘣儿嘎儿的豺狗子再近些，兰兰扣动了扳机，不料只听到撞机的声响。原来情急之下，她忘了安火炮子。一个豺狗子听到了声响，竟扑了上来，也许它明白这声响意味着啥。莹儿虽吓得直抖，还是用手电照了。那豺狗子到了近前，却拱了身，只管朝她们龇牙。它像护崽的母狗那样唬着，幸好火焰燃得正高，不然，它早就扑上来了。而且，要是它放胆一扑，要不了几秒钟，就能叼住一块人肉。莹儿见过它们在沙上飞的速度，那真是一道道黑色闪电。莹儿想抽藏刀，但要是放下手电，又怕那个豺狗子会趁机扑上。它低哮着，牙很白，眼珠不绿了，闪烁着一种飘忽不定的凶光。它定然是豺狗子群里最爱出风头的那一类。那尖嘴猴腮的样子虽然有点像狐子，但狐子身上有灵气，它的身上却只有恶气。莹儿这时才看清什么是凶残。那凶残，正从它翻龇的牙里、低哮的声里、耸起的毛里往外喷呢。

那豺狗子边低哮边逼近，莹儿发现火对它的震慑似乎很有限。就像人中有智者一样，豺狗子群里定然也有智者，它们也可能发现火其实是个纸老虎。想来真是这样。老顺就遇到过不怕火的狼，它跟了他一路，情急之中他燃起火堆，狼竟然挑衅似的在火堆上跳过来跳过去。要不是孟八爷给了它一枪，老顺哪有机会生下灵官们？莹儿想，生不下倒好些，那号没良心的，人咋对他好，也拴不住他的心。这一想，莹儿倒不怕豺狗子了。她朝它斥道，滚！你个没良心的！

枪响了！

大把铁砂出了枪口。它们是一群燃烧的蚊蚋。它们啸叫着，撞击着，像雨后的蜜蜂扑向群花那样兴奋，像饥饿的苍蝇扑向污血一样急切，像发情的儿马跳出栅栏那样欢实，像喷射的精子游向子宫那样汹涌，像被久旱困在泥水中的蝌蚪突遇清水那样欢畅。它们将那稠浓的夜色划成了碎缕。在进入豺狗子的身体前，它们先进了它的眸子。豺狗子的心虽小，眸子却广如大海，世界有多大，那眸子也有多大。铁砂们当然明白这一点，于是就尽情地欢畅地游了去。

莹儿觉得，铁砂们摇动着尾巴前游时，还扭头望着她呢。……"怎禁她临去时秋波那一转。"记得，那冤家当初老念叨这一句。

铁砂入身的一瞬，豺狗子瞪大了眼。显然，它明白这群欢游着的红色的蝌蚪，定然是来要它命的。没错。它甚至只来得及扭动几下，就伸长了腿，大眼瞪天了。

兰兰说，你得把刀子准备好，看样子，也有不怕火的。她抹把汗。莹儿觉得脊背里凉飕飕的，她忙用手电照东面，见好些黑点已围上来了。

这有效的一枪并没镇住豺狗子们。它显然不是一个好的信号。

兰兰连喘息的时间也没了，她边装枪，边放。火药味弥漫在空中，她也不管打中打不中了，装一枪，放一枪，东一枪，西一枪。还好，火龙喷向哪面，哪面的豺狗子就退缩几步，但也仅仅是几步而已。枪声一停，它们就步步逼近了。莹儿取出为马灯准备的煤油。她想，万一豺狗子围扑了来，她就往环绕着的柴棵上倒煤油。要是它们突破火环进来，她就索性点了所有的柴，自己也跳进去算了。怪的是，心里的怕淡了好多。说明，多深的怕，在心里搁久了，也会渐渐淡的。最大的遗憾是死在这群没起色的恶兽嘴里。一想这么好的身子竟会成了这群龇牙咧嘴的怪物的食物，她浑身不自在了。她最恶心的，是豺狗子口中流下的涎液。一想它竟要沾上她干净的身子，她就干呕不已。因为夜里吃得不结实，肚子已有饿感了，当然也呕不出啥。那时时裹来的火药味更呛得她胸坎子发憋。透过烟雾，她发现枪的作用确实很有限了，虽也时有豺狗子倒地惨叫，但别的豺狗子似乎并不在乎同伴的伤亡。只有在兰兰的枪口指来的瞬间，它们才会稍稍躲避一下，但那是躲避，不是轰然而退，更不是四散溃逃。豺狗子能以瘦小之身打下好大的名头，当然有它的理由。在抢食时，即使同伴被狼们撕成碎片，它们照样前赴后继，何况前方还有鲜嫩的女人和高大的骆驼呢。

据说，在所有食肉动物眼中，人肉最鲜，因为人肉的脂肪最多。虽然土地爷给他麾下的看门狗定了许多规矩，但只要谁尝过人肉，定然忍受不住人肉的鲜美，屡屡作奸犯科。所以，人类的法律中，也不管它是几级保护动物，只要它吃过人，就一定要将它击毙，因为它既吃了一人，就会吃百人。

这群豺狗子，是不是也想吃人肉呢？

枪声响得很稀。火枪装起来不太方便，得先用铁溜子将一把火药顺下枪管，用捅子捅瓷实，再装入铁砂并加些火药捅瓷实。这样，每次枪响之后，就会有个间隙。每到这时，豺狗子就会嘣儿嘎儿地跳了来，直到再一次枪响，它们才会退缩一下，但退缩幅度越来越小。莹儿将火势弄得很大,火光已能照出豺狗子翻龇的牙。虽没有在火堆上跳来跳去的豺狗子,但照这势头下去,它们跳火堆是迟早的事。

记得小时候,每次过冬至,村里总要燃起许多火堆,娃儿们都要在火上蹿跳,这叫燎毛病子。据说那天跳过火头,身上的毛病子就没了。刚开始,莹儿当然不敢跳,她一见火焰头就发晕,所以她最羡慕那些狸猫般蹿跳不已的伙伴。后来,妈就抱了她跳。第一次跳时,她闭了眼大叫;第二次跳,她就敢睁眼了;妈抱她跳过三次后,她就敢自个儿在火头上蹿了。她想,豺狗子可能也会这样。它们最初怕火,但要是熟悉了火性,它们定然会不顾火焰的呼呼,一窝蜂扑了来的。

然后呢?她打个寒噤。

14

枪声已打不破豺狗子的环绕了。莹儿发现,挪窝真是个错误,她们已四面受敌。枪里的火得分别喷向四面,才能使那些挤出低哮声的獠牙们稍稍晃动一下。

骆驼的啐声时不时响起,对那些瘆虫,它们早毛骨悚然了。但连枪声都不顾的豺狗子,咋会怕它们的突突声呢?骆驼狠劲地甩着脑袋,它们想扯断缰绳,但最不禁疼的鼻孔却叫燥过的柳条桎梏着。虽扯得柴棵一阵阵猛晃,骆驼还是发现自己的无奈了。它们发现，那脆弱的鼻孔绝对抵不过柴棵的根系，就算它们扯断鼻梁，也未必就能逃出豺狗子的恶口。豺狗子已完成了对人驼的包围。骆驼要是一逃，会首先成为对方的追击目标。驼们终于安静了些，不再扯缰绳，但突突声却不停息。

　　局面很不好了：首先是柴不够了。那柴，堆着时，看起来很多，但坐吃都能山空，何况火一直没熄。想来已过了几个时辰了吧？但不好说，有时候，感觉会骗人的，有时一晃百日，有时却度日如年，莹儿不能断定时间。虽也带了表，但表跟钱一起装在小包里。莹儿想，那可是驮盐的本钱，最好带在身边，就向兰兰要了手电，走过去，将包挂在脖里。捏捏小包，硬块儿还在，却又看不起自己的行为了。她想，看这样子，命都不一定做主了，我咋能想到钱？我真是个守财奴。但怨归怨，却仍是背好小包。她想，要是叫豺狗子吃了，也就吃了；要是逃出去，还得用钱。她从包里掏出电子表，一看快凌晨四点了，就对兰兰说，再坚持一个多小时，天就亮了。

　　莹儿后悔刚入夜时没多弄些柴。现在，沙洼里有柴棵处都叫豺狗子占领了。包围圈也越来越小。你想弄柴，先得对付那堆獠牙。莹儿将所有的柴弄到一起，也只有坟堆大小。想到坟堆，莹儿觉得不吉。她想，也许，真要死了。但却没先前那么慌张。她眼里，死不可怕。以前，"死"字也时时会进入心里，跟吃饭穿衣一样便当。但要叫豺狗子撕扯一气，却是她不愿意的事。豺狗子最爱动物内脏，一想它们会在自己肚子上掏个大洞，再将那尖脑袋探入腹腔，咬了肝花心肺一下下扯，她便不由得反胃了。早知道如此，她会在那个大雨之夜死去。又想，也好,叫豺狗子吞了,世上就留不下尸首了,爹妈就看不到女儿的惨状了。她的消失,就跟蒸发了一样,留不下一点痕迹了。也好。但一想豺狗子在吞了内脏后,还会将脸啃得一塌糊涂,她还是不由得一阵哆嗦。她想,冤家呀,既然我的美丽留不住你,就索性喂豺狗子吧。她感到一阵恶意的快感,却涌出一脸的泪来。

兰兰斥道,火咋熄了?

莹儿抹把泪,扔几把干毛枝儿,吹几口气,火燃起来。

几个豺狗子已经很近了。兰兰装好了枪,朝它们一搂火,倒下了两个。另两个却没逃,反倒朝兰兰龇起牙来。莹儿往火头上扔些柴,火突起了。那两个才后缩几步。看来,豺狗子顾忌的,还是火,可惜柴不多了。火一熄,枪声怕也阻不住豺狗子了。莹儿留恋地望一眼天。她想,也许,这是最后一次看天了。因为有火光,星星模糊着,隐隐幻幻的,跟心里的那个盼头一样。她想,她蒸汽般从世上消失后,那冤家会不会寻找?也许会。他也许会骑了驼,沿了那纵横的沟壑,一边叫她的名字,一边撕心裂肺地哭。……你来迟了,她念叨着。谁叫你不珍惜呢?世上有好些东西,给你时,你不要;你想要时,却没了。你找吧,哪怕你找遍每一个沙粒,也注定找不到我了。莹儿有种恶作剧般跟他捉迷藏的快意。她虽然恨那迟到的冤家,但那恍惚里的寻找还是感动了她。她边往火中扔柴,边泪流满面。她总是这样,总在一种虚幻的营造里,首先感动她自己。

柴没了。

随着火头的缩小,豺狗子的圈子缩得更小了。它们当然也看到没柴了。人类能看到它们的凶残，它们也能发现人类的弱点。它们齐声大叫，其声凌厉怖人。兰兰虽冷静地放枪，但装枪的速度慢了，她肯定慌张了。莹儿反倒冷静了。恍惚里，她看到那冤家在注视着她。她想，我是不能失态的，我改变不了命运，但我不失态总成吧？她知道，哭呀闹呀，是赶不走豺狗子的。那就不哭。她看到了火焰开始收缩。那是光明，是生的光明，是希望的光明，是黑暗中最温暖的东西，但它收缩了。她听到豺狗子们在欢呼。它们真是在欢呼。双方间的较量明显已超越食物层面。因为豺狗子们不再吞噬同伴尸体了。火光和枪声显然激活了它们的另一种天性。

　　火光没了。黑压了过来，一圈绿灯凸现出来。如同杯水无法浇熄火焰山一样，手电和枪声已很难震慑看到了胜利曙光的豺狗子。兰兰装枪的速度更慢了，仿佛在思考是否还要做无谓的抵抗。豺狗子们却只是尖叫，并不急着上扑，像是还有所顾忌，也像在玩猫逗老鼠的把戏。要是你听过豺狗子们的尖叫的话，你定然会明白，那千百种可怕的声音一齐发出会有怎样的恐怖效果。它像是疯狗的狂吠、饿狼的哀鸣、泼妇的撒泼、屠夫的诅咒等诸多音响的混合物，它仿佛不是发自喉咙，而是从牙缝里挤出的。伴那声响的，还有涎液和狞笑。莹儿像是进入了梦魇。豺狗子缓慢地前移着，眼中的绿光水一样流动，映绿了涎液，发出汩汩的声音。

　　莹儿只希望，它们能一口咬断自己的喉咙，别先抽她的肠子。她最怕在尚有生命时，看到自己身体的一片狼藉。她不想看到自己的丑陋。她想到了那峰死在沙洼里的骆驼，要是她也那样死的话，她会很伤心的。她宁愿上吊或是投井。她不想叫自己的血肉跟粪便搅在一起，也不想叫那成团成团的绿头苍蝇绕着她嗡嗡，更不想叫身子滋养出乱攘攘的蝇卵。她想，最好的死法，应是吃上一团鸦片。鸦片虽不是好东西，却能带来好多美丽的幻觉。虽是幻觉，但美丽呀！细想来，人生本就是幻觉，眼前的一切，总是泄洪般东流，谁也抓不住它。人最珍惜的生命，其实也仅仅是感觉而已。那鸦片，既能结束你不想或不能再拥有的生命，又能给你带来美丽的感觉，当然是最好的了。莹儿后悔自己来时，没带上那块给憨头止痛备用的鸦片。那时，怕他寻短见，她将它藏在屋梁上，又糊了掩尘纸。却又想，就算是带了鸦片，你吞了它，豺狗子照样会撕扯了你，苍蝇照样在你的血肉碎片上生出白攘攘的蛆。一想那白蛆，莹儿又想呕了，就祈祷说，豺狗子呀，你要吃的话，就索性吃个精光，别留下一点儿渣滓。她感到好笑。她发现，命运总在跟她开一些奇怪的玩笑，也总在改变她的心。就像跟猛子的婚事，开始觉得那想法亵渎了自己，渐渐能接受了，再后来，竟成了她极力想做而不得的事。这次也一样，开始怕豺狗子吃她，后来竟变成了祈祷豺狗子将自己吃干净些。想来真是好笑。这人生，真是难说得很。

　　绿光很近了。她甚至听到了它们的喘息。她等着它们扑上。她见过它们的弹跳速度，只要它们后腿一蹬，瞬间就能叨住她的喉咙。那时，一切就结束了，相思结束了，痛苦结束了，挣扎结束了。也许，她就会堕入一团没有亮光的黑里。她不知道她会不会有知觉。她当然希望有，一想自己会成为一团没有知觉的黑,她的心就会一紧。但又想,管那么多干啥?到哪时,说哪时的话。也许,生命结束之后,反倒有更美的景致。——当然,这可不好说。她觉得更美的景致里应该有他。没有他,多美的景致,也会没了意思。

莹儿望着那些环顾的眼,伸了伸脖子,想,你们来吧。

你们等啥?

她觉得一股风呼地扑来了。

随了那呼呼声扑起的,却是一股冲天大火。豺狗子惊叫着,后退几步。莹儿闻到了刺鼻的火药味,头发也叫火燎了一下。正吃惊,却见兰兰手一扬,火又蹿上了半空。她这才明白,兰兰在往火中撒火药呢。那火药的力道,当然比柴棵的大,难怪将豺狗子吓蒙了。

兰兰说,你别等死,快撕褥子,浇上煤油。

这下提醒了莹儿:就是,还有好些能烧的呢。

藏刀很利,几下就将帐篷和一条褥子割成碎块。莹儿想,先割一条褥子,不够了再割。要是能逃出去,没被褥也不成。莹儿往布片和驼毛上浇些煤油。煤油是给马灯准备的,要是没有马灯,行夜路会很不方便,但此刻,先顾命吧。淋完油,点燃。她本来想往熄了的火堆上放,谁知火燃起后,却心念一动,便索性将火球扔向豺狗子。那团火发出一晕一晕的光圈,缓慢地飞到东面的一个豺狗子身上,引燃了它身上的毛。豺狗子吓坏了,直了声惨叫。它背了火,四下里乱窜。东面豺狗子的阵脚大乱,轰地退出了老远。但豺狗子毕竟不是易燃物,油一燃净,毛一着光,火便熄了。那豺狗子的命虽保住了,却疼得直声长嚎，竟发出狼的嚎声了。

兰兰叫了一声好。她放下火药袋，燃了蘸油的驼毛团，扔向另外三面的豺狗子。这招真管用，豺狗子们四散而逃，但它们也不甘心就这样退去，退到二十米开外，便停了下来，瞪了绿眼赛呆。

15

兰兰说，再不能傻等了，想法子逃吧。

莹儿说，也好。她在那些布片毛团上浇了油，但不敢浇太多，只要能引燃布片和驼毛就成。她腾出两个大塑料袋，将驼毛分装了。那是她们的手榴弹，或许能炸开包围圈的。两人将驮架安到骆驼身上拴牢，将所有东西都拾掇停当。后来她们才发现，虽然这场祸事是因驼皮而起的，但到了最后，已没人能想到它了。人生真是有趣。

兰兰装了枪，将火药袋挂在脖里。两人骑了驼，各带了打火机和蘸了油的驼毛。莹儿揣好藏刀。她想，就算要死，也不能伸了脖子叫你们啃。

兰兰在前头开路。她亮着手电，那光柱劈开前方的黑。豺狗子们惊魂未定，都寂寂地望着，见兰兰过来，竟慌乱地闪到一旁。兰兰本想开枪扫路，见豺狗子们竟自动闪开，不由暗喜，对莹儿说，别跑，我们慢慢走。一跑，它们就知道我们怕了。

莹儿手中备好了毛团,随时准备点燃后投出,但她怕驼一跑,风一大,会打不着火,就说,就是,慢些好,反正跑也跑不过人家,反倒显得心虚。

但人不想快跑,驼却想快跑。它们当然忌惮那环视的牙齿。它们突突几声,再直杠杠叫几声,拼命想要前奔。兰兰用力拽驼们的鼻圈,好容易才叫那颠颠的驼掌稳了些。

豺狗子既然寂声不语,兰兰也不招惹它们。在吆驼经过豺狗子闪出的缺口时,莹儿一手燃了打火机,一边备好驼毛。豺狗子们一有反应,她就会投出火去。豺狗子们似乎明白她的心思,后退了几步。

手电的光柱照着起伏而去的大漠,东方已有了亮色。这是希望的曙光。莹儿松了口气。她已经疲惫到极致了。紧张时,倒觉不出啥,此刻,她的骨髓似被抽空了,眼睛也硬往一块儿合。某个瞬间里,她甚至没了意识。她怀疑自己在那一瞬堕入了睡眠。她真想睡去。就算是身后有豺狗子,她也真想睡去。

兰兰的手电由前照变成了后射。光柱里,一线黑点儿变成了一攒,凝在沙洼里。那堆火籽儿仍发出昏黄的光。驼铃引来清冷的漠风,水一样在身上漫过,凉到心里了。莹儿很喜欢这风,因为流了好多汗,她觉得口很渴。她将毛团放入塑料袋,解下挂在驮架上的水拉子,喝了几口,递给兰兰。兰兰把枪挂到脖里,接过拉子,喝了一气。兰兰本是最惜水的,但这场生死历练后,她想犒劳一下自己。

光柱里的那攒黑点儿越来越小了。莹儿舒口气。她很奇怪,那么凶残的动物,竟会叫爆燃的火药和飞去的火团吓成这样。

也许，这就算出其不意了。

东方的亮色浓了些，但视线还是不很清晰。风越加清冽，这是村里人称为下山风的那种，它沿着祁连山回旋而下。几乎每天清晨都有这样的风。秋收打场之后，村里老人就靠这下山风扬场。它将莹儿的疲惫吹淡了些。骆驼响亮地打着响嚏，带着很庆幸的意味，步子也大了起来。兰兰也不再拽缰绳了。不管咋说，离那瘆虫越远越好。但莹儿害怕这一跑，反倒提醒了豺狗子。兰兰再拿手电照去，却不见那黑点儿，一道沙山将它们隔开了。莹儿就说，也好，兰兰松了缰绳，狠劲一夹腿，骆驼狂奔起来。

驼峰看起来很稳，骑上去却没马背平顺。马奔时，只有缓慢的起伏感，驼跑时却上下颠得厉害。莹儿将盛驼毛的塑料袋拴在驮架上，两手撕住驼峰。她最怕驼惊，要是驼惊了，她是驾驭不了的。

兰兰看出了这一点，她开始控制速度。火枪在她胸前晃得很凶。她一手桎梏枪，一手扯缰绳。那驼倒也听话，步子慢了下来。莹儿的驼跟着兰兰，前驼一停，后驼也就慢了。

但豺狗子的怪叫声也传来了。莹儿忙取出洒过油的驼毛，她一次次按打火机，但都叫风吹熄了。好容易引燃驼毛，抛向后面，但追击的豺狗子只是拐了一下弯。它们并没被火团吓住。骆驼又慌乱地颠起来。兰兰向后举了枪，却只听到一声轻微的火炮儿声，想来，枪里的火药早在颠簸中撒了。

莹儿一次次按亮打火机，一次次被风吹熄。她明白，就算是引燃袋中的驼毛，也阻不住豺狗子了。沙漠很大，路很多，它们稍一绕，就会将你好不容易引燃的火绕开。莹儿索性装了打火机，仍将那驼毛装入塑料袋。她一手撕住驼峰，一手握了藏刀。没办法，她想，只好拼了。兰兰也试着装了几次火药，都在颠簸中撒了，只好放弃努力。用不着她再夹腿，驼蹄的速度更快了。现在，活的唯一希望就是驼的奔跑能力。但她俩都知道，豺狗子是沙漠里最善跑的动物之一。单凭逃，很难逃脱它们的利齿。

莹儿以前虽常骑驼，但她骑的，多是乖驼，而且多平稳地走，像这号奔跑，还没经过呢。骆驼开始跑时，她很慌乱，她伏在驮架上，上面虽垫了被子，但时不时地，尾骨还是被硌得发疼。她想，兰兰可受苦了，她垫的褥子被弄碎后，屁股下只有几条翻毛口袋。反正火团已阻不住豺狗子，莹儿索性解下装驼毛的塑料袋，夹几下腿，赶上前驼，将袋子递给兰兰，叫她垫在屁股下。

不经意间，麻乎乎的天完全亮了。莹儿见豺狗子虽在追赶，但并不是全力追赶，显然还忌惮她们手中有秘密武器。这就好。它们的叫声却叫耳旁的风声和驼身上灶具的踢零哐啷声盖了。兰兰高声喊，你别怕！等日头爷高了，它们就该头疼，就该滚了！你骑好，小心别摔下去！

这好意的提醒，反倒使莹儿慌张了。她想，要是摔下驼背，立马就会被啃成骨架。她最怕驼会失蹄，因为沙漠里有好些鼠洞，要是驼掌踩进鼠洞，驼身的重心仍惯性向前，就会折断驼腿。鼠洞多在阴洼，但兰兰仍将驼吆往阴洼，因为阳洼里浮沙多，豺狗子们能如履平地，骆驼稍不小心，却会滚洼的。

看得出，豺狗子是决不甘心叫眼前这些食物逃走的。追了一阵，见对手也没玩出个啥新花样，就放大了胆子，撒欢似的追。它们越来越近，驼的步子慌乱了。莹儿想，像这样逃，不定啥时候，驼就会失了前蹄的。真要命。心却疲了，那恐惧呀啥的，也叫疲淹了，只能由驼了。已经听得见豺狗子咻咻的出气声了。她想，只要它们再蹿一阵，一包抄，一切就该结束了。

忽见兰兰扔出个东西，莹儿认出是那个装驼毛的塑料袋。豺狗子滞了一滞，但很快，它们便明白那是啥了。它们一窝蜂上前，将塑料袋撕得一塌糊涂。这一下提醒了莹儿。兰兰那一招，虽没完全阻住豺狗子，但至少缓解了危机。她一手撕住驼峰，一手去解装灶具的袋子。她本想用手解的，哪知她摸索了半天，却不能如愿。又见一个豺狗子已跟驼并齐了，它仍是嘣儿嘎儿地挑衅着。莹儿朝袋子划了一刀，只听一声碎响，锅呀，碗呀，筷子呀，相互撞击着，摔了下来，发出巨大的声音。这一下，把豺狗子吓坏了。它们定是将那发出怪响的东西当成对方的杀手锏了，竟齐齐驻足了。

兰兰说，对，把该扔的扔了，保命要紧。

两人趁机又逃出了老远。兰兰喊，你将备用的衣服取出来，只留下水和馍馍。一见它们追上了，就扔下一件，先顾命要紧。莹儿摸索了半天，才将那放衣物的包袱抽出，身后的厉叫声又响了。

日头爷冒出了半个脑袋，豺狗子们似乎并不怕大地上涌出的白盘。那场追逐已变成了闹剧。豺狗子对花衣的兴趣更大，一见飘下件衣物，便兴奋地一拥而上，你撕我咬，衣服很快变成了满地的花蝴蝶。包袱里的衣服一件件扔下，引起了豺狗子

065

一次次的兴趣。它们显然明白对手的本事也到头了，就从容地将那撕衣游戏玩到了极致。每撕去一件衣服，它们总要嘣儿嘎儿跳一阵。莹儿知道正是那衣物缓解了扑来的死亡，但还是很心疼。最后，只剩下一件天蓝色上衣了。这是灵官送给她的，是爱情的证物，她想，这件，我说啥也不扔了。要死就跟它死一块儿。她索性将这件上衣穿在身上。

兰兰也扔下了好些东西，它们该起的作用也起到了。日头爷升到了半白杨树高。没有红霞，这意味着天会很热。但追逐的豺狗子们并没有头疼的迹象。兰兰说，对这沙路，她已糊涂了，反正往东逃吧，碰上牧人的话，再问路不迟。问题是她们仍是摆不脱豺狗子，它们在撕扯花衣的过程中耗光了热情，对她们扔下的别的东西也不感兴趣了。它们甚至对猎物们一次次丢东西的行为表示出极大的愤怒。于是，它们发出很大的叫声，叫声里充满了杀机。听得出，它们已完全弄清了那俩驼俩人的底细，谅她们再也玩不出新花样了。

它们要下杀手了。

满沙洼滚动着一堆堆厉叫。

16

豺狗子风一样卷了来。

莹儿见扔下的物件已无法再吸引豺狗子，就懒得扔了。明知死已逼到近前,那不甘心又冒了出来。心里有种灰灰的感觉。每到绝望时,都这样。整个世界都灰了。豺狗子的厉叫变成了梦,颠簸的沙丘变成了梦,在飞奔的驼上时时回顾安慰她的兰兰也变成了梦。她想不到自己会是这样一个结局。一股苍凉感从灵魂深处腾起,很像贤孝里的悲音。记得,灵官喜欢贤孝,喜欢贤孝那沉重的旋律。她却嫌它粗鄙。没想到,在生命可能要结束的这时,她心头萦起的,却是贤孝的悲音。那悲音,很像沙上萦蕴的一缕缕轻烟。莹儿的梦幻感更浓了。恍惚的回眸里,豺狗子们像热锅上的跳蚤一样跃在她身后。它们是来喝她的命的。但怪的是,她心里只有极度的疲惫。疲惫把一切都幻化了,连她自己也成了影子。

驼上坡下洼,颠簸度越来越大。莹儿差点叫颠下驼背。她想,颠下就颠下吧,反正是迟早的事。她的心虽这样说,但身体竟自个儿伏了,跟驼峰贴得更紧。听灵官说,身体是神灵的城堡。她也懒得祈祷体内的神灵们。她想,随你们吧,你们想喂豺狗子,就喂吧。她真有些奇怪自己了,仿佛豺狼子们追逐的,是另一些人。

后面的声音没了,不知是真没了,还是在感觉里没了,反正没了。驼的喘息也没了。耳旁的风也没了。一切,都晶在一块巨大的水晶里了。颠簸感虽有,但也影子一样了。心头的贤孝悲音还在萦着,三弦子的嘣嘣声里,她品出了一种灵魂的挣扎。她想,这才是真正的音乐,是沉淀了千年的灵魂的乐音。

身子乏到极限了,她真想在驼背上睡过去。哪怕豺狗子们抽肠子或是啃肉,她都不在乎了。但身体虽乏,心却在恍惚里清醒着。她想，那恍惚的梦幻感，也许是真正的清醒吧？……记得，他老说人生是梦。她当然不信，当她搂着他鲜活的身子时，你咋说梦，她也不信的。现在她信了，一切真是梦。遥远的爹妈是梦，逼近的豺狗子是梦，颠簸的驼峰是梦，她忽而忽而悬上半天的命也是梦。那生命的弦音，当然更是梦了。

她想，这感觉，是不是就叫看破红尘呢？万念俱灰又恍然如梦。却明白，这所谓的看破，还不彻底。因为那不甘心，仍游丝一样，在心中摇来曳去。兰兰慢了下来。她拽着驼缰，不使自己离莹儿过远。莹儿很感动兰兰的拽缰。她想，只有在这时，你才能看出一个人是不是值得你用生命去交。她想，命运真好，能给她一个愿跟她生死与共的姊妹。

兰兰发出尖叫，她在唬豺狗子，或是想将它们引向自己。莹儿苦笑了，她想，人家连枪都不怕了，还怕你的叫？她喊，兰兰，你别管我，你先逃，逃出一个是一个。兰兰瞪她一眼，啥话？你别怕，等日头爷再高些，它们的头就疼了。莹儿明白，她在给自己宽心。只听过狐子在太阳下头疼，没听过豺狗子也这样。

莹儿回望一下，见豺狗子嘣儿嘎儿，越来越近。最近的几个，已离她骑的驼不到两丈了。她甚至能看到它们贪婪的眼了，还有那翻龇的牙，还有蹬飞的黄沙。这一望，那叫虚幻感消解的恐怖又出现了。她想，叫那肮脏的嘴咬一下，真比死还难受呢，心里就升起了对豺狗子的厌恶。本来她还有种听天由命的味道，厌恶却叫她握紧了刀。她想，你别想轻易咬我。她拍拍驼背，说，你可走好，可别滚洼，我叫豺狗子尝尝刀子。驼叫一声，仿佛说，你还不放心咱吗？

听得兰兰叫，拿刀捅呀。莹儿扭头，泪眼里弹上一个黑丸，下意识举刀捅了去，才觉得刀触着了啥，黑丸已惨叫着滚下沙洼了。兰兰叫，好，捅死一个。莹儿看看藏刀，果然看到了血。她很吃惊，豺狗子咋如此不禁捅？一想，却明白了，豺狗子不过狸猫大小，捅它，跟捅狸猫差不多。她的胆子大了。见驼后的豺狗子一蹦一蹦想扯骆驼肠子，就举刀刺去。哪知，刺了几下，却连根毛也没碰着。

兰兰稳了身子，往火枪里装火药，她好容易才将溜子探进枪管，这下好了，火药虽有撒在外面的，也有部分进枪管了。她边装边捅，口中边发出呵斥声，就像她在村里突遇恶狗时那样。

几个豺狗子赶了上来，莹儿放大了胆子，像电影上的骑兵那样抡圆了藏刀乱砍，虽没砍中，它们倒也不敢贸然上扑了。它们边尖叫，边弹跳，它们显然想叫对方的精神崩溃。莹儿虽也害怕，藏刀的乱劈之势却没有稍减。倒是骆驼慌张了，开始东扭西扭。莹儿怕它乱跑，猛扯缰绳，好容易才遏制住它跟兰兰分道扬镳的势头。

一个豺狗子趁机扑了上来。它似乎是想叼莹儿捉刀的手腕，但它没计算好提前量，落下时，就到了驼尾上。莹儿举刀猛刺，虽将它刺了下去，却也将骆驼屁股刺开了一个大洞。血一下冒了出来。骆驼也更慌张了。

闻到了血腥的豺狗子野性大发，它们纷纷蹿到前方。它们的意图很明显，它们要截下前蹿的驼。驼中计了，它猛地拐了方向。忽听兰兰叫，抱紧脖子！莹儿还没明白过来，就觉得一股大力抛出了她。她嗖地飞向半空，似乎还在空中翻了几个跟头,就觉得许多沙粒向她打来。她只好闭上眼睛,由了身子滚。纷飞的沙子一阵阵泼向她的脸。她想,完了,这下,掉豺狗子嘴里了。妈呀! 她叫。无论她以前如何怨妈,这一时刻,她叫出口的,仍是妈。

快! 快!

身子的滚动刚刚停下,莹儿就听到了兰兰的叫。她睁开眼,先看到两条粗大的驼腿,然后看到兰兰伸下的手。她捉了那手,立起身。

快上! 兰兰又叫,莹儿扯着兰兰的手,踩着兰兰伸过的脚,好容易才爬上了驼背。她看到倒地的驼在挣扎着惨叫,身上已虱子般趴满了豺狗子。兰兰说,没治了。它的腿断了,想来它踩进了鼠洞。

豺狗子们纷纷扑向那惨叫的驼。虽也有一个试探着想靠近兰兰这儿,但兰兰咬了牙,一枪便将它打倒在沙上。看到再没豺狗子过来,兰兰也就不急着离开了,她明白,那倒地的驼,已吸引了所有豺狗子的注意。她慢慢地装了枪。

莹儿脑中却一阵嗡嗡,天塌了似的。那驼,是老顺的爱物,人家出四千块,他还舍不得卖呢。她想,与其这样,还不如自家喂了豺狗子。她木木地望着叫豺狗子扯得直声惨叫的驼,眼泪喷了出来。她说,还不如我死呢。兰兰虽也难受,却安慰道: 咋说这号话? 有人就有一切。有了我们两个大活人,不信还赔不了驼!

莹儿这才觉出了漠风,它吹透了自己的衣服,吹进心里了。她从里到外觉出了凉。对那些豺狗子疯狂的大嚼,倒也没觉出多少厌恶。驼已不叫了,它长伸四腿躺在沙坡上。它的身上盖满了豺狗子，只有四个蹄子还露在外面。豺狗子的所有注意力都转移到死驼身上了。它们懒得再望莹儿们。它们的对手变成了正跟自己抢食的同类，开始了相互的撕咬。莹儿想到方才那驼还驮了她跑呢，此刻却成一堆肉了。那虚幻又一下子扑了来。

兰兰装好了枪，叹息一声，说走吧。

她松开缰绳，用不着发命令，驼就掉转身，颠颠着跑起来。同伴的命运定然也强烈地刺激着它。虽然它的身子已叫汗水浇透，但速度仍然很快。是的，最厉害的鞭子，便是豺狗子尖牙的威胁。

莹儿抹去了泪。她想，哭是没用的。

兰兰叹道，别的没啥，只可惜了那些水。不过，也没啥，剩下的这些，我们省着些喝。

兰兰这一说，仿佛碰到了饥渴开关，那汹涌的饥渴醒了。两人在驼背上喝了点水，吃了些馍。兰兰说，幸好爹有经验，叫我们把吃食和水分成两份，不然，就算逃过豺狗子的嘴，也会变成渴死鬼。莹儿苦笑道，那是我们的罪还没受够。兰兰安慰说，不要紧，还有些火药，碰到倒霉的兔子，打两个。又说，大难不死，必有后福呀。

莹儿却想，这死不死的，现在还难说得很。谁知道吞了那驼肉后，豺狗子会不会再次追来？

绷紧的神经一松弛，困意就大网般罩了来。两人都打起了瞌睡，有些东倒西歪了。兰兰强打精神，她怕骆驼胡乱跑了去。虽已迷了路，到了一个从没来过的地方，但也没啥，兰兰知道，要是一直朝东走，即使迷了路，也没啥大不了。因为东边是蒙古,那儿总能碰到人烟的。有人烟就好,就能补给食水。一人的食水两个人用,支持不了几天的。可要是驼瞎跑,乱了方向,她们就会变成木乃伊。

驼的喘息声越来越大,跑了老远的路,又驮了两人,夜里吃的草料早化成热量了。要不是驼峰开始提供养分的话,驼早没体力了。兰兰想,得找个草多处,叫骆驼吃些草,她们也多少歇一会。她实在没气力了,头里面有几辆拖拉机在跑。莹儿已歪了身子倚着她睡了,兰兰怕再不休息,驼吃不消不说,她们也会栽下驼背的。

转过一道沙梁,见有些沙秸,虽是些陈年沙秸,骆驼是不嫌的。它的食物圈很大,沙漠里的大部分植物都能入口,兰兰晃醒莹儿。两人下了驼,兰兰将驼拴在柴上,也没卸驮子,两人就萎在干沙上。还没躺平顺呢,已坠入了梦乡。

不知过了多久,炽热的太阳烤醒了兰兰。她满头大汗,嗓子眼里冒着火。日头爷快到正午了。沙洼里没有一丝儿风。

骆驼却不见了。

兰兰吃了一惊,忙推醒莹儿。她说,骆驼跑了。她虽是个强性子,话音里却带了哭声。莹儿梦里正跟豺狗子周旋呢,一听兰兰的话,舌头倏地麻了。她想,完了,驼身上带着吃食和水。这不是要命吗?

两人沿了驼的掌印去找。幸好没刮风,驼掌清晰地印在沙上。那一串串或深或浅的印儿通向天边。兰兰暗暗叫苦:要是那驼执意要逃的话,她们是无论如何撵不上的。按说,驼通人性,是不会半路逃跑的。它们也知道,在偌大的沙窝里,无论任何理由的逃，都是很不仗义的。何况，你还驮了人家的养命食水。兰兰骑的这驼，是向村里人借的，不像自家那驼，跟自己有感情，这号事，自家驼是做不出来的。兰兰对自家驼的可惜之情，这时才完全占据了心。自家的驼是村里最好的驼，曾吊死过咬了它峰子的两匹狼，被村里人尊为驼王。跟猛子去猪肚井时，它更是立下了功，没想到，却叫豺狗子垫了肚子。

两人本就劳累，追了一阵，都喘粗气。兰兰说，不知它是去寻草场水源呢，还是逃跑了？要真是逃跑，她们的追是毫无意义的。两人萎在沙上，喘息一阵。莹儿说，找找看吧，尽了人力再说。两人又沿了那印迹跌撞而行。那印儿，忽而上坡，忽而下洼，她们只追到滚在蹄洼里的一个馍馍，却不见一点驼的影子。

兰兰擦擦汗，说，像这号驼，才是该喂豺狗子的。你说，该死的不死，不该死的却偏偏死了。莹儿说，再追追看吧。看这样子，馍馍袋子烂了，追不上驼了，能追上几个馍也好。兰兰说也好。追了一阵，她们又见到了几个馍馍。再追，就只有脚印了。兰兰说，那骚驼说不定把漏下的馍都吃了。果然，她们在一处沙上发现了一堆馍馍渣。

算了。不追了。兰兰说。

17

骆驼一逃走，姑嫂俩如遭雷殛。骆驼带走了馍馍和水。……

没馍馍也成。因为沙窝里有沙米们,饿是饿不死的。没水可就要命了。那发着日日声波的日光一下下舔你的肌肤,要不了多久,你的血就稠得流不动了。再晒,你就干透了。你想活,也只能以灵魂的方式存在,肉体是不会听你的话了。莹儿想到了晒绿豆的情形。绿豆里,总有些虫子,它们打个洞儿,钻入豆里。她就把绿豆摊到院里晒,那虫子是最会装死的,一装死,你就会将它当成草籽。莹儿也懒得辨哪是虫子,哪是草籽,因为不管是虫子还是草籽,日头爷只管将它的水分榨干就成了。……这下,她们也要变成虫子了。她想,这是不是她招来的报应呢?晒虫子者,终究也会被虫子一样晒死。她知道,自己的体内,早就缺水分了,出了那么多汗,血的黏度想来很高了。却想,也难怪,驼叫吓坏了。谁也是命,你怕豺狗子,人家也怕,而且前路有那么多未知的风险,它当然怕了。

两人坐在沙上,任日光烤炙,谁都不想说啥。驼将所有的生机都带走了。照这样子,她们走不了多远的。你每走一步,除了你消耗的水分外,日头爷还要夺走一些。真没治了,祸不单行呀。

骆驼没逃时,虽有渴意,还能忍受,稍微抿一口水,就能缓解了渴。骆驼一逃,周身的渴一下子醒了,每个细胞都喷出干渴来。莹儿甚至听到了细胞因缺水而破碎的声音。那声响,跟赤脚走在麦秆子上很相似。喉咙里像有无数只豺狗子的爪子在疯狂地骚动,充满了毛呵呵扎洼洼的感觉,又像是有一团蝇卵在白乳胶里蠕动,黏黏的,很恶心。她极力不去想那画面,但还是厌恶自己了。跟豺狗子搏斗时,虽时有凶险,还能看得到对手，时不时也能给它一击，此刻，不知道对手去哪儿了。也许，那发出白光的日头爷算一个，但跟日头爷较劲，是讨不到好处的。再想来，对手也许就是命运。但命运是啥？命运是一团气，将自己包裹在其中，无论前行后退，你都摆脱不了它。跟它较劲，似乎也无着力之处。能看得见摸得着的对手，便是自己的身体了。细想来，自己所有的挣扎，都是为它的。为它寻吃，为它觅衣，瞧，现在，这身体，又在折磨自己了。

18

记得，那时的诗意的夜里，灵官常会给莹儿描述烈日下的大漠。

灵官很会讲故事，声音很是鲜活，此刻，仿佛仍在莹儿耳旁响着——

随着太阳的愈来愈高，诗情消失了，画意消失了。大漠露出它本有的残酷。虽在深秋，太阳还是傻乎乎忘了节气似的把热光尽情地泼在这种被人们戏称为晒驴湾的沙洼里。要是有风，灵官还能忍受，偏偏越需要风时，四下里却涨着气，把沙洼硬生生涨成蒸笼。而寒冷时气温下降时，却又到处是风，你找遍沙漠也找不到一个避风之地，即使一个表面看来肯定避风的面南的环形沙湾，仍是一个灌风洞，四下里的风会泼妇般扑向你，抢走你身上所有的热量。

灵官已喝了三次水。每次只喝一口。他多想趴在水拉子上牛饮一番啊。可在这沙漠腹地,惜水就是惜命。他每次只是润润喉咙。奇怪的是,越润越渴。那股凉丝丝的液体刚一入腹,喉咙马上又变成干山药皮了。口腔更不争气,像在和泥。每一次搅拌舌头,都令他想到村里人做泥活用的铁锨。

这些,灵官都能忍受。

最难耐的是寂寞。

沙丘上,一眼能望出老远。触目皆苍黄,没有一点儿绿。所有植物都被秋霜染成了灰色。因了那个明晃晃的太阳,天不似寻常那么蓝。此刻,那个叫天的所在只是一个焦躁暴热的来源。没有一点儿能带来凉意的景色。焦黄,尽是焦黄。燥热,到处是燥热。找不到哪怕一点儿荫凉供他乘。他只有躲进窝铺。窝铺上的黑油布虽说遮挡了下泼的热光,但仅仅待了十分钟,他便逃命似的溜出。

钻进黄毛柴,除了搅出呛人的尘灰,觉不出丝毫的凉意。他只好坐在沙丘上,头顶白衬衣。这儿的空气相对还在流动。加上沙还没有被晒得滚烫,屁股上有些许凉意。但这感觉又在提醒他,目前还不是最酷热的时候。一两个时辰后,在滚烫的沙上,他会像火板上的鱼一样。

他经历着从没这么艰难地经历过的时光。寂寞比酷热更能折磨他。除了那峰优哉游哉吃草的骆驼,他不见一个活物。老鼠和狐子们正在洞中睡觉。蚱蚱虫也沉睡了。苍蝇呢?虫子呢?沙娃娃呢?平素里常见的那些乱七糟八叫不上名字的虫子呢？哪儿去了？仿佛和他捉迷藏似的，一个都不见了。他多想见到一个活物呀。像个哲学家一样终日沉思，像修道者一样默默用功的骆驼只能给他更寂寞的感觉。他多想见一只嗡嗡叫着的蜜蜂和扇着翅膀的蝴蝶啊。真要有，他一定会惊喜地扑上去，捉住它们，狂吻它们。甚至，吞下它们。但他知道，这些贵族化的昆虫是很少光顾这个死亡之海的。

太阳的热度在明显增加。灵官仿佛听到有个风葫芦在太阳里吹，吹出一阵强似一阵的火焰。他的身上尽是汗，黏糊糊的极不舒服。干渴更强烈地袭来。他忍住不去喝水。他发现干渴能使他暂时忘却寂寞。这真是一个以毒攻毒的良方。只是，这渴感在跳动，像心脏那样。心念越集中，反应也越强烈。跳动的渴感激起了波纹，一晕晕荡向周身，一次比一次明显，一次比一次强烈，连大脑也嗡嗡发晕了。后来，干渴布满全身。他觉得自己变成了干尸。

灵官跑下沙丘，跪在盛水的拉子前，喝一口带有难闻的塑料筒味儿的水。一股清凉顺着喉咙进了胃部，反倒勾起了他无法遏制的狂饮欲，衬得周身越加干渴。他索性不考虑节约水了，一口气灌了个肚儿圆。

他舒口气，拧上盖子，仰脸躺在沙上，让开始发烫的沙熨自己的脊背，好舒服。躺一阵，翻身，吃些馍，索性扔了遮阳的衬衣，仰脸向天，让日光尽情炙烤自己。

满肚子的水暂时滋润了奇异的干渴。寂寞又袭向灵官。他觉得已熬了一个世纪，悬在头顶的太阳却一次次提醒他：还早呢，才到正午。

沙洼终于到了这个节气的一天中最热的时候。沙粒仿佛在啸叫。灵官坐起了身。他像入浴一样浑身湿透了。遐想很快中断。焦躁又袭上心头。他捞过衬衣,又上了沙丘。沙丘上流动的气流使他透湿的身子清凉了些。满目的焦黄却又令他烦躁不安。

　　灵官体验过的这一切,莹儿也在体验着。想到他们共有了一种生命的体验,莹儿很是幸福。

19

　　莹儿索性躺在沙上,无奈地望天。日光直接照到她脸上了。以前,她很注意保护脸,不使它叫日光直射。要是日光晒多了,黑色素就会聚在一起,脸上就会出斑点。但要是成一个渴死鬼,啥模样还不是一样?或是成干尸,或是叫野兽啃得七零八落。她就说日头爷,由你烤吧,你索性一下子烤干了我,叫我少受些苦。……要是再叫沙埋了干尸,千年之后,人们也会挖出她,说不定,还会放到博物馆里呢。灵官就在凉州博物馆见过一具千年前的女尸,他说很难看。谁也不知道她是否爱过,或有过怎样的人生轨迹。那女尸,也不会告诉世人了。她的身世成了一个巨大的秘密。听说,好些学者想研究她的由来,但都是老虎吃天无从下口。莹儿想,要是千年后自己也被挖出,也会是个巨大的谜,没人知道她曾爱过,曾和一个叫灵官的男孩闹出过一段销魂。她想,这秘密也没人能考证得出的。她感到一阵恶作剧似的快感。她偷偷笑了,想,叫你们考呀证呀,累个贼死,你能考出我心里想啥吗? 能考出我曾咋样爱他吗? 不能吧,一群废物。她仿佛看到了学者们一头汗水的尴尬相,快意地笑了。

又想,既然别人考证不出啥,那不是等于这世上没存在过那段爱吗? 就是,多好的花,要是开在偏僻的山谷,人看不到,不也等于没开花吗? 这一想,她急了。她想,无论怎样,就算现在她如何隐瞒,不让人知,待得千年以后,还是应该有人考证出世上存在过那样一段生生死死的爱的。否则,不跟开在无人处的花一样吗? 她想,得生个法儿,叫后来的人明白她有过一段怎样的情。

莹儿想呀想呀,实在想不出个好办法。要是眼前有石头,她会用藏刀在上面刻上字。她甚至想好了她该刻哪几个字。她费劲地看了看,没见到石头。眼前只有沙,沙是啥? 沙是世上最不可靠的东西,你哪怕将最忠诚的心交给它,风一吹,就会抹了它。莹儿多希望能有块石头呀,可石头也跟命运里的盼头一样,不是你叫它,它就会应声而到的。莹儿想呀想呀,终于想到了一个法子:前年,在金刚亥母洞,出土了好些西夏文物,最多的是丝绸。那真是好丝绸,无论质地和花纹都叫专家们啧啧不已。有些国师,就在那丝绸上写字。她想,丝绸都能穿越千年,从西夏走到现在,她的衣服或许也会这样。要是在潮湿的地区,多好的衣物也会被沤成灰,但在这沙漠的干沙里,衣物肯定能保存好长时间,就算没有千年,也会有个几百年。成了,一样。对一个死人来说,千年或百年,一样,一样呀。

莹儿想用血在衣裳上写上字。她将食指探进口中,用力地咬。她很怕疼，才一咬，就觉得疼旋风般搅了。她忙松了口。她想，自己不过轻轻一咬，就忍受不了，那叫豺狗子们活咬的骆驼该如何难受呀？她的心哆嗦了一下，觉得自己对不起它。她想，要是她像兰兰那样注意吆驼，它也许不会折腿的。但那歉疚很快没了，因为她想做的事，又在起劲地叫她了。既知道那慢咬会瓦解意志，就索性抽出藏刀，伸出食指，在刃上划了一下。

血从刀口处渗出了，渗得很慢，莹儿脱下那件天蓝色褂子，用血在上面写字。哪知，才写了一画，血就没了。血真是稠到极点了。记得以前，她最怕出血，一出血，总是止不住，医生说她血小板减少，叫她吃花生的细皮。她发现血也老跟她作对。以前，怕出血，可老出，而且一出就止不住；现在，她希望血出多些，好叫她写完自己想写的话，可血偏偏凝了。她用力吮呀吮呀，终于又吸出了一些。她就这样吮吮写写，终于将想写的话写了。因为不常写字，字很难看，但还是能看出内容的：

"莹儿爱灵官。"

她想，不管是千年后还是百年后，只要有人发现她的尸体，就会明白她叫莹儿，还会明白她爱过一个叫灵官的人。这样，她这具干尸就跟博物馆里的干尸不一样了。说不定，一些好事的作家，还会演绎出许多动人的故事。故事里的男主人公叫灵官，女主人公就叫莹儿。她仿佛看到了百年后的人正在看那电视剧，都被感动得热泪盈眶。连她自己，也真的热泪盈眶了。她的嗓子虽干得冒烟，眼泪却怪怪地淌了很多。

她无言地哭一阵，抹去泪。不管咋说，她还是很满意自己的做法。

她是个很容易感动自己的人，总在虚构的故事里流着实在的泪。但那渴，却奇怪地躲远了。她想，也许，这就是艺术的作用吧。

忽然，一个念头却一下将她打蒙了：要是野兽撕了她的衣服和身子，那字不就也没了吗？

莹儿又陷入绝望之中，她想原来那永恒，并不是你想要就能有的。她老在村旁的河湾里看到叫野兽们撕得七零八落的衣服碎片，还有叫它们啃剩的骨头。她想，自己要是死在这儿，也定然会成那样子。除了豺狗子，还有狼，还有老鼠，还有好些长着尖牙的动物，它们都会撕碎自己向往的永恒。真是的，这世界总有好多尖牙利齿的。没办法，人既然是来受苦的，当然得有好多制造苦的母体。

一想那么美的爱情故事会随着肉体的消失埋入黄沙，她真的痛苦了。她想，这是比死更糟糕的事。

忽然，那"埋入黄沙"几字怪怪地引出了一缕游丝。莹儿捉呀捉呀，终于捉住了它。她想，就是，把自己埋入黄沙，叫野兽找不到自己。

她一下子兴奋了。

真是个好办法。她想。好些出土文物不是也被埋入黄沙或黄土才保存了千年吗？真的。四面望望，她瞅中了一个高大的沙坡。她想，反正是个死了，与其渴死，还不如活埋了自己。活埋时，那痛苦会很短。要是被渴死，得受多少罪呀。

她想，先不急着埋。等实在没希望了，快要死时，再埋。又想，真到快要死时，怕是连挖坑的力气也没了。她想，趁着有力气，我先挖好坑。到了那弥留之际，用足了劲一蹬，沙就会下堕，埋了自己。

她爬起身，走向那沙坡。沙坡很高，莹儿瞅个陡些的地方，用手一下下刨沙。兰兰正闭了眼，不知在想些啥，她只是望了望莹儿，却啥也没问，也许她以为莹儿想挖个睡觉的洼处哩。

莹儿挖呀挖呀，她小心地挖。在沙坡上挖坑虽不很累，但有一定的难度，她得既要挖出坑，又要叫坑周围有环伺的悬沙。而且，更得悬到一定程度，弥留之际的她一脚就能蹬塌下来。这当然有相当的难度，但莹儿还是成功了。她挖呀挖呀，但她渐渐失望了。她发现，沙坑里竟有潮意，就算她将自己埋在里面，要不了多久，潮湿也会毁坏那件有字的衣服。

她一下泄气了。

她很难受。她想，我真是背运透了，想找个干燥些的埋尸身处，也不能如愿。

不知何时，兰兰已到了身后。

忽然，她大叫起来，芦芽！

20

兰兰说，你知道芦芽是啥吗？当然，芦芽就是芦芽。可你是不是知道，当年赶龙脉的道人，赶呀赶呀，待他们赶到龙脉时，首先就会发现芦芽？芦芽是龙脉的胡须。

兰兰见莹儿的脸鲜活了些，也没解释啥是龙脉，凉州人谁都知道龙脉就是水路。龙脉当然还有更多的意义，比如有龙脉的地方出贵人等等，但兰兰懒得管这些。她眼里的芦芽是啥？是吃食，是水，是生命。兰兰弯下腰，拽下一截芦芽，用胳膊夹了，蹭去沙，扯成两段，将长的那段给了莹儿，说，你嚼，水汽大得很，那渣子也不要吐，多嚼一阵，咽下去。

莹儿咬了一口，一股清凉在嘴里化开了。这感觉，美极了。莹儿没吃过芦芽，一看那样子，原以为是木头渣子，谁料它会有那么多汁儿。印象里，这几乎是她尝过的最美的食物了。

兰兰几口将芦芽塞进嘴里，她跳下沙坑，顺着那芦芽根系，慢慢地刨，边刨，边将芦芽根扔出，说，你省着些吃，得留着养命呢。那芦芽白白的，胖胖的，水水的，很诱人。莹儿恨不得几口吞了。嗓子眼里也钻出了几只手，都朝芦芽伸了去。莹儿从衣袋里掏出个塑料袋，抽去卫生纸，将芦芽装了。她怕沙漠里的干风很快会将芦芽的水分榨干。莹儿想，也好，总算又有了一线生路，人说天无绝人之路，真是的。每到山穷水尽时，总会有转机的。

兰兰扔出的芦芽渐渐多了。芦芽和甘草一样，总是一攒一攒的。只要发现一根，顺了那根系，就能扯出好多来。按民间传说，有时，皇家祖坟里的芦芽也能扯到千里之外，要是谁家的祖坟里沾了那龙气，这家就会出皇上的。沙湾就有被皇家斩断的龙脉。在沙湾人眼里，芦芽是吉物，谁家的坟里要是有了芦芽根，那是很值得庆贺的事。

兰兰的喘息从沙坑里传出。那些沙，全靠她一捧一捧地往外扔。塑料袋里的芦芽渐渐多了。莹儿说，你歇歇，我再刨一阵。兰兰抹抹头上的汗，笑道，成哩，不累。你咋想到这法子的？莹儿咋能将她想名垂千古的想法说出呢？她笑了笑，不语。兰兰也不在乎她回答与否。看得出，她很高兴。这真是意外之喜了。莹儿想，要是有把沙锹多好。但她马上又嘲笑自己，人真是贪心不足，有了芦芽，想要锹；有了锹，又想帐篷；有了帐篷，又想小卧车哩。烦恼就是这样来的。成了，在绝境之中，能有芦芽充饥解渴，已是上天最大的恩赐了。

塑料袋里已装满了芦芽。莹儿想找个别的东西装，兰兰扔出了头巾。为防日晒，两人都顶着头巾。记得还有纱巾的，装在那驼架上的包里。……不想了。丢了的东西，就不是自己的。

莹儿正想换换兰兰，忽见沙壁上溜开了沙。她觉得不好，忙叫，兰兰，快出来，沙要塌了。兰兰起身，正要往外跳，沙已塌下了。兰兰自胸以下，全被埋了。那沙，却仍在下泻着。

莹儿吓坏了。她一把拽了兰兰的胳膊，拼命外扯。哪知，她越扯，沙泻得越快，竟涌到兰兰的肩部了。兰兰大张了口，拼命呼吸着。莹儿不敢再拽，兰兰也不敢再挣，沙流了一阵，慢慢停了。

莹儿手足无措了。看这阵势，真是危险万分，要是沙再下泻，立马就会埋了头部。头一埋，脚就踏进阎王殿了，沙会顺了你的耳孔鼻孔嘴进入它能去的任何地方，就算你及时能挖出人来，那进入你体内的沙子仍是命里最大的麻烦。

莹儿叫兰兰别动，她怕她的挣扎会招来更多的沙流，反正人家黄龙有的是沙子。你只要招惹人家，人家就立马亲热地围了来。沙湾人都信黄龙，黄龙管沙，青龙管水。水淹死的多进了龙宫，沙埋了的就成了黄龙的眷属。早年，村里有黄龙庙，每到初一、十五，村里人就去祭祀。只要有一次不祭祀，黄龙就会发脾气。但时代不同了，一切都走下坡路了。最早的时候，祭黄龙得童男女。后来，变成牛羊了。再后来，庙叫砸了。据老人说，自那后，沙就一步步移向村子，埋了好些地。莹儿本是不信神的，此刻，别说神，叫她信狗也会信。她就求黄龙，求她别带走兰兰。兰兰也求金刚亥母。兰兰只在心里求，她表面上很镇静。虽然沙的挤压已使她呼吸困难，但她还是极力保持平静。她明白，这会儿，所有的慌张都帮不了自己。

兰兰想，那沙，说不定啥时又会下泻，趁着这机会，把该安顿的，给莹儿安顿一下。要是自己真死了，也别带着遗憾。

莹儿想了个法儿，她边求黄龙，边在兰兰北边的沙上挖坑。因为兰兰在沙丘的北侧，要是在北边挖个坑，兰兰也许能慢慢挪出身来。莹儿说，你别动，我试着挖。

兰兰惨然一笑，也不去阻止莹儿。她明白，不管有没有效，那都是眼下唯一能施行的法儿了。

兰兰说，莹儿，有些话，我想对你说说。

21

这辈子，最叫我难受的，有两个人，其中一个是你。

我明白，我的离婚给你带来了很大的麻烦和伤害。我明白。我也是个女人。其实你也知道，这世上，最能贴近女人心的，还是女人。莹儿，我那样闹，没别的，我只是受不了你哥哥的打。这是真的。我不求爱情，不求富贵，更不求理想，我仅仅想像个动物那样活一场。真的，动物一样。我很羡慕猪。虽说它终究得挨一刀，可哪个人不挨刀呢？不说结扎呀动手术呀之类，单是老天给你的最后一刀，谁能躲过呢？所以，我很羡慕猪。你想，当一个人羡慕猪时，他过的是一种啥样的日子？我还羡慕牛，虽然牛很苦，可我的苦哪点比牛弱？你知道，天麻亮时，我就起床了，打扫院子，收拾屋子，做饭，干活，直到天昏昏黑。一年三百六十五天，我都是这样。薅草，挖地，割田……哪一样离过了我？牛再苦，总有个农闲的时候吧？可我，你瞧，谁一见，都说不像个二十来岁的女人。这些，没啥，我能忍。生个农民，天生就是受苦的。我认命了。

可我真受不了那些打，受不了。疯耳光、蛮拳头、窝心肘锤、揣心脚都是轻的。我最怕的，是那牛鞭。你知道，老牛挨那么一下，都得塌腰哩。人家一抡，就是半个时辰。半个时辰是多久？是一个小时，是六十分钟，是三千六百秒。那一场下来，身子就叫鞭子织成血席子了。然后呢，他又抓了碾面的盐，往伤口上撒，他说是怕感染——感染了，家里又得出钱。那疼呀，比挨鞭子还胜百倍哩。记得，我梦里都躲不过鞭子，老是从梦里吓醒。有一次，就是你给我挑刺的那回。你知道，他要赌输了，我不过说了几句，他就折了好些刺条，扯光了我的衣裳，抽牛一样抽我。我知道，他是从贤孝上学来的。你忘了？

好些受难的公子就那样挨揍。他为啥不学贤孝中的好人呢？那么多贤，那么多孝，他都不学，他为啥单学恶人呢？

他用刺条抽我后的第二天，你正好来站娘家，你不是挑出了一把刺吗？你没数，我可数过，四百五十一根。那时，我就发誓，下辈子，我扎他四百五十一枪，或是射他四百五十一箭。真的。你别生气。当时，我真是那样想的。

你别哭，真的别哭。你一哭，我就不说了。这些，憋在心里，都快捂臭了。我不敢说，你知道，有些人听了，不但不会同情你，反倒会望你的笑声。记得，村里有个婆婆，一骂儿媳，就说，你再犟嘴，兰兰就是你的后世。我听了，脸上像有条子抽。我咋给人说？我只好牙打落了往肚里吞，有多少苦水我自个儿咽。爹妈虽也知道我挨打，可他们咋知道我挨怎样的打呢？要是妈知道了，心会疼烂的。爹妈够苦了，我不能往他们的伤口上撒盐。你说是不？

不说了。你一哭，我的心也酸了。瞧，我惹你伤心了。好了，不提这话头了。我只是想叫你知道，我闹离婚，实在是受不了那种打。要是我不闹离婚，就只好寻无常了，或是刀路，或是绳路，或是喝药。记得，一次，我在梁上拴了绳子，刚将脑袋探进绳圈，就叫你爹救了。我还想喝断肠的农药，听说喝了药难受，但我想，难受也罢，不过一阵阵。这号苦日子，啥时是个头呀？

后来，哥哥死了。我就想，我死不成了。哥一死，爹妈哭成那样。要是我再死了，可真要他们的命了。我只好闹离婚了。你别哭，我不想叫你难受。我只想叫你明白，我离婚，实在是活不下去了。要不是我挨不了那样的打，我会头仰屎坑，咬了牙硬挺的。不就是一辈子吗？咋也是个死。挣扎也死，忍让也死，我想得通的。但是人生来，不是挨打的。多高尚多伟大的人，身子也是肉长的。

其实，我是个安分的女人。我也不想飞上跳下。我从来没有理想，不想出人头地。我只想安安稳稳地活着，悄悄地混上一辈子。人嘛，原本就是个混世虫。混就是了。

当然，丫头的死，真揪了我心上的肉。那段日子，我的天也塌了。我能明白爹妈失了儿子的痛。那时，我心里最不能碰的，就是这事。但你知道，痛是会木的。无论咋样的痛，痛一阵，也就木了。我终于从那痛里挣出了。人觉得我闹离婚是因为这事。是的，我明里是这样说的。可我其实还是怕挨打，真是的。所以，我最佩服的人，不是佛，不是菩萨，而是那些受刑的烈士。说实话，要是我，无论有多大的信念，挨不了几顿打，就会叛变的。

你别哭。

丫头虽然死了。虽然我也死去活来地闹过，可死的哭不活。没法，死了也就死了，就当她是那么个命。可那种打，我一想，心就发麻。所以，我发过誓，这辈子，我不打人。以前，我也扇过丫头一巴掌——我最后悔的，就是这。我一想，心上就刀刀儿搅哩。我就发誓不打人。人打我时，我难受。我打人时，人家也难受。人生来，不是给人打的。

好了，你别哭了。我不说了。

你知道就好。好长一段日子里，我最怕醒着，因为醒着就老想事。也怕睡着，因为一睡着，不定啥时候，牛鞭就会呼啸。有时是真的，有时在梦里。好长时间，我分不清是清醒还是梦里，反正啥时候也挨打。要是哪一天，他没有抡牛鞭，只拿疯耳光疯拳头招呼我，我就会觉得很意外，觉得那是对我最大的恩赐了。你知道，手打虽也疼，疼却是钝的。那鞭子，是利利的疼，比刀子割还要疼百倍哩。你记得那头黑白花牛吗，人家一鞭，就将它打瘫了，牛眼里淌出黄豆大的泪。可我，得挨多少鞭呀。人家拧了腰，咬了牙，鞭鞘就呜呜着飞了来，只一下，我就瘫院里了。

我真是叫打怕了。

你可别笑我。没办法，谁叫我是个软弱的女人呢？只要你理解就好。

你慢些挖，不要急。你小心些，别磨烂了手指头。你捧，对，就那样捧，你别用指尖，那儿皮薄，你用手掌捧。对，就那样。

说了这些话，心里好受多了。

第二个叫我难受的，我不说，你也猜到了。对了，就是花球媳妇。虽然我跟花球没啥，真的没啥。真像那花儿里唱的："大红果果剥皮皮，人人都说我和你。其实咱俩没关系，好人担了个赖名誉。"这编花儿的，真神了。他咋知道我心里的话呢？真是的。

我没想到，她会寻无常。真的没想到。我跟花球，虽闹了个天摇地动，其实啥也没啥。没结婚时，跟娃娃过家家一样。后来结婚了，就没那份心情了。老是挨打，啥女人感觉也打没了。你知道，那段日子，我身子不干净。……不过，我承认，跟他亲过嘴，他也摸过我。这会儿，我也没个啥避忌的。真的，就那样。我跟你和他不同，你们是真真实实地爱了……你别瞪我。我们啥都没有。真的没有。

那次打七，我们虽昼白夜黑地在一起。是的，这不假。我们在一起待了七八个昼夜，可你知道，那是在打七。那是在金刚亥母洞里，我咋能干驴事？再说，我身子还时不时来红。我是不能干那事的。再说，跟我们一起的，除了那放风捣嘴的月儿妈，还有凤香们……你想，我就是真想干那事，我又不是驴，咋能不分场合地胡来？

她咋那么傻呢？她跟个疯疯儿，念个经经儿。她以为我真跟花球干了驴事，就干了糊涂事。……要说，也怪花球，女人嘛，嘴碎，说了叫她说几句，你能装了装，不能装了，就出了庄门溜达去。你动啥手？你不动手，人家都成个气葫芦了。你一动手，她就觉得没活头了。你说是不？要是我，我也会拿刀子抹脖子哩。

她不知，她这一弄，没影子的事，也成真事了。这号事，你又不能一个一个地解释。你越说，人家还以为此地无银三百两呢。世上的事就这样。你说，我有啥法呢？

你知道，她刚寻无常那几天，我也想拿刀抹脖子呢。我眼前老晃着她血糊糊的脖子，刀口那儿吹出噗噗的气泡。那血泡儿，老在我眼里噗噗着。我逃不出那梦魇。好几次，我举起了刀子，可我想到了爹妈……真的，我不能叫他们死了儿子后，再死女儿。我要是死，我爹也会像她爹抱了她那样哭得断气。我真不忍心。真的。

当然，我还怕疼，我真的怕疼。我算服了她了，她怎能那么狠心地戳自己呢？

你慢些捧，别急。这会儿松动了好多。对，你就捧胸膛上压的沙子，对，先捧那些。

没想到那女人没死。没死当然好。可你知道，她老是歪个脖子在村里晃，谁见了，都说她可怜。说她可怜的同时，当然就在说我可恶。要是她死了，人们说几年，也就不说了。可她老歪着脖子，你也见过那样子，跟怪物一样扎眼。我真不敢出门，一出门，就见她在南墙湾里晒太阳，见了我，她啥也不说，只拧了脖子，阴阴地瞅我。我怕那眼睛，比怕你哥的牛鞭还厉害。真的，我老觉得那眼睛在脊梁上戳着。有时，觉得天上地下，到处是那眼睛。它们发出蛛丝一样的光，将我裹成了蛛网里的苍蝇。要是有村里人，我就更难受了，他们会望一眼她，再望我。我知道他们心里说啥。

有时想，真没活头了。

真的。在婆家门上，等我的是牛鞭；在娘家门上，是比牛鞭还厉害的歪脖子女人阴阴的瞅。你说，我还有个啥活头？

真的。你别捧了。你索性上了沙坡，蹚下沙，埋了我吧。

不提这事，我还有活下去的念头，一提这些，真不想活了。早死早脱孽。

你说，我的命咋这么苦呢？莫非我的前世，真干了比天还大比沙还多的坏事？算了，你别捧了。瞧，你的手出血了。我觉得没用。你捧上千百下，不如人家黄龙溜一次。

要是我这次叫黄龙收了去，我只希望，要是你能活着出去，也有气力的话,能替我做件事:她的脖子虽歪了,但听说,到兰州的大医院里动个小手术,脖子就能弄直。当然,得看你有没有气力,没那气力,就算了。要是有气力,你就帮帮她。你知道,那歪脖子,是我的耻辱柱。只要它存在一天,村里人就会骂我一天。再说,花球心花,要是女人成那样,是拴不住他的心的,他迟早还会出事。那是个苦命女人,能帮了,帮她一下。

要是你没有气力,你带个话给猛子,叫他替姐姐满这个愿。他会做的。当然,要是你们的事成了,啥话也不用我说了。你们合了力,日子就好过些。要是那事不成——你知道,妈那人,心术儿太多——你就前行,嫁个有钱些的,当然就有了气力。……瞧我,给你心上加码子了,你不会怪我吧?没办法,我想说这话。不说,我心上难受得很。说了,你做不做是你的事。我的心就松活了。

有时一想,这辈子,真没活出个人样来。没办法。我虽也信命,但似乎也不全是命的事。你瞧村里女人,哪个不是苦命人?我想,是不是女人们都是磨盘上的蚂蚁?只要你上了那磨盘,你就得跟了惯性转?我想,定然还有些命以外的事。瞧,"文化大革命"里,受难的有多少?不信他们都是那个命,定然还有些命以外的事。我虽想了好久,但我一直没想透。算了,不想了。其实,爹的那话最好,老天能给,我就能受。是不是?你想呀想呀,想破了脑袋,你该受的,还得受。还不如开头就坦然地接受了下来,你说是不?

要是我真叫沙埋了,你也别哭。眼泪也是水,省些水,你就能活久些。你不认识路,别乱跑,你要一直朝东——你也别管盐池了，先保命吧——这沙窝，东西窄，南北长，要是走错了路，你是走不出去的。你就一直朝东走。你千万不要在毒日头下走，那样要不了多久，你就叫蒸成干尸了。你最好在黑里走路，你只要瞅清那北斗七星，叫它悬在你的左上方，就只管前走。手电你省着用。枪也别扔了，火药别弄进去水，万一叫雨淋了，你晒干就成。枪其实很好放，你抓上一把火药——不要太多，你省着些用——溜进枪管里，你用那捅子捅个十来下就成，别捅得太实。要是捅得过实，会炸膛的。再装些铁砂——铁砂不多了，你也可以挑些大些的石砂，别太大，跟铁砂差不多大就成。再装半把火药，再捅瓷实些，这是挡那铁砂的。你就从铁夹里，取个火炮子，安在撞针上。有时，也会有命到了尽头的兔子碰到你的枪口上。要是碰上黄羊，你别打了。钢珠子在骆驼上挂的袋里，这号碎铁砂打黄羊只会浪费火药。要是你靠近些，也打能伤它，就算它伤得很重，你也撵不上它。你千万别费你的力气。你要节省体力。那伤了的黄羊，就算它跑上半个时辰，你要是撵，也会累死你的。你就只打兔子吧。要是你运气好的话，差不多一枪一个。记住，别离得太远，最好的距离，是十来米以内。

你别撵了。瞧，撵的，还没它流下的多。

打了兔子后，你要先喝它的血。你别嫌它恶心。你得先活命，有命才有一切。你忍了那血腥味，虽然它很浓，但它是最好的营养和水分。你只要弄上几个兔子，不要迷路，就能走出沙漠，到蒙古人的地盘。你找个人家，要些吃食和水——别一次吃太多——他们会帮你的。

你要记住的是，你只能在夜里走路。早上也成。千万别在焦光晌午赶路。日头爷高时，你就找个阴洼，挖个坑，你别挖太深，你只挖到有潮气的地方就成了。碰上芦芽了，你少挖一些，别像我这样太贪。你小心，坑不要挖得太陡，别叫塌下的沙活埋了。见到潮气后，你就伏下身子，深深地吸那潮气。你一口一口很深地吸气，你心里想着把潮气和地下的精气都吸到你心里。无论你多渴，这样吸一个小时，你就舒服了。你觉得舒服了时，也别出来，你就一直趴在坑里，整天那样趴着。这样，日头爷晒不着你，你又能吸到潮气，就能熬过毒日头的炙烤。等到夜黑了，露水下来时，你再走路。碰上沙米了，你顺路采些。你不要怕它扎手，为了活命，你当然得挨些疼。你别小看那些雀儿眼大的沙米。在你的头伸进湿坑后，你就像吃瓜子那样边剥边吃。它虽然小，但再小的食物也是食物。

你记住，无论如何，都不要害怕。害怕是啥？是杀你的刀子。你一害怕，它就会越来越厉害。那害怕，开始只有一点点，慢慢地，就会生根发芽开花结果。最后，害怕就变成满天的大雾，会罩住你；变成满天的大水，会淹了你。你就会听天由命了，你就懒得走路，懒得挣扎了，你就会想，算了，可能我就这么个命吧？这样，你就死定了。因为你的心先死了。你的心一死，你也就死了。

你记住，无论活命还是干啥，你只要朝一个方向，走呀，走呀，不停地走，你肯定能走到那个你想到的地方。你只要认准方向，碰到兔子了，能打了，打一个。可千万别撵它，因为它会将你引到另一条路上，会消耗你的体力。你更不要想黄羊们。你要明白,没有火药和钢珠,你那想的心,只能算贪婪。你更不要叫美丽的海市蜃楼迷了心智。你永远记住,沙漠跟生活一样,是严酷的,别指望会出现奇迹。你所做的,就是朝着你选定的方向,走,走,不停地走。你坚信,你肯定能走到那儿。肯定。

这时,你最大的敌人就不是沙漠,而变成了你自己。你会劝你,算了,认命吧!你会说,你走不出去了。你会将那可能已到咫尺的目标错移到遥不可及的天边。你会生出一些跟你的走不一样的想法。你可能会叫那想法搅乱了心智。你别望我,我这话,是师父告诉我的。

我想,这世上,没比这更殊胜的教诲了。

对了。我也该跟自己较量一下。你别急着捧我胸前的沙。你先把我的手取出来。瞧我,我只叫你别丧失信心,我自己,却差点认命了。虽然我的试可能会招来更多的沙,可我想,就当我已叫沙埋了。最坏的结局,不就是叫它埋得更深些吧?

对,就这样,先试着弄出我的胳膊。

22

莹儿的手已叫沙磨出了血,但她仍在捧沙。她想,就是磨秃手掌,也要救出兰兰。兰兰的话,叫她心酸而震惊。人真是最奇怪的动物,耳鬓厮磨了多年,今天才算真正了解兰兰。她想,一切都不说了,救出兰兰再说。她想,要是兰兰叫沙埋了,她也就活埋了自己陪兰兰。她不愿将兰兰一个人丢在沙漠里。

莹儿的努力很有效,她已在兰兰身子北面刨开了一个深槽。虽仍时时有沙流入,但兰兰的胸部已出来了。这就好。等再挖一阵,只要将挤压兰兰上半身的沙刨掉,两人一齐用力,就会抽出兰兰的腿。

兰兰从沙中抽出胳膊。她泼水那样将身前的沙子往外泼。她动手的幅度很小,因为身后的沙子仍缓慢地下泻。好在那些潮湿的沙子能相对地稳了身形,才挡住了壁立的沙。也幸好是阴洼,这沙瓷实,要是像阳洼那么浮酥,兰兰早没命了。

莹儿头晕目眩了。因为使力,她出了好多汗。这一来,身体更缺水了,视力也模糊了,嗓子里像卧着刺猬。但她很高兴,毕竟,她看到了救出兰兰的希望。虽说这所谓的救出,仍离活着走出沙漠有很远的距离,但她们也算闯过了一个命运的铁门槛。一生里,谁都会遇上铁门槛的,你闯过一次,就成熟一次。就像唐僧取经那样,你只有经过九九八十一难,才可能得到正果。

日头爷开始偏西,在这个地方,她们陷了一个多时辰了。饥渴蛛网般罩住了她们。莹儿觉得自己快要晕死了。跟豺狗子一夜的对峙几乎耗光了她们的所有精力,体力早就透支了。莹儿只想睡过去。她的手虽在刨沙,意识却快要休眠了。她多想睡一觉呀。她不知道,好些渴死的人就是这样睡过去的。趁着她熟睡的当儿,日头爷会榨光她身上所有的水分。那些渴死鬼就是在晕晕乎乎后的休眠状态里踏上黄泉路的。

兰兰说成了成了。莹儿停住了机械地捧沙的手。兰兰叫她后移一下身子。看得出,桎梏兰兰胸腹的沙少了,要不是怕阴洼里还可能下泻沙流,兰兰自个儿就能挣出来。兰兰叫莹儿后退一下,她扯了莹儿的手。她必须一下子跃出沙坑,因为她那一挣,肯定会惹动沙墙一样的坑壁。她必须在蓄势待发的沙子们轰然塌落前跃出沙坑。不然,那崩泻的沙流会再次埋了她,前功尽弃不说,要是流得更多一些,沙一涌过头顶,一切就结束了。

两人求一阵各自想求的神,兰兰求金刚亥母,莹儿求黄龙。然后,兰兰叫莹儿踩稳了,她喊:一二三。两人一起用力。这一扯,沙果然下泻了,势头很猛,好在兰兰在那一跃之下将双腿拔出了沙坑。两人都使出了吃奶的力,二力一合,就一齐滚到沙洼里了。沙流轰然下泻着,一眨眼,就淹没了兰兰方才立足的地方。

目瞪口呆了好一阵,两人才抱了对方,放声大哭。

她们肆无忌惮地哭着。沙洼回应着,那哭声回过来荡过去,把天地都填满了。

23

姑嫂俩吃了塑料袋里的一半芦芽根。这是用生命和汗水换来的,是她们吃过的最好食物。等啥时候,你先在沙窝里晒上一天,到口焦舌燥时,再试着嚼那芦芽。我相信,你尝到的,定然是天堂的味道。你只管轻轻一咬,芦芽特有的甘甜和清香就会沁入你的灵魂。那点儿汁水，带给你的，定然是叫你灵魂哆嗦的颤抖。要是你是佛门弟子，你就会觉得那是来自佛国的甘露，你只需在舌尖上滴上一滴，人生所有的苦都叫它消解了。

本来，所有意识都叫兰兰的安危牵了，饥饿呀，干渴呀，都进不了莹儿的心。这会儿，芦芽一入胃，感觉都醒了。胃疯狂地蠕动起来。有只手在揉捏胃囊，质感很强。她又怨那逃驼了。她向村里人借它时，看中的，是它脾气好。没想到，这脾气好的骞驼，品格却不好，在最需要跟人同舟共济时，却溜之大吉了。真是该死。

她想，该死的没死，不该死的却死了。

又想，也难怪，经了那场豺狗子的围攻，任是谁，也会叫吓破胆的。她不是也这样吗？当时，还顾不上害怕，此刻，害怕才渐渐醒来，跟饥饿缠在一起。她似乎不相信自己曾经历过惊心动魄的厮杀。一切都像在做梦。……近来，她老像在做梦。此刻，饥渴虽像砂轮机那样打磨她的每一根神经，虚幻感却浆住了自己的意识。

日头爷仍在喷火。没有风。兰兰说，走，先在阴洼里挖个坑，待到天黑再说。莹儿对挖坑心有余悸，但明白再待在毒日光下，会中暑的。体内的那点儿水分是禁不起日头爷舔的，就跟兰兰选个洼处。这次，她们有了经验，挖坑时，尽量挖大些，不使太深。待那潮湿的沙出现时，两人爬进了沙坑。虽然睡在湿沙上可能会招病，但谁也不想这事。莹儿觉得那奇异的困和梦幻感浓浓地裹向自己，就身不由己地睡着了。

醒来时，日头爷已悬在西沙山上了。西天上有很红的云。

明天仍会很热。莹儿当然希望下场雨，除了饥渴外，身上也是又黏又脏。要是脱光衣服叫暴雨冲一下，肯定比吃芦芽根更美。

兰兰仍在睡着。枪和火药袋放在沙坑外，一见它们，莹儿就有了安全感。她懒得考虑更多的事，虽知道处境仍很危险，但她懒得想。她明白，这时候，所有的想意思不大。没食物，她想不来食物；没水，她想不来水。不如不想它，省得想出许多烦恼，反倒将信心想没了。她想，只能走一步看一步了，能活着出去，当然好；出不去了，也没办法。她们就这么一点儿气力，跟老天爷或是命运较量，她们都不够个儿。但她还是能做自己该做的，那就是不要丧失自己的尊严。除了救出兰兰时她喜极而泣外，她很少流泪。以前，她爱哭，动不动就林妹妹似的抹泪。现在，她觉得哭是没用的，也就不哭了。这似乎是进步了。真的。她想，生活是不相信眼泪的。生活就是生活。生活是逼向绿洲的沙丘，是淹没天真的洪水，是你不得不正视的存在。没办法，你不想成熟，在生活面前，也由不了你。

忽然，不远处的柴棵下动了，很像豺狗子。她的心狠狠地"咚"了一下。她很想叫兰兰，但又怕自己花了眼。她慢慢探出手，取下枪。握住枪的那一刻，她才舒了口气，柴棵下的动点消失了。她笑自己神经过敏，一朝被蜂蜇，十年怕嗡嗡。她仔细地环顾四周，并没发现啥豺狗子。正舒气时，却见柴棵下又动了。她又紧张了。记得枪里是装了弹药的，莹儿取出火炮子，压在撞针上。她想，要是一个豺狗子，也没啥可怕的。却发现那动了的，是个沙旋儿。再细瞅，原来只是只土黄色的兔子。

莹儿很高兴。她想，这真是老天送来的好吃食。她慢慢转过枪口，对准柴棵。听兰兰说过，铁砂出了枪口，几丈外就车辘轳粗了。她觉得自己有把握打中兔子。她听兰兰说过瞄准的要领：三点成一线。刚要扣扳机时，心却跳得很凶。毕竟，她是第一次打枪。

她想，算了，还是叫醒兰兰，叫她打吧。但一个念头越来越强烈：她想叫兰兰一睁眼，就能惊喜地看到兔子。这想法，渐渐压了第一次打枪的恐惧。她发现，她每一呼吸，那黄点就在准星旁跳来晃去。她屏了息，使了很大的劲去扣扳机。她的心很猛地狂跳着。等到她用了所有的力却扣不动扳机时，才发现自己使劲扣的，竟是扳机外面的铁圈。她不由得笑了。她想，算了，还是叫兰兰打吧。

兰兰趴在沙坑里的姿势很不雅，脸上沾了好些沙子。莹儿推了几次，也没推断她的鼾声。莹儿想，她真是累坏了，就有些不忍心叫醒她了。她想，我真没用，连个枪也不敢打。这一怨，反怨出一股底气来。她屏了息，瞄了那仍在动的黄点，一扣扳机。她觉得枪托狠劲地砸了肩膀一下，耳膜一下蒙了。没看到喷出的火，但她相信是枪响了。

兰兰一骨碌爬起来。

她问，咋？豺狗子来了吗？

莹儿叫，我打中兔子了。她扔下枪，爬出沙坑，朝那柴棵下扑去。没等她到跟前，柴棵下弹出一个黄点，一跃一跃的，蹿上了远处的沙山。

兰兰追了上来，哭笑不得，说，你呀，距离这么远，你以为这是快枪呀？

莹儿沮丧地坐在沙上,她很失望。她倒是真将距离忘了。她很后悔。她想,还不如叫兰兰打呢。要是打下一只兔子,烧了吃,真美死了。可叫自己一枪打没了。

兰兰虽也惋惜,却说,别后悔了,人家咋会乖乖等着你举枪来打它。算了,别怨自己了,那跑了的,就不是你的。

莹儿后悔了一阵,又想,就是,怨也没用,跑的已跑了。不管咋说,她总算敢放枪了。她发现,这也不是多难的事儿。

莹儿说,你仔细瞧瞧,我装一次枪。她按兰兰教的要领装了枪,又叫她教自己瞄准,并问询了射击距离等事项。黄昏时分,沙窝里凉了。两人吃了剩下的芦芽根。手头虽有捡到的几个馍馍,但她们连碰一下的欲望也没有。要是没水的帮助,她们是无法将那被漠风吹干的馍咽下肚的。

兰兰决定走夜路,她想朝东走。虽说盐池在北面。但这会儿,先到有人处再说。先保了命,再想个法儿到盐池。听说那儿活多。因为折了自家的骆驼,兰兰觉得无脸见爹娘。她想,哪怕是空身子到了盐池,也要生法子挣钱,至少能挣够两个骆驼钱再进家门。这一说,两人都一脸的沮丧。进沙窝时,还指望能闯条路呢。谁料,人算不如天算,钱没挣上个毛,倒折了两峰骆驼。莹儿很是恼苦,按时下的价格,低些算,也足有五六千元的损失,是白福的多半个媳妇钱了。

兰兰叹息一阵,见莹儿一脸灰色,就劝道,别想了,死的已死了,那逃了的,说不定会回家的。就算折,也仅仅折了一峰驼。

但想了想,她叹了口气,又说,可要是那驼真回家的话,爹妈一见，就会担心了。……算了，不想了，想也没用，还是赶路要紧。再遇到豺狗子，就当命尽了。要是活着到了盐池，总有法子的。

日头爷没入西山后，两人动了身。兰兰背了枪，莹儿备了手电。入肚的那点儿芦芽根早化了，肚里像有了好多小鸟，一起发出咕咕的声音。这显然是芦芽惹出的麻烦。饥渴之网，仍在浓重地裹挟着她们。尤其是渴，汹涌成大浪了。兰兰的嘴唇紫里带蓝，肿得老高，上面有层厚厚的痂，这是她老用舌头舔嘴唇的缘故。莹儿就很注意自己的形象，她叫兰兰别舔。可兰兰不听，瞧那嘴唇，足足肿了半寸高。此外，两颊也塌陷了，眼睛大而无神，瓷化了似的。莹儿从兰兰脸上看到了自己，明白自家的尊容也好不了多少。

水呀，一想这个字，心里都清凉了，但随后，又会拽来一股汹涌的渴。

开始有了风，虽仍是暖风，但清冽了些。星星还没出来，西山上还有洇渗而去的红。山黑黝黝的，变成了很美的剪影。但面对挣命的莹儿们，一切都虚设了。莹儿木然地望一眼西山，费劲地动动喉结。她想，要是那冤家见到这景致，不定会咋样发诗兴呢。怪的是，此刻想到他，心也木木的，没以前那样的感觉了。她想，他说得对，爱情是一种感觉。

两人的脚步挪动得很慢。那腿脚，也没以前活泛了。莹儿竟听到两腿在移动时发出了咔嚓咔嚓的声响。她不知道兰兰是否有同样的感受。兰兰的身子晃得很厉害，那身子，也不听她的话了。那不太高的沙坡，她们竟上了好长时间。不远处更高的沙岭，就像雷电一样击中了她们，莹儿真有些怕了。

上了沙坡，兰兰一屁股坐在沙上。莹儿也一仰身躺了。天暗了，风也凉了，空气有了一点潮意。这正是走夜路的好时光，但莹儿明白，她们的心虽强，但身子不听话了。那白昼伏湿沙晚上赶夜路的想法在理论上虽然可行，但需要强壮的身子和充足的食物和水。那点儿芦芽仅能为她们的身体提供一点儿养分，仅仅能保证在短期内不至于死亡而已。要翻越那高大的沙山，穿越那浩瀚的沙漠，显然是不可能的事。

兰兰说，得走啊。

莹儿说得走。

兰兰说，不能困死在这儿。

莹儿说就是。

兰兰说，走啊。

莹儿说走。

两人都说走，却谁也没动。莹儿长叹一声，将头枕在兰兰的肚子上。

莹儿真想睡去，身子似抽光了骨髓和精血。兰兰说，爬也得爬过去，朝东的大沙只有八十里宽，想来已走过大半了，穿过去就有牧人。

莹儿说爬也得爬过去。

两人又起了身。她们互相搀扶了，沿了沙脊东行。

刚开始因为很渴，莹儿没觉出腿疼。行了一阵，脚掌和小腿肚刀割般疼了。除了偶尔打沙米，她很少进沙漠，没走沙窝的功夫。兰兰也一样。好在兰兰是婆家的重劳力，体力比莹儿

103

好一些。但由于肩上背了枪，体力消耗也很大。枪虽只有十斤左右，但路一远，就成了吞体力的老虎。别说枪，莹儿拿的手电筒，也似乎重逾百斤了。

夜很黑，黑了也没啥。北斗星很亮，有了它，就不会遭遇鬼打墙。那星跟枪一样，是能叫她们心安的东西。只是渴越来越浓，别说思维，连目光也叫渴浆住了。眼珠的转动明显有了涩意，它们发出沙沙的声音。脚步移动时的关节声响也越来越清晰，在暗夜里发出咔嚓咔嚓的声音。这是从没有过的事。

腿虽疼，但往东走一步，就离希望趋近一步。某个恍惚里，莹儿觉得自己正走近灵官。她甚至发现灵官在远处的暗夜里向她招手。她觉得自己一下有了力量。真是奇怪。虽是个虚妄的幻觉，带来的力量，却是实实在在的。她极力清晰了那恍惚。她想，命运在这一瞬间给她这一暗示，绝不是偶然的。她想，说不定那冤家真在东面的牧区放牧呢。这是很有可能的事。记得以前，他老说自己最喜欢骑马。她眼前真出现了灵官骑马的画面。她没见过灵官骑马，所以画面里的他很像在驼背上颠簸。……成哩，你骑啥也成，只要你在那儿，你骑啥也成，哪怕你骑羊哩。这一来，莹儿真有了好多气力。见兰兰走得很吃力，她有心说出自己的方儿，却想到花球不可能到牧区。而且，从兰兰的口气上听出，花球在她心里，分量没以前重了。这方儿，怕治不了兰兰的疲惫。

怪就是怪，自那不经意的恍惚之后，莹儿走路快多了。虽然腿很疼，虽然渴已在每个毛孔里啸叫了，但因她为走夜路设定了个意义，一切都好受多了。

莹儿感到很好笑。

但意义产生的力量终究有限。午夜后不久，莹儿就实在走不动了。每到上坡时，她须借兰兰的帮凑之力才能爬上去，她早已恍恍惚惚了。兰兰也将原来扛在肩上的枪当成了拐棍，她枪托拄沙，倒也能借些力。她想把枪让给莹儿，莹儿却连捞枪的力量也没了。后来，两人便相依了前行，兰兰借枪托的力，莹儿借兰兰的力，才又支撑了一段沙路。等翻上一个缓坡后，两人都瘫倒了，干渴和饥饿已摧垮她们的所有意志。

莹儿喘息道，死就死吧，我也算尽力了。她的嗓子已发不出声音，兰兰还是明白了她的话。兰兰没说啥，她也明白，死已逼近了自己。那势头，跟载了死人出庄门的棺材一样，不可阻挡了。就算没有次日的烈日，这汹涌的干渴也会要自己的命。她们已好长时间没喝水了，维系生命的，只有那点芦芽根的水分。记得，刚挖出芦芽时，她是多么高兴呀。她眼里的芦芽，真是救命星呀。原以为，她们能凭借它走出困境。没想到，费了大力冒着生命危险挖来的芦芽，相较于汹涌卷来的饥渴，仅仅是杯水车薪。她实在不敢想象，当明天的毒太阳悬到头顶后，等待她们的，会是怎样的命运。

莹儿觉得就要死了。命已成了风中的烛苗儿，忽悠忽悠的，老像要熄灭。心脏的扑通声有气无力，老像要停下来。人说性命在呼吸之间，现在算真正体验到了。那风中蚕丝般的呼吸一断，沙窝里就多了个孤鬼。听黑皮子老道说，死在外面的人是破头野鬼，阎王是不收的，它只能守在暴露的枯骨旁号哭，直到骨头入土，灵魂才能安详。村里对死的传说很多，一下都涌

105

上心头了。她想，要是自己死了，会转个啥呢？反正，她不想再转人了，她觉得做人很累。她想转个小鸟，最好是百灵鸟，整天在林间唱歌。要么，转个狐子也成。莹儿跟兰兰一样，也喜欢那溢几分仙气的灵丝丝的动物。……那可真是个灵物呀，风一样来，风一样去，其存在的证据，仅仅是点点梅花般的足迹。莹儿最愿意转成能拜月的狐儿，她拜呀，拜呀，终于修成仙体，她就去迷那个书呆子。那时，灵官就老了，但老了的灵官仍是灵官，她是不嫌的。要是他需要，她就吐出好不容易修来的仙丹，叫他吃了，叫他返老还童。那时，是没人管他们的，她来无影去无踪，妈也不会逼她嫁人，也不会逼她换亲，更不会有徐麻子们恶心她。需要了，她还可以生下一堆小狐仙，都叫灵官，只在前头加个顺序，比如大灵官、二灵官、三灵官、四灵官等等。一想到那一窝尖嘴猴腮的灵官们，莹儿不由得笑了。是呀，那一窝灵官，真是很滑稽的。它们会在沙窝里嬉戏，会唱，会闹，会拜月，会风一样来去。轻捷的步子溅起如烟的沙尘，沙丘上印满了梅花。人间最好的画家也画不出那样的梅花。那份潇洒，是天成地造了的呀。

渴又提醒她生命的将逝，她觉得自己见不到日出了。死倒没啥，以前想到死，觉得那是天大的事，现在，死成了瞌睡一样的东西了。她想到了盼盼。真怪，这段时间里，她没怎么想到盼盼。这说明，对婆婆，她是放心的。就算没她这个妈，娃儿也不会受委屈。莹儿坚信这一点。她觉得自己不配当妈。

她费劲地转动眼珠，看看夜空。眼珠跟多年没上过油的车轴一样干涩。星星都在哗哗地叫，似在吵架。它们也发出腿关节摩擦时的声响，有点像在悬空的铁锅里炒大豆。没想到星星也会喧哗。真是怪事。

夜里行久了，黑显得淡了，沙丘也恍然显出了形状，模糊出神秘来。莹儿觉得，那神秘，也跟自己的血一样稠了。死亡前的乏困再次裹向她。血液的黏度已成了绞索，失却了养分的心脏不堪重负，它再也推不动拌面汤一样浓稠的血浆了。肯定是这样。她想，只要她困过去，醒来时，就会成一缕轻烟了。她的灵魂，就会风一样在大漠上空飘忽。

记得，妈老讲无常鬼的故事。妈说，无常鬼是阎王派来勾魂的。憨头落气时，老是落不下最后一口气，妈说是因为灵官待在他身边，无常鬼近不了身，就勾不了魂。妈说童身娃儿煞气大，在无常鬼眼里，他是无法靠近的火。后来，灵官刚一离开，憨头就断气了。妈的话里溢满了鬼气，叫人脊背上阴风飕飕。莹儿想，那无常鬼是不是已候在旁边，等着勾她的命了？她听到兰兰发出了鼾声。莹儿有些害怕。真怪，她不怕死了，反倒怕鬼。虽说她知道自己一死，也就成鬼了，但她仍然怕鬼。她不敢转过身去看身后。她怕自己冷不丁地看到无常鬼。她看过戏台上的无常鬼，惨白的脸，瘦高的身子，戴个尖尖帽。要是她看到那模样，不用渴来取她的命，只那惊吓，立马就能勾去她的魂灵子。

因为害怕，已裹住莹儿的困意反倒淡了。她竟真的听到身后传来了脚步声。……真是脚步声。这荒无人烟的地方，发出那声响的，不是鬼，又会是啥？心一下狂跳了。心真怪，它方才还将停未停呢，这会儿，倒变成捣地鬼了。……那身后的脚步,莫非也是捣地鬼弄的?村里的旧磨坊里就有个捣地鬼,一入夜,那鬼就腾腾腾地捣地,从半夜一直捣到鸡叫。莹儿甚至忘了渴。她的头皮倏然麻了。……捣地声渐渐到了身后。她甚至听到了呼吸声。那呼吸又粗又重,仿佛是鬼扛着巨大的铁索和钩子。莹儿差点叫了,但又怕叫声反倒会吓死自己。

呼哧声到了身后。莹儿觉得那鬼伸出了爪子。它肯定会捏脖子的。很小的时候,妈就告诉她鬼会捏人。……妈老说:"头疼了,脑热了,肚子疼了屎憋了,心口子疼了鬼捏了。"……几缕热气真的吹进了脖颈里。她的心一横,想,怕啥呢?不就是个死吗?她想,就是死,我也得看看鬼究竟是个啥样儿。她悄悄摸了手电,猛地转过身。

一个巨大的黑影,正奇形怪状地立在前方。

她猛地打亮手电,大叫起来。

24

在那个可怕的大漠之夜里,莹儿发现,那光柱照亮的怪物,竟然是骆驼。

莹儿一把推醒兰兰,她叫:骆驼——骆驼!兰兰一骨碌爬了起来。骆驼仍在呼哧。这真是天大的喜事。都以为骆驼跑了,没想到,它自个儿又回来了。兰兰跌撞到骆驼跟前,解开绳子,取下塑料拉子。还好,还有多半拉子水。

莹儿叫，水——水！此刻，没比这词儿更清凉的了。

兰兰拧开塑料盖儿，递给莹儿说，你别多喝，少喝一点。多了，胃会炸的。莹儿美美地喝了一口，她一下一下很少地咽着。她以为，顺入咽喉的，应是清凉，没想到，那感觉跟火炭一样。她想，食道也许裂口了。等费力地咽了两口后，她反倒更渴了。

兰兰夺下水拉子，不叫她再喝。村里就有渴极后饮水过猛致死的人。胃想来已拳头大小了。

兰兰抿进一小口水后，要过手电，照那驼身。她发现好些东西没了，面袋被挂烂了，面都撒没了。羊皮水囊也开了个口子，水当然也没了。幸好塑料拉子还完好，才为她们留了点救命的液体。包馍馍的纱巾还在，兜着两个干馍馍。记得那时有十几个馍呢，想来多颠进沙窝了。

好在褥子还捆在驮架上，帆布包儿也完好，里面的钢珠还在，还有一包火药，一盘细绳。莹儿当然希望羊皮水囊没坏，她就能好好喝一顿。但明白这号妄想只会增加烦恼，也就不想了。

驼的缰绳被踏断了，只剩三尺长的一截了。兰兰取出细绳，折成几股子，接在缰绳上。两人都惊喜驼的失而复得。记得老顺说过，驼的嗅觉极好，迎风能辨出十里外的某种气味，只要愿意，它当然能追上自己的。看那样子，至少在吃食上它没吃亏，没怎么塌膘。

驼逃走后的思想变化成了一个谜：关于它逃的理由，谁也能说个子午卯酉，不外乎怕豺狗子、怕炎热等；关于它为啥回来，也能说个大致差不离，不过是不忍心扔下两个女子，等等。

只是，谁也不知道它有过怎样的灵魂搏斗，其惨烈程度，也许不弱于跟豺狗子的厮杀吧？

握住了骆驼缰绳，两人才安心了。莹儿有些过意不去：人家好容易逃出了人的手掌，经过了思想斗争，又回到人的身边，人首先给它的礼物，竟然是缰绳。这意味着，人还是不信任它。莹儿想，它定然很伤心吧？用手电照照驼眼，见从那眸子里透出的，仍是善良和温顺；既不为它曾经的逃走惭愧，也不为它的倏然而至欣然，仍是它一贯的那种淡然。

就着水，嚼了几嘴馍，反倒更饿了。但饿归饿，谁也不敢多吃。谁也不想变成胀死鬼。饿死鬼不好当，胀死鬼也不好受的。

驼的到来，让两人有了主心骨，身子里的乏趁机袭来，兰兰叫骆驼卧了。她们靠着驼身，眯了一阵。虽然眯的时间不长，但这是她们最安稳的一次睡眠。

醒来时，天已大亮。两人又嚼了几嘴馍，身子有了些力气。兰兰说，既然有了骆驼，就不向东走了，仍往北走吧。因为盐池在北面，只要方向对头，不会走不到的。到了东面，也还得往北走，耽搁的时间就长了。……她当然想不到，这主意，会将她们抛入漫无边际的大漠。死亡之剑，又开始悬上头顶。

东边已有日边儿，微微泛点儿红。沙洼的阴暗和东天的白亮形成了鲜明的对比，很像层次感很强的木刻画。沙浪一涌一涌，跌宕而去，至远处，就涌成了沙山。近处的纹路很像水波，细腻得叫人不忍去践踏。

漠风很清冷，莹儿打个哆嗦。她有那天蓝色裰子，挡了好些风。兰兰却一脸青色。她的脸上尽是鸡皮疙瘩。因为劳累，她们没解驮架上的褥子，入睡不久，就叫大漠清晨独有的寒凉冻醒了。也好，趁着凉快，早些赶路吧。莹儿想，这沙窝里真是邪乎，早上是冷冻柜，中午却成了晒驴湾。

两人又嵌入了驼峰。驼背厚实而温暖，她们有了落水后又爬上小舟的感觉。骆驼真好，有了它，心就有了依怙。

驼背蠕蠕拱动着，缓慢而自信。沙岭摇晃着。那挤出地缝的日头也摇晃着，显得很沉重，仿佛也驮着好多东西。日光涂在莹儿脸上，抹上些许温暖。她觉得又活过来了。不管几个时辰后的日头会如何发威，只要有了骆驼，心就落到实处了。连夜的走路使她的脚掌和腿有种刀割般的疼。她浑身上下，无处不疼。没有骆驼的话，她是一步也不想走了。那瘦弱的身子里蕴藏的力量，是不可能把她承载到沙海彼岸的。骆驼却能。这是个庞大而沉着的动物，它总是哲人般沉思着。哪怕它不说一句话，它身上溢出的力也能注入莹儿的灵魂深处。

从初进沙漠时骆驼的抡头甩耳上得知，它们也怕进沙漠。记得以前，每次进沙漠，老顺总要拿鞭子在驼背上炸出好多驼毛。有时，鞭还会裹向它最不禁打的鼻梁，才能叫驼乖乖地听人的话。它们当然知道，一进沙漠，背上是不会闲着的，或是人，或是货。负重是它的宿命，就像守候是莹儿的宿命一样。这世上，没有哪个动物是愿意受苦的。所以，莹儿对胯下这逃走后又再度归来的驼产生了相当的敬意。她想，你要是不回来，这会儿，或卧在沙洼里反刍，或嚼沙米，或吞嫩草，是何等逍遥。现在，你得驮着两个跟你同样苦命的女人，再次走向生命的未知。

我咋能不敬你呢？骆驼。她想。

兰兰辨认着路。她虽知道去盐池的路，但豺狗子搅碎了她的路。面对渐涌渐高的沙浪，她觉得又被命运抛入了陌生。她老有这感觉，时不时地，她就会身不由己地面对巨大的陌生。从当姑娘到今天，她一次次面对那陌生，处理那陌生，忍受那陌生，眼前却仍是不知尽头的陌生。世界更是日渐陌生着，总叫她无所适从。

莹儿问，你辨清了没？

兰兰说，我也恍惚了。这会儿，蝎虎子挨鞭子，死挨吧。……先走吧，只要方向对，走着走着，也许会瞅出眉目的。

走了一阵，日头爷渐渐高了。热又开始袭来。拉子里的那些水，得省着用，谁也不知道水源在哪儿。就这点养命水了，两人虽然渴得慌，却舍不得用水。只有在渴影响眼珠的转动时，她们才抿上一小口水。兰兰说，会用水的人，一次不能喝太多，水入体多了，会变成尿的。要让每一口水，都成为生命的养分，这需要克制。

走了一个多时辰，两人下了驼，因为骆驼实在太累了。它喷着白沫子，拉风匣似的喘气不止。兰兰说，叫骆驼歇歇吧。选个有沙秸的地方，两人卸下驮架。兰兰吃惊地发现，驼背早腐烂了。一股臭味扑面而来。显然，那是驮架磨烂的。驼一跑起来，驮架会上下晃荡，很容易磨坏脊背。那烂处很是可怕。想到两人竟压在人家的伤口上行了这么远的路，莹儿很是过意不去。

兰兰从帆布包里取出盐，化些盐水，给驼洗了一阵伤口。她说，你呀，那时咋不叫？要是早知道你受了伤，我们咋舍得骑你？驼叫了一声，仿佛说，没啥没啥，这算啥呀？

日头爷高了,热光又泼下了。兰兰说,我们还是用那法子,热了趴进湿沙坑,天黑了再走路。这点儿水,省着用,到盐池问题不大。莹儿明白她在安慰自己。要是没豺狗子搅骚,按旧路当然能顺利到盐池。现在,东里北里乱走了一气,就不好说了。但她啥话也没说,人到了绝境,气只可鼓,不可泄,便说,就是,天无绝人之路,有了骆驼,啥话都好说。

兰兰突然想起啥似的,从帆布包里取出一个小本子,递给莹儿。说,给,这是在家里发现的,像是灵官走前写的,本想给你,怕你看了难过,一直犹豫。但骆驼回来了,说不定也是天意。

莹儿的心猛跳了几下,接了。

25

那个小本子里的内容,后来写进了《大漠祭》:

那天,憨头摸到肋部的那个疙瘩时,并没有当回事。他只把它看成寻常的疙瘩。在一阵剧痛渐渐平息下去后,他便将它扔到脑后。第二天吃饭时,那部位却又隐隐作痛了。"怪不惊惊的,这儿出什么疙瘩?"

"清早晨,用臭唾沫抹。"爸说,"啥疙瘩都怕臭唾沫。"

哥说:"又不是皮上的疙瘩,好像是肉里头的。还怪疼呢,一阵一阵的。"

妈心里咯噔一下,说:"越怕啥,啥越多。以前的病,还没好，又生上新的了。"

哥笑笑，说："一回事。我估摸，就是这疙瘩作怪。怪不得这么疼。你想，肚里出个疙瘩，不疼才怪呢。上回，脖子里出疖子，煨脓时，也把我疼了个二眼麻达呢。"

妈抽了一口气，半响，才说："咋？疙瘩是肚里出的？"

哥说："我估摸是肚里。谁知道呢，反正是经常疼的那个地方，肋窝里。早知道生疙瘩，就不吃药了。生脓叫它生去，放了脓就好了。白花了好些钱，疼还得挨。"

妈叫哥脱了衣服。哥指指右肋。妈按几下，爸也按几下。哥咧咧嘴，抽着冷气。

"啥时候长的？"妈问。

哥说："我也是夜黑里才摸着的。可能快熟了。听说煨脓疼。犁种那几天，可把我疼了个苦。"

妈说："没有熟。脓熟的话，就软了。好像还硬着呢。不过，脓熟了，一放，立马就松活了。"

灵官过去，按按哥肋部，心里一晃，但强迫自己不做不吉祥的判断，只说："煨脓也罢，得叫大夫看。"

哥哟一声，说："又要白花钱。"

灵官说："咋叫白花？该花，还得花。明天，我带你进城。"

"进城？"哥叫起来，"不，不，坐车啦，吃饭啦，又得花不少钱。算了，乡里看一看。"

爸发话了："乡里那些吃坏山药的，能顶个啥？花钱就花到地方上。城里看去。"哥不再说啥。

次日早上，灵官和哥就拾掇停当坐车进了城。

太阳老高了。城里的太阳不像太阳,仿佛是灰尘和噪声的喷射口,喷出满世界满脑子的灰土和吱哇。大车小车像失惊的驴,乱窜。骑车的男女也疯了,一个咬紧一个的屁股,穷撑。走的是一群疯蚂蚁,乱攘攘的,你碰我的胸脯,我撞你的屁股,头点屁脊晃的,晃得哥的脑袋直发晕。过马路时,哥能在原地踏步好长时间。

灵官戏道:"小心,别把眼珠子掉下去摔碎了。"

憨头红了脸,说:"你在城里念几年书,当然不怕了……他们跑这么快干啥呀?"

"上班。"

"嘿嘿,又不是救火,就不能骑慢点?"

"迟了要扣工资。"

"就不能早走点?"

"城里人哪有老子们逍遥,想睡到日头晒屁股就睡。他们呀,要送娃儿上学,还要上班,有的连早饭都吃不上。"

"城里人够可怜的。"

灵官笑了:"他们还觉得你可怜呢。"

两人到了地区医院,就是在那次体检里,医生说,憨头得了肝包虫,医生说,要开刀,得三四千块。

"天的爷爷。"憨头惊叫,"你净吓人。把我卖了,能值几个钱?"大夫笑道:"又不是搞买卖。我估计得这么多。也许,用不了。也许,还不够——要是输血的话。"

哥灰了脸,望望灵官,说:"走吧,走吧。这个地方蹲不成。一进来,就像在做梦。再蹲,我可要疯了。"灵官笑笑,问大夫:

"要不要开点药？"大夫说："不用。这种病，吃药没用。"灵官领着懵懵懂懂的哥出了医院。

"活不成了……活不成了……"一出医院，哥就呓语似的说。

灵官说："啥呀？又不是啥大病……开始我还吓出一身冷汗呢。要真是肝癌，神仙也没法。幸好是肝包虫。"

哥说："癌倒好，要死死了。现在……你说……这么多钱……咋生发？"

灵官安慰道："你想那么多干啥？又不是你故意得的。该花的，还得花。愁啥？愁也白搭，又愁不来钱。"

哥驻足，坐在街旁的栏杆上，哭丧着脸，半晌不语。许久，才说："真想一头撞死到轿车上算了。一了百了，省得又叫爹妈操心……真不如死了。"

不管灵官咋劝，憨头还是灰了脸，忽而冒出"天的爷爷"，忽而"乖乖，三四千哩"，喃喃个不停。

26

莹儿知道，手术前的那几日，是憨头一生中最难熬的时光。

一是他打听到一天的花费四五十元，这等于要他的命。他十分讨厌医生，因为医生总是开许多液体打吊针。他认为这都是白花钱的。既然吃药打针打不下肝里的虫，就用不着那些无谓的花销。在他眼里，打一次吊针等于喝一次爹妈的血。

二是动手术的日期一直无法确定。医生总说观察几天。观察？这有什么好观察的？B超已做了三次，还做了胸透、肝功化验、心电图等许多憨头认为纯属骗钱的勾当。他的病在肝部——那个疙瘩在一天天长大——而不在头脑和胸部。干那些勾当有什么用？骗钱也得看对象，不该骗一个穷人。

病情基本已确认：肝包虫。同室就有一个肝包虫，肋部插一个管子，另一端插在瓶子里。瓶里有些红红的液体。这人走时老猫着腰，龇着牙，提着瓶子。据说人一沾上瓶中的液体，就会得相应的病。于是，他的出现和瘟神差不了多少。哥想到自己也会成那个样子，很难受。但他又希望自己尽快成这个样子。多住一天，多花不少钱呢。

"嘻，以后你可注意，不要沾上瓶子里的东西。"哥笑着对灵官说。这是他唯一能装出开心样子的话题。

"你害怕不？"灵官问。

"蝎虎子挨鞭子，怕也得挨。"哥极力装出轻松的样子，但马上又闷闷不乐了。

病房里的气味令哥极不习惯。输完液，他就拉灵官出去转。可一到街上，想到自己掏了钱的床位白白空着，又想回去，狠狠睡他个驴日的。

灵官却说："多转转，散散心。闷在病房里，好人也会闷出病来。再说，现在不转，手术一动，想转也转不成。"

哥叹口气："等到啥时候呢？天的爷爷，一天几十块，想想都骇烘烘的。迟是一刀，早也是一刀。白白花那个钱干啥？你给医生说说，能不能早一些？"

"说了百遍了,没用。这是程序,谁都要观察几天呢。再说,肝包虫呀啥的,定在星期六。这几天是没法了,等过几天,再求求。"

路过大十字,哥说要照个相。他说:"我还没照过啥相呢。照一个,或许以后用得着。"

灵官认真地望哥。哥笑笑。灵官说:"照归照,可别乱想啥。"

哥说:"我没乱想啥。"脸上却写着担忧,也许怕灵官隐瞒他的病,但还是挤出笑,进了照相馆。哥说:"照一个单身。也许日后用得着。"边说边留意地望灵官,见灵官并没异样,才松了口气。灵官知道,憨头这是为将来发丧做准备哩,心里一痛。

哥是在开刀后被确诊为癌症的。这是他住院后的第二十一天。肋部的包块之所以规则光滑,是因它的外面裹了一层包皮。灵官被这消息击蒙了,觉得头皮发麻,舌头一下子干了。他梦游似的退到楼道边,倚在墙上,瘫软像水一样袭来,脑中除了嗡嗡,剩下的只是一个念头:妈妈知道了咋办? 想到妈那张饱经沧桑布满皱纹的脸,灵官的心一阵阵抽搐。

一个念头忽然冒上心头:希望憨头马上死去。灵官知道肝癌是癌中之王。村里有人害过这种病。那一阵阵牛吼似的叫声锯条样在村里人心头划了好几个月。与其忍受这样的疼痛,不如马上死去。而且,灵官不敢想象哥知道自己病情后的绝望,这比死亡更可怕。

一切都像噩梦——多希望这真是一场噩梦啊。

手术室门开了。

哥裸着上身躺在车上。他已醒了,眼窝很深,脸黄得吓人,嘴唇上无一点血色。一个人竟会在短短的一两个小时有这样大的变化。灵官心里叫着:"好哥哥,好哥哥,你知道你的病吗?"

灵官呻吟着。

爸扑了过去。

医生摆摆手:"下去,下去。"爸后退几步。

"下去,下去。"医生火了。他们把载着哥的车推进了电梯。灵官和老顺赶紧下了楼。

进了病房,哥呻吟着说:"没打麻药,就开刀,第一刀,哎哟,那个疼法。"

"送东西没,给那个打麻药的?"同室的病人问。

"还要给他送?"灵官问。

"当然了,怪不得……怪不得……"那人摇头叹息。

灵官望望哥腹部的绷带和一根插入腹部的管子,又望望那张蜡黄蜡黄的脸,心中一阵抽搐。早知道是这种病,就不叫他挨这一刀了。可灵官知道,即使明知道是这病,这一刀仍得挨。只有挨了这一刀,家人的心才会安,才会死心。灵官想到他们不打麻药在腹部划开七寸长的刀口时,不由打个冷战。

哥的呻吟锯条一样在灵官的心上划。望望哥黄瘦的沁出汗水的脸,灵官心中一阵阵疼。

"他是不是知道自己的病情了?"灵官认真望一眼哥,却看不出啥迹象。也许,他还不知道呢。但很快,他就会发现肚里的疙瘩并没消失。想到这,灵官的心一阵阵发紧。"要是……"灵官心中又冒起那个念头,"要是他死在手术台上多好,在不知不觉中死去。"

夜里，灵官把褥子铺在借来的行军床上，把被子放在中间，跟爹坐躺在行军床两端。病房里的气味异常难闻，但最使灵官受不了的是哥的呻吟。每一根神经都仿佛被呻吟撕扯着。要不了多久，他就觉得精神要崩溃了。他只好走出病房，坐在楼道里的暖气片上，推开窗子，让冷清的夜风沐浴自己发木的脑袋。

老顺显然也受不了病房的折磨，隔一会儿，就到走廊里，抽几口旱烟。这儿严禁吸烟，但在深夜，老顺就能偷偷抽几口。他知道呛人的旱烟味儿会刺得人咳嗽，震动伤口，便自觉地关了病房门，开了楼道窗口，好让冷风把那呛人的味儿吹得无影无踪。

爹瘦了。灵官很少注意爹的脸。爹仿佛老那个样子，脸褐黄，满是皱纹，有几根构不成风度的胡须。爹的脸很平常，平常得很难从人群中一眼认出来。他老是那么瘦，老是那么饱经沧桑。爹脸上本有的健康肤色消失了，代之以干巴巴的黑灰色。

"穷了穷些，不要叫人害病。"抽几口烟，爹又发出了感叹。

27

在《大漠祭》中，描写了灵官的痛苦——

刀口确实长得很好，新生的肉像一条红蛇趴在刀口上。哥似乎相信了这个解释，说："就是。早该出院了。再蹲，人都疯了。"为了表示他很想出院，他笑了一下。可因为疼痛，他的笑充其量只能算咧嘴。

哥从来没问过自己病情。除了呻吟，他很少说话。他只对灵官说过一件事，就是在他出院时，要穿件新衣服。他的理由是要"精精干干出院"。这时，灵官已偷偷为他准备后事，买了布鞋裤子线衣线裤等，正愁没个理由给他做外套。哥的要求，正合了灵官的心事。灵官怀疑他是不是知道了自己病情，而有意叫他置办寿衣。

哥穿上了新衣服——就是他自己要的那套。他眼窝深陷，颧骨高耸，身上也是皮包骨头。只有那个癌包的所在异常地鼓，像塞了个篮球。脸色也格外黄，脸上密密麻麻的斑点更明显了。蓝蓝的新衣，使他的躯干显得精干了些，但衬得脸愈加像个病人。

猛子去雇三轮车。灵官去开杜冷丁。护士曾答应在出院时给他们开两盒。但这次，护士长的语气很冷，理由也很充分：账结了。

灵官异常愤怒。护士长冷笑几声："咋？就算能开，也不开！按规定，这种药只能在医院里打。"

"是吗？祝你长寿。"灵官冷冷说了一句。一出门，眼泪就流了出来。这世道，人都不像人了。咋没有人应该具备的一点同情心呢？哥的病，对灵官家来说，是巨大灾难。可在医生眼里，却啥也不是。哥充其量只是个病例标本和能为他们带来财富的顾客。

仅此而已。

一个巨大的难题倏然降到灵官头上：如何寻找足够的杜冷丁？护士长的失信使这一问题严峻起来。疼痛比死亡更可怕。而对杜冷丁的控制又是空前地严格。

灵官脑中嗡嗡响。抢救哥的生命已经无望，缓解痛苦就成了他唯一能做的事。灵官喃喃说道："放心吧，好哥哥。我一定要多弄些杜冷丁，叫你少受些疼。"

猛子进了楼道。灵官马上抹去泪。医院逼着出院的事必须瞒着他。猛子是个炒麦子脾气，动不动就噼噼啪啪地爆。而一吵架，真正受伤害的，仍然是哥。上次，本想瞒爹，不叫他知道哥的病，但爹还是知道了。不但爹知道了，乡上来人抬粮那天，妈也知道了。知道就知道吧，终究瞒不住的。只是，这些天，爹妈飞快地老了，也瘦了。灵官大概也一样吧。但他懒得照镜子。一想到这身子终究会毁坏，会进入黄土，就没了好多情绪。瘦了胖了，都一样，黑了白了，也都一样，懒得去管了。只有猛子还不知道出了啥事一样。这样也好。

灵官和猛子帮哥收拾好行李，出了医院。声称结了账的普外科并没将单据转到住院部会计室。会计的话也很冷漠："过几天再来。"

一切都显得冷漠。白墙。表情呆板的人。被虫子吃光了叶子的小树。硬硬的硌得脚死疼的地面……别了，这鬼地方，这充满了死亡和残酷的所在，这充满着恶心的令人发呕的气味的鬼地方。希望今生今世再也不进这个鬼地方。

风吹在脸上。三轮车缓缓滚动。哥一手抚着肋部，一手抓着栏杆。太阳很灿烂。灵官不知道哥此刻有什么样的心情。他是镇定呢，还是麻木？但灵官知道，这是他最后一次在凉州大街上转了。灵官的心里一阵阵疼。

三轮车在人来车往的世界里缓缓滚动着。一切都在身边喧器。汽车刺耳地怪叫。小商贩干巴巴地吆喝。骑摩托的小伙子亲热地招徕顾客……一切，离他们很近，又离他们很远。仿佛世界已将他们抛弃。人们都那样快乐，而这个孤独的三轮车上，哥却被宣判了死刑。

仿佛在梦中。猛子"慢些走，慢些走"的叮嘱仿佛在梦中。哥被颠簸引起的疼痛扭曲的脸也仿佛在梦中。阳光夸张而模糊。灵官置身于梦的世界里，只有心头的隐痛很清晰，清晰得刻骨铭心。

"我想逛逛文庙。"哥说，"我还没去过呢。"

逛文庙？灵官认真地望一眼哥。哥仍那样子，脸仍被疼痛弄得扭曲而又苍黄。啥意思？逛文庙是啥意思？莫非，他已知道病情。既然知道了，为啥又这样镇定？他为啥不问自己得的究竟是啥病？灵官望哥，哥却不望灵官，他的视线在街面上，瞳孔是一口深井。他是执迷不悟地贪恋呢，还是超然物外地豁达？看不出。生病和住院，使他成了哲人。

"那有啥好逛的？"猛子说。

"散散心。"哥淡淡地说，"住了这么多天，心都憋烂了。"

"去就去。"灵官吩咐三轮车去文庙。他为啥要选择文庙呢？大字识不了几个的他竟然选择了文庙。没去过当然是一个理由，但他没去过的地方很多，钟鼓楼，海藏寺……为啥他选择了文庙？莫非，他一直对自己没念好书耿耿于怀？

猛子留在门外看着行李。灵官扶着哥，进了文庙。文庙是好。只那门口的铜奔马，哥就看了好一阵。灵官听到他不易察觉地叹气。松柏很青，很绿。哥望一阵绿色，许久，又进了书画室，在一件件书法绘画作品前驻足。他看得很认真。灵官发现他真是在看，在嚼，有种地道的贪婪，口半张着，仿佛在看马戏一样。

"真像。"他指着一幅清末的人物画喃喃自语。而后，他咽下两片强痛定，又慢慢前行。

又进了一个个文物陈列室。灵官也不向他解释什么，哥也不问，只是默默地看，认真地看。这里陈列着人类的历史，凉州的历史，灵官知道，在哥眼里，这都是稀罕物品：木人、木头车马，锈刀、石斧、瓷花瓶，像钢丝床那样的盔甲，布画，佛像……一切都好，都稀罕。在那几个巨大的铜人前，哥立了许久。灵官怀疑他错将他们当成了佛像而祈祷。

"走吧。"哥说。

回到家，哥笑了，是真笑。但这笑像流星。

妈从厨房里扑出来，见了哥，笑了，但眼泪同时也流了下来。"好！好！"她不停地说。不知是说出院就好呢，还是说他恢复得好。

进了屋，妈把被子一折二，铺在炕上，又捞过一个被子，靠在墙上。灵官和爸扶哥上炕。灵官以为妈会问："好了吗？"但她什么也没问。她只是望着哥，眼泪泉水似的涌，擦都擦不及。

哥出院后的这段日子，在灵官的印象中就像噩梦，一切都虚虚幻幻地可怕。那些日子，灵官没见过太阳。天地间灰蒙蒙的。妈妈老是哭，边干家务边流泪。只有在见到憨头时，她才笑。灵官最怕这笑。妈笑时，泪总在眼眶里打旋，稍不注意就会滚下脸颊。这时，妈便会慌张地抹去泪水，换上一种幅度更大也更难看的笑。好在憨头并不望人。他老是闭着眼，即使睁眼时也是面朝墙。疼极了，他就呻吟几声，灵官就打一支强痛定。然后，憨头就闭了眼，或是望墙。

灵官知道哥的寿命只有几十天，或是几天——要是医生预言的大出血来临的话。一切都失去了意义。一切都会像肥皂泡一样随着死亡的降临而破灭。在生命河流中，几天、几十天不过一瞬。在历史的长河中，一个人的生命也不过像骤生又骤灭的水泡。在面对死亡这个必然的结局时，几十年或几十天没有太大的区别。哥被判了死刑。而所有的人被判了死缓，只是这种死缓是不可能再减刑的死缓。如此而已。

灵官想到了哥与毛旦的那次打斗。要是哥知道自己的生命不久就会结束的话，他肯定不会动手。在死亡这个永恒的主题面前，一切恩怨都是肥皂泡。要是所有人都清醒地认识到自己距死亡并不遥远，肯定会超然许多，绝不会为一点蝇头小利而争斗，绝不会为过眼云烟般的名利而痴迷。一切都是无常，只有死亡是真实的永恒。

除了给哥打针，就是到处找杜冷丁。这段日子，灵官的喜悦仅仅是找到一支杜冷丁。此外，便是麻木和绝望。

一夜，哥呻吟得很厉害。灵官竟产生了一个可怕的念头：结局既然无可更改，就不该再让哥挨疼了。解除痛苦是对憨头最好的仁慈。更可怕的是，当强痛定不起作用，那几支杜冷丁又用完时，咋办？这简直是个可怕的难题。灵官找到同学，乞求了一个下午。同学才告诉他，万一到那个地步，一次多注射几支杜冷丁。

灵官不止一次地想，结束这一切吧，结束这可怕的噩梦。为哥，为父母，为一切人。但随后，灵官又狠狠地诅咒自己不是人。

除了呻吟，和偶尔向母亲解释肋部的鼓起是因为里面的刀口发炎外，哥只是沉默。像在医院里一样，他从不与人谈论病情，从不追问什么。据医生说，哥并不知道自己的病情，因为他"麻"过去了。但我老怀疑这点。哥没有一般癌症病人的那种烦躁、怨天尤人和偶发的歇斯底里。他一直很平静，至少表面看来如此。

针照例打，用来止痛和"消肿"。明知道消肿是闲扯淡，但还得消。只有两天，灵官以一次性注射消肿药止痛药为理由，取消了徒劳的消炎针剂。哥发现后声音很大地说："你们都骗我。"而后，一连几天不说一句话。

钱水一样外流。爹又忍痛卖掉了他心爱的黑骡子。灵官买好了哥后事用的一些东西，新的内衣、内裤、绒裤、鞋袜等，然后把这些交给母亲保管。一见这些本该是老人们用的寿物，母亲大哭起来，仿佛她不相信儿子会死，是这些东西提醒了她。而后，她流着泪，把它们放在最干净最安全的地方。这是她儿子一生中最好的服装。她不想叫任何人玷污。

全家都疲惫不堪。父亲斜靠在墙上就能扯起呼噜。他虚脱了一样萎靡不振。母亲瘦不说，走路像被风吹得乱晃。猛子好一点，但换了个人似的规矩。莹儿没进过书房门。这是母亲特意叮嘱的，因为她已有了喜。母亲怕孕妇会冲了自己的儿子。

灵官看出母亲还抱有幻想。

村里人都来看哥，都带了礼物：白糖和罐头。这是哥生病以来父母最值得欣慰的事。这表明一点：他们还活下了人。每个人都真诚地安慰母亲。母亲在每个人面前都流泪。她那双泪眼求助似的望别人，一遍又一遍地问："你说，咋办哩？

唉——"神态像个手足无措的小女孩。人们无一例外地安慰："不要紧，老天爷长眼睛哩。憨头那样好的人，一定能好，一定能好。"这时，母亲就舒口气，仿佛得到了老天爷的保证。

对哥来说，村里人的看望令他不安，仿佛他恨自己不争气，给这么多人添了麻烦。每次来人，他都要挣扎着坐起，斜倚着被子吃力地喘气。鼓起的包块越来越大，已经由右肋侵向心口，侵向左肋，侵向下腹。整个腹部硬得像石头。每次坐起，他都要用被子或衣服盖住腹部。在哥艰难的喘息中，谁都待不了几分钟。他们不忍心叫病人受折磨。说几句安慰话，就告辞进了厨房，安慰妈几句，听她不停地哭泣念叨："咋办哩？"再安慰几句，告辞。

哥最在乎的似乎是毛旦的探望。以前，他和毛旦打过架。现在，他露出了笑。这是很真诚的笑。他笑着招手，叫毛旦过来，拉住他的手，什么也没说。毛旦也憨憨笑着。两人什么也没说。但灵官知道他们和解了。这是真正的和解。灵官看到哥长舒了一口气，而后，他显得异常地累，闭了眼。一滴泪从他的眼角滚出，滚过脸颊，滚到嘴边。哥伸出舌头，舔去泪。

这是灵官看到的哥出院后流出的唯一一滴泪。

28

亡人不吃饭，家财带一半。哥一走，家里就明显空荡荡了。

啥都失去了它本来的面目，显得灰蒙蒙可怜兮兮了。妈在抽泣，莹儿在抹泪，都压抑着，不使自己放出声来。但这，比号啕的哭更叫人窝心。

灵官不能相信哥就这样走了。在屋里时，老觉得哥会进门。在门外时，又觉得他会出屋。鸟一叫，灵官便怀疑是老天派它来送信的，信的内容是："憨头还活着，已经从那个坟堆里爬出来了。"蹲在村南的黄土坡上的时候，灵官也老觉得妈会笑着来叫他，告诉他："你哥活了。"

可总是幻觉。

活的，只是哥的影子，老在眼前晃呀晃的。

梦倒是常做。

梦里，灵官也知道哥死了，并诧异他的活着。他老是惊喜地扑上去。哥却老是阴沉着脸躲开，脸青青的，不语，不笑，拧个眉头。灵官很伤心。但梦里的哥毕竟活着。活着就好。哪怕他捅灵官一刀，只要他活着就好。

最怕梦中醒来。因为熟悉的每一样东西都扎眼，都是一个不可触摸的所在，都在提醒着一个令他无法接受的现实。

许多天了，灵官心中一直躲避着那个现实。他拼命不去想它。那是插在心头的黄老刺，哪怕是一次不经意的摩擦，都会引起一阵撕心的剧疼。一想到哥给他往城里送面时憨憨的笑，一想到哥为供他上学去卖苦力，一想到平素里早已忘却而现在时时揪心的许多场景，灵官就像挨了一闷棍。呆怔一阵，他就撕扯头发，并咬牙切齿地诅咒自己：

"我不是人。我是畜生。……不，不如畜生。羊羔儿吃奶双膝跪，黑老鸹能报娘的恩……你，做了些啥？长兄为父，恩重如山。可你……禽兽不如。"

脑袋里塞了过多的羊毛，乱，涨，像要疯了。嗓中干渴，耳在轰轰。灵官想到睡梦中也阴了脸躲避他的憨头，心一下下抽搐着。他快要窒息了。

"怪不得，他在躲我……怪不得，他阴沉着脸……怪不得，他至死都不多说一句话。他肯定知道了，肯定。秃头上的虱子，明摆着。她的……都出怀了。妈不是不叫她到憨头跟前去吗？不是怕冲了他吗？怪不得……灵官，你这畜生！"

又想起憨头病重时，他和莹儿，竟然在沙洼里……他简直无地自容了。"呸！你还笑呢，还爱呢，还唱呢，还……猪狗不如。你自己想想，你是啥东西？你咋有脸活在世上。你咋……咋不去死？"

真想拿把刀，像电影上的日本武士那样，剖开腹，取了心，祭祀憨头，再抽出那条忘恩负义的肠子，盘成一个"悔"字……可这样，难道就……就安心了？难道就能人模人样了？"瞧，屋里的一切，都在谴责你呢，都在提醒你两个字：'罪恶。'"

但心里，最不敢触摸的，还是莹儿。

每一次浪漫的记忆，都成噬人的毒虫了，都成罪恶的证据了。灵官很怕她，不敢望她，极力地躲避她。

分明，她也在躲灵官。

每天，她都在小屋里蜗居。她总是哭，总是失声断气地哭。"……莫非，你也感到了灵魂的折磨？你这罪恶的冤家。"

灵官仿佛看到了她的脸。它已黄缥缥憔悴到了极点。那是坐在灵官心头的一块疤。那是灵官诅咒自己的开关。那是他心灵天空的乌云。

更可怕的是：她已到了大月份。

一个小生命快要出生了。

这更是灵官不敢触摸的惨痛，是剐割灵魂的现实，是躲避不了的残酷，是无法清醒的噩梦，是不能饶恕的罪恶。

"是不是真有鬼魂？真希望有。若有，还能见着我苦命的哥哥，向他忏悔，请他饶恕，请他朝我那颗罪恶的心上捅一刀，让汩汩流淌的血来清洗罪恶。……可那罪恶，真清洗得了吗？干脆，堕入无间地狱吧！让地狱的毒焰来烧吧，把这罪恶的身子烧成灰，顺风扬个无影无踪。或者，让千万把刀子来剐吧，让千万条毒虫来咬吧，把这罪恶的肉体连同灵魂全都吞噬，让这肮脏的我永远消失，不再有一点恶心的渣滓。"

但一切，终究是无法挽回了。

生存，已成为一个负担。

灵官开始反思：如何度过今后的人生？

村里人大概都知道了，哥的死击垮了灵官。

灵官常在村南的黄土坡上发痴，眼珠儿木木的，瓷瓷的，不转不闪。走路时，也迷迷瞪瞪像在梦游。

一个血色黄昏里，天刮着旋涡儿风，太阳却猩红刺目。半空里有几块铅似的云，像是往地面沉。灰澄澄的云影子印在荒寂寂的沙丘上。沙丘上有个人，梦一样蹒跚着，脚步儿溅起的尘粒像一层薄薄的细雾，把他遮成了一个隐隐约约恍恍惚惚的影子。这便是灵官。

黄昏的太阳像个大血球，挑在远处的山尖上，赐给灵官一个血淋淋的脊背。沙丘上的人影儿随着落日的下沉不断拉长，渐渐与天边的阴影相连接，水一样漫延开来。渐渐地，暮霭夹着尘雾降下来，如一个大铁锅，把灵官紧紧地扣在黑乎乎的沙漠里面……

29

莹儿读懂了灵官的心。她泪流满面。

莹儿轻轻地抚摸那个本子。她知道，那是灵官的泪。她的泪滴入那滴泪，两滴泪融在一起。她觉得自己的心也跟灵官融为一体了。说不清她是在流自己的泪，还是在为灵官流泪。灵魂中有一股热流在涌动着，搅出一阵心痛。

听说那夜，村里人听到东沙窝里有只野兽或大鸟凄厉地叫了半夜，像是个闷极了的男人在呐喊。次日，便不见了灵官。

此后，灵官便没了准信。有人说，灵官到了深圳，找他的同学，没找到，就挂个拐棍，在街头求爷爷告奶奶地要饭呢，可怜得很。又有人说，灵官跑了南方，在一个饲养场里打工，偷偷地学养什么的技术。也有人说，灵官在一个博物馆里当勤杂工，边打杂，边跟一个专家学一种文字，那文字名儿好怪，叫什么西夏文……不过，据一个常进沙窝的二道贩子说，前些日子，他去过沙漠腹地的猪肚井，听说有个凉州人死在那儿，尸首躺在沙洼里，叫狐子啃了个一塌糊涂，只剩堆干骨头了。他说他见过那堆骨头，但不知是不是灵官的……

老顺却没去寻找，也没闲心听人嚼舌，一大堆事儿等着他呢，一是白露快到了，兔鹰又该下山了，老顺买了一大堆棉线，正忙颠颠结网呢；二来，莹儿生了个胖小子，填充了憨头死后的巨大空虚，也带来了许多琐碎事，把老两口忙了个二眼麻达；三来，他和老伴都相信，灵官是去闯外面的世界了。他们还知道，灵官会回来的。——不管走多远，他都会回来。

他的出去，就是为了他的回来。

可莹儿的天，却从那时塌了。

那几日里，无论昼明夜黑，她总是傻呆呆坐着，哼着一首沙湾人都会唱的花儿："杠木的扁担闪折了，清水呀落了地了，把我的身子染黑了，你走了阔畅的路了……"不知过了多久，她才慢慢地醒来。她是被娃娃的哭声叫醒的。娃娃渐渐代替了灵官在她心里的地位，她就活过来了。她怎么能想到，命运对她的惩罚，竟会以这样的形式出现，而且出现得这样快，这样让她猝不及防、痛彻心扉呢？

冤家啊，她在心里悄悄地说，你可知道莹儿经历了啥？要是知道了，你会不会心痛呢？

在大漠里，莹儿常常这样问灵官。

30

兰兰也常想到进沙漠前的那时。

她刚逃回娘家时，丈夫白福来过几次陈家。有一次，他说莹儿妈病了，想见见女儿，叫莹儿回去几天。当然，他也威胁过兰兰，想逼兰兰跟他回去，但兰兰自然是不肯回去的。于是，他就到莹儿房里，跟莹儿哭了一通。不管咋说，他也是莹儿的哥，莹儿虽能体谅兰兰的难处，但也难免为哥伤心。毕竟那是她一起长大的哥啊。

就是从那天起，莹儿成了娘家和婆家拉扯的道具。

莹儿忘不了她说要回一趟娘家时，婆婆的表情，她知道，婆婆对她的提防，就是从那一天开始的。

那天吃过午饭，莹儿把院里铁丝上晒干的尿布儿收了来，叠得整整齐齐，交给婆婆，又去铺子里买了包婴儿奶粉和白糖，安顿了一番，才跟白福出了庄门。

一出门，莹儿的眼泪就涌了出来，咋擦也擦不干。路上有几个女人，都怪怪地望她。莹儿恨自己，但恨归恨，却仍是控制不了眼泪。

婆婆开始提防她，是她不想接受却不得不接受的事实。这些日子，莹儿总感到身后有双眼睛。开始，她还怨自己太敏感。但今天，婆婆明确无误地告诉她，她已经不信任她了。怕她去了娘家不回来，把娃子做了人质。或者换个说法，你不回来也成，娃子你得留下。无论哪种，在莹儿眼里都是刀子，而且是直往心上插的利利的刀子。

这一来，她的预感证实了：她连个寡都守不安稳了。

坐在白福骑的自行车后面，莹儿仿佛梦游。凉风吹来，卷起尘土，已带了萧条的意味了。那萧条，也到心里了。莹儿很想哭，很想扑在一个人的怀里委屈地哭，美美地哭。可这人，不知游荡在哪儿呢？

太阳很亮，是那种惨白的亮。树光秃秃的，吊着许多飞来荡去的虫儿。对这虫儿，莹儿早不怕了，它上头也罢，上脸也罢，莹儿顾不了太多。心里有种很重的液体在晃，晃得眼里的一切都灰蒙蒙了。

过了村间的小道，进了那个乱葬岗子河滩，莹儿渐渐收住了泪。一种熟悉的感觉在心里滋生了。那感觉，像熨斗，熨啊熨，就把那沉重的液体熨成了温水。就是这千疮百孔的丑陋的河滩，曾给过她人生中最美的一个瞬间。这儿，她和他疯魔过，痴迷过，哭过笑过。就是在那沙山后面，他喘吁吁扑倒了她，把幸福的眩晕注入了她的灵魂。仿佛，那是不曾有过的美梦哩。真的，莹儿有时不敢相信，自己曾拥有过鲜活的他。要是那鲜活突然出现在眼前，她真会承受不住那巨大的幸福而晕死过去。

这想头，仅仅是这想头，也令莹儿绚烂许多呢。不知道那想头何时到来？为了这想头，莹儿愿等上一生哩。

有了这想头，她守的就不是寡，而是想头了。能把想头守上一生，也是幸福的。

可一想临行前的那一幕，她的心又被揪了。当然，不是担心娃儿受委屈。婆婆有半辈子养娃娃的经验，还有对死去的儿子的爱，娃儿自然不会受委屈。莹儿无法接受的是，婆婆已开始提防她。憨头活着，她是自家人。憨头一死，她就成了外家人，是个待嫁的寡妇。她感到后怕的是，在这种提防中，她究竟能守上多久？能否守到那想头的到来？

不知道。

而且，那提防一产生，便会有一连串相应的行为，足以叫人心冷。这日子，咋过？

莹儿不能不担忧。

漠风扬起了尘土，刮了过来。莹儿觉得，那风，刮进心里了。

回了家，妈一见莹儿，就搂了她哭。妈瘦多了，头发也花白了。妈是村里公认的厉害人。她厉害时雷鸣电闪，哭起来也惊天动地。她对憨头印象好，憨头一死，她搭了不少眼泪。她老用憨头的好，来反衬兰兰的坏，老说：一龙生十种，十种九不同。一娘养的，憨头那么贤良，兰兰却白披了张人皮。莹儿虽不觉得兰兰坏，但能理解妈。而且，她能理解所有关系不好的婆媳。养个儿子，从锤头大，养到墙头高，却娶了媳妇忘了娘。心里那口怨气，自然要往媳妇身上出。妈还多了对兰兰闹离婚的仇恨。那怨气，比别的婆婆更烈了些。

妈的哭也像她的笑，风风火火几声，就息了，问："那骚货，做啥着哩？"

莹儿见妈一不问自己，二不问娃儿，三不问其他人，却问兰兰，就知道她心上放不下的还是这事，便喧了兰兰修行的事。

"哼，就她，成仙哩？我看她变鬼，也变不上个好鬼，不是髭毛郎当的冤屈鬼，就是血丝糊拉的血腥鬼。"妈用牙缝，一字一句地说。

莹儿皱皱眉头："妈，你咋能这样咒人家？"

"咒？"妈一脸刻毒，"我还恨不得拿刀子剐她呢。你说，害人不浅的，半路里闹离婚，露水曳到半山坡。不成你早说，我花儿一样的丫头，哪儿换不上个好媳妇？现在，生米煮成熟饭了，丫头成了婆姨了，你又跳弹个不停。我说你小心，可别把膀筋跳断。你麻雀儿蹲了个葡萄架，髭毛郎当格势大。还想上天哩？也就是我的瞎窟窿娃子，眼窝里没水，才看上了你。要依了我的性子，第一次相面就过不了关。你还想当我的媳妇子，羞先人去吧！"

莹儿皱皱眉头："妈，你少编派人成不成？一辈子了，你眼里哪有个好人。"

"谁说没好人？我的丫头就是好人。天上有，地下没有。"

"谁身上掉下的肉谁疼爱。"莹儿说。

妈这才捞过莹儿，上下端详："哟，比上回胖了些。丫头，你可要放心吃，别只顾俏巴，不敢吃饭，成个干猴儿了。你吃上个啥，娃儿吃的奶里就有个啥……噢，娃儿乖不？"

"乖。吃饱就睡了。倒是不闹。"

"不闹就好，养个娃娃脱层皮呢。我生你那阵子，肚子都吃不饱，哪有奶？叫你把血都哑出来了，真不容易。好不容易，从鞋底大养成个人，却给人当媳妇子了，真是憋气。盘古爷开天辟地，没遗下个养老丫头的习俗。若遗下，我可真舍不得把你嫁人。"说着，妈的眼圈子又红了。

"瞧，又来了。"莹儿笑道。

妈笑了，说："娃子咋好，也没丫头贴心。就像白福，头吃个钟盆，却像盛了谷糠。一说话，就和娘犟嘴。"又悄声问，"人家待你好不？你婆婆。"

"好。"

"我不信。憨头一不在了,你可成外人了。要是住不下去了,到娘家门上来。老娘养你个老丫头。"说着,她留意地打量莹儿的反应。

"那成了啥?"莹儿笑了,"不管咋说,那儿还有我的精脚片印,还有责任田啦,我不信人家还撵我不成?"

"人家当然不撵。"妈撇撇嘴,"人家白得一个劳动力呢,丫头,话往明里说,那骚鸟,若好好儿和白福过,你咋也成。婆家蹲也成,娘家来也成。要是那骚鸟跳弹,你可得给为娘的长个精神。"

莹儿心里明白,马上要有些事儿发生了。依兰兰的性子,是铁了心要离婚的。兰兰一闹,她就安稳不了。咋这么个苦命?莹儿一阵难受。

妈仿佛看出了她的心思,劝道:"其实,你也别太死心眼。你才活人,路还长着呢。毕竟新社会了,又没人给你立贞节牌坊。"

正说着,爹进来了。他的又一个"大买卖"黄了。说是李宗仁在瑞士银行存了个黑匣子,钥匙却在中国,而且在某省某市某乡某村某人手里,凑上个三万元,就能从那人手里买来钥匙。有了钥匙,就能取出黑匣子,里面有几万根金条。爹就到处借钱,跟人凑够数儿,结果叫人一舌头掠了,连个影儿也追不回来了。

爹一脸皱纹,一脸漠然,一脸麻木,见了莹儿,也不打招呼。妈却绿了脸,斥一声,爹便出去了。"你说,丫头,就这号人,得'想钱疯'了。我说,你也别大买卖了,先从地里刨几颗粮食吃吧,别成饿殍疯虱子了。可他,嘿!先骗了老娘的猪钱,后哄了老娘的黄豆钱,把亲戚邻舍骗了个路断人稀,却叫人喂了一个又一个抓屁。"

"行了,行了!"爹进来,声音很大地说,"你少编派老子成不?朱买臣还发迹呢!你别小看老子,老子这次瞅下了个古董,夜明珠。成了,给老子分个十万八万的。那时,我看你老嫁汉脸往哪儿放!"

"呸!"妈背朝老伴,用力拍几下屁股,"羞先人去吧。你找个牛蹄窝儿,撒泡尿照照。看你那尖嘴猴腮的一脸穷相,能不能闻上个带荤腥儿的屁?老娘倒了八辈子的霉,才头仰屎坑,嫁了你这么个惊毛骚驴……你跟风跑死马,把老娘的四千多花个精光。你挣的钱毛呢?拿来,给老娘多少解个心荒儿。"

爹涨红了脸,脖子上的青筋忽而鼓起,忽而落下。看那样子,只差往地缝里钻了。

"妈,你少说两句成不成?"莹儿嗔道。

莹儿爹缓过气来了:"丫头,叫她说。这号扫帚星,不见棺材不落泪,跟那朱买臣、姜子牙的婆娘一个喋头。到时候,哼。"

"到时候?"莹儿妈冷笑道,"到时候,你也端一盆水,泼到地上,叫老娘收。怕是你有那个心,没那个运呢。"

"你个老妖,金银能看透,肉疙瘩识不透。"莹儿爹无力地辩解着。

"哟——,我把你从这头瞭到那头了,把你的拐拐角角都瞭透咧。头想成个蒜锤儿大,你想钱,可人家钱想你不?"

"行了行了,妈。轻易不上娘家门,一来,就听你们吵架。"莹儿跺跺脚。

莹儿妈这才剜了老头子一眼，住口了。

爹已经大汗淋漓了。

黄昏时分，以保媒为生的徐麻子上门了。这麻子，丑陋不堪，一脸坑洼，鼻头如蒜，眼睛又近视得厉害，眯了眼瞅人，贴人家鼻尖上了，还分不清对方是男是女。徐麻子光棍一条，好喝酒，常提个酒瓶，串东家，串西家，保个媒，收点儿谢金，混碗饭吃。他和神婆不同。神婆集神婆、接生婆、媒婆于一身。他则专一，只保媒。其日常活动就是串门，打听哪家的姑娘大了，谁的男人死了，心中有了本账，便往光棍家去。保成了，谢他个二三百的。保不成，也少不了他的喝酒抽烟钱。

莹儿对徐麻子无好感。一则，爹的"大买卖"多是他提供的信息，他只图嘴头快活，并不染指，倒把爹拖进了债窝；二来，这徐麻子好酒色，一饮点酒，或一见女人，那颗颗麻子就放出光来，红得发亮，毫不含蓄。莹儿一见，就想呕。

徐麻子和齐神婆虽是同行，却不相忌，常常联手，互通信息。莹儿和兰兰的换亲，就是他们联手促成的。

徐麻子一进门，莹儿便猜出了他的来意。憨头尸骨未寒，便有人为她张罗男人了。她感到好笑。

因为徐麻子老提供骗人信息，莹儿妈对他格外不客气。莹儿爹倒是一如既往。他虽因徐麻子提供的信息背了债，但相信这麻子心是好的。徐麻子一进来，他就对莹儿妈说："去，买包烟。"

莹儿妈朝他一伸手："给我钱！"

莹儿爹不介意，又说："再赊瓶酒。"

莹儿妈又一伸手："给我钱！"

"说是叫你赊嘛！"莹儿爹望一眼徐麻子。

"我可没那个脸。你赊了人家多少？叫人家背后骂成个驴了，还赊？要赊，你赊去！你不要脸，我还要呢。"莹儿妈一脸尖刻。

徐麻子却笑笑："算了。我有烟哩。"掏出一盒，扔在桌上。

"又抽你的。店里的臭虫倒吃客哩。"莹儿爹过意不去。

"人家有哩。"莹儿妈缓和了脸色，"人家徐亲家才是个有本事的。"

"啥本事？拾个炒麦子钱，养个三寸喉咙息。"徐麻子说。

"馍馍渣攒个锅盔哩。"莹儿妈瞪一眼老头子，又酸溜溜道，"不像有些人，癞蛤蟆接了雷的气，口气大，可穷得夹不住屁。"

"你又来了，你又来了。"莹儿爹讪讪地笑了。

"行了。"徐麻子道，"你们少拌嘴。少年夫妻老来伴嘛……谁都忍两句……我无事不登三宝殿。有个话儿，说了，可别见怪。"

"说这话，就见外了。亲家，有话说到面里，有屁放到圈里。"妈也猜出了徐麻子的来意。

徐麻子眯了眼，瞅一阵莹儿，说："这丫头，我可是从小看着长大的。当姑娘时，就是从画上走下来的，红处红似血，白处白似雪。生了娃儿，还没变样子……听说……这个……不知道她有啥想法？"

莹儿感到好笑，却忽然产生了一股浓浓的沧桑感。几年前，也是这个麻子，为她和憨头牵线搭桥。几年后，一个死了，一个成寡妇了。又是这麻子，来为她和别人牵线。沧桑变化，以至于斯。几年后，又是啥样儿呢？

妈却稳稳地应了："她能有个啥想法？又不是旧社会，又没人给她立贞节牌坊。就是旧社会，那寡也不是人守的。听说，一到夜里，就把麻钱儿撒在屋里，灭了灯摸。我可不希望我的丫头熬。亲家，有啥话，你明说。"

"妈。"莹儿说，"人家才那个。你说这些话，不怕人笑掉牙吗？"

"笑了笑去。丫头，那是天灾人祸，又不是你丫头投毒谋害亲夫。人家死了，总不能叫你也死去。亲家，有啥话，你明说。"

徐麻子笑笑："就是。丫头，天要下雨哩，寡妇要嫁哩，天经地义。你羞个啥？……那个赵三，知道不？就是卖肉的那个，现在在白虎关开了窝子，对，就是他。说了个临洮女人，跑了，想另找一个。他早瞅上这丫头了。当丫头时，就瞅上了，头想成个蒜锤儿大。谁知，叫憨头独占花魁了。前几天，叫我打探一下。成的话，婚礼好说。"

莹儿的头一下大了。这时，她才知道，自己真贬值了。那赵三，酒鬼一个，而且不学好。那年，盖房子偷了公路边的树，扒了树皮，刚盖到房子上，就叫人抓住了，挂了牌子游乡。这号货色，竟想打自己的主意。可见，此莹儿已非彼莹儿了。即使等来了灵官，她也怕配不上他了。

莹儿的眼泪一下子涌了出来。

妈却没注意莹儿的变化，说："那赵三，听说脾气不好，爱喝酒，爱打女人。那临洮的，就是叫打跑的。"

徐麻子笑道："啥话还不是人说的。再说，牙和舌头，还打架呢。哪个两口子不打架？打到的媳妇揉到的面。打归打，好归好。天上下雨地下流,小两口打架不记仇。夫妻没有隔夜恨。你也是过来人。"

"也倒是。也倒是。"莹儿妈笑道。

"婚礼好说。人家说了,只要你们开个口,好说。……要说这年月,有钱是爷爷,没钱是孙子。这可是人家看上了莹儿。有些人想跟人家,人家还不要呢。听说,也有些黄花闺女……"

莹儿差点哭出声来了。她悄悄抹了泪,怕再待下去,真要痛哭了,就出了屋,出了庄门。

不知何时,下起了毛毛雨。那牛毛似的雨丝儿,为村子蒙上了一层朦胧的轻纱。一切都虚了。那山,那树,那村落,都虚成梦了。

莹儿娘家和沙湾的地貌迥异。娘家虽也靠近沙漠,但南面靠山。平日,山光秃秃的,泛出贫穷和苍凉来。一下雨,反鲜活了山,鲜活出一种朦胧哀婉的韵致来。莹儿索性由那雨丝去冲洗盈眶的泪,一时,脸上水光闪闪,分不清哪是雨,哪是泪了。

徐麻子一提亲,莹儿才真正明白了自己的处境。几年来,她连连掉价,从"花儿仙子"掉成"憨头媳妇",再掉进"寡妇"行列里了。按徐麻子的设计,她还要继续掉价,掉成"屠汉婆姨"。跟上秀才当娘子,跟上屠汉翻肠子。莹儿没福当那娘子——她眼里的灵官可是秀才呀——但也不甘心去翻那血糊糊粪臭四溢的肠子。村里人向来看不起屠汉,一来脏,老和血呀粪呀打交道;二来杀生害命。人们的语气中便多有不敬了,别人养儿子是顶门立户,屠汉养儿子是充数儿。"充数儿"就是可有可无,有了,算个人数,没有也不要紧。反正,屠汉的儿子仍是屠汉。一个屠汉和百个屠汉没有实质的差别，仅仅是数的多少而已。就是这样一个屠汉，竟打发人来向她提亲。莹儿心里瘆怪怪的。

记得，灵官说，凉州女人的一生里，把六道轮回都经了：当姑娘时是天人，生在幻想的天国，乐而无忧；一结婚，便到人间了，油盐酱醋，诸般烦恼；两口子打架时，又成阿修罗，嗔恨之心，并无稍减；干家务时是畜生，终年劳作，永无止息；感情上是饿鬼，上下寻觅，苦苦求索，穷夜长嚎，而无所得；要是嫁个恶汉子，其身其心，便常在地狱道中了。漫漫黑夜，无有亮色，毒焰炽身，酷刑相逼，哀号盈耳，终难超脱。

莹儿觉得，自己真是这样。

她虽也有嫁灵官的奢望，但有时理性地想来，灵官应该有另一种生活。一和她结婚，灵官就会拴在这块土地上了。就像那风筝，无论飞多高，线头儿却永远扯在地上。他应该像鹰那样飞出去——虽说一想到这，她的心里就隐隐作痛，但她还是希望他飞出去，走自己阔敞的路。

莹儿希望的，是静静地走完自己的人生之路，就按目前的轨迹，带着娃儿，怀着企盼，掐碎浪漫，正视现实，实践自己的宿命。她只想对这个世界说："请别打搅我。叫我一个人静静地活着。"

仅此而已。

莫非，就连这一点，也成奢望了？她真想问："我究竟碍谁的路了？"

白福在不远处挖树墩。那是前不久放下的树，树大，根也

143

大，也深。寻了根，挖下去，能得许多烧柴。白福光了膀子，在毛毛雨里痛快地干着，身上头上冒着蒸汽。看到哥哥，莹儿的心更沉了。她明白，今世里，她的命运注定要和他连一起了。前面，是想也不敢想的路。

雨丝儿一星星下来，从脸上渗到心里了。心里有了潮湿的感觉，欲哭无泪。那感觉，愈来愈浓，浓到极致，就变成花儿了——

　　黑了，黑了，实黑了，
　　麻荫凉掩过个路了；
　　眼看着小阿哥走远了，
　　活割了心上的肉了。

　　早起里哭来晚夕里号，
　　清眼泪淌成个海了；
　　杀人的钢刀是眼前的路，
　　把尕妹妹活活地宰了……

31

徐麻子的保媒，成了莹儿的梦魇。自从徐麻子说动了妈，让妈看上了赵三的钱，莹儿的生命就乌云盖顶了。

那天，妈得了准信，知道兰兰是不会回白家了，就叫白福带了几人，上陈家抢人。他们不由分说劫走莹儿，本来，想把娃儿也劫了，但灵官妈不要命地前扑，抢回了娃儿。老顺也拿了铡刀，随时要拼命。几人怕出事，就算了。只说等法院断。就这样，莹儿回到了娘家。

娘家弥漫着一股烦躁的气氛。白福整日和那些狐朋狗友泡在一起。爹又将目光转向古董，整天跑揭墓贼家。母亲却老和徐麻子嘀咕，话题仍是那屠汉赵三。

徐麻子带赵三上过门，那模样，胖，油，头似猪头，一喝酒，鼻子就成了红皮蒜头。那大形势，和大头相似，但少了豪爽，多了蠢笨。莹儿一见就反胃。她明白，妈之所以把赵三夸成天上也少有的稀罕物件是因为他有钱。宰猪杀牛十几年了，那四寸宽的刀儿都成柳叶儿了，腰里自然鼓了。现在，赵三又在白虎关开了金窝子，据说发了好些横财。他放出风来，为莹儿不心疼钱，要是能带上那娃子的话，价码还会长一倍。因为，儿子难得，胡子难得。赵三的前妻就是不生养被他打跑的。没儿子，他心中总是没底，更难保日后能生个吊把儿的。有了那个腰不疼的娃子，打个喷嚏，都理直气壮似打雷，价码当然要涨了。

莹儿妈却说："你怕啥呢？我的丫头能生一个，就能生十个。"她知道，叫丫头站娘家是天经地义，牙口硬几下，没人敢放响屁。可那娃子，是憨头的根，人家拼了命也不会放的。那夜，她亲眼见过女亲家扑上来叼抢娃儿时不要命的模样，心里总是很虚。再说，她的心虽硬，但还没硬到把人家娃子抢来卖钱的地步。

徐麻子却说："那娃子，明溜溜是你丫头的。你去问问法官，爹死了,娃儿跟爷爷奶奶,还是跟妈?明摆的。国家在法律上都规定了,天经地义。"

"是吗?"莹儿妈疑惑了。她不信法律会规定把人家的"根"抢过来。徐麻子说:"骗你,我祖坟里埋的是老叫驴。"莹儿妈才有些信了。但信归信,一想要从女亲家手里把娃儿弄过来,心里却没底。不,不是没底,简直比登天还难,就说:"那老妖拼命哩。那娃儿,比她的命还重要。丫头站娘家,都不叫带娃儿……算了。那娃子,你头想成蒜锤子大也不行。娃子金贵。你想娃子,人家也想娃子。再说我也抹不下脸,人家死了一个,我再去抢另一个,叫人听了,像啥话。"

"那是你丫头的,咋算抢?"徐麻子道。赵三给过他口风,要是真能弄来娃子,给他两千块。这数字,多出单纯的媒钱好几倍,他自然要极力撺赶。"娃娃跟妈,天经地义。你活活地把吃奶的娃儿从奶头上揪下来,才缺德呢。"

这一说,莹儿妈就动心了。几天来,莹儿老哭,老嚷着要去给娃儿喂奶。那奶子,更是涨,一涨,就把莹儿的眼泪涨出来了。妈虽狠心地不叫她回去,心中却也疼她。看到她黄缥缥失去水分的脸,总是难受,就说:"你去打问一下。若真是法律上规定了,也是个说法。"徐麻子笑道:"早打问了。推磨的不会,拨磨的会。我问的那个,还是个律师呢。他说这案子,要是他接了,准给你一个囫囵娃子。"

"乖乖,又得花多少钱?"

"不叫你花。人家赵三出,花多少,都归他。再说,人家隔三间五,就请法庭上的人喝酒。炒面捏的熟人呢。他也问了,没问题。只要你们同意，他叫人写个状子，递上去，就受理。"

"同意，同意。"莹儿妈欢快地说。天上掉下个元宝来。原以为娃子是人家的，谁知"法"上是自己的。真叫她意想不到的高兴。但一想到憨头死后女亲家悲恸欲绝的模样，她就有些不忍心了；再一想女亲家和她吵架时立眉红脸的泼妇相，心立马又硬成石头了。就这样，她忽而不忍心，忽而成石头。变了几次，明摆的利益占上风了。更想到了白福养娃子的那份艰难，若丫头过去，养不下个儿子，怕又要受孽障了，就说："亲家，有你哩。你看着办吧，成了，亏不了你；不成了，也不怨你。原不指望能要来娃子。你不提，我还在鼓里蒙着呢。"

"灯花儿拨了，灯才亮哩。"徐麻子笑道，"别的，不用怕。怕的是你丫头心软。到法庭上，千万不能当松尻子货。"

"不会，不会。这丫头，想娃儿都想疯了。"

莹儿真想疯了。

娃儿老在耳旁哭喊妈妈。莹儿的心都碎了。

徐麻子一来，她就出了庄门，沿了村间小道，径自走去。小道上溏土很多，但莹儿不顾。由你染吧，染了鞋，染了袜，染了裤腿，染了心。

心真似叫溏土染了，老灰蒙蒙的。思维也不清晰，恍恍惚惚，如在梦中。少女时的憧憬是梦，少妇时的沉重是梦，寡妇时的凄酸也是梦，还有那幸福——那是怎样叫她销魂的幸福呀！——也是梦。梦中的一切，总在飘忽，云里雾里的，难以捕捉。甚至，这痛苦，这骨肉分离的痛苦，也不那么清晰，不那么实在，仅仅轻烟似的罩了心，恍儿惚儿的，把现实罩灰了。

147

小道旁的树秃着。那树叶儿,全叫风卷了,枝丫儿刺向天空,很是扎眼。麦子割完了,地里一片狼藉。心里也一片狼藉。那狼藉也成梦了。远处的人恍惚了,近处的人也恍惚了。有问询的,莹儿只含糊地应几声。她不再是过去的那个莹儿了。她只是个寡妇,是个叫现实扯了线在乱风中浮游的风筝,还是个母亲——想到"母亲"一词,她的心抽动了一下。奶涨得慌,可儿子却在别处喊饿。这"母亲"一词,是否在嘲讽她?

这小道,久违了。

念书时,她常来这儿背书,常幻想将来。那时的将来,是五彩缤纷的。有时,她赶了羊来,倚了那树,读些叫她少女的心沸腾的书。将来真美。她渴望将来,呼唤将来。

她当然想不到,在将来,她会换亲,会嫁憨头,会成寡妇,会做不是母亲的母亲,会像牲口一样叫人卖,会没有了将来。从生命的这头,她能瞭到那头。母亲的现在,就是她的将来。只是,因为读了书,构划过将来,心里比母亲更苦而已。

风吹来,冷清而萧索。这秋风,能卷了树叶,卷了尘土,卷了浮草,可能卷了我心头的灰色吗? 能卷了我梦里也难以摆脱的憋吗? 干脆,你把我也卷走,到那天涯海角,或是无影无踪,或是卷成碎末,消失在这大漠里吧。秋风,听得到吗? 狠心的你,咋只会冷清地呼呼?

莹儿无声地哭,尽情地哭。命运真好,还为她保留了一块能尽情地哭的天地。

伏在树干上,哭一阵,又眯了眼,望阴阴的天。她很羡慕林黛玉,能有个潇湘馆,有个紫鹃,有个嘘寒问暖的宝哥哥。

她是《红楼梦》中最幸福的人。该经的经了,该享的享了。等那大厦呼喇喇倒的时候,却早走了。在人生最美的时刻,走了。质本洁来还洁去。真是幸福。听说,西子湖畔还有个叫苏小小的,也是在最美的时候死的,叫历史唏嘘了千年呢。她们真好。命运,咋对她们如此奢侈呢?

不远处,便是大漠了,便是她无数次咀嚼过的大漠。这儿往北,便能到一个所在。那儿,有莹儿心中的洞房呢。在那个天大的洞房里,黄沙一波波荡着,荡出了她生命里最难忘的眩晕。……灵官,狠心的冤家。你是否忘了大漠?忘了那个曾用生命托了你,在孤寂中浮游的人?……她已变了,少了玫瑰红,多了沧桑纹。再见时,她已不再有当初的容颜。冤家,可知?

这大漠,一晕晕荡去,越荡越高,便成山了。听说,沙山深处,有拜月的狐儿。它们虔诚了心,拜呀拜呀,拜上百年,就能脱了狐体,修成人身。……可人身有啥好?你们狐儿,有国家保呢,谁来保我?

那拜月,能脱了女儿身吗?若能,我就拜他个地老天荒,修成个自由的狐身。能不?说呀,秋风?

那可爱的引弟,就冻死在沙山旮旯里。莹儿的心一下下抽动。有人说引弟命苦,说别的女人虽苦,还能生存,而引弟,连这权利也给剥夺了。……胡说。还是早走的好,明摆的一个结局。咋走,也走不出命去。早死早脱孽。长大有啥好?嫁人有啥好?生存有啥好?

有时想,还是不出生好。可这,由不了自己。等明白了,已有了人身,便也有了无穷的烦恼。听兰兰说,信了金刚亥母,就能到空行净土，再不到这五浊恶世上来了。真的吗？莹儿希望自己信这些，可心里总是疑惑。就像清醒者不理解梦游者一样，她也无法理解兰兰。

还是走吧。由了脚，载了心，任它走去。走到哪儿，算哪儿。

32

在一株黄毛柴旁，莹儿驻足了。秋霜掠了百草，黄毛柴也干了。不远处，几个女人在捋黄毛柴籽，边捋，边大声地说笑。莹儿很羡慕她们。生活无疑是苦的，她们也无疑是乐的。也许这人生，就是这苦啊乐啊构成的。记得，她读过几本佛书，书上说苦有多种，有生苦、死苦、爱别离、怨憎会……好多苦呢。那时的她，晕乎在幸福里，觉不出啥苦。后来，她才渐渐体会出苦了。不说别的苦，只那"爱别离"，就叫她苦不堪言。昼里夜里，身心都浸在苦液里。后来，有了娃儿，娃儿一笑，她又乐了。那小脸上的酒窝是她幸福的开关。开关一动，心就哗地流出幸福。可一离开娃儿，又苦了。睁眼闭眼，总听到娃儿的哭，总是揪心，总是六神无主。妈老说，忍几天，忍几天就好。可那几天，是多么漫长呀，真正是度日如年了。要是忍过之后，有个好结局，也好。可又不。这是明明白白的生离，死别似的生离，活扯了心头肉的生离。太阳都成个黑球了。

莹儿又无声地哭起来。

自"爱别离"后，娃儿就成了莹儿的一切。望了娃儿，她便会想起那销魂的幸福。虽说，回忆之后终究是失落，可那回忆的过程，总有燥热，总有眩晕，总感到幸福的波晕激荡了心。回忆许久，心也被激荡许久。当然，从回忆里出来，回到现实时，那种空荡实在难耐。总想搂了那鲜活的身子，销魂地闹啊。……记得不？那花儿咋唱来着？"人世上来了好好地闹，紧闹吧慢闹着老了。"老了，知道不？我老了，等你回来时，我怕成老太婆了。一想，心就难受，噎噎的，想呕，可又呕不出啥。若是能把心呕出来，多好。没心的人好，像这些捋黄毛柴的女人，不正在说笑吗？

这人生，究竟是苦，还是乐？似乎不全是乐，也不全是苦。思念是苦，可那冤家，若是飞到这儿，搂了我，不乐死才怪呢。莹儿偷偷笑了。一想那冤家，心绪就大好了。"阿哥是灵宝如意丹，阿妹是吃药的病汉。"真是这样。这花儿，把啥心都摸透了。

"莹儿，来。"一个女人远远地喊。

这是她当姑娘时的朋友，叫香香，就过去了。那几个女人，也住了手，望莹儿。"你可瘦了。"香香说，"先前，可真是仙子，红处红，白处白，一掐，出水呢。"

"老了。"莹儿淡淡地笑。

"老啥？狗大个岁数。"女人们都笑了。

香香认真望一眼莹儿，说："啥都看开些。该前行时，还得前行。"

这"前行"，是村里人对寡妇改嫁的雅称。这些日子，人老问："你前行啊不？"她就说："还没那个心呢。"人就劝："该前

151

行时,还得前行啊。"凉州人看来,人生同走路:当姑娘时,和父母走;当媳妇时,陪丈夫走;丈夫死了,前行,再找个伴儿。

"听说,徐麻子给你说合赵三呢。那赵三,可钱多。听说,他还在白虎关开了金窝子,也红得很。"一个红脸女人说。

"糟蹋了你,别理他。"香香笑道,"跟上秀才当娘子,跟上屠汉翻肠子。跟了赵三,真辱没了仙子。"

红脸女人道:"女人嘛,谁没叫辱没?多俊的姑娘,也叫人当褥子铺……不过,那赵三雇了人呢。你真去了,也不一定翻肠子。一进门,就成掌柜哩。"

香香说:"听说那赵三,可是个酒鬼。一喝点尿水,就呵神断鬼打女人。前一个,就是叫他打跑的。"

"听说她不生养,"一个说,"赵三心闷了,才喝酒。以前,他不好酒,倒是好赌。每年正月,提上一包钱,四乡里撵场子。可刹车也好,赢了,那一包;输了,也那一包。"

"听,听。"香香笑了,"又是屠夫,又是酒鬼,又是赌鬼,真辱没仙子了。订了没?若订了,吹灯!天下男人又没叫霜杀掉,哪儿找不上个公的?若前行的话,也要找个好的。性子好,样子好,家业好,再读过书,才不辱没了莹儿。"

红脸女人瞪香香一眼,道:"话往好里说。宁拆十院庙,不拆一缘婚呢。"香香吐吐舌头,问:"订了没?"

"哪里啊?"莹儿笑了。这香香,憨大心实,没心机,一说话,就袖筒里入棒槌,直来直去。念书时,她们常睡一个被窝,嘀咕些小秘密。后来,香香糊里糊涂叫一个二杆子弄大了肚子,只好嫁给了他。

"那就算了。"香香说,"反正你岁数也不大,碰上个好的再说。"

"啥好的?"红脸女人道,"男人,都一样。还是实惠些好。省得像我们,地里刨了,还得到沙窝里刨。人家赵三,拔根汗毛,比我们的腰粗。听说,想嫁赵三的,涌破门哩。要说,也是个实惠婚姻。"

莹儿道:"别作践我了。那样子,一看就恶心。你们一提,我都反胃了。"

红脸女人不再说啥,只一下下捋那柴头。捋一把,往袋中扔一下。一股黄毛柴独有的味儿弥漫在空中。香香却问:"你是不是早有下家了?心里有了人,看别人,自然反胃了。"

"哪里啊?"莹儿笑了,心里却道,"当然啦,还是个秀才呢。"说一句:"你们捋,我回了。"

说笑一阵,莹儿心里轻松了些。怕她们再提赵三,就撇下她们,斜刺里走去。这儿黄毛柴多,沙丘上到处都是。老鼠洞也多,莹儿一踏上沙坡,沙就乱了,细瞧,却是一群老鼠在穿梭。莹儿不理它们,眯了眼,望远处那磅礴而去的沙岭。太阳不热,风吹来,反显凉爽了。莹儿走过布满鼠洞的沙坡,上了沙山顶。这儿柴棵少,没有鼠洞,很是干净。莹儿坐了,眯了眼,任思绪随眼飞了去。

天边有几朵云,很白。天也很蓝。这是典型的秋高气爽的天气。在这样的天气里,心情好是应该的,闷闷不乐反显别扭。莹儿就着意鲜活了心,望望天,望望沙漠,望望那些劳作的女人。

熟悉的环境,勾起莹儿熟悉的感觉来。要是此刻,灵官和她也一块儿说笑，一块儿捋柴籽，才算不辜负大好的天呢。若那样，叫理想见鬼去吧，叫将来见鬼去吧，最美的是现在。回眸一望，抿嘴一笑，把万千言语都融入了。只叫那默契化了你，化了我，化了这天地。

灵官，可知？人世间最美的，不是高屋，不是权势，而是心灵间的那份默契，那份温馨，那份宁静。你的知识害了你，你的追求迷了你。你放弃了最该珍惜的，却去追逐虚幻不实稍纵即逝的。值得吗？灵官，拥了一个鲜活的身子鲜活的心，仰在沙上，观星星望月亮的，过一辈子，多好。或是，在一个大雪天里，在炉上羊肉锅的咕嘟声里，你拥了被看书，我倚了你打毛衣。那聪明的娃儿，则在炕上搭着积木。多好，你跑啥？冤家。

瞧，这天多大，这地多大，还窖不下你那不安分的心吗？你奔，奔上天大的前程，奔到你盼望的将来，又咋样？你能拥有这至纯的爱？你能观赏这宁静的美？你能享受那纯美自然的天伦之乐？若能，你也用不了奔，你手一伸，就能接过去。若不能，你的奔有啥意义？灵官，念书害了你。当然，也害了我。瞧那些不识字的妇女，活得多好，一把把捋，一声声笑，好个快乐。真后悔念书。念书有啥用？真为驱散愚昧？可那愚昧，驱散又如何？反倒更痛苦了。倒不如叫愚昧了心智，糊糊涂涂，快乐一生去。

闭了眼，昧了心智，啥都好。谁叫你我睁了眼呢？这眼，一旦睁了，就再也难闭了。

莹儿由了那心绪飞去。虽泄了心头的许多话，却又拽来了泪，心又噎了。明知在这秋高气爽的晴天里，还是鲜活了心好，可心偏要噎，莹儿也没法。

索性，放了声，哭他一场。

就哭了。

33

一进家门，妈就告诉她徐麻子的话，莹儿很反感，说："妈，若嫌我吃了你的饭，我就出去。不信，这么大个天下，还缺了我的一碗饭。"

妈说："你咋能这么说话？咋说，你也是娘身上掉下的肉。你的事，娘不操心，谁操心？"

莹儿说："那闲心，你还是少操的好。我大了，也长心哩。我的事，叫我自己料理一回，成不成？"

"你会料理个啥？叫人家卖了，还头三不知道脑四呢。陈家的贼心，明摆着：他的丫头，再卖一回；我的丫头，叫他白收拾去。"

莹儿皱眉道："妈，你少说两句。一进门，不是听你骂这个，就是听你骂那个。"

莹儿妈噎了似的，张合了几下嘴，眼里却涌出泪来："你也这样说我？老贼说，小贼说，现在，连你也说了。我天不亮就爬起来，忙活到半夜，为的啥？还不是为你们儿女？现在，连句话也不叫我说了？"

莹儿泪流满面，却啥话也说不出来，就扑进小屋，哭了个失声断气。

妈的声音却依然响着："放心，老娘也活不了几天了。肚里的那个疙瘩也长了。说不准，也是你死鬼男人的那号病。"

爹说："行了行了，少说些成不成？丫头都成那样了，你还嘲兮兮地说啥哩？"

"谁的样子好？成哩，你老贼当个好人，把丫头送到陈家门上去。可娃子的媳妇子你生发。"

"成哩成哩，那古董……"

"呸！"老汉话没说完，就招来一脸唾沫。

"羞你的先人去吧。你大买卖小买卖地嚷了几十年，尿疯犯了似的。也没见嚷来个麻钱儿，反倒把老娘的猪钱黄豆钱菜籽钱倒腾了个精光。你还有脸再古董古董地叫？我看你天古董，地古董，不如跌个坐咕咚。热屁股瀑到冷地上，叫土地爷把你的屁眼塞住，少再支吾……"

老汉涨红了脸，口半张，手指老伴，半天，却倏地泄了气，"你个老妖，嘲话说了半辈子……你少欺老子。金银能识透，肉疙瘩识不透。要是老子发了，非……"

"把老娘囫囵吃上，扁屙下来！"莹儿妈啐道，"老娘把你从前心瞭到后心了。吹大话，放白屁，老娘承认你是个家儿。干正经事，你连老娘的脚指头也不如。"

"好……好……"爹把脖子一缩，阴了脸，一副好男不跟女斗的模样。

莹儿妈也懒得痛打落水狗，瞟老汉一眼，哼一声，望了小屋，说："那徐麻……亲家，也是个好心。那娃儿，本是你自己的。你自然得要来。你丢下，谁养活？那两个老鬼，土涌到脖子里了，说不上哪天就咽气。那猛子，天生一个愣头，连自己都管照不好，整天惹祸招灾，说不准哪天犯事，不是叫关班房子，就是吃铁大豆。那灵官，连个屁影儿也没有。生不见人，死不见尸，连他的娘老子都指望不上吃他的热饭，娃儿能指上？那小祸害，迟早嫁人。你的娃儿，你不养谁养？就算猛子们心好，看在憨头的分上养活娃儿，可人家的女人愿意吗？人家又不是'带肚子''车后捎'，又没在娘家门上叫人下了种，凭啥没过门就当妈？宁务息个榆树子，不务息个侄儿子。你咋能指望人家替你养娃儿。怪事。就是个亲爹，另娶了女人。娘后了老子也后了。何况，本来就不是人家亲生的。不信猛子、灵官会为娃儿，跟女人争个红头黛脸。"

莹儿木呆了脸。初时，她还反感妈的话。渐渐地，妈的话打动了她。她不能不承认妈说的是实话。村里人把不是亲生的叫"抱疙瘩"。"抱疙瘩"受孽障的，比比皆是。人常说，云里的日头，后娘的指头，最是歹毒的。

莹儿听过凉州小调《哥哥劝妹妹》，妹妹受不了婆婆的气，想寻短见。哥哥便劝。劝的内容很多，莹儿忘不了其中一句："天爷要是刮上一个旋涡儿风，小娃娃没个妈妈孽障得很。"那冬天的旋涡儿风，四下里乱窜，蹲到哪儿都避不了风。衣服单薄了，就只能抱个膀子，在墙角里瑟缩了。那场景，莹儿一想，心就哆嗦。

妈的声音又响了:"长痛不如短痛。一咬牙,啥都解决了。人家法律,在那儿摆着哩。娘养儿子,天经地义。你前怕狼,后怕虎,最终受罪的,还是娃儿。再说,你一个心,又分不成八瓣儿。你也拽,我也捞,东一块,西一片,光操心,就把你操成个猴相了。我看,一句话,你同意,叫人家断去。法院断给谁,就是谁的。"

这时,莹儿才发现,自己已被妈引岔了路。妈东搅西搅,把她的心给搅浑了。仿佛,她已接受了妈的安排。有争议的,仅仅是娃儿。

好容易,莹儿才从妈营造的氛围里挣出。……为啥老想到要离开娃儿呢? 那寡,也是人守的。她是嫁出去的姑娘,泼出去的水。在村人眼里,守寡也天经地义哩。只是,兰兰不来,妈不会放她去。换亲就这样。一个绳儿,拴两个蚂蚱,谁也别想自个儿乱跳弹。但兰兰是兰兰,自己是自己,大不了,回到婆家,分家另过。自己当牛做马,给白福苦出个媳妇钱,赎出自己的身子来。但这想法,又是多么天真啊。一家人地里刨一年,也见不了几个钱。那一疙瘩媳妇钱,想想都头晕。看来,自己真成风筝了,牵线的是妈,那线绳儿是钱。

但莹儿也怨不得妈。明摆的,兰兰不来,白福得另娶,得花一大疙瘩票老爷。白福毕竟是二婚,女方图不上人了,就要图钱。妈把她许给赵三,不也是图钱吗?

妈的嗓门大,响不了几声,莹儿的脑子就浑了。自进了娘家门,妈的声音老响。那飞动的嘴唇也老在脑里闪。时不时地,莹儿的脑子就浑了。脑子一浑,啥都模糊了。但模糊不了的,是奶子的涨。一涨,总能扯出娃儿哭声。那哭声,一声比一声高,一声比一声厉,一直扯出莹儿的泪来。

她抹去泪,叹了口气。老觉得,有根绳子,纵纵横横地捆了心,叫她无片刻的轻松。但那想法却越来越凸出了:她不想从"灵官嫂子"变成"屠汉婆姨"。飞出的鸟,总有回窝的时候。她等。

那就嫁给猛子吧。兰兰回来,好;不来了,叫婆家出些钱,再给白福娶一个。这钱,算她借婆家的。将来,由她变驴变马苦着偿还。她想,说明了,猛子一定会同意。

她决定说服妈妈。要是妈不同意,她就不吃不喝,以死相胁。

34

后响,风开始乱叫。沙子一绺子一绺子在天上蹿。听说蹿到太平洋去了,听说迟早会填了太平洋,听说联合国着急了,给了中国好多钱,专门用于治沙。还有许多"听说",莹儿也不去管他。只是一见风,莹儿就想到凉州小调中的"旋涡儿风"了。娃儿在风中瑟缩着。眼大大的,脖子细细的,像电视上的"小萝卜头"。怪。娃儿还不会走路,咋会在风中蹒跚地来去呢?那腿,麻秆似的,身子摇晃着,在沙上踩出一长串歪歪扭扭的脚印。莹儿的视线便模糊了。她想到了一张照片,两岁的灵官正在吮指头,小鸡鸡露在外面。……她心里又有温水似的东西荡了。只是这感觉，很短，荡不了几晕，又息了。

不想那冤家了。莹儿想。

说不想，可心总是不由她。那一幕幕销魂的场面又出现了。莹儿卧在炕上，面对了墙，时而甜晕，时而悲凄，时而微笑，时而切齿。

瞅个机会，莹儿说出了自己的打算。妈一听，就躁了。妈一躁，就吊了脸，立了眉，啥话都往嘴外迸。这时，莹儿就怀疑自己也是个"抱疙瘩"，不是妈亲生的。妈的话难听，认定她已和猛子"那个"了，骂她"老的嫩的都想啃"。莹儿气蒙了，但莹儿不回骂。妈毕竟是妈。世上无不是的父母。想骂了，叫你骂几声。想打了，叫你打几下。谁叫你是妈呢？只是那眼睛不争气，泪一个劲儿外涌。嘴倒争气，胸腔里的呜呜一冒上来，就叫嘴咽下去了。莹儿就木了脸流泪，时而，咯叽一声，咽下要外喷的呜呜声。

然后，莹儿就蒙了头，面朝墙，绝食了。这一手，莹儿不常用。小时候，娘不叫她上学了，说"丫头天生是外家狗，白花钱"，莹儿就用过这一手。后来，妈松了口。这一回，她是铁了心的，妈要是真不松口，她就饿死。活到这个份儿上了，死反倒是解脱了。

风在窗外。一块蒙窗的塑料纸鼓荡个不停。先前，这儿安的是玻璃。后来，妈和爹打架，妈把大立柜上的镜子和窗户上的玻璃都打了个精光。打了就打了。蒙了塑料纸也一样。只是起风的时候，那塑料纸就疯了，一鼓一鼓，啪啪地响。也好，反倒时时压息了风声。

妈进来了。还有一个人。从那丝丝络络的清痰声上可以听出是徐麻子。对他，莹儿很是厌恶。他老涎了那双贼眼望她。一次接开水时，还趁机捏了她的手，仿佛他眼中的守寡女人都是饥不择食的货色。平心而论，莹儿也想，尤其在夜深人静想到与灵官闹的场景时，莹儿也渴盼再和灵官闹一场。但那对象，只是灵官。女人怪，心若真盛了一个人，就再也无别人的立足之地了。但要是命运逼她接纳猛子的话，她也只好接纳了。这就是女人。

一只手抚在她额头上。从质感上辨出，是徐麻子的。妈的手很粗糙，锯齿一样。徐麻子的手很绵，是典型的游手好闲不干体力活的手。莹儿很厌恶。她真想朝地上吐口唾沫，说："哪儿来的破头野鬼？"可她又抹不下脸来。她只是伸出胳膊，用力挡去，用力量的强度来显示自己内心的不满。

"没发烧呀？"徐麻子讪讪地说。

要说，徐麻子也是个人物呢。没这号人，村里就有许多不便。比如，你的丫头大了，看上了张五的儿子，你就不能自己问。一问，成了当然好；不成，就叫人打了脸，丫头的身价也掉了，就叫人抓了话把："哟，那丫头，送货上门，人家还不要呢。"别的小伙子也会说："哟，那货，张五的儿子都看不上，我能看上？"有了徐麻子，他就把话吃远了，给你东提一个，西说一个，探你的口风，或是夸姑娘，或是想个法儿，叫张五开口求他。这一来，反倒变成张五求女方了。徐麻子这才打个口风："成哩，亲家。我给你打问一下。成了，是你娃子的造化。"但徐麻子的讨厌之处在于以己度人，他以为赵三好，就以为莹儿也喜欢。他以为寡妇难熬,就以为莹儿也一定想男人。他以为是好事,就不择手段地撮合了。

听得妈说:"谁说没发烧? 放着那么好的掌柜娘娘不当,偏要钻那个稀屎洞子。那个猛榔头娃子有啥好? 小小儿,就和双福女人明铺暗盖。你嫁了,能有好果子吃?"

妈一说话,就能戳到要害上。那猛子,最叫莹儿难以接受的,就是这了。先前,与己无关时,一想那事,便当成笑料;于今,一想要嫁他,心里总是别扭。莹儿自小就追求完美。一个东西残缺了,宁愿不要它。可那赵三,难道就完美了? 自己呢? 在别人眼里,不也残缺了吗? 妈老说"破锣有个破对头",那么,我就当那个破对头吧。

徐麻子说:"那事儿,也没啥。好男儿采百花呢。问题是,兰兰来不? 她来,你就去,没说的。不来,规矩在那儿摆着。你哥又不能打一辈子光棍。人活着,可不能光顾自己……兰兰可放出风来了,宁尸身子喂狼,也不进白家的门。"徐麻子的话,也是见血封喉。

"进,也,不,要,她。"莹儿妈一字一顿地说。

莹儿想说:"那没妹子的人,都打光棍了? 五尺高的汉子,自个儿不去挣钱娶媳妇,叫妹子换,不嫌丢人?"但她只是咽了口唾沫。这些话,说了没用,还不如不说的好。

"养儿养女没用。"莹儿妈说,"还是计划生育好。生得多,操的心多,流的汗多,苦成个驴,却没个贴心贴肉的。谁都有吃饭的肚子,无想事的心。就我一个老鬼,有一天蹬腿了,你们还饿死不成?"

莹儿想说："那些没娘没老子的，也没有饿死。你为啥不省些心，叫儿女也按自己的性子活一次？"明知这也是没用的话，也咽进肚里。

徐麻子道："有些事，也不能由了儿女的性子。哪个娘老子不为儿女好？毕竟，人家多过了几个八月十五。没经过的见过，没见过的听过，没听过的想过，多少有一些老经验。"

莹儿心里冷笑："老经验是多，可这日子，咋越过越紧窄了？咋连个媳妇也娶不起了，还得一次次拿女儿换？"但她只是叹口气。这些话，还是埋在心里好。明明是大实话，妈会当你抬杠呢，反倒气坏了她。

"就是。"妈得意了，"这日子，打我的舌头上来了。我说这世道越来越坏了，日子越来越不好过了。为啥？人心坏了。瞧，人心一坏，天也坏了。刮黑风，起黄风，飞沙走石的……听说，狼也反了，沙湾的猪叫狼吆了，羊叫狼咂血了……以后，日子还要苦哩。"

莹儿心道："那你的心呢？是善呢，还是恶呢？你说人心恶了，天就坏了。那你为啥不善些？"可进一步想，就难用善恶的标准评价妈了。妈的想法做法，对儿子来说，似乎是善的。平心而论，妈有妈的难处。女儿终究得嫁人，儿子终究不能打光棍，家里却一贫如洗。地里刨出的，至多混个肚儿圆。妈也是为了生存呀。上学时看《骆驼祥子》，她最恨小福子的爹。那老头，恶口恶言地埋怨小福子不拿自己的本钱养活家。现在，莹儿才理解了他。她相信，要是爹妈能想出别的法儿，就不会这么逼她了。小时候，妈最疼她，爹也最疼她，从不叫她受太大的委屈。

　　这几天，爹外出得格外勤，带来的讯息也总是激动人心又虚无缥缈。莹儿知道，爹在安慰她。爹没出口的话是："等爹倒个古董弄上一笔，你想干啥也成。那赵三算啥？"爹瘦得很快，尖嘴猴腮了。十年前，爹算过一笔账，得出个结论："种庄稼白种，苦白受，至多混个肚儿圆。"自那后，爹就不再把改变命运的希望寄托在土地上。大买卖是他的梦想。没有了它，爹就没了活头。所以，他总是乐此不疲地上当，津津乐道地构划，把自己的未来设计得比极乐世界还美。

　　莹儿的泪一下子涌了出来。

　　许久了，她老想放声为爹一哭。

35

　　徐麻子和妈你一句我一句，劝说了半晌，像拿棒在冷水上敲，没起大的作用，就出去了。

　　屋里倏然静了。

　　莹儿绝了几顿食，有些饿了。但这把戏既然开始了，就得继续下去。这是黔之驴的最后一击了，若唬不住妈，只有任其宰割了。所以，她一下下为自己打气。

　　想来好笑。第一次听到她和猛子的话题时，她感到好笑，觉得那想法辱没了自己。现在，它却成为命运的奢侈了，须以绝食相胁才可能实现。想想,真是好笑。世事无常,以至于斯。

……明知将来,也不免无常,但她还是愿忍受一切苦难,以守候那心中的净土,等他回来。回来,又咋样?她不去考虑。她只完成这个过程吧。人生,重要的是过程,而非结果。生命是个过程。爱情是个过程。一切,都是过程。因为所有的结果,只有一个:死亡。万事万物,都是无常的,永恒的只有死亡。那我就守了这过程,迎接那永恒吧。

泪又溢出了。流吧,有泪流,也是幸福的。怕的是,不久,连哭的心绪也没了。那时,生和死便没啥区别了。趁现在还能流出泪来,多流些。

哭了一阵,觉得尿有些憋。莹儿爬起身。头有些晕。她用手指拢拢乱发,取过镜子。镜里出现的,是一张黄缥缥没有血色的脸和一双通红的眼睛。莹儿取过毛巾,仔细擦擦。她不想叫村里女人看出她的伤心来。当初,她可是"花儿仙子"哩。现在,落毛的凤凰不如鸡。明知这是人所共知的事实,但她还是努力鲜活了脸。虽说那鲜活仍掩不了憔悴,但掩不了就掩不了吧。有些鲜活,总比没有好。

下炕,穿鞋,穿了外衣,出了门。院里,纸片乱飞。天空仍黄蒙蒙的。树在风里摇摆得慌。莹儿身子有些软。她扶了墙,一步步挪出去。路过旮旯时,莹儿听到了奇怪的响动。似乎是徐麻子的喘气声。妈的声音很轻,但听来清楚:"放心,不来。那两个死鬼,不到黑不进屋。"接下来的声音和对话都让莹儿恶心,她腿一软,身子趔趄了,萎倒在门前。那门,被莹儿无助的手撞了一下。屋里顿时寂了。她脑中嗡嗡叫着,挣扎着起身,出了庄门，才拍打了一下身上的土。

风很大。一股股劲吹来，眯了眼，也迷了呼吸。莹儿背了风，喘一阵气，想："她咋能干这事？"想到爹的可怜样子，她有些恨妈了。

方便后，莹儿在风中静了一阵。心里的风盖过了心外的风。那乱摇的枝条也摇进心里了，心很乱。远处的天上，黄云滚滚。看来，这风一时半时停不了。可怜那沙子，由风吹了，无规则地飘零一气。但风终有寂的时候，沙也终有静的时候，但自己的心和身，何时能静呢？

待了好一阵，莹儿发烧的脸才正常了。她有些怕见妈了。素日里，老见她钢牙铁口地夸自己正经。今日个，妈分明在贿赂徐麻子，好使他尽心尽力地成全那"好事"。依妈的性子，定然看不上那张恶心的麻脸，可她……莹儿真为她恶心。方才那一跤，一定惊了他们。咋见她的面，成了一个难题。

她忍了几忍，仍不由得一阵恶心，干呕几声，只呕出几个嗝来。

"莹儿——"

扭过头，见爹抱了膀子，在风里走来。身后的风沙，一股股卷爹的脊背，把爹的身子都刺小了一半。那几根黄胡子被风肆虐了，在爹的脸上耀武扬威。一滴青涕悬在爹的鼻头。一根草绳勒在爹的腰间。这样子，活脱脱一副乞丐相了。

莹儿很想哭。

爹却笑了："丫头，我那事儿，有九分成了。成了，给那老妖一万，叫她别再逼丫头。我的莹儿，画上的人儿，啥时候这么委屈过？丫头，谁也不嫁。等买卖成了，我养你个老丫头。"

莹儿的眼里涌出了泪，背了身，用力眨眼。那泪，飘风中去了，不知去向。

爹老这样。"九分成"了一辈子。可爹的心，莹儿懂。爹也能体谅她。莹儿鼻腔一酸，她差点答应爹嫁赵三了。卖了自己，叫跌绊了一辈子的爹过几天清闲日子。

"走，屋里走。这风，可利呢。脸上一有水，就叫风吹皴了。"爹伸出手，抹去莹儿脸上又滚下的泪珠。

莹儿这才记起了那响动。叫爹撞见，多难受呀。爹可怜。妈可怜。自己也可怜。她轻叹一口气。爹又劝了："愁啥？丫头，活人还能叫尿憋死？皇天不负有心人呢。我不信别人能搞大买卖，我连个炒麦子也捡不来。只要捡来一颗。只一颗，嘿，就够你丫头吃一辈子了。走，走，屋里走。"

莹儿听到妈特有的大嗓门远远传来，才跟爹进了屋。妈在厨房里响着锅碗，说些不着边际的话，声音很大。莹儿明白妈的意思："老娘方才可没做啥呀，老娘正做饭呢。"莹儿望望爹叫风吹得发青的脸，鼻头一酸。

进了屋，上了炕，依旧躺下。爹用他独有的大话语气喧那个"九分成"的大买卖："嘿，那是个猫儿眼。哪面看，那猫儿眼都会朝你转。嘿，夜里也放光。听说，那是当初财主逃往台湾时，给贴身丫鬟的礼。几十年了，好容易才保存下来。你猜，咋保存的？你做梦也想不到。人家盘到锅头里。锅头用了几十年，那猫儿眼也藏了几十年。人家要四十万，不多。我给他引的下家。说好的，两头各抽三万谢我。这回，六万一到手，丫头，你吃香的，喝辣的，穿红的，挂绿的，由你。给那老妖一万，塞住她的嘴，叫她少跟个破头野鬼一样毛骚你。给她两万也成。我拿上两万，也到白虎关开个窝子，说不定，也能挖个金疙瘩呢。剩下的两万，丫头，我给你，你咋花咋花。不想前行，你就一个人过。不受气呀。你想吃就吃，想睡就睡，把那娃娃养大，中个状元，你说不定还能当个诰命夫人，凤冠呀，霞帔呀，多威风。"

莹儿笑了，想，也不想太远了，只等那冤家来，望一眼也成。却想到那响动，心倏地暗了，觉得爹很可怜。

"又是啥大买卖？"徐麻子的声音。

一阵恶心。莹儿捏捏喉咙，就是这张恶心的麻脸，方才……她努力不去想它，却听得爹欢欢地打招呼："哎呀，徐亲家，哪阵风把你刮来了？"

"西北风。西北风。"徐麻子也欢欢地应。

莹儿想，他是否正偷偷地嘲笑爹呢？这号货色，仿佛啥事都没做过似的，无耻透顶了。她很想看看那张麻脸上的芝麻眼里会发出怎样厚颜无耻的光，却又怕自己忍不住恶心。

她想："妈也不嫌恶心……"

爹又欢欢地喧那猫儿眼。徐麻子仍欢欢地应和。吹捧不了几句，爹就不知道高低了。那话，越加吞天吐地地大了。爹的外号"大话"，就是这样得来的。

妈做熟了饭，端进书房。莹儿仍不吃，腹内虽奇饿，但她咬了牙。她知道，自己只有这点儿尊严了。一失去，就连说话的份儿也没了。

爹仍用那"大买卖"劝莹儿。妈虽尖刻地嘲弄他,他却热情不减。莹儿落泪了。

36

夜里,依旧喝酒。徐麻子是个典型的酒鬼,一见酒,连命也不要了。

莹儿肚里火烧一样难受。怪,肚里早无食了,咋似火烧呢?不管它。这饿,不管它,它也奈何不了自己。只觉得猜拳声很是刺耳。尤其徐麻子那曳着老痰的含糊的声音,鸡毛一样在嗓子里搔。那一粒粒麻子,定然也放光了,红得发亮。老这样。爹仍是吞天吐地地喧大买卖。白福则含糊了舌头,说些不着边际的话。当然,他眼里赵三好,有肉吃,有酒喝,有钱花,比猛子强了百倍。

妈若有所思地纳着鞋底,很少说话。这反常,说明她已经知道莹儿发现了她的丑事。她不敢和莹儿对视。莹儿也不去望她,实在聒噪得耐不住了,她就挣扎着下炕,去了兰兰以前住的小屋。

腿软,步儿发飘。心的折磨和绝食,已使她虚弱至极了。她挣扎着上了炕,捞过被儿,一躺下,就喘吁吁了。莹儿大睁了眼,望那黑夜。那黑夜,时不时地,就叫闪电撕破了。而后是一串炸心的雷声,然后是泼水声。那水声涨满天地,又涨满了心。莹儿就由了那泼水声去涨满心,省得别的情绪乘虚而入。风也大了,时不时吼几声,仿佛是狼嚎。莹儿迷糊了心,由风嚎去。

此刻,那冤家在哪儿?会不会被淋坏?这念头,突地又冒上心了。没治。那冤家,成水中的皮球了,硬按下去,稍不留意又会冒出来。冒出来就冒出来吧。那就想你,想你这个冤家的脸,想跟你在一起的时光,可脑中的你却捉迷藏了。你的脸呢?你的可爱呢?你的鲜活呢?躲哪去了?咋费尽了心力搜索,脑中却一片空白?倒是那脑中的轰轰,由隐而显。冤家,别躲呀。莫非,连这点儿奢侈,也不愿给我?那就滚远点吧。叫我的心死去。死呀,这狗心。

屋里突地亮了。一声炸雷。屋里的掩尘纸被震得哗哗作响。莹儿的心却木着。莹儿想,由你炸吧。索性,你炸了这身子,炸了这心,炸了这世界。她见过一种闪电,骨碌碌滚,一股硫黄味,碰着啥,就烧啥。那年修金刚亥母寺,村人捐了粮,捐了钱,叫大头贪了些。夜里,那滚动的闪电就找去了,扑进屋,旋一转,把顶棚上的掩尘纸烧了。大头急了,顶了会兰子的血裤头,才保下了命。莹儿没贪过钱,却贪过比钱比命更珍贵的东西,那就由你炸吧。炸吧,把身子炸个粉碎,把心也炸成粉来,把这个莹儿炸没了,融入虚空,融入黑暗。或者,哪儿也不融了,索性消失得无影无踪。

隔壁的猜拳声大,都满嗓门噎个声音,爹仍是超人的热情。徐麻子拉长了舌头,酒一喝高,他就这副孬样。妈也有了说笑,仿佛啥也没发生过一样。由你们笑去吧。我等这天雷来炸吧。

你炸呀，炸呀！咋又悄声没气了？

那泼水声随狼嚎似的风声越加猛了。想来那地上，已水流成片了。天也罢，地也罢，已没了界限，都叫水淹了。水真好，把啥都能淹了。那花儿不是唱"眼泪花儿把心淹了"？淹了就好。可又没真淹去，只是泡了。心咸咸的，闷闷的，噎噎的，反倒比不淹难受。

妈几声很脆的笑传来，把风雨泼息了。莹儿皱皱眉头，想到爹那张沙枣树皮似的脸，心里噎得慌。爹这一辈子，图个啥？上了一辈子当，却没悔个心。也好，有梦做就好。不像妈，老怨天尤人，老是个气葫芦。因为她已没了梦。没了梦，活得就苦。自己也像爹，明知道盼的一切，是命运给你的"当"，可她还是愿意上当。有梦，总比无梦好。可就连这可怜的梦，现实也总是搅，叫她做不囫囵。梦给搅得支离破碎，心也就破碎了。

那黑重重地压了来。黑色的雨死命地泼。以前，那黑色的心里，还有几个亮点；此刻，那亮点也不见了，许是叫心染黑了。

口很渴。有点儿水喝，当然好。可莹儿绝食呢。那水，自然也该绝了。莹儿不想骗自己，要是连自己也骗，真没个活头了。要绝食，就真心实意地绝，把那水也绝了。大不了一死。死，真没啥可怕的。一想日后的活，反倒不寒而栗。

冤家，你一拍屁股，走了个干净，却把一个巨大的空虚留给了我。好个孤凄。我知道你闷，你憋，可你躲开的闷憋，又占据了我的心。只是它更强大。在一个弱女子的心里，它们是为所欲为了。弄得连那首花儿，也懒得唱了。记得不？就是那首："杠木的扁担闪折了，清水呀落了地了；把我的身子染黑了，你走了阔敞的路了。"那"阔敞",原是"干散",可我还是改成了"阔敞"。这是我的祝愿。相信你的路,会越走越阔敞的,而我,已没了路。那落地的清水儿,染黑了我的身子,也染黑了我的心。听,这泼水声,就是那落地的清水呀。冤家,把天都染黑了呢。你这瞎眼的天,虽用那闪电划呀划的,但终究还是叫黑染透了。冤家呀,前世的冤家,今世的冤家,来世的冤家。

那闪电,越来越稀了,渐渐不再肆虐。风却不弱,依旧在。夜奇怪地重了,把猜拳声压了,把说笑声压了,把莹儿的眼皮也压了。

莹儿堕入了浓浓的黑里。

37

不知过了多久,黑愈加重了,开始扭动着撕扯莹儿。莹儿醒了。身上有只手,在乱抓。浓浓的酒气扑面而来。那喘息,带着咝咝。这是老气管炎患者独有的喘息。是徐麻子。

"妈呀——"莹儿厉厉地叫。

"叫啥?"徐麻子压低了声,"他们睡了。给,这是钱,买个头巾。"莹儿觉得手里多了卷纸。她一阵恶心,扔在地上。

"滚开!"她骂。这麻子竟如此放肆。莹儿气软了。她想翻起身,狠狠甩出一击耳光,却是有心无力。

"滚开,老畜生!"这是她懂事以来第一次骂人。

"忍忍，忍忍。只一会儿。就一会儿。"徐麻子喘吁吁道，"不信你个棉花，见了火不着。"他索性扑到莹儿身上，撕她的衣服。

"爹——"莹儿厉厉地叫，带了哭音。她听到隔壁有动静了，先是男声，后是女声，却终于寂了。

"哥——"她哭喊。声音把风雨都盖了，却刺不破隔壁的寂。

"他们，知道。怕啥？拔了胡萝卜窝窝儿在哩。又不是黄花闺女。明日个，给你买个裤子，成不？好料子。我说话算数。骗你，我得大背疮。"他把莹儿的两只手背了，压在她身下，开始解扣子。

"呸！"莹儿哭了。一只手已按上胸膛了，自己的手却被压在身下。她连挣一下的力气也没了。另一只手开始解她的裤带。

"哇——"莹儿突地爆发出哭声。那声音，不像人声，连那手也给惊住了。她把所有的力气都运到喉咙上。此刻，这是她唯一可行的挣扎方式了。

"乖乖，别哭。"徐麻子慌了，用手去捂莹儿的口。莹儿趁机抽出了手，抓了一把。徐麻子显是痛了，又背了她的手。莹儿觉得酒气又近了，有东西开始扎脸。一股恶臭喷了过来。

"妈——"莹儿叫。这声音，把夜都撕破了，咋叫不醒妈呢？莫非，他们真默许了？真不敢得罪这麻子？真怕坏了家里的好事？莹儿绝望了，连一丝儿挣扎的心也没了。还是死吧。死吧。她无助地哭了。

那酒味却循声搜来了。莹儿一阵反胃。忽然，一丝亮光进了莹儿绝望的大脑。她狠狠咬去。

一声兽似的惨叫。

莹儿冷静了。在所有的呼救无济于事后,她反倒冷静了。"滚开!"莹儿含糊地命令。

"嗯——嗯——"对方也含糊地应。

她松了口。一道闪电亮了。她看到那张扭曲的脸。听到一阵很响的呻吟和抽气声。

"滚!"她斥道。

含糊的呻吟远去了。

莹儿一阵恶心,呕了几下,却呕出了眼泪。她索性哭了。她哭着穿了鞋,出了门,走到院里,在滂沱的雨中大哭。

恶心浸入每一个毛孔了。心里塞满黏物。这下,身子真黑了。雨,泼水似的往身上落。泼吧。洗吧。把那脏洗去。莹儿张开口,边哭,边接雨水。身子很快湿透了。衣服贴身上了。她真想脱光衣服,叫雨从里到外清洗一遍。心里却在不停地呻吟:"冤家,我脏了,比茅厕还脏了。再不叫你碰了。"她爆出一阵吓人的大哭。

闪电没了,雷声没了,倒是雨知心贴肺地泼着,洗刷着一切。

哭了一阵,莹儿跌跌撞撞地进了书房。拉亮了灯。徐麻子无耻地打着呼噜。爹醒着,妈也醒着。白福是无心无肝的鼾声。莹儿木着脸,谁也不望,说:"我可到陈家去了。"爹叹口气。妈迟疑了一下,坚决地说:"不行!"

莹儿耸耸肩,冷笑道:"我想去,可不是像你说的,老的嫩的都想啃。"她用下巴扬扬徐麻子,"人家,才想呢。"

妈一下子软了。

莹儿出了庄门。四下里仍黑。雨小了,风却凛冽得紧,一直泼进心里。莹儿打个哆嗦。鼻头痒痒了,怕是要伤风了。这倒不怕,心头卸下了一副重担哩。想不到会这么快出了娘家门,原打算以死相胁呢。只是那恶心,已印到灵魂深处了,稍一触及,便想呕。

那雨中隐现的小路上充满了泥泞。这也不怕。摔几跤也没啥。人生来就是摔跤的,除非瘫子和死人。莹儿不怕摔跤,倒是怕那恶心会永久印在心里。真是恶心。她已用水涮了百十次嘴,但恶心依旧。配不上你了,冤家。她哽咽一声,泪突地涌入眼眶了。

一股风吹来,裹着雨,泼在脸上。莹儿脚下一滑,摔倒了。泥泞沾了半边身子。倒是不冷,身子仿佛木了。心却没木,那恶心,醒醒地蠕动个不停。

不知道啥时候了。半夜,还是凌晨?这并不重要。在凉州人眼里,夜是鬼的世界。鬼就鬼吧。怕鬼的,是以前的莹儿;现在,没啥怕头了。那鬼,会吃人吗?会撕衣服吗?会做那些人常做的坏事吗?不会。那有啥好怕的?最怕的,是人,是那些人模人样却不长人心的人。莹儿甚至有些怕爹妈了。夜里那戏,他们扮演了啥角色?不知道。还是不知道好。知道了,就失去爹妈了。权当你们真睡了,睡成了死猪,总成吧?

莹儿又哭出声来。

闪电许久没出现了。也好。那光明,虽亮,能一下子照亮路,照亮世界,照亮心,可一熄,却牵来更黑的夜……索性就黑成一块吧。成凝固的一块,混沌了天,混沌了地,混沌了心。

这闪电,多像那念书呀。利利的一道光,一下就照亮人生

175

了。她看到了前途、未来、幸福……可叫现实一压，就倏地熄了，把啥都罩黑中了。还不如索性就黑了的好。不奢求幸福，就没有痛苦；不渴望光明，就不嫌弃黑暗；不构建未来，就不埋怨现在。真像那寓言了。那混沌，本无七窍，原也活得逍遥。叫多事的智者凿了，反倒痛苦死了。真的，不念书多好。糊涂了生，糊涂死。

冤家，你也是闪电呀。在生命里亮亮地一闪，闪出炫目的美，却又倏地熄了。亮过后的暗，是那样地可怕。早知如此，你还是不出现的好。那时，我已认命了，我会认命做憨头媳妇，认命做寡妇，认命前行，认命叫现实撕扯去。也许，后来就木了，觉不出苦。那香香们，不也活得挺好吗？冤家，你可害苦我了。

莹儿哽咽了一下。泪又模糊了双眼。模糊就模糊了吧，反正也用它不着。夜把啥都隐了，那路，却在心里延伸着。闭了眼，也不会偏离。

上了大路，泥泞少了。沙地有沙地的好处，那雨早渗了，踩上去，不再有泥泞。路旁有棵沙枣树，黑黝黝似鬼影。这儿常闹鬼。据说，有时的焦光晌午，就能看到一个红衣女鬼。这树上，吊死过几个女子，都穿着当媳妇时的红衣，就闹鬼了。莹儿不怕。不就是个女鬼吗？你成了鬼，也是个女的，有啥好怕的？可心却怯了，就到路中间走。听妈说，路当中，有道煞。这煞，鬼怕神惊，是老天爷专为夜行人设的。那就走中间吧。中间好。爹常说："马太快，牛太慢，骑个毛驴儿走中间。"

沿了路，一直儿走去。天似乎亮了些。路旁的树渐渐稀了。这些年，伐得厉害，把那翠绿，变成房子呀，家具呀。变就变吧，莹儿管不了许多。树稀了，阴森味也少了。沙丘呀，沙洼呀，柴棵呀，都模糊了，模糊成朦胧的夜了。也好，把啥都隐了，把女鬼也隐了。说不准，她们正笑自己呢，笑自己活得恓惶。……这有啥好笑的？当初，你们也和我差不多；现在，你们好了伤疤忘了疼，望别人的笑声，不道德。这一说，她们就害羞了。莹儿笑了。去吧，知错就好。你们自由了，脱孽了，是你们的造化，取笑别人，就不该了。我是昨日的你们，你们是明日的我，你们有个啥好炫耀的。

雨小了。由暴雨而中雨，由中雨而小雨了。东方的亮色，渐渐浓了。那亮，如洇在宣纸上的墨水一样，由小渐大，由淡至浓，一下下舔那夜幕。夜就慢慢地化了。由你化去吧。不化也好，凝成一块也好。在莹儿看来，一样。只是在昼里，自己这落汤鸡样，会勾来许多眼里的问号。想想，也怪难堪的。当初，是"花儿仙子"呀；现在，成夜行的孤鬼了。孤鬼就孤鬼吧。到哪山，打哪柴。只要不怕掉牙，由你们笑去。却倏地想起爹来。小时候，她一哭，爹就手忙脚乱，恨不得摘下星星，从不曾委屈了她。现在，爹变了。夜里，隔壁的那男声，明明是爹呀，却叫妈呵息了。爹呀，好可怜的爹。你咋能眼睁睁叫女儿受辱？那徐麻子，不过是个媒人，就能叫他活人眼里下蛆。这世上，比他牛气的，多啦，你唯唯诺诺，还有活路吗？爹，苦命的爹。我知道你苦，心里苦，对不？好饭没盐水一样，好汉没钱鬼一样。人穷志短，马瘦毛长。你也是牙咬断了，往肚里吞，对不？爹，我知道，穷把你的脊梁骨抽了。是吧？爹。莹儿又哭出声了。

那么，妈呢？你可是个要强的女人呀。胳膊上跑得马，拳

177

头上立得人。咋也变了？妈，以前，你穷是穷，还有些底气。你常说："穷是老娘的合该穷。"那口气，天都吞了的。现在，你底也丢了，气也散了，啥也没了。那么强大的你，咋一下子就软了？

莹儿抹把泪。她很后悔那句伤妈的话。心一下下抽了。真不长心。她想，妈已经够苦了。叫那恶心的徐麻子……可自己，竟拿锥子捅她的心。真不是人。莹儿用力咬嘴唇，怕已咬烂了，就狠狠呸了一口。她这是呸自己。真想跑回去，跪在妈面前，一下下磕头，磕出血来，请她原谅。她差点要转过身去了，可还是忍了。明知道，这一出来，也许会改变命运的。为了那个冤家……冤家呀，只有伤母亲了。

莹儿像母狼一样，长长地嚎几声，噗地跪倒，朝娘家方向，一气磕了许多个头。

起身时，才发现自己跪积水中了。没啥。这泥呀，水呀，不过污了衣裤。一水洗百净，终究碍不了啥事。但自己那话，却叫妈当不成妈了。妈呀，原谅我。

莹儿边哭，边跌撞着走。现在离婆家的路不远了。这段路，不很平，多坑洼，走得稍快些，便成跌绊了。不要紧。摔倒了，爬起来；摔青了，会复原；摔烂了，会痊愈；摔死了，更好。那心里的痛，却难消了。恨爹娘时，一股气蒙了心智。醒来，却觉出爹妈的苦来。若重活一次人，莹儿就会想尽办法，叫爹妈微笑着享受去。可现在，晚了。莹儿只能眼睁睁望着，一任爹妈像瓶中的毒蜘蛛，你咬我一口，我咬你一口，仇人似的折腾。

莹儿这才理解了灵官的出走。他做的，不正是她盼的吗？

38

兰兰的欢呼声惊醒了回忆中的莹儿。

兰兰在驮架上的小袋里发现了多半瓶清油,那原是做饭用的,怕叫锅们碰碎瓶子,另装了,这才没跟锅碗们一起被扔下去。这清油虽不好喝,却能给身体提供养分。人家毕竟是植物脂肪,产生的热量要比馍馍大。兰兰说,这油先别动,因为馍馍干,吃时非得用水,不然咽不下去。那些水和馍馍先凑合几顿,这油到万不得已时再喝。

一见那清油,莹儿也觉得心里清凉了些。

两人找个有柴棵的阴洼,挖了两个坑,都挖到见了潮气。大些的那个叫骆驼用。骆驼体内虽有水袋,也禁不起烈日长久地暴晒,叫它也卧入湿坑,就能少些蒸发并吸些潮气。兰兰用藏刀砍些沙秸,抱进坑里,骆驼边吃边躲那毒日头。

虽仍是又饥又渴,但比驼逃走后的那时好受多了。那时,因弹尽粮绝,饥渴就成了爪子,疯狂地撕扯她们。现在,有了食物和水,饥渴虽也折磨人,却相对能忍受了。

兰兰时不时用塑料拉子的盖子化些盐水,给驼清洗伤口。她化盐时,就叫莹儿将水拉子放在腿间桎梏了。每到这时,莹儿便如临大敌,老觉得塑料拉子会猛然挣脱桎梏,将这些救命液体洒进沙里。空气里也仿佛伸出了许多只手,来抢她手中的拉子。为了不叫它们抢去,她的手臂都酸了。这一来,闹得她越来越紧张,待得兰兰洗完伤口,她也累出了一身的酸困。

洗完伤口,兰兰将剩下的盐水倒进手心,伸给骆驼。骆驼就伸出舌头,将那汪清凉舔了。骆驼最爱吃盐,这清凉虽抵不了大用,但也算是对骆驼的犒劳吧。细算来,倒是骆驼喝的水,比人还多一些。这也好,谁也怕骆驼的伤口感染,都希望它早些结痂。驮人虽也重要,但更重要的,是一有了骆驼,心就落到了实处。

姑嫂二人昼伏夜行,又行了两夜。按行程,早该见着盐池了,不料,却进入了一片戈壁。一见那戈壁,兰兰暗叫坏事了。记得那时,她去盐池,并没见着这戈壁,说明她们走岔了。那点儿馍已吃光了,水也只剩下一点了。清油虽没动,但就这点儿清油,熬不了多久的。驼的伤口虽已结痂,两人却不忍心再骑它。累极了,就一人牵骆驼,一人扯了骆驼尾巴,就能借些力。腿早不像是自己的了。后来,她们就轮换着骑骆驼,一人骑一个时辰。

驼峰已塌了下来,说明骆驼的生命贮备也不多了。途中有草的地方不多,虽然兰兰尽量选有草处昼伏,叫骆驼补充些营养,但驼峰仍然塌了。记得以前去盐池的道上,有几处地方,是专门为骆驼补充水草的。因迷了路,骆驼显然在吃食上吃了亏。兰兰就卸下驮架,从鞍子里抽出垫草,叫骆驼吃。然后,将褥子当了垫子。但那点儿草,对于饥饿的骆驼,仍是杯水车薪。

好在那伤口倒长得快。这也是天性吧。因为老驮东西,驼背老被磨烂。久了,就结成了很硬很厚的老茧。盐一洗,伤口很快就结痂了。这样,只要骆驼有体力,就能驮她们。

进了戈壁,倒时不时能碰些草,骆驼吃得很欢。兰兰相信,这样吃上一个月,骆驼的峰子当然会再度耸起,但她们此行,不是为了牧驼,而是要找盐池。兰兰拧眉想呀算呀,终于认定,她们错过了盐池。她说,肯定是的。那盐池,其实是沙漠里的一块绿洲,并不太大,你只要在远方错上一里半里,就可能跟它交臂而过。

咋办?

兰兰说,只好往回走了,等进了沙漠,再往西走。要是运气好的话,不定就能跟盐池碰个响头的。

再进了沙漠,两人将驼拴在柴棵上,上了一座看起来最高的沙山。两人拖着比灌了铅更重的腿,几步一缓地上了沙山。她们用了至少两个小时,两人都累瘫了。喘了好一阵气,她们才四面搜寻。原以为这沙山最高,一登上,就会一览众山小的。不料,一上来,才发现,一山更比一山高。真没治。她们只能望见一浪浪啸卷而去的沙山。别说走,只瞭一眼,就魂飞魄散了。

莹儿一屁股坐在沙上,半天不想说一句话。

兰兰也沉了脸无语。两人欲哭无泪,脑中一片空白。哪怕能看到天边有一片白——那是盐池独有的颜色——她们也会爬向那儿,可是天边仍是沙山。就算她们爬到天边,那儿有没有盐池,仍是说不清的事。

兰兰说,下吧。

莹儿说,我实在不想动了。索性,死在沙山上算了,变成一堆骨头。

兰兰说，走吧，该走的路走过了，再说。

望着山下黄点似的骆驼，莹儿想，早知这样，上沙山干啥？既费了好多体力，也弄得心灰意冷了。

既然走不动了，莹儿也懒得再沿缓坡下走，她索性走到陡坡处，一蹲，坐在沙上，滑了下去。不料，那一滑，竟像长了翅膀，耳旁风呼呼着，身心一下子轻快了。到了一个缓洼，她听得兰兰喊，你小心裤子，要是再溜，你屁股上肯定会磨出个大洞。

虽也心疼裤子，但那感觉实在太妙。莹儿想，这会儿，命都不知在哪儿悬着呢，管啥裤子？就跳下沙坡。沙流如水，载了她，感觉爽极了。许久了，还没这么轻松呢。她兴奋地叫着。沉寂的沙洼顿时鲜活了。兰兰也被感染了，她也不管啥裤子不裤子了，也坐在沙上溜下。两人都兴奋地叫着，把几天来的沉闷叫没了。

滑了一阵，莹儿怕屁股着沙处真叫沙磨破了，就换了姿势。这是可能的。要是真磨出了洞，就算她们到了盐池，也会羞于见人。她便又翻过身，仰着头，在沙坡上游起泳来。她每一划沙，身子就嗖地下一截。沙流进了衣领，弄得身子痒痒地怪舒服。兰兰也开始游泳。沙洼里回响着她们欢乐的叫声。这不期而至的快乐，洗尽了她们的忧虑。

到了沙山下，两人边呸呸地吐溅入口中的沙，边笑成一团。多年了，她们总是活在别人的视线里，从来没这样疯过。不承想，在这算得上绝境的地方，她们竟一下子捡回了丢失了很久的女儿性。

为庆祝她们的好心情，两人各喝了一口清油。

39

　　方才那阵欢乐，将所有的精力都耗尽了。疯了一阵后，忧虑又进心了：自己究竟能走多远？能否到达盐池？这号问题，问得越多，心就越灰，索性不去想它。看看毒日头的劲道减了些，就骑上骆驼，向西走去。走虽不一定能找到盐池，但不走肯定会困死在沙海里。两下相比，还是走吧。有时，瞎驴也能碰个草垛，不定啥时候，她们或是碰到去盐池的人，或是碰到牧人，无论碰见啥人，鼻子底下长嘴哩，你只要开口问，人家肯定会答复你。要是碰到好人，或许还会给你些食水呢。

　　黄昏时分，她们见到了一架驼骨，它立在一个沙旋儿旁。骆驼吃了一惊，倏地一抡脑袋，差点将两人甩下驼背。兰兰很高兴。这是她们在附近看到的跟人最亲近的东西。最扎眼的是头骨，两个黑洞洞的大眼望着来人，它一定茫然许久了。驼骨比较完整，牙齿和肋条也没散架。看得出，骆驼在死前和死后都没遭到野兽的撕扯。看到同类的尸骨，骆驼抡头甩耳了好一阵，时不时就打个响鼻，突突几声。按老顺的说法，那是骆驼看到了鬼。鬼最怕唾沫。莫非，死驼的灵魂还守在骨架旁？听说，有种守尸鬼，骨头几时不入土，它也就一直守着。莹儿不信这大天白日，会有个鬼守着骨架，但还是心里发毛了。

　　兰兰说，瞧，这是驮盐去的。她指着驼骨旁的碎布屑说，这定然是蒙古人驮盐时累死的驼。莹儿看不出驮盐的迹象，但还是很高兴。毕竟，能发现些啥总是好一些。一路上，除了沙漠、戈壁和沙生植物，很少见到跟人有关的东西。这驼骨至少说明，这儿来过人。

但又想，说不定，这骨架，是野骆驼的呢。怕折了兰兰的兴头，莹儿没说出这话。人在绝境里，是需要盼头的。哪怕它是虚幻的，也比绝望好些。

莹儿想，即使这驼真是去盐池的路上死的，也说明盐池离这儿还远，要是近的话，驼会挣扎着到目的地的。要是再推测驼的死因，她越加心灰了。至少，近处可能没水源，也没嫩草，不然，驼咋会死？瞧那样子，若不是渴死的，便是病死的。死前，它肯定听天由命了，它像坐化的老僧一样坦然。它静静地卧在沙洼里，在命运举了刀抢来时，一副引颈受戮的模样。莹儿长长地叹口气，她想到了自己的命运。

兰兰叫驼卧了，两人又骑了驼。骆驼前俯后仰，晃摇好一阵，才起来了。莹儿回头望望驼骨，说，再见吧，谁叫你也是个苦命呢。想到自己也可能会在前方某处，变成一副骨架，就不由得一阵伤感。

再往前走，虽没明显的路，但遇到的骨头多了，或是骨架，或是腿骨啥的斜插在沙里，很扎眼。莹儿想，看这样子，这儿不是驼道，便是牧场，不然咋会有这么多骨头呢？她轻松了些。

又走了一段路，她们发现，一具骨架旁，竟有个驮架。这证据，当然很充分了。那驮架上的木头快风化了。旁边，还有不定何年何月屙下的骆驼粪。兰兰兴致很高，不管咋说，总算走在驼道上了。莹儿当然也高兴,但也有些担忧,这段路上竟有那么多骨架,既说明这儿走过好多驮户,也说明经过长途跋涉的驼们,一到这儿,就接近生命极限了。莹儿明白,她们面临的,是跟这沿途的白骨一样可怕的命运。这条路是否真的通向盐池?究竟还有多远? 她们的体力能否熬到见到水源? 一切的一切,都是未知数。兰兰定然也明白这,她只是不愿意点破而已。

最叫她担心的,却是骆驼。她们有清油提供热量,驼峰却塌成皮囊了。它还能支持多远? 毕竟驮两个大活人,少些算,也有二百斤。好几次,它驮着她们起身时,总要摇晃好一阵。上坡时,也老是颤巍巍的,像要摔倒。后来,上坡时,她们就只好下了驼背,拽了驼尾借些力。看来,驼的体能也接近了极限。不然,见到那驼骨时,它咋会受那么大的刺激呢?

缓了一阵,两人各喝口清油和水,准备走夜路。驼骨们虽使夜里浸满了阴森,但也在提醒她们路的正确。莹儿想,只要上了路就好,就怕像没头苍蝇般瞎撞。兰兰说,不怕慢,就怕站,只要方向对,走一步,就近一步。

她们喊几声:跷! 跷! 这是叫骆驼卧的命令。

骆驼迟疑了一下,缓慢地卧了。

兰兰叹息道,骆驼太累了。

两人上了驼,兰兰抖了几次缰绳,喝了几声:嘚! 嘚! 骆驼晃着身子,想爬起来。它晃了几次,一次好容易撑起了前腿,却又卧下了。它叫了几声,又徒劳地挣扎几次。兰兰说,你先骑,我下来。她下了驼,边喊口令,边扯了驼尾上抬。骆驼长长地叹息一声,卧在那儿,不动了。

莹儿明白它力不从心了，也下了驼。她发现，驼大张着鼻孔，正缓慢而吃力地呼哧着。周围的沙丘上虽有干沙秸，骆驼却不望。莹儿明白，它太渴了，喉咙早成干皮了，它已咽不下那比日头爷还燥的沙秸了。莹儿很感激骆驼，要不是它，她们还不定趴在哪个洼里呢。她想，说啥也不能骑它了，它也不是铁打的身子呀。

兰兰又吆喝几声。驼却只是哀叫，仿佛说，你们走吧，我真的不行了。莹儿听灵官说，骆驼只要有一点儿力气，就会拼了老命，去干自己该干的事。它们是不惜力的。先前的驼队里，走着走着，就有倒毙者。她想，是不是驼骨刺激了它呢？有可能。就像那患了绝症的老人，忽然发现同伴死了，那死，会像鞭子一样抽垮他的意志。莹儿拍拍它的头，说，你怕啥呀？它们是它们，你是你。驼叫了一声，仿佛说，我不是怕，我是实在走不动了。

驼的峰子软成了皮袋，肋条也露了出来。驼吃力地呼吸着，时不时伸出舌头。驼舌上有很厚的苔，颜色或黄或黑。驼的倏然瘫软，虽然与缺养分有关，肯定还有精神原因。莹儿不知道如何才能解除它精神上的疾患。没办法，她既不能瞬息间学会驼语，也不能钻进它的脑子。她想，不管咋说，我们不能扔下它，不仅因为驼值两三千块钱，还因为它已成为她们的伙伴。

她忽然明白，为啥这地方有那么多的驼骨。那驼骨，明明在提醒驼们：我们死了，你也该死了。这真是可怕的暗示。记得，憨头患了绝症后，曾一度抱有幻想。那时，他的生命之火一直在微弱地燃烧，总是欲熄未熄。等他终于明白了真相后，马上就死了。想来，驼也是这样。驼以为，好多驼都死在这儿，它也一定走不出绝境的。有些驼的体力虽能支持，但那暗示，却一下子摧垮了它们最后的一点儿信念。莹儿想，自己可千万不能学那些死去的驼呀。她想，只要心不死，人是死不了的。

她想，如何救这失去了最后一点信心的驼呢？既然无法钻进它的心中，总得想个别的法子。她想呀想呀，觉得除了给它灌些清油外，也实在没个别的法子。她一说，兰兰拧着眉头解释道，那可是最后一点了，路可能还远呢。莹儿说，我们总不能丢下它，人家已逃了出去，又来找我们……兰兰说成，大不了，我们死在一起。莹儿说，就是，活了，一起活，真要死的话，我们和骆驼一起死。

兰兰取出油瓶，一晃，油就在瓶壁上旋了，旋出很美的纹路。莹儿觉得心叫无形的东西挤压了一下，想来兰兰也这样。这些油，两人还能喝个两三口，虽不多，但这是唯一的食物了。

骆驼贪婪地望那液体，以前她们喝时，它就这样。它当然知道那是美味。以前，清油下来时，主人也会赏些稠油给它。那东西，可不是沙秸。沙秸虽能充饥，但干成麻鞋底的舌头和枯燥成砂纸的食道是无法接受它的。这液体却不然，它滑滑的，带着一抹清凉的神韵。它只能贪婪地望它，望着那两个女人下咽时喉部的蠕动。它甚至能听到那稠亮的甘露滑入食道时发出的咕咕声。干得冒烟的细胞们欢快地叫着，像渴极奔井的羊那样发出咩咩的声音。驼明白自己只能看一看。能看已经很不错了，看惯了干燥的沙漠，再看一眼瓶壁上倏然一旋的清凉和润滑，真是痛苦又刺激的事。

它当然想不到那个好看的女人——虽然她的嘴上也布满了干燥的黑皮——会将瓶口伸向它。它以为她在逗自己呢。村里人老这样逗它。人说天窗里吊苜蓿,给老驴种相思病。人们也常给骆驼种诸如此类的相思病。村里娃儿就老举些嫩草引诱它,等得你张口去叼时,他们却倏地拿开了草,发出恶作剧的笑。人都是这样。以前,面对这号捉弄,它总是高傲地闭上眼。但你要知道,此刻,那晕清凉是多大的诱惑呀!哪怕你望它一眼,也是享受呢。当然,这享受也是痛苦,就像一个叫欲火烧烤的光棍汉面对黄色录像一样,他虽然赤红了脸呼哧,但那双滴溜溜的眼,仍不会放过每一个叫他痛苦又刺激的镜头。

骆驼也一样。

可那瓶口,竟然伸向它的嘴。它当然感到意外。它当然也知道其中的妙物对两个女人意味着啥。它望望那女人的眼,想捕捉到捉弄它的意蕴,没想到,它看到的,是一双充满了关切的眼。记得,小时候,它一脚踩入鼠洞弄折了腿后,母亲就那样看它。它当然忘不了那眼。你别小看它的记忆,它能记得十多年前某人对它的捉弄,也忘不了八年前某人给过它一把青草。它是最有记性的动物之一。在这一点上,它甚至超过了马。跟马一样,它是公认的能通人性,而且更加厚道。

驼真的被感动了。它毫不怀疑那眼中发出的信息。它明白她是真的想将那清凉给它。它虽然不知道那是仅有的,但早就从两人的举止中明白了它的珍贵——人家都几个时辰喝一小口呢。喝时,她们都闭了眼品味许久,她们当然想叫那味儿印入自己的灵魂深处。当然。

驼想说，你们喝吧！你们喝吧！它的客气是跟主人学的，主人就这样。他明明想喝酒，但别人邀他时，他却说这句话。主人当然是虚情假意的，驼却认真。驼心里的话虽也明白清晰，但人类总是听不懂。没办法。驼也知道改变人心是世上最难的工程，所以它总是沉默。它真的不忍心喝下那么好的东西。它只要一盆浑水就成，哪怕有虫子，哪怕有草渣，哪怕有蝌蚪，它都能闭了眼饮上一气。她们可不成，她们就那么一点了。驼于是坚决地摇了摇头。

驼当然想不到人家会将瓶口塞进它嘴里，也想不到那滑滑的液体竟会在舌上漫延开来。它听到舌上的味蕾们疯狂地叫着，叫声像炎阳下的知了那样喧嚣。一股奇异的味道立马渗入它的灵魂深处。它死也忘不了这味道。这甚至不能算味道了。它成了快乐的旋风，美味的海啸……还有好些比喻，驼死活想不出来了。它觉得舌上的小蕾真是贪婪，它们疯狂地大张了口，跟养熟了的鱼儿乞食时一样。虽然那液体是滑滑的黏黏的，它们还是咂光了好多。驼觉得舌头润泽了许多。它想，这下，又能吃些草了。吃了草，就能接着驮这两个美丽的女人了。它虽然不晓得人类关于美的标准，但它能从另一性别的人的眼里发现她们真的很美。它忘不了途中那两个老牧人的年轻眼神。他们不一定真的扒她们的衣服，那眼睛却明明这样做了。

瓶中的液体仍在流着，滑滑的妙物越来越多，舌蕾们吞不及它们了。那清凉又滑向了喉管，喉管欢快地蠕动着。因为干燥缺水，那蠕动时的声音像没蜕尽的蛇在游动。对，就是叫响尾蛇的那种。驼想，那喉管，想来裂了好多口子，很像干涸的河床里横七竖八的干口。这一点,是从它吞咽干草时的被剐感觉里推测出的。那地方,本该是滑滑的,有层黏膜呢。现在倒好,成干河床了。它觉得这干渴真是可恶,比村里的豁鼻梁恶驼更坏。豁鼻梁就够坏了,发情时,老是追美丽的母驼。追到后就咬它们的后腿,母驼们挣呀挣呀。它们是真挣的,但腿既然已到人家的嘴里,你的挣就等于咬你自己。……小母驼终于就给豁鼻梁扯倒在地,然后就不堪回首了。无数的小母驼就那样在豁鼻梁的身下蠕动着哀鸣。更有些可恶的母驼,叫豁鼻梁强暴一两次后,反倒老跟它黏糊在一起。每次一想这,它就感到强烈的厌恶。但那干渴,却比豁鼻梁更坏,证据是当干渴袭来时,连豁鼻梁都躲出了心。显然,它对干渴的厌恶,完全超过了对豁鼻梁的厌恶。

驼感到食管在疯狂地扭动着,它当然很快乐。没有比清油进入干裂成山药皮的食管更快乐的事了。它甚至听到了食管快乐的呻吟。那呻吟,很像它第一次深入生驼体内时身不由己地发出的那种。公驼跟男人一样。男人喜欢没叫人用过的处女,公驼也一样。公驼将那些未经驼事的母驼叫生驼。清油比生驼还好。食管也定然这样认为,不然它是不会那样蠕动和呻吟的。你肯定没听过食管的呻吟,那真是天籁。驼虽不知道"大音希声"这个成语,但还是听懂了食管那无声地啸卷着的大乐。你想,身外是干燥炎热的天空,连空气都在燃烧,身内的那一线清凉和润滑当然会有沁入灵魂深处的穿透力的。驼很感激那女人,她竟将这么好的东西让给它。驼想,要是我是男人的话,我一定会追求她的。但驼也仅仅是想想而已。它的天性告诉它,做梦是个不好的习惯。

　　清凉又滑向胃部。胃也惊喜地蠕动起来。胃蠕动时真像个怪物，它本该是暗红的，但现在早黑了。不但黑了，而且硬了，跟晒得半干的牛皮一样。不但硬了，而且还收缩了。那模样，跟八十多岁的老妪的脸差不多，跟沙枣树皮差不多，跟挂在屋檐下晒了三天的猪尿脖差不多，跟放在卤水和酱油里煮了五个时辰的胎衣差不多——这么多"差不多"一齐蠕动，当然是怪物了。它发出咔嚓咔嚓的声响，很像三百个老鼠在一起磨牙。胃里顿时弥漫了好多尘埃般的碎屑。它们本来潜伏在胃的皱褶处，因为胃液的不辞而别，它们趁机飘了起来，舒活舒活筋骨，活动活动精神。它们也惊喜地发现了顺食管下行的清油。因为胃里还没开窗户呢——这本是豺狗子们的本事——胃室显得有些暗，尘埃们当然看不到那半透明的东西正姗姗而来。因为沿途的细胞都在趁火打劫，妙物走得很慢，但那味道，还是当了先锋，扑进了它们的鼻子。你可别小看胃，那不是寻常的皮囊，而是一个世界。当然，当它被你弄成腊肉时，那世界就死了，只剩下一块叫你啧啧称赞的僵死。大脑不也一样吗？活着时，它有千般计较，有万种风情，好多缠绵的爱情故事就从其中演绎出来，等它一死，一入你的口，你只会觉得它是绵绵的一团腥，当然也有点香，但你是死活也品不出它曾有过的那么多故事的。胃也是那样。

　　怪物般的胃的蠕动声很可怕。你可以用世上所有的语汇来形容它，但都显得很苍白。你要是在沙漠渴上三天后，当你气息奄奄魂儿快要飞上半天时，要是看到一晕清凉的湖水时，你也会发出那种声音。但它不是声带发出的,而是出自灵魂。它啸卷如天旋风,充斥于九天之外,化为一堆堆乱抢乱舞的手,但很难用音符来再现。驼不喜欢那些乱舞的手,它们是一群强盗。它们想将那点儿润滑据为己有,它们叫冲呀杀呀叨呀抢呀。它们发出杂沓的脚步声。驼很为它们羞愧。它心虚地望望举瓶的女人。它很想解释,却想不出该说些啥。

那些疯狂的大手抢光了进入胃里的稠滑的液体。那形势,像海绵吸水,像春雨灌碱滩,像蝌蚪入鲸口,总之是无声无息又点滴不留。它们意犹未尽地期待更多的来者。驼也一样。但那瓶嘴磕牙声还是响了。为了使瓶壁上的清油完全滑入驼口,女人摇摇瓶口。驼觉得牙一阵震动。

女人将空瓶扔向沙洼。驼很想告诉女人,别扔瓶子,它还能盛水的。要是遇上牧人或是驮户们,就可以向他们要一瓶水。它叫了一声。女人当然听不懂那话。驼又想,她是不是嫌我弄脏了瓶口呢?

驼便忧伤地望望沙洼,想,随她吧。人家扔的,是人家的东西,关你啥事?却见另一个女人捡回了瓶子,用衣襟擦擦瓶嘴,放入挂在它背上的袋里。

40

两人一驼又走向暮色。骆驼虽能起身了,但还不能驮人。

这真是雪上加霜的事。骑骆驼虽累,尾骨虽老叫驼脊骨弄破,总是火烧火燎地疼,腰也老是酸叽叽地难受,但体力的消耗总比步行小。她们喝的那口清油,虽解不了饥渴,但支撑身体的热量,想来还是够的。现在,她们不得不爬那高到天上的沙山。两人毕竟不习惯行沙路,身子也没有塌膘,也就是说身上的脂肪还没变成适合走沙路的肌肉。莹儿感到小腿肚子刀割一样。每行走一步,脚都会下陷,而每次下陷,那刀割的感觉都在加剧。脚掌也一样,每走一步,都撕疼一次。撕疼的次数一多,她就浑身瘫软了。

虽也安慰自己:走一步,离目标就会近一步,但每一瞭眼,都是黑黝黝的大沙山。星星虽照例地低,但星星是星星,她们是她们。对星星,莹儿已失去兴趣,早没了初进沙窝时的那份诗意。她甚至没想过唱花儿。她于是明白了为啥那么多的女子并不像她那样喜欢花儿,她们面临的,也许是跟她现在一样的境况。当生存成为活生生的重压时,诗意的产生就成了奢侈。诗意是一份心情。它虽然需要苦难的衬托,但是当苦难像大山一样砸压下来时,诗意就没了生存的时空。

还是走吧。

拖了刀割般的小腿,望着苍茫暮色里模糊的前路,莹儿胶着了心思,冻结了诗意,木然了心情,守护着希望。她拽着驼尾,但她只有在上坡时才借些力。走在平处时,她尽量快些挪那灌了铅的双腿,不使自己成了驼的累赘。

兰兰右手拽了骆驼笼头,表面看她在吆驼,其实也在借力。笼头是进沙窝时爹特意加的。本来,骆驼用不着笼头,因为桎梏它的,是系了缰绳的鼻栓子,但要是拽了缰绳借力,会给骆驼造成痛苦。骆驼的鼻子最不禁疼。对付不听话的驼时,最有效的办法有两种:一是抖松了缰,一下下猛拽,忽松忽紧的缰绳会猛拽鼻栓子,驼眼里立马会腾起泪光——你要是想尝尝这滋味,不妨朝鼻头猛扇一巴掌试试;二是用裹头鞭子猛抽骆驼鼻子,只消几下,多调皮的驼也会变成乖孩子。笼头则是由几个皮条绺成,套在骆驼头上,兰兰拽时,着力点是驼头,就算你用力拽,驼也是不疼的,就能借些力来。

莹儿拽了驼尾,在沙上行走。她只要稍稍借点力,行来就会轻松些。两人虽都在借驼力,但相较于骑,已给骆驼节省了体力。

虽然行走时的腿疼跟刀割一样,莹儿还是时不时闭了眼。她困极了。要不是时有沙绊她一下,她会睡熟的。没办法。那困,是窖里的酒,越窖,酒味儿就越浓。某个瞬间,她甚至觉得自己已睡在床上,就松开了手,睡在沙上了。幸好,兰兰在牵驼拐过沙湾时回首望了一下。兰兰说,幸好没风,要不然,就再也找不到你了。风不但会吹去沙上的所有印迹,还会发出怪怪的声音,它既能卷走我的声音,还会营造出其他声音来引诱你。你会以为那声音是我发出的,就会一直跟了那声音,走到一个我再也找不到的地方。好多困死在沙漠里的人就是这样死的。

为防止莹儿再次睡着,兰兰取根绳子,一头拴在莹儿腰上,一头系在驮架上。兰兰稍将绳子放长些,要是莹儿拽着驼尾时,绳子是松的,一旦她松了驼尾,绳子就一下子扯紧了,用另一手拽着绳子的兰兰就会停下,叫醒可能再次倒在沙上的莹儿。当然,这样做的前提是兰兰必须吆好骆驼,否则的话,驼一惊,绳子就会扯倒莹儿。其情形，跟摔下马背脚却没脱出马镫的骑手一样，可能会被摔得稀烂。为了预防类似的危险，兰兰将拴在驮架上的绳子那头绾成了抽蹄扣，万一有了意外，她一抽，绳子就脱了驮架。

姑嫂俩就这样半睐半醒地在沙山间颠簸。进沙窝时尚有驼铃，但在逃豺狗子时丢了，路上就只有沙沙声了。时不时还能听到驼打个响鼻，很像炸雷，也能惊醒时不时就迷糊的莹儿。

手电里的电不多了，虽然她们节省着用，但坐吃都能山空的。只有在探路时，兰兰才舍得打亮手电。有时，光柱就照出一具狰狞的骨架。要是在以前，她们都会吱哇乱叫，但现在，早就习惯了它们。要是许久不见它们，兰兰心里还会嘀咕，害怕又走错了路。那些骨架，也不全是骆驼的，有时，还能看到很像狗的，但她们分不清那是狗还是狐子。按说，流动的沙会埋了骨架们，可怪的是偏偏没有，也许是北面的沙山挡住了大风的缘故。但这也只是猜想而已，大自然里的好些东西是说不清的，明明该这样的，却偏偏那样了，就像敦煌的月牙泉，本该是叫沙淹了或是叫沙吞了，可不，它偏偏存在了千百年。

约到半夜时分，两人实在走不动了，就缓了一阵。才停下，莹儿便堕入梦乡。兰兰怕自己睡着，不敢坐下。她明白要是夜里不多赶些路，白天会叫晒成干尸的。但实在太渴了，塑料拉子里也只剩下一点儿水了，至多有三五口。这真是要命的事。所以，渴虽变成火焰在烤喉咙烤心，却不敢打水的主意。兰兰想，这点儿水，就用来救命吧，要是一人叫太阳晒得昏死过去，另一人就用它来救对方的命。别小看那点儿水，有时，几滴水也能推迟已经降临的死亡。

困意很强大，像黑夜和死亡一样不可抗拒，兰兰就倚着骆驼眯了眯。她没叫骆驼卧，因为只要它一卧，自己也会身不由己地堕进梦里……不，不是梦里，她已没气力做梦了。她就倚着骆驼立在那儿。她想，无论骆驼是走还是卧，只要它一动，自己就会醒来。

随后，她闭了眼。她觉得向一团巨大的黑里堕去。

莹儿醒来时，兰兰还在熟睡。驼早卧了。兰兰的上身就靠在驼身上。驼也睡着了。驼睡得很小心。它本来可以躺了，长伸四腿地睡。骆驼平时就是那样睡的，所以，有经验的驮户不会睡在骆驼旁，怕驼翻身时压坏自己。这驼很懂事，便以跪姿进入了梦乡。显然，它也不想压坏或是惊醒兰兰。

天已大亮，啥都明白于天下。不远处，有个人头骨，正龇了牙望莹儿。莹儿也懒得理它。她很想叫兰兰多睡一会，但想了想，还是觉得趁清晨赶路为好。她推了几下，才推醒了兰兰。兰兰吃惊地睁大了眼，仿佛她不相信天亮了。她说，瞧我，咋睡了个死？莹儿说，有时候，身子是不听话的。

困消了些，饥渴又袭来了。当渴很猛时，饿就退回次要位置了。本打算留那点儿水救命时用，但渴的力量太大了，大得兰兰也改变了主意。她用塑料盖子盛了些水，给了莹儿，自己也喝了一盖儿，两人都伸出舌头润润嘴唇。当然没用的，嘴唇早成干山药皮了，你咋润也是干山药皮。兰兰的嘴唇更是肿得老高，很奇怪，人这么渴，嘴唇竟有心思和气力肿那么高。

她们又吆驼上了路。身体这玩意儿是最不该惯的，你要是老动着,倒没啥,虽也有疼,身子也会习惯了疼。要是你一缓,那乏呀疼呀,就给缓醒了。莹儿觉得身上的疼醒了,比夜里猛烈多了。身子很疼时,按说就该忽略了渴,可不是这样,渴和疼像两股旋风裹向了她。困倒是少了些,能相对清醒地走路了。很难说这是幸还是不幸,因为很困时,那疼呀渴呀就叫困淹了。此刻,困虽稀释了,渴疼却探头了。它们是分明有獠牙的,你每走一步,它都会撕扯你。莹儿甚至不去管路途的事了,只抵抗那疼和渴,就用去了她所有的注意力。

再前走,沙山缓了些,变成沙丘了。植物仍是少见,偶尔也会遇上一些,但多是干沙秸,驼对它们望都不望。路上有了驼粪,兰兰揉碎几个,都显出久远的成色来。一个沙旋儿处生了几丛刺条,上面挂了好些驼毛,但刺条早早死了,说明地下水已很难养活那些沙生植物。

此刻,莹儿眼里的盐池,已不仅仅是盐池了。好些事就是这样,你只要在心中存了某种东西,你多方寻求而不得,它就会在你心中一天天重大起来,比如那冤家,比如这盐池。莹儿想,此刻,盐池在她们心中,几乎等于圣地了。她还没见过哪个修行人这样寻求心中的净土呢。莹儿想,也正因了她们心中盐池的重要,这番生命苦旅才有了意义。

为了分散对那恼人的渴疼的注意,莹儿有意想些事。她先是想那冤家。她想,他走出沙湾走向大世界时,是否也经受过生死的历练呢?她的眼前显出了灵官的脸。他也流着汗,嘴唇也像兰兰那样肿得老高。她的这一想象是从兰兰身上嫁接过来的,他们长得有点像。她想,他也一定有过疼痛,有过饥渴,有过绝望……一切她经过的，他想来也经过。这一想，心里有种暖暖的感觉了。她觉得，她不是一人在受苦，而是"他们"在一起受苦。这就好。她想，将来，等见到那冤家时，就给他讲这段生命经历。那时，他躺在村外的沙丘上，她依在他的怀里，漠风清幽幽吹来，撩起她的头发，几缕发丝顺风扬起，拂在他的脸上。她幸福地闭了眼，慢悠悠地讲这漫长惊险的沙漠之旅。他当然会吃惊的，但他的吃惊不是一惊一乍，他不会。他只会望着她，眼里有欣赏，有爱怜，更有能把她吸入灵魂深处的力量。他虽没有惊乍的模样，心里肯定会涌起很大的波浪。他当然想不到两个弱女子会跟那么凶的豺狗子周旋，会忍受干渴、疼痛、绝望和寂寞。

她想，冤家呀，我这一切，其实是为了你呀。

她想，他一定会深情地望着她。她甚至能看到他的眼眸了。她相信，这一生死之旅一定会成为她爱情的见证。

想一阵灵官，莹儿又开始想盐池。她当然想不出盐池的模样。也正因为想不出，才有了那份神秘。在无休无止的磨难和寻觅中，盐池已成为图腾。她当然希望这盐池之行，能改变她的命运，至少能改变她的生活。记得以前，每到家境局促时，老顺就会吆驼进盐池。他总能带来些希望。但真的盐池是啥样儿呢？越往前走，她就越有了担心。她想，要是经了这么多苦后，找到的盐池令她大失所望的话，她会伤心的。她的生活里，有过一个个盼头。在不同的年龄阶段，盼头也不同。但终于，盼头都成了空中的肥皂泡，浮游时倒也五光十色，一旦破灭，总会留下难耐的失落和空虚。她不希望盐池也这样。她觉得心已很疲惫了，再也禁不起折腾了。

但那疼和渴的力量总是很大，每每将她拽出遐想。焦黄也时时扑入眼眸，日头爷又开始发威了。那沙丘却仍是无止境地荡向远方，看不到尽头。天知道那盐池蜷在沙漠里的哪个皱褶处呢？她真不敢望远处了。每一远望，她总会心惊而绝望。

两人缓一阵，喝下了最后一口水。她们有两天没小便了。那饮入的水，并没被排出体外。饮最后一口水时，谁都无语，都明白这意味着啥。

走吧。兰兰说。

她们跟骆驼走入了正午。莹儿当然想像以前那样昼伏夜出，但手电已不起作用，她们不能保证夜行时不会走错路。再说，真到了弹尽粮绝时，就算是伏在深挖的洞里，身体仍会消耗能量。兰兰说，也许快到了。她还说了许多"也许"：也许会碰到人，也许会发现水源，也许会碰到吃食……那么多"也许"，都是希望。只要有一个"也许"，就会解了困厄。

但正午还是在她们遇上"也许"前逼近了。

日头爷当然不会因她们的缺水而停止喷火，身体也不会因那些未来的"也许"而不丧失水分。水分的丧失先是从大脑开始的，她们都出现了迷瞪和幻觉。幻觉倒不怕，迷瞪则张着大口，老往腹内吞她们。兰兰老是提醒，不能睡呀，不能睡呀。莹儿也知道，要是睡着，就再也醒不来了。俩人互相鼓励着提醒着，但眼皮还是被啸卷的干渴弄得直往一块儿粘。

最先摔倒的是骆驼。它半睁着眼，大张着鼻孔，发出沉重的呼哧，仿佛体内有个巨大的风匣在缓慢地拉动。莹儿想，已经不错了。那点儿清油产生的能量，已叫它拖着她们翻了好几道大山。莹儿最怕它倒下，要是它此刻倒下来，她们是无力救它的。她想，盐池快到了——她以为当然快到了——你可不能倒下呀。兰兰木然地望望骆驼，长长地叹口气。

骆驼颤抖一阵，慢慢地躺下了。它伸长了脖子和四肢，呼吸越拉越长。它要是死去，她们又得赔一笔钱，但她们都不再想钱了。莹儿关注的，是它的生命。那份关注，跟她当初关注弥留之际的丈夫一样。只是，迷糊已胶着了她的思维，明知驼快要死了，接下来死的，就会是她们。但心里倒也没多少伤感，除了隐隐有些不甘心外，也顾不上想别的事了。

莹儿坐了下来。她不想坐下来，是腿自己坐下来的。没办法。骆驼要是不倒，她还觉得有些依靠。骆驼一倒，凭她自个儿，是翻不过前面的沙丘的——翻过了又能咋样？前面仍是沙丘——她也懒得想死呀活呀了。她只想闭了眼，美美睡一觉。明知这一睡，就从这一世睡到另一世了，但也懒得想它。人家大脑想睡，你有啥办法？

兰兰咬了牙，望一眼骆驼，又望一眼莹儿。她的脸干瘦干瘦的，有许多汗道儿，鼻洼里有好些黑灰和垢迹。莹儿从兰兰脸上看出了自己的狼狈，但也懒得多想了。

兰兰说，你忍着些。我去找些水。

莹儿想说，这儿哪有水？但也明白，找比不找好。找虽然不一定找到，但不找肯定只有等死了。

兰兰也不等她回答，提了那个瓶子，一步一挪地走向北面的沙洼。她走得很慢。骨关节也发出咔嚓咔嚓的声音。恍惚里，兰兰便成移动的骷髅了。莹儿想,她这一去,也许就回不来了。

兰兰慢慢地转过沙丘,留下一片空白。那印象,像一滴水渗入了沙中。

莹儿想说,你咋丢下我一个人?她有些伤感。她想说,要死,我们也该死在一起呀。

骆驼仍眯了眼呼哧,肚膈的凹处忽而鼓起,忽而塌下。莹儿想,那里面,会不会有个豺狗子正在吞肠子?那可怕的小东西,也许趁她们熟睡时,早沿着肛门钻进驼腹了。怪的是,莹儿并不害怕。她想,你吞就吞吧,先吞了骆驼的,再来吞我的。

没有了声音。记得以前,正午时分,日头会发出巨大的啸叫,如万千个知了齐鸣。现在,日头爷寂了。沙洼里听不到任何声音。骆驼的呼哧也渐渐息了。它的肚膈虽一鼓一荡,声音却没了。她也觉不出自己的心跳了。一种巨大的静寂融化了自己。她怀疑自己是不是死了?她抬头望天,天蓝成魔绸了,云是一条一条丝状的模样。它们是在赛跑呢,还是在赛呆?不管他了。

她又觉得兰兰骗了她,她根本不是去找水,而是抛了肉体,去另一个世界了。那世界当然好。她真不仗义。要走,姊妹俩一起走多好。但也懒得再怨她,因为迷瞪正织着大网呢,那大网已撒到空中,只等往自家头上抛了。它已抛过多次,一次像蛛网,一次像渔网,一次次更韧更浓更密了。她明白,这一次,那网定会将魂灵子网住的。以前,她是懒得管魂灵子的。跟灵官相恋时,她感受到的多是肉体的参与。只有在分离后,魂灵子才凸现了出来。但没了肉体的参与,魂灵子就只有相思之苦了。你这个迷瞪之网,将它网了去也好。

骆驼躺倒了。它长伸四腿，侧倒在沙丘上，跟它平日睡觉时一样。这说明它已经无力跪了。它的血想来很稠了，自家的当然也一样。日头爷伸一下舌头，总要舔走些潮气的。人家要舔，你就得叫人家舔，谁叫人家是日头爷呢。虽没云彩挡那白光，莹儿却觉不出热来。渴也叫迷瞪淹了。接下来，就该淹魂灵子了。莹儿想，你想淹，就淹吧。

她仍想在迷瞪淹了魂灵子以前想想灵官，但你知道，迷瞪很霸道，它既然能淹了好多东西，当然也能淹了她想见的画面。记得灵官很俊，但咋个俊样，却迷瞪了。她发现脑子老跟她较劲，她不想想他时，那画面时时扑入脑中，搅出她一身一心的火来；她想想他时，却连个影儿也没了。

一只黑乌鸦出现在不远处的沙丘上，嘎嘎地叫。莹儿明白她快要死了。听说乌鸦最爱吃死人肉，嗅觉又好，总能闻到活人身上的死人味，也总在人死时叫，人便以为它带来了晦气。灵官却说乌鸦是神鸟，是佛教大护法玛哈嘎拉的喽啰。莹儿想你既然说它是神鸟，那我就喂它算了。她不愿喂豺狗子，却愿喂乌鸦，当然跟那说法有关。她只希望，神鸟别在她的魂灵子还存留时就来吃她。

听说乌鸦吃人，最先吃眼珠子。这是她不能忍受的。你咋能先吃眼珠子呢？她想，到最后落气前，她一定先伏下身，哪怕用黄沙埋了脸部。她是不能容忍那黑鸟向她美丽的眼珠伸嘴的。

又来了几只乌鸦，都齐齐地叫，然后齐齐地望她。听到那怪叫，骆驼也睁开了眼，它当然也明白那叫声意味着啥。它望望莹儿，莹儿也望望它，双方都交换着心照不宣的无奈。眼珠顿时更涩了。头里也发出轰轰的声音。

莹儿想,途中白骨上的肉想来就是乌鸦吃了的。在沙窝里,你很难找到比人肉更好的食物了,不说别的,那份滑腻,绝不是寻常动物能有的。它们当然盼望有人渴死在它们的地盘上。那我就满你们的愿吧。她又想,乌鸦们是不是吃了兰兰的眼珠后又来找她的? 她真的看到了倒在沙窝里一脸血污的兰兰。你瞧,脑子就这样,老跟她较劲。她想看的,它不显一点儿图像;她不想看的,偏要血淋淋往里扑。

莹儿费力地晃晃脑袋。

恍惚里,几只乌鸦飞了来,在头顶盘旋了。它们可真性急。它们定然已将她当成了死人。要么,它们也想像人类尝活猴脑那样,尝尝新鲜的活物。肯定是的。莹儿虽愿意叫它们吃肉,但不愿意叫它们在自己还出气时就下嘴。她抡着那没有了电的手电,却发现它不是趁手的作杖,便扯下拴在驼笼头上的鞭子。那是她们备用的。要是骆驼不听话,就抡了它抽它的鼻梁。一路上谁也没用鞭子,说明两个骆驼都很乖顺。莹儿才抽下鞭子,就发觉一道黑影已扑来了。她悄悄用足了劲。当然,那所谓的用足,也仅仅是将鞭子抡出相当的速度而已。显然,那乌鸦已将她当成了死人,没想到,竟会有一道暗影掠向自己。它不知道,自己的速度实在太快了,就算鞭子静候在那儿,它只要一撞上,也会晕头转向。何况,瞧那鞭子,正迎了它飞来呢。

只听一声闷响,乌鸦已滚进沙洼了。

别的乌鸦一见,怪叫几声,飞到不远处的沙丘上。

滚在沙洼里的乌鸦蠕动几下,寂了。

莹儿做梦一样。她想，真是怪事。她以前虽也甩过鞭子，但其熟练程度，也不过是不使那甩出的鞭梢裹了自己而已。这打中的概率，跟瞎驴碰草垛、跟瞎子嘴里掉进油徽子差不了多少。没想到，还真的打中了。

她爬向死乌鸦，发现它比成年鸡小多了。飞起时，它张着翅膀，俨然也是个飞禽；一落地，竟瘦小成鸡娃了。几滴血印在沙滩上。莹儿想，那血，说不定也能养会儿命呢。她平日胆子虽小，这会儿，那迷瞪和木然却驱使她一把抓住了黑鸟。理智上，她想揪下乌鸦的头，咂些血。她甚至也开始操作。她用了很大的力，却拽不断鸟颈。但一想自己会一嘴血污，就一阵反胃。她呕了几呕，虽没呕出啥来。胃和食道疯狂的蠕动却一下将迷瞪驱散了。她想，死也罢，不吃这脏东西。她狠狠抛出乌鸦。一道黑影划个并不长的弧，滚下沙洼。

不喝。渴死也不喝。她想。她实在不想叫自己变成电影上饮血的妖精。

她想，与其像饮血妖精那样活着，还不如死去呢。

喘一阵气，眯了眼，望远处的乌鸦们。它们也望她。都有些怕对方了。莹儿怕它们一齐飞来掏眼珠。要真那样，她是挡不住的。她会在眼珠剧痛后堕入黑夜。她很想说，你们急啥，馍馍不吃，在盘儿里嘛。想到自己曾对猛子也说过这话，觉得那是很遥远的过去了。她想，要是那时接受了他，是不是也像喝乌鸦血一样叫她恶心呢？ 不知道。

人鸟相峙着。驼已超然物外。它虽看到那精彩的一幕，却不显惊奇的神色。经了这一路的事，当然没啥惊奇了。

莹儿已将自己当成了死人。这是迟早的事,早一刻迟一刻,都会成乌鸦嘴里的肉。那夜,当豺狗子围来时,她还不甘心喂它们,此刻早没那想法了。她想,一样。谁吃也一样。她只是不想在活着时叫它们下口罢了。

她想,快了,你们也等不了多久。她发现,魂灵子已恍儿惚儿地飞了。也就是说,迷瞪又一阵一阵地淹没清醒了。等清醒叫迷瞪淹了,魂灵子就会走了。不知道它会走向何方,会不会到灵官那儿呢？听说,人一死,魂灵子就俱足了多种神通,就有了天眼天耳,就能瞬息千里地出现在任何地方。也好。但正像她怕自己寻觅的盐池会叫她大失所望一样,她怕灵官也会倒她的胃口。

她最怕的,是她的魂灵子找上门时,灵官正跟洗头妹打闹。她不知道自己为啥会想到洗头妹而不是别的女人。不知道。她最怕这。要是这样,魂灵子会伤心的。她不知道魂灵子会不会流泪,但肯定能发出哭声的。因为村里女人要是受了冤屈吊死后,她的哭声就会在夜深人静时出现,好些人都能听到的。她想,自己会不会也那样哭呢？不知道。活着的她都左右不了自己,她怎能保证死后的事呢？

不想他了。洗头妹就洗头妹吧。没治。人家长的是人家的心。

这一想,心就冷了。也好,她想,叫我在活着时明白你是个啥人,死后我就不会神头怪脸哭了。明明是她臆想的事,却竟当成真的了。她万念俱灰,想,乌鸦们,你们还是早些飞来吧。

乌鸦嘎嘎着,它们等不及了,但谁也不敢再试那鞭子的厉害。骆驼仍在抽风匣似的喘气。从它偶张的口里,莹儿看到了黑黑的干皮条一样的舌头,知道它的命也快尽了。她想,也好,做个伴儿。这样,她就不是孤鬼了。她是指望不了兰兰的,兰兰向往的,是金刚亥母的空行净土,她的临终一念,就将魂灵子送那儿去了。莹儿是撑不上她的。因为她对那净土,总是将信将疑的。这是修行最大的敌人。她当然撑不上兰兰。幸好有骆驼,她想,骆驼想来不知道空行净土的,不知道就好。要是它也坚信自己能到空行净土并发了愿的话,不想见他跟洗头妹鬼混的她就只好成游荡的孤魂了。

莹儿说,骆驼呀,你要走慢些。

但她已发不出声了。迷瞪织成的网又浓又密又坚韧,已裹向她了。空气里多了好些乱毛般的东西,它们塞向自己的口、耳、眼……乌鸦的叫声也没了。恍惚里,大鸟们飞了来,翅膀扇动的风也织成了大网。数道大网,齐刷刷裹向自己。

浓浓的夜降下了。

41

一个遥远的声音隐隐传来,很像小时候奶奶的叫魄。那时,每到她迷迷瞪瞪不清干时,奶奶就说她的魄掉了,就要给她叫魄。

奶奶的声音先从远处传来:

"莹儿哎——远处吓了近处来。"

一人就应:"来了。"

"莹儿哎 —— 高处吓了低处来 ——"
"来了。"
"莹儿哎 —— 热处吓了凉处来 ——"
"来了。"
"莹儿哎 —— 饥处吓了饱处来 ——"
"来了。"
"莹儿哎 —— 三魂七魄上身来 ——"
"来了。"

奶奶还会叫出许多诸如此类的内容。她会从相对遥远的地方，一直叫到厨房里，再拿个红布包着的瓷碗盛了面，一下下按她的前心后心双肩等处。按一阵，碗中就会出现个陷坑，奶奶就说，瞧，亏损大了，就再添些面，再喊再按，直到碗中的面完全平了时，才算完成了叫魄仪式。

那时，应声的多是妈。奶奶是不叫白福应声的，因为他很调皮，叫他应"来了"时，他会说"偏不来"。这样，就意味着这次叫魄失败了，得另选吉日重叫。

奶奶的声音跟绿米汤一样悠长甜绵，一直能叫到莹儿心里。后来，奶奶死了，就没人再给她叫魄了。

现在，那悠长的声音又出现了。莹儿在恍惚里感到很温馨。她以为自己死了。听说只有在死后才能遇到死去的亲人。她想，也好，我又能见着奶奶了。奶奶待她最好了。奶奶的怀抱是最温暖的港湾。小时候，奶奶老是抱了她，叫一声："我的乖乖！"然后吧唧吧唧地亲她。奶奶像老巫婆一样神奇，身上总有些稀奇古怪的东西，比如花糖呀花生呀，还会讲好多鬼故事，每每在夜里吹了灯后,吓得莹儿吱哇乱叫,直往奶奶的怀里钻。

莹儿觉得,那悠长的声音像茧丝,将她裹了,一下下拽了来,很像是牵着风筝。生命之风硬要将她吹向无底深渊,而那呼唤的绳儿却牵系了她。她就随了那拽力一寸寸移了来,慢慢靠近了呼唤者。她渐渐听出,那声音有些变了,很像是兰兰的。

她努力地想睁开眼。眼珠很涩,有种锈门栓转动的感觉。她用力地睁呀睁呀,一道亮光泼入眼睑。因为羞明,反倒看不清眼前了。

"快!你吃些这。"兰兰的声音很惊喜。

终于看见兰兰了。她拿个黑黑的棒子。见莹儿不动,她用鞭杆一下下刮那黑棒,黑皮没了,露出水白的成色。她见过它。那时,每到冬天,村里人宰了羊后,就将它跟羊肉炖在一起。叫啥来着,对了,叫锁阳。

兰兰掰一小块,塞进莹儿嘴里。莹儿轻轻一嚼,甜汁儿在嘴里弥漫开来。莹儿只见过晒干的锁阳,没想到,它会有这么多汁儿。

兰兰将刮去皮的锁阳塞给莹儿,叫她多吃些。自己又从头巾里取出一根——莹儿吃惊地发现,头巾里竟有许多黑棒儿。

兰兰嚼些锁阳,喂给骆驼。骆驼边沉重地呼吸,边伸出黑舌头,吃力地搅动兰兰喂进它嘴里的汁儿。

在莹儿的印象里,这锁阳,是她吃过的最好的东西。她轻轻一嚼,汁儿就会从牙间挤出,进入贪婪的舌蕾中。舌蕾们狂欢着。它们像饿极的小麻雀见到母亲叼的虫子那样,张大了口叽喳着,发出喧嚣无比的声音。锁阳那带着甜香的面汁勾起了胃迷失的记忆，胃疯狂地蠕动起来。

骆驼也开始吞那些黑棒子，它咔嚓咔嚓地大嚼着，白汁儿流出了嘴角，莹儿感到很可惜。兰兰兴致很高，对莹儿说，你把那根吃了。缓一缓后，我们再去挖，那个沙洼里，有好多锁阳。

吃下一个锁阳后，兰兰不叫莹儿再吃。她试着拉骆驼，骆驼挣扎着起来，步履蹒跚。它将兰兰带来的锁阳都吃了。锁阳解饿解渴又滋补，一下肚，骆驼飞悬在空中的命就回来了。莹儿的头虽隐隐作痛，迷瞪却消解了。兰兰说，成了，一次别吃太多，等会儿再吃。

两人牵了驼，去那沙洼。沙洼并不远，转过沙嘴子就到了。那地方，沙里带些土，锁阳就安家了。兰兰找个裂口处，跺跺脚，那儿发出空堂的声音。兰兰说，这里面，全是锁阳。刚才你们吃的那些，是一个坑里挖出的。莹儿看到，好些地方裂着口儿，跟山芋胀开地面时很相似。有些锁阳，还冒出了土层。莹儿叹道，天无绝人之路呀。

兰兰说，是金刚亥母救的我们，你信不？我走过沙嘴子，就跪在沙洼里祈祷。我说，亥母呀亥母，我要是活着走出沙窝，定当重修庙宇，重塑金身。求了一阵，就发现不远处有个红色人影，我以为是牧人呢，就撵，撵到这里，却发现了锁阳。……回去后，我就募捐修金刚亥母寺。我不能骗人家亥母，对不？兰兰说得很认真，莹儿却想，也许，你眼花了呢？又觉得这想法亵渎了金刚亥母，要真是她带了路来，我这样想，她会伤心的；就说，那就谢谢亥母了。

兰兰刨开一个裂口处，里面尽是锁阳。这锁阳，是肉质寄生植物，形如驴屎，长可盈尺，黑红色，多生于沙土相间之地，听说能补肾助阳呢。锁阳一生一窝，大些的一窝，至少几十斤，刨开沙土，用不着咋挖，已有一堆锁阳了。兰兰用鞭杆稍稍刮一下沙土，扔给骆驼。骆驼兴奋地大叫，萎靡早没了。

两人解下驮架，在沙丘阴面刨个坑。吃些锁阳后，两人就拴了驼，趴进坑里，睡了一觉。她们睡了吃，吃了睡，又有那么多能滋补的锁阳，几觉之后，精力就恢复了。

次日晨，莹儿发现，戈壁上竟有好些贝壳。显然，这儿有过许多水。她想，也许这沙漠，曾是大海呢。她想，连大海都终究会变成沙漠，一个人的生命是多么脆弱呀。真的，也许再一眨眼，她就老了，灵官也老了。她想，要是我们都老了，你就算奔来个啥前程，有啥意义呢？她又有些怨灵官了。

怨归怨，她还是挖了好些锁阳。她们宁愿自己走路，也要叫驼多驮些锁阳，然后朝着认定的方向，继续走了去……

42

莹儿们终于看到了一片耀目的白。

在黄沙里浸了多日，那白很是扎眼。走得近些，才见那是盐碱地。这儿，真寸草不生了。盐碱将地皮儿蒸出老高，踩上去软软的。空气也潮了些，有种大海的咸味了。

兰兰高兴地说，快到盐池了。她说，盐碱边上，都这样。

驼也高兴地叫了。那声音,有种唢呐的喜庆味。

按说,莹儿也该高兴的,不料却有种奇怪的平静。她怕自己寻觅来的,是又一次失落。

再前行,她们看到了高大的盐山。兰兰解释道,那叫盐坨。那些盐,就是从盐池里捞出的。日光照在盐坨上,反射出许多光来,莹儿有种梦的感觉了。到处是耀目的白,水晶宫似的。骆驼兴奋地大叫。

盐坨上有人,远瞧去,蚂蚁般大小。再行一阵,莹儿便看到了盐池。那真是池,宽两米左右,长则不等,多在百米开外。池中水深绿,民工们举个铁勺,正在捞盐。铁勺上有漏洞,民工每一捞起,勺里就漏出许多水线。池与池之间,是一长溜的空地,捞出的盐,就放在两池间的空地上,呈规则的梯形。

那些民工,只穿个裤衩。莹儿虽觉得扎眼,但他们毕竟是人。没见人许久了,心里涌上一种说不出的滋味。

兰兰走上前去,问一个民工,有水吗?那人提过个铁桶来,说,还有半钢笼呢,你们要用,送你们好了。莹儿听他把桶叫钢笼,感到好笑。

骆驼一见水,长长叫一声。兰兰取出瓶子,探入桶里,瓶口咕嘟着,好一阵,才舀满一瓶,递给莹儿。莹儿虽知驼嘴沾过瓶口,但还是仰瓶喝起来。水虽然有些热,但这是真正的水。那锁阳虽也解渴,但不如水酣畅。莹儿一气饮了瓶中水,将瓶子递给兰兰。兰兰也饮了一瓶。她想给骆驼也装一瓶,民工却将桶提给了骆驼。骆驼将脑袋伸进桶里,咕噜一气,吸光了水。

兰兰不好意思。那人却说,不要紧。这儿不缺水。……你们是来驮盐呢，还是来打工？

兰兰心念一动，试探着说，打工？我们可干不了你们的活。那人道，你们有你们干的，缝麻袋呀，拾沙根呀，正缺人手呢。兰兰望望莹儿。莹儿说，死了一峰驼，损失大了，要是能挣些钱，当然好，驮盐不也是为了挣钱吗？兰兰就说，成哩，我们先试两天。要是能顶下来，我们就干。那人说，我带你们去找头儿。头儿是个老头子，他说成哩，你们先住下来，干几天试试。

初进盐池时，莹儿以为这儿没女人，还担心呢。谁想，这儿有好多女的，她们晒得一脸黑红，就住在盐池边的土房子里。那头儿说，你们，就跟她们住一起吧。

两人牵了驼，到土房子前，卸下驮架，发现驼背又烂了。那烂处，发出阵阵恶臭。兰兰舀些卤水，给驼洗了伤口。

土房不大，没有正规的床，却担了一排铁轨枕木。兰兰们本有两条褥子，一个撕碎了，浇油当了手榴弹。被子则在叫豺狗子扯死的那峰驼上，现在只剩下一条褥子。枕木高低不平，褥子又很薄，睡上去会硌得慌。但出门在外，是讲不得排场的。为了挣个进家门的脸面，她们吃屎喝尿，当猪当狗，也认了。

同屋住的女子叫三三，她身板很大，很壮，也很热情。这沙窝，外地女子不多，好容易来个伴儿，她就当成来串门的亲戚了。三三做了一顿白面，就是在开水里下面条，调点盐，不放菜。这儿最缺的就是菜。听说，八里外的场里，时不时会有车拉来菜，但得排队。民工是没时间去排队的。好在那白面，吃起来也很香。锁阳已擅开了她们叫干渴弄萎了的胃，她们都吃出一头汗水，畅意极了。

吃了饭,三三给驼弄了些草,拴在门口。她说,你们好好睡一觉,这儿没人偷驼的。这儿只来拉盐的车,贼是不会到这儿来的。

兰兰和莹儿就美美睡了一顿。

傍晚,几个民工来找三三,叫她帮自己缝腿上裂开的血口。

兰兰和莹儿吃惊地发现,民工的大腿上竟有盔甲般的硬皮,像老牛脖里的老茧。茧很厚,灰白色,已裂成了一条条血口。血口很深,红刺刺的,像娃娃嘴一样,虽不流血,但很瘆人。

关于血口的来历,三三解释道:那一铁勺盐,有三十斤重,单凭两手的力量,从池里捞出来很吃力。民工们就用勺把当杠杆,大腿做支点,天长日久,腿上就垫出了厚厚的皮,足有几铜钱厚。人一活动,硬皮就裂成血口,越扯越大。好在常有卤水进入,虽能引发疼痛,倒也不怕感染。

三三就穿了针线,缝那些血口。

莹儿冷气倒抽。她没想到,进了心中圣地般的盐池,首先看到的,竟是这惨景。她煞白了脸,望别处。血口们却围了她,边龇牙,边发出瘆人的笑声。真有种梦魇的感觉了。记得在沙窝里想到盐池时,仿佛是清凉的梦,不料想,才到这,血口们就倒了她的胃口。

见忙不过来,三三叫兰兰也帮一手。兰兰有一手好针线,但她的针线不是用来缝血口的。一个民工便嬉笑了,他自个儿拿了针线,夸张地刺穿硬皮,狠狠地将大张的血口扯到一起。他虽在有意逗乐,但额头上滚出的汗珠,暴露了他的痛楚。

缝了血口后,民工们嬉笑着走了。三三点了煤油灯。这里的房子没有电灯。三三说,那发电机,只用来带卷扬机。八里外的场部,据说有电灯,但也只亮到夜里十点。

三三说,给她们水的那人,叫大牛,是民工头儿,他最能干,一天能捞十吨盐。场里给民工的粮食定量是每天十斤面。那十斤面做成的饭和馒头,才能保证他们干一天活的热量。

莹儿听得目瞪口呆。

正说着,大牛来找莹儿们,说头儿叫她们明天去捡沙根,捡一桶,给一块钱,月底结账,还给她们发了帆布工作服和墨镜。三三说,捡沙根是盐池上最轻的活儿。你们的运气真好,刚好有几个女工撂挑子了,不然是抢不到手的。

临睡前,兰兰去弄了些麦草,抱给骆驼。跟前的沙丘上虽有梭梭们,但那是人种的,专门用来固沙,不叫骆驼吃的。因为有了充足的水,那麦草虽燥,骆驼还是吃得津津有味。

夜里,三三说,这盐池,本是蒙古王爷给女儿当陪嫁的,几百年历史了。她说,这真是世上最好的陪嫁了,跟聚宝盆似的。那盐,捞了一茬,又会长出一茬,取之不尽的。

莹儿想,同样是女人,人家咋那么有福气呢?

又想,有福气又能咋样?公主虽有聚宝盆,还不是成一堆骨头了?

次日晨,两人吃些馍馍,上了盐坨。盐坨上多是老盐,颗粒很大,是从新开的盐池里挖出的,不定在卤水里孕多少年了。捞了老盐后,再过几年,卤水里又会长出新盐来,颗粒没老盐大。老盐的味道好,价格也高。

捡沙根的多是女人,都穿了帆布衣,都戴着围巾和黑镜。大牛也叫莹儿们照样装扮了。

那卷扬机,将盐和沙根一起卷来,扬上盐坨。沙根是黑的,一见白盐上有了黑疙瘩,莹儿就赶紧捡了,丢进桶里。卷扬机的隆隆声很响,直往脑里轰。莹儿的脑袋就大了。她最怕听噪声。太聒噪了,她有种要发疯的感觉。但盐粒水一样流下时,她还是顾不上管噪不噪了。沙根沿盐坨滚落下来。她不停地捡。她觉得噪声淹透了她。

正捡呢,忽听耳旁炸起一个声音:呔! 你瞎了吗?

莹儿扭头,见一人很凶地望她。那人指着盐坨上没滑下的几块沙根。莹儿戴墨镜不习惯,不晓得沙根们还会赖在盐坨上。她取下墨镜,朝那人歉意地一笑,上了盐坨,去捡沙根。不料想,盐们正裹着卤水飞泻而下。莹儿才直起腰,就觉一股大气推倒自己。眼里也扑进万千根针来。她捂了眼,滚下盐坡。

那人又斥道,你取啥眼镜?……不要紧,卤水进了眼睛,疼是疼些,可不碍啥事。他叫过一个民工,叫他代莹儿捡一会,叫莹儿去那淡水桶边,舀瓢水冲眼睛。

冲了一阵,莹儿觉得疼缓了些。她取下毛巾擦擦脸,向那人说声谢谢,回头就走。那人叫住了她,问她哪儿来的,家里有啥人。莹儿本不想回答,又觉得也许是盐池的规矩,就一一答了。

干了一阵,莹儿才明白捡沙根也不是好活。一是紧张,那盐流时时裹来沙根,你时时得拨亮眼珠,稍不留意,沙根就叫盐埋了。二是腰疼,因老弯腰,不一会,就觉得腰疼如折。骑骆驼久了,腰本来就不舒服,这下,腰疼更变成了旋风,总想往倒里裹她。三是那卤水时时溅入眼睛,蜇得眼老是流泪。本来,眼镜就是防卤水的。但卤水跟贼一样,总是防不胜防。你只要上盐坨捡沙根,不定啥时,卤水就会随了盐流,劈头盖脸浇来。莹儿有了经验,一觉出异样,就先闭了眼,身子虽浇个透湿,眼却避免了卤水的直接冲击,但无孔不入的卤水还是贼溜溜渗入一些,蜇得眼球跟火燎一样。

莹儿头晕眼花了,想,就这,还是最轻的活呢。想到民工腿上狂笑的血口,她当然信这说法。她想,天下没白吃的午餐,想挣钱,就得吃苦呀。

随着日头的高升,盐坨变成了蒸笼。卤水味弥漫开来,腥戳戳的,有种大海的味道。莹儿想,这盐池,也许真是死去的大海。记得,在挖锁阳的地方,她就发现过贝壳。她心里有温水似的东西荡了。记得,灵官答应过她,要带她去看大海。她只在电视上见过大海。她很喜欢那横贯天际的蔚蓝。她想象中的大海,应是非常清凉的,微风吹在脸上,痒酥酥的。它没有盐池这样热,也没有这样闷。但莹儿想,这活儿虽也难挨,我就当它是你带我去看的大海吧,成不?

那人又吼了,呔!你睡着了吗?

莹儿打起精神,她发现卷扬机又送来了好多沙根。它们跟白脸上的黑麻子一样,撒在盐堆上。她连忙捡了。

43

在《白虎关》中,记录了莹儿和兰兰在盐池的经历。

这是一种独特的体验。

莹儿发现,每次上班之后,衣服总是会变成盔甲。卤水浇上衣服,日头爷舔光了水分,衣裳硬成了一块。白白的盐层覆盖了本来的颜色,走起路来十分不便。湿时很难受,说不清是汗还是卤水,反正黏糊糊的。水从外衣下面渗了出来,干时也很难受,当风吹日晒弄干水分后,盔甲似的内衣又来蹭乳头。

好容易熬到中午,女人们都进了芨芨席子围成的更衣室。脱下工作衣,莹儿发现它们真成盔甲了。无论裤子还是衣服,只要往地上一立,它们就自个儿站住了。女工们换下衣服,提了盔甲,到淡水桶里一淘,也不用搓揉,衣服里的盐就化进水里了。她们将工作衣晾在日头下,开始做饭。

莹儿和兰兰的换洗衣服丢给了豺狗子,只有身上的这套。她们又没经验,在干活时没换下自己原来的衣服,结果,所有衣服都变成盔甲了。她们只好先将工作服淘洗了,仍穿着一动就响的衣服做饭。

三三悄声问莹儿:"那老死娃子,找你干啥?"

莹儿不解,啥老死娃子?

就是头儿呀。找你的那人。

莹儿感到好笑,说,人家活得好好的,你咋叫老死娃子?

我们私下里都那么叫。三三掩口笑了。

三三告诉莹儿,那是个中头儿,虽不是大头儿,仍要听命于一个更有钱、统管盐池工程各方面的老板,可权力很大。

三三说,女人们偷偷叫他老死娃子,是因为他好"那一口"。哪一口?就是……三三掩口笑道,再是哪一口?他老叫女民工去谈话。人家可是正大光明的,人家的老婆死了。……你知道,男人最开心的事是啥? 是升官发财死老婆,老死娃子都占全了。人家当然成香饽饽了。人家当然要光明正大地找老婆了。

正说呢,那人进来,给莹儿和兰兰扔下两套半新衣服。莹儿想,这人真不简单,……他咋知道我们没换的衣服?

那人望望三三,望得三三直吐舌头。

他出去后,三三大气都不敢出了。半响,悄声问莹儿,他是不是听到我说的话了? 莹儿安慰道,不会吧。兰兰却说,听到了怕啥? 像这样驴一样苦,哪儿也能挣上钱。三三反问,那你到这儿来干啥? 倒将兰兰问哑了。

她回答了大牛和老板来这里时同样的答案。

三三说,女人挣钱,当然容易。只要你变坏。但你要是不想变坏的话,你就得当驴。这儿当驴,你天天还能见个麦儿黄,到有些地方,你苦也白苦,全叫黑包工贪了。

莹儿怀疑那人拿来的衣服是他死去的老婆穿过的,有些嫌。兰兰却已换了一套。见莹儿正迟疑,兰兰说,换吧,到哪山,打哪柴,换下了,我洗去。莹儿就换下已成硬甲的内衣,跟兰兰一起去洗衣桶里,洗了一番,晒了。

三三朝门外窥了窥,又悄声说,你可别小看那老死娃子,他的钱很多。他弄钱的路子可多了,比如,他跟拉盐的司机说好,他装六吨,可以按四吨算,多出两吨的钱,他就跟司机分了。莹儿问,这号事儿,你咋知道? 三三撇嘴道,纸里哪能包住火? 早成公开的秘密了。反正那盐池,又不是自家的,谁也懒得管这号屁事。这年头,谁有本事,谁弄去。

莹儿们做好了饭，正要吃。老死娃子又来了，他望望莹儿，扔下几包榨菜，没发一语，又出去了。三三望望莹儿，想说啥，却没说。

虽仍是开水煮面条，但因饿了，加上有了榨菜，吃来也很香。莹儿吃得满头大汗。这是她多日来吃得最饱的一顿饭。

下午收工时，有人来量女人们捡下的沙根，莹儿最少，只有十二桶。兰兰十五桶。最多的，有捡了二十多桶的。莹儿想，要是卷扬机送来的沙根数量差不多的话，跟兰兰相比，说明自己漏捡了三桶沙根。她很是内疚。她想，谁买了那盐，肯定会吃些亏的。

夜里，躺在枕木上睡觉时，莹儿大腿上的肉嘣嘣跳了。她怪怪地有了怕。对村民们来说，除了身体的影响，以往，要是肉跳，总会有些事儿发生。

那么，这次会发生些啥事呢？

44

一连捡了几天沙根，算来两人已挣了百十块钱了。盐池上按月结账。虽没拿到钱，但听三三说，这儿挣多少发多少，不乱扣的。她说，就这样，能在这儿待下去的人都不多，狼拉屎时，都嫌这儿苦焦呢。好些人至多干满一月，领上当月工资就溜了。——盐池上对那捞盐的职工，待遇还很好。以前，干重活的职工的定量是每月三百斤杂粮。后来，来了个大官，叫粮站全将杂粮换成了细粮，定期还供应肉呢。当然，民工不包吃食，吃多少都由自己承担。

一到晚上，大牛就到莹儿们住的房里来，或是叫三三缝腿上又裂开的血口，或是瞎聊。他老是偷偷望莹儿，说她比画上的人还俊。盐池上虽有女人，可遭了风吹日晒，脸变成牛粪色了，哪见过莹儿这么水灵的。别说莹儿，连兰兰这号的，也少见。但跟莹儿在一起时，兰兰显得很吃亏，她本来也是俊女子，但叫莹儿一衬，就显得平常了。兰兰倒浑不在意。因了沙漠里的那番奇遇，她又捡起了金刚亥母，开始持那咒子。她是带着感恩的心态修炼的。她想，我这条命是金刚亥母给的。要是不修的话，真对不起亥母。

除了念咒，兰兰还老是念叨家里。怕爹妈着急，兰兰请头儿给村里小卖部打了个电话，叫他们告诉爹：她们好好儿的，正在盐池上打工，叫爹妈别急。她发现，对爹妈，她是个矛盾的综合体。在一起时，觉得他们总是说愚话干愚事；一离开，却想到了他们的好，觉得他们苦了一辈子，没活几天安闲人，心里便很是愧疚了。爹妈跟家乡一样，是一种离开了才能觉出温馨的存在。

大牛是盐池上的劳动模范。他脸上虽瘦，但身上尽是腱子肉。出力时，腱子肉就鼓起来，一条一条的。美中不足的是，皮肤叫晒成了褐色，大腿上也布满了硬茧和血口。但捞盐的民工都这样，几天过去，莹儿就见怪不怪了。

大牛老讲故事，多是关于盐场职工的。大牛眼里的职工，是另一个世界的动物,老是莫名其妙。比如,他说一对母女一起爱上了某个职工,闹出了一场大风波。莹儿听来,也是天外的事。

大牛也谈老死娃子,但不叫他老死娃子,而叫主任。他眼里的主任是天人。主任叫他当了小头儿。你别小看那小头儿。当小头儿前,他仅仅是捞盐工,当了小头儿后,就跟权力有了联系。只这一下,大牛在民工里就升格了。民工要遇上个啥事儿,他就能跟头儿搭上话,说合一下。

大牛除了能跟头儿搭话外,还有些油水。他成了日捞十吨盐的模范后,那量方数的也会有意无意地照顾他。民工们捞出盐后,就在池边弄成梯形,场部就派了人来,量那方数。有时职工撒懒时,也会叫大牛去量,自己只是偶尔复核一下。这下,大牛等于有了相当的权力,他偏向谁,谁就多少会占些便宜。大牛当然得意了。他拍着胸脯对莹儿说,你有啥事,就来找我,一副吞天吐地的模样。

莹儿感到很好笑。

45

场里要演电影了。这消息,风一样刮遍了盐池。女人们快快地吃了饭,穿上了鲜亮衣服。莹儿本来不想去,可兰兰说,走吧,不管电影不电影,我们撒活一下眼睛。两人给骆驼抱了些麦草,饮了些水,就跟了别人,去那场部。

通往场部的路就是用沙根铺的。沿途有好些沙生植物，如梭梭啥的。一路上，大牛前颠后晃，大献殷勤。莹儿也懒得理他，民工们时不时叽咕一阵，发出野人般的大笑。莹儿皱皱眉头，拉住兰兰掉在后面。大牛就骂那些民工，民工们大笑着，一窝蜂远去了。

大牛说，你们别在意，他们就那样。三天不见女人面，见了母猪赛貂蝉。兰兰说，这是啥话？难道我们是母猪不成？大牛急了，解释道，不是不是，我是说，这儿女人少，像你们这样的俊女人更稀罕。……他们当然眼馋了。兰兰笑道，莫非，他们要吃人不成？大牛说，你们放心，有我在，他们是不敢放肆的。

兰兰悄悄拧莹儿一下，掩口笑道，听，人家要当护花神呢。

场部不大，不过几长排平房而已。虽也有个叫电影院的大房子，但里面没凳子，场里职工都自带了凳子，民工们只好在边上站着，他们都有意无意地跟女人们挤。莹儿就扯了兰兰离他们远些。大牛也挤出民工群，跟她们在一起。

老死娃子也来了，他提着两把矮椅子，递给兰兰。莹儿发现，面对头儿时，大牛虽时露谄笑，但头儿一转身，他就一脸敌意了。等他走远些，大牛悄声说，你们要小心哩，他又盯上你们了。那是个色狼，老借找对象睡女人。睡了一个又一个，最后都蹬了人家。

兰兰打趣道，你有本事，也学他呀。

大牛气呼呼道，现在的女人，都成"想钱疯"了，哪有个好的？

这下，他连兰兰们也骂了。兰兰白他一眼，扯了莹儿，去前面坐了。

222

电影开了，说的是一堆犯人的故事，莹儿嫌里头的镜头不雅，不喜欢看。她四下里望望，发现看电影的人还不少，民工堆里时不时蠕动一阵，传来女人骂声。她便对那头儿产生了好感。她想，不管咋说，是人家好心送了椅子，她才躲过了那种恶俗的挤。

换胶片间隙，她见大牛也抱个木墩往里挤，人们都指戳他。他边赔不是，边挤。

电影又开了，大牛脑袋遮去了大半个银幕，惹来一片骂声。他连忙蹲了。莹儿明白他要往自己这儿挤，便有些气他了。女人虽喜欢别人讨好，但得看那讨好者是谁。要是自己不喜欢的人老来黏，是很讨厌的。

大牛顶着骂声，到了她们身边。兰兰往旁边挤挤，挪个空地，叫大牛放了木墩。他大功告成似的长舒了一口气。莹儿皱皱眉头，觉得好多人都在戳她的脊梁，真有些洗不清的感觉了。民工里虽免不了有偷情的事，但她不愿意染这号事。她觉得人活着，得守护一种东西，不然，就跟动物一样了。

大牛的出气声很粗。莹儿不喜欢这声音。因为它总在提醒自己：她此刻呼吸的空气里，也有他呼出来的气。她有些恶心。虽也明白，那洁癖其实是毛病，但没治，她自小就这样。只要别人用过的杯子，她是渴死也不用的。被褥、衣服等也一样。当然，也有例外，她就没嫌弃过灵官的用物。……不过，生活已开始修理她了。她不是也穿了头儿拿来的衣服吗？她不也用盐池上发的铁碗吗？

忽觉得手背上被啥搔了一下，她以为是谁无意碰她，也没理它。哪知，那搔竟渐渐强烈了，莹儿觉得一股热扑上脸来。她明白原因了。她往旁边挪挪，躲开那指尖。不料想，她一有反应，那手指竟索性握了她的手背。她挣了几挣，对方反倒握得更紧。莹儿很生气，她恼怒地瞪一眼大牛，却看到他一脸贪相。她很想骂他几句，又怕他难堪。骂不得又挣不脱，大牛越发大胆了，他向莹儿的手心里伸入一根指头，莹儿明白那含意，大羞。她真生气了。她狠狠地拽几下，但无论她发出多大的力，都不能叫那手稍稍松一松。她觉出了无助，眼泪涌了出来。

那手指，却动得越来越欢，握她手背的手也汗津津了。她狠狠地甩了几甩，没甩脱，便倏地站起。她的头便遮住了银幕，惹来好些斥声。她觉得脸上有柳条在抽，就说，我出去一下。她一起身，那手便暴露出来了，她才得到了解脱。

为了摆脱大牛，她起身，弯腰，出了人群。才出人群，眼泪又涌出了。她想到了徐麻子欺负她的那夜，觉得这次，也跟那次一样恶心。她想，这次回去，死也不出来了。外面的世界既不精彩，也很无奈。但又想，在娘家，不是也有人欺她吗？在婆家，不是也有人用榔头把捣她吗？她想，这世界，真没个叫她安详度日的地方了。

见好些人望她，她只好装作去撒尿的样子去了外边。本来没多少尿，哪知一到外边，竟真的憋了。四下里望，终于发现个僻静处，就走过去。还没到那地方，两只大手就搂定了她。她听到大牛很粗的喘息声。

丢开！莹儿斥道。

大牛喘息道，妹子，可真想死你了。你就可怜可怜我，叫我见一回天日。

莹儿挣几下,挣不脱。她怕那抢惯了盐勺的手强来,就软了口气,说,有啥话,你松开手说。

大牛放手了,他想拥抱莹儿。莹儿边躲边说,有啥话你说,动啥手?

大牛说,我可是铁了心待你好的。真的。我要是说假话,祖坟里埋的是老叫驴。你信不信?你信不信?

莹儿说,这种事儿,强求不得。我心里有人呢。

大牛道,当不了正式的,当我的贼女人也成哩。莹儿啐道,你咋能说这种话?

大牛不语,冷不防扑了来,抱起莹儿,往远处的黑里走。莹儿挣几下,却挣不脱那铁箍般的手。她大叫几声,也没个人应。大牛的喘息声淹了她的天。她边挣边说,你要是这样,我死给你看。

大牛喘息道,女人都这样的。刚开始挣扎,等会儿,你搂得比啥还紧呢。

莹儿想咬他胳膊,伸了几次嘴,都叫对方的手挡了。她哭出声来。

一个黑影出了电影院门口,叫:"大牛!大牛!"

大牛忙丢下莹儿,渗入夜里了。

莹儿听出是头儿的声音,抹去泪。她也不敢撒尿了,往亮处走。

那人问,那是大牛吗?

莹儿没回答。

她明白，那人也盯着自己。

此后几天，大牛没敢上门，他只是远远地望莹儿。夜里，莹儿也总要插好门后的插销。兰兰误解了她，因为那夜她先出去，大牛随后跟了去，定然会有些事儿的。事儿当然有，但不是兰兰以为的那种。莹儿本不想解释，怕影响大牛的名誉，但见兰兰误解了她，只好将前因后果都说了。兰兰咬牙道，等他再来，我非啐他不可。

倒是三三对莹儿的态度明显变了。莹儿到来之前，她跟大牛相好过。关于他们的闲话，盐池上传得很凶。听说，大牛跟三三上过床。这号事，大牛本不想张扬，可三三对人说，大牛想勾引她，叫她骂了一顿，弄得大牛很没面子。大牛恼了，就将他跟三三上床的事抖出来了。三三喜欢大牛能吃苦，挣钱多。现在，大牛的目光却转向了莹儿，三三就待莹儿不冷不热了。因为莹儿们的灶具扔在沙窝里了，三三虽不叫她们另开灶，但那热情，却明显没了。

兰兰想，一个锅里搅勺子，低头不见抬头见，老看人的脸色也不好。她就问头儿哪儿卖灶具。头儿给了她们几件，说是以前的民工留下的，先叫她们用。头儿又问，是不是她们想另住个房子。兰兰想，不管咋说，身边还是多个人好，就说，不了，我们就跟三三住吧。头儿说也好。

在盐池上待了几日，莹儿发现了许多不便：她们没换洗的衣服，经期来时没卫生纸，等等。尤为不便的是，她们的被子留在了死驼背上——想来早叫扯成碎片了——沙漠里昼热夜寒，白天晒死驴，夜里又能冻死狗。日头爷一落山，漠风就时不时噘噘。到早五更时,屋子就寒如冰窖了。刚来时,三三还将自家的破毛毯让给莹儿们。莹儿嫌那毛毯脏,盖毛毯时总要先贴身盖上那件天蓝色上衣。自打看电影那夜后,三三有意无意将毛毯捞过去了。莹儿明白,她定然以为自己抢了她的心上人。

别的还好受,唯有早五更的寒冷是很难抵御的,姑嫂俩只能不脱衣服。幸好工作服也能遮寒,下午漂了水后,后半夜就干了,盖在身上,也能顶些用。但寒冷总能钻透几层衣服,弄得她们老是嗓子疼。

还有那骆驼,行在沙海里,当然是方便之舟,但在盐池上就成了麻烦。她们得时时给它寻吃的。头儿就联系了一个附近放牧的蒙古人,请他代放几天。但那驼,是向村里人借的。虽然骆驼多用于春耕,秋上大多闲站着,但要是耽搁久了,人家也许会有意见。兰兰就想等个来驮盐的凉州人,叫他们顺路带了驼去。她算了算,驮了盐去虽能挣些钱,但肯定不如在盐池上干实惠。而且,盐池上挣的,是现成的票子,就算她们驮了盐去,还得去换粮,再卖粮,很麻烦的。

兰兰就叫民工们帮她打听,要是有凉州驮盐的来了,就告诉她一声。但她发现,她了解的盐池,还是十年前的。那时,公路没修通,村里还有人来驮盐。现在,公路早通了。虽然它扭向另一个方向,离凉州越远了,但汽车并不怕远。人家一车就拉好几吨,你一峰驼才驮几百斤。兰兰想,自己真是瓶里的苍蝇,世界早变化了,她的思维却停在记忆里。她想,早知这样,还不如来打工呢。她打听清楚,从凉州乘车,到另一个城市,就能等到来盐池的便车。听说,司机最欢迎女人,你只要招手,人家就会踩刹车。但要是遇上不学好的,你也会付出代价的。

兰兰才明白,沙窝里为啥有那么多的豺狗子。以前,常有带枪的驮户,时不时乓一枪。你也乓,我也乓,日久天长,豺狗子想起群,也没那势头。现在,汽车一突突,驮户稀罕了,枪声也稀罕了。

兰兰想,自己只不过经了几件事,从姑娘到婆娘,挨男人的打,闹离婚……世界的变化,就叫她目瞪口呆了。要是不来盐池,还以为世界停在她当姑娘时呢。

盐池也变了许多,以前,都是人挖盐的;现在,也有了机采的。以前,只要你带个兔子来,就可以换一驮子盐;现在不成了,得用钱买。别的变也没啥,只有那汽车,立马叫骆驼的大力显出了寒碜。她终于明白,为啥驮盐成了稀罕营生。进沙窝前,她还得意自己的设想呢。

这世界,不看不知道,一看吓一跳。

她想,先打一阵工再说吧。要是这儿好,要是有人能将骆驼带回村去,她们就在这儿打工算了。

她想,哪儿的黄土不埋人呢?

46

头儿不知从哪儿知道了兰兰们没被子,就打发民工送来了两条毛毯。

毛毯很厚，又是纯毛的，对莹儿们来说，真成雪中送炭了。

莹儿发现，好些民工总在朝她指指戳戳。因为对工作越来越熟练，她捡沙根的桶数多了。打某一天起，她竟成了捡沙根最多的人。女人们都怪怪地望她。她也觉得奇怪。她发现，每到她午休后上班时，她的沙根堆就会长大许多。

这天，莹儿吃过饭后，没像往常那样上枕木休息。她将门开个缝儿，悄悄瞅那放沙根处。半个时辰后，大牛出现了。他鬼鬼祟祟，提了个纤维袋，四下里瞅瞅，见没人注意，就将袋里的沙根倒到莹儿捡的堆上。莹儿明白，那沙根，定是他从公路上捡来的。通往场部的道路，大半就是用沙根垫的。

莹儿脸上一阵发烧。她想，他咋能干这号事？要是叫人发现，我的脸往哪儿放？

她悄悄推醒兰兰，叫她去找大牛，叫他千万别再干这号事。等大牛再次来时，兰兰去了。见是兰兰，大牛也没露出怯意。兰兰回来，对莹儿说，他叫你别管，有啥事，他自个儿背。兰兰笑道，他还说你烧包呢，他说这样的话，你一月至少多拿一二百。

莹儿气恼地说，他把我看成啥人了？这号昧心钱，我不要。次日中午，待大牛再干那事时，莹儿就迎了上去。她阴了脸，叫他别往自己脸上抹黑。见莹儿真放恼了，大牛说，成哩，我热屁股溻到冷炕上了。……你只要明白我的心就好，我可是真心对你好的。谁不知道睡午觉香，我苦了苦一些，可是能叫你手头松一些。

莹儿怕他还会干这事，就说，你要是再干这事，我可给头

229

儿说哩。

这一说,大牛慌了,成哩,我不干还不成吗?说完,慌慌地走了。

回到房里,莹儿一身冷汗。她想,这号事儿,要是叫人知道了,她跳进黄河也洗不清哩。这跟做贼有啥两样?再说,别人还以为,他跟我定然不清不白,不然,人家凭啥不睡午觉干这事?

果然,次日,她无意中听一个民工说,瞧,那个俊女人,是大牛的贼女人。她又羞又恼。她估计放这风声的,可能有两个人,一个是大牛自己。听说民工都这样,因为身边缺女人,他们的想象力格外发达,总爱编造些风流故事。另一个人可能是三三。瞧她那眼色,真将莹儿当成情敌了。她跟凉州女人一样,一见莹儿,便格外走出一股风来。按妈的形容:"瞧,呜呜闪电的。"

虽住在一个屋里,三三却很少跟莹儿对视,也不跟她说话。这一来,她那炉子,莹儿们就不好再用了。兰兰找了几块砖,在门口砌了个小炉子。四面虽有柴棵,但用于固沙,不叫砍伐的。莹儿们就利用收工后的间隙去捡驼粪。烧饭时,她们最喜欢骆驼粪蛋儿。因为它耐燃,丢几粒,会燃好一阵子。但民工们也都自己做饭,谁也捡骆驼粪蛋子,场里的职工子女也捡。捡的人多,粪就显得稀罕了。有时,为了能做熟一顿饭,她们得花个把小时捡燃料。

这天,两人利用午休又去捡烧的。兰兰说,这回,要捡就多捡些,就借了架子车,去牧人的地盘。哪知,那儿也没多少粪。兰兰说,早知驼粪这么金贵,在来时的路上,就把自家驼屙的粪拾掇了。莹儿说,那时,命都不做主,谁还想那么远?话虽如此说,她也可惜那些撒在路上的驼粪。她想,人心真是怪。有时欲壑难填,有时也很容易满足。现在,只要发现一堆粪蛋儿,她们定会狂喜地奔了去。那狂喜,一点儿也不比秀才中状元弱吧?

推了车子行走时,车轱辘老是陷入沙里,不一会,两人都一头汗水。兰兰说,捡的这点儿粪,还没她们流的汗多呢。捡沙根时屡屡弯腰,两人的腰都有些疼,都想躺在枕木上歇歇。可好些事,你不想做也得做。她们拨亮眼珠,像以前寻盐池那样,寻找能充当燃料的东西。那时的心有多急切,此刻的心也有多急切。想来真是好笑,这会儿,心中的圣地,又变成了卧着驼粪的那个沙洼。

寻了一个多小时,莹儿灰心了,说回吧,别影响上班。兰兰说,既然来了,再找找,我不信那些牲口都叫牧人扎了屁股。

正说呢,真发现有堆驼粪,正在不远处的沙洼里笑呢。两人大喜,拉了车,扑上前去。都觉得有梦幻的味道了。那感觉,跟狐仙给她们做好了饭一样。有些驼粪干了,有些还潮着。两人也不嫌脏,干的湿的都往车里捧。兰兰说,这骆驼真怪,屙粪时,专在这一个地方。莹儿说,谁有谁的习性,也许人家跟人一样,也有专门的厕所。

两人将驼粪装上车,正要走,却听到一声苍老的咳嗽。她们都吓了一跳。一位老者已转过沙角子。莹儿这才发现,沙角子那头有个小屋。因为屋子很小,墙又是用盐盖巴砌的,猛一看，屋子跟大地一色，加上叫沙角子遮了大半，就躲过了她们的眼。

老人问，你们咋偷我的烧的？

她们这才明白，这驼粪，也是人家捡来的。两人大羞，脸上火一样烧。兰兰解释一阵。老人说，噢，你们是凉州来的？成哩，这驼粪，就当我送你们的。

莹儿说，这咋成？你也烧饭哩。

老人笑道，咋不成？我再去拾。牲口的尻子又没叫缝住。他给了兰兰两个纤维袋，叫她们将驼粪晒干后，装进袋子，放进屋里。不然，一夜过去，粪就全叫民工偷了。

两人谢了老人，推了车子，往盐池方向走。行了一阵，却发现地貌变了。两人明白是迷路了。这可麻烦了。她们算算，快到上班时间，都发了急。后来，兰兰想了个法子，沿那进来时的车辙走。虽走了好些弯路，却只迟到了一个小时。

兰兰们到盐池时，见头儿正派了几个民工，要进沙窝寻她们。见她们归来，都长出一口气。兰兰以为头儿会骂她们，哪知，他只是叫她们以后别进沙窝太深。

姑嫂俩晒干驼粪，装入纤维袋，放在枕木床下。因三三也时时缺烧的，莹儿时不时接济她一下。三三的脸色就好了些。一次，她家人来看她，带了些沙米，她还给莹儿们分了一碗。

老人给她们的驼粪虽值不了多少钱，但莹儿每一念及，还是觉出了许多温馨。她想，这世上，还是好人多呀。同时，她们捡粪捡到牧人家的逸事，也成了民工们的笑料。每一提及，大家就哈哈大笑。

47

　　下雨了，盐池上给捡沙根的放了假。几个民工来叫兰兰给他们缝腿上的血口子。因为见怪不怪，兰兰也敢下手了。莹儿嫌屋里聒噪，就出了屋子。

　　来盐池虽有些日子了，但因为捡沙根固定在盐坨上，她也没机会到处走走。现在天帮了忙，她也想散散心，就信步出了屋子，去看盐池。

　　民工是按劳取酬，捞出的盐多，挣得就多，好些民工仍冒雨上班。有几人正揭盐盖巴。那盖巴，就是覆在盐池上的地壳表皮，很硬。先得用炸药炸开最硬的那层，用钻揭了稍软的盖巴，再弄去沙盐相混的那层，才可以看到浸在卤水中的老盐。

　　揭盖巴的民工们抡着钻。那钻头，呈三角形。钻杆有四棱，长约一米，还安了个一米长短的木把。听三三说，钻有四十多斤。民工们举了钻，用力下戳，待得钻咬进盖巴，再用力一撬，就会撬下一大块盖巴来。因为盖巴硬度好，相对规则些的，就用来砌墙盖房了。那些不规则的，就成了沙漠里铺路的上好材料。

　　忽然，一个民工远远地喊，诶——！给你个盐根。

　　莹儿以为他喊别人呢，待他喊了好几声，才确定他在喊自己。她以为他说的盐根，其实就是沙根，心想，我天天捡它，还用你给我？却见那人捧一团晶亮。粗一瞧，竟跟她捡的沙根大异，就走过去。那民工眉清目秀，朝莹儿一笑，将手中的晶亮递给她。莹儿一看，眼睛一亮。这东西，真是太美了。它是由一块块大盐粒粘凝成的，晶莹剔透，形若雕塑。莹儿很喜欢它，就道了谢。那人粲然一笑，说谢我干啥，要谢，谢盐池才对，那是它造的。

莹儿发现，那民工脸上有很熟悉的东西。她想呀想呀，才明白灵官脸上也有它。那就是书生气。她不由得多看了他两眼，问，你念过书吗？那人还没开口，另一人已帮他答了："人家宝子，是高才生呢。考上大学了，可家里没钱供。"莹儿见宝子阴了脸，怕惹他难受，就转过身看盐池。

那盐池，很像村里的麦田，一长条一长条的。那盐，也跟田里的麦子一样，捞出老盐，卤水中又会长出新盐，生生不息。因为要站在池外捞盐，盐池不宽，约两米左右，但那长度则可随心掘采，多长达百米。曾蜇疼莹儿眼睛的，就是池内那些绿绿的卤水。

宝子又开始工作，他将推板放入盐池，将老盐推拉着鼓捣几次，盐上的沙就没了，又持着一丈多长的铁勺开始捞盐。他先是舀了满满一勺，垫在腿上，撬了几撬，勺却只是晃了晃。他只好把勺里的盐倒去了些。虽只剩多半勺了，仍显得很吃力。捞不了几勺，他就气喘吁吁了。莹儿想，照他那样儿，挣不了多少钱。又想，也许，过上几年，他就能像大牛那样干活了。但那时，他是不是还有书生气？会不会变得像大牛那样粗俗？

想来大牛常注意莹儿。她才到这儿，他便追来了。见莹儿望宝子，他也阴阴地望。望一阵，他叫："哟，哪有这样干活的？

瘦狗努尿似的。瞧我的。"他一把从宝子手里夺过勺来，瞬息间，已捞出十多勺。那阵势，真如风卷残云。莹儿虽厌恶他，却也佩服他的大力。

大牛又捞了几勺，才盛气凌人地望宝子。宝子不服气地说，等锻炼一年，我也跟你一样。大牛大笑，说，跟我一样？下辈子吧。老子是天生神力。说着，他一把抓过宝子，一较劲，竟单臂将他举过头顶。大牛说，你闭上眼睛。说着，将宝子抛进盐池。

莹儿朝大牛斥一声，你咋能这样？

话音未落，宝子已咕咚一下，翻上水面。民工们大笑。原来，卤水的比重比人体大。人一掉入，立马就会上翻。

宝子突突地啐着，爬上岸来。

莹儿见他并没危险，放下了心。她知道，要是再待下去，大牛不定还会卖弄出啥出格的事来，就离他们远了些，找个地方坐了，欣赏那盐根。盐根的那份晶莹，渐渐渗进了心。

雨不很大，比牛毛雨稍大些。雨丝进了盐池，发出沙沙声。她渐渐融入那份韵致里了。许久了，心总是为尘事所扰，心浮气躁，劳碌奔波，难有个宁静机会。这会儿真好，那深绿的池水，那清凉的雨丝，那雨中若有若无荡漾远去的沙浪，还有被雨丝朦胧了的世界，都进心了。她发现，当她面对人事时，总是有千般的无奈和烦恼，人间的纷扰总会将她的心搅得一塌糊涂。当她单纯地面对大自然时，大自然就会赐给她一份宁静、一抹淡然、一种超然物外的空灵。

隐隐地，雨里传来不同寻常的声音，很像春天乍到冰面融解时发出的那种。她有些害怕了。怕那绿澄澄的卤水里，会突然爬出个怪物，将她拽下水去。但一想，她就笑自己了。说真的，经了几次磨难，她已看淡了好些东西。

凝神一阵，那声音渐渐大了。瞅那声音起处，竟发现有冰块破碎的迹象了。她想，那些盐，会不会先是结晶成一面镜子，再碎成晶莹的盐粒？一定是的。记得三三说，卤水中的含盐量，过浓过淡，都不产盐的。只有在某个范围，盐才会结晶的。

她想，一定是雨水使卤水里的含盐量发生了变化。一定是的。

想了一阵，她也懒得去追问那结晶的理由。她只管用眼睛瞅了水面，看那似有似无的盐块的断裂，听那时隐时现的破碎声，渐渐忘了身在何处。

还好，大牛也没来骚扰她。她就坐在细雨里，直到兰兰喊她吃饭的声音传了过来。

48

吃过饭，莹儿仍留恋盐池边的宁静，想拽了兰兰去。正要出门，三三带来个女人，人称她吴姐。所有捡沙根的，都由吴姐管。每天，都由她盘莹儿们捡到的沙根。她待莹儿很好，每次盘桶数时，桶子装得都不很满。这样，次数多了，她记在本上的沙根桶数，就会比实际多出几桶。莹儿很感激她。虽然那多了的，充其量不过值几块钱，但人家跟你无亲无故，能这样待你，你能不感恩吗？

吴姐叫兰兰和三三先出去一下，说她想跟莹儿喧个谎儿。兰兰们就出去了。吴姐四下里瞧瞧，说，哟，我还不知道，你过得这么苦焦。真该怪我。以后你缺啥，就给我说。大姐的，就是你的。

莹儿明白她定然有事，不然也不会冒雨前来的，但她也不好先问。

吴姐又胡乱说了些废话，才终于谈出正事儿。她问，你瞧，我们的头儿咋样？莹儿问，你指哪个头儿？吴姐笑道，就是你们骂老死娃子的那个。莹儿虽没骂过，但还是不好意思了。莹儿说，挺好的。瞧，这毛毯，就是借他的。

吴姐感叹道，要说，头儿真是个热心人，哪个民工没受过他的恩惠呢？都叫他及时雨呢。莹儿没听过谁叫他及时雨，但还是默认了。

吴姐又说，你可能没听说过，他的老婆没了。

莹儿似乎明白她要说啥话了，心怦怦直跳。

吴姐果然说出了那话。她说，人家心里，可有你了。

又说，他观察了你好些天，发现你不错。

又说，他见了好些女人，你最合他的意了。

又说，你只要一点头，就能吃香的，喝辣的，再也不用受苦了。

又说，想填那缺儿的女人能拉一驼车呢。你要是愿意，他立马就能跟你结婚。

还说了好些话。

莹儿沉默一阵,她在想些合适的理由,既不要伤别人,又能拒绝她。想呀想,却也没个好理由,就想,还是实说了吧。就说,事倒是个好事,可惜我没那个福分。我也有我的心上人呢。

吴姐噢一声,问,他在哪儿?

在省城干事。

莹儿虽然不知道灵官究竟在哪儿,却神使鬼差地说出了省城。她有意没说他打工,只说干事。干事,看你咋理解了。当省长也是干事,洗盘子也是干事。至于究竟干啥事,叫她自个儿猜去。

这下,吴姐不好说啥了,又胡乱说一阵话,叫她再好好想想,就走了。

三三一进来,就一改过去的冰冷模样。原来,她在窗外偷听呢。她说,你咋不答应?人家,可真是金铮铮呢。有多少女人梦想着填那窝儿呢。你要是不放心,先跟他领结婚证呀?你不听,人家愿意立马结呢。这样的好事,你咋不答应?又说,你是不是嫌他老气?其实,他岁数也不大,这儿风沙大,皮肤当然比城里人黑。

兰兰没说啥。

莹儿约她出去走走。两人打着三三的伞,又到了莹儿上午待的地方。雨还是那么大。人说"早雨不多,一天啰唆",真是的。那雨,虽能湿了人的衣裳,却也为世界添了好些韵致。兰兰说,要说那事儿,也是个好事儿。人嘛,想那么远干啥?再说,你想人家,人家还不定在做啥呢。按说,我不该说这号话,可你想过没？好些事，是由不了你的。

莹儿明白兰兰说啥。心一下子灰了，她眯了眼，望望远处。雨里的民工没了。盐池很静，只有雨丝落在伞上的声音，偶尔，还隐隐能听到盐层断裂声。

莹儿叹道，我给你讲个事儿。小时候，爹给我买过个玉佩，我很喜欢。一天，哥在上面吐了一口唾沫，他是有意气我的。他知道我有洁癖。我嫌它脏，就摔碎了它。明白不？……我明明知道，人活在世上，有时得委屈自己，随顺一些人和事，可我没办法。人不过是几十年的物件，为啥不干净些活呢？有些东西，你一弄脏，是洗也洗不净的。对不？

兰兰长长地叹口气。

莹儿说，你心里，不是也有不能玷污的东西吗？我心里也有。要是没那东西了，就没意思活了。

又说，我不想为了一点好吃好喝和好穿，扔了我活着的理由。

又说，为了那个活的理由，我可以不活。

兰兰说，瞧你，胡说啥？但还是明白，莹儿真是铁心了。

49

由于三三的宣传，盐池上的人都知道头儿的心了。头儿觉得很没面子。男人们都这样，面子比啥都重要。于是，找莹儿的人多了，都说吴姐说过的话。想叫莹儿答应的理由也越来越多，但无论啥理由，跟莹儿活着的理由一碰，就粉碎了。莹儿也不说啥，她只是沉默。不料，那沉默反倒增加了她在头儿心中的分量。有人说，头儿说了，不将她弄到手，这辈子，就白活了。

因为话已挑明，头儿的攻势猛起来。他开始打发吴姐往莹儿房里送菜。盐池上，没比菜更诱人的东西了。大约一个星期，城里才会来一辆拉菜的车。盐池职工的家属就成了专职的买菜人。菜车来的那天，她们都早早地排了队。民工也会派专人去买些很便宜的菜，但多便宜的菜，一进沙窝，都至少贵好几倍。莹儿当然是很想吃菜的。她的手心里老是起皮，人说那是不吃菜的原因。

头儿的司机朋友多，每次来拉盐，他们都会给他带几纤维袋菜。头儿就叫吴姐送一些给莹儿。莹儿说不要，吴姐还是把菜放在地上。对那菜，莹儿是不叫兰兰碰的。那菜开始还脆绿，一天过后，就黄了萎了。三三急得大叫：你这是糟蹋呀！就将那些快要烂的菜淘洗了，自个儿炒吃了。莹儿也懒得去管。

吴姐老送菜来，莹儿也老说不要。她也不多说话。也许头儿有冷藏的冰柜，吴姐每次带来的，都是新鲜的。吴姐一走，三三就径自淘洗了。她说，反正莹儿是不吃的，与其糟蹋了，不如她吃。渐渐地，民工也知道了这事，吴姐送来菜后，才出门，他们便一窝蜂拥了来，将菜分了。

莹儿不吃头儿送的菜的消息很快就传遍了盐池，都说，这女人有志气，那可是脆生生绿莹莹的新鲜菜呀。连头儿她都这样拒绝，那大牛，怕是连根毛也没摸着吧？大牛卖弄出的好些闲话，民工们都不信了。传来传去，莹儿就被神化了。

但大牛却错解了莹儿的心，他以为，莹儿之所以那样待头儿，是因为钟情于他。他被这个臆想感动得热血沸腾。好几次，看到莹儿独处，他就瞅个空儿前来，说，你这样待我，我也会真心待你的。又说，你等着，我会做给你看。弄得莹儿莫名其妙，她弄不清自己咋待了他。

大牛总认为，莹儿肯定崇拜他的力气。他忘不了自己风卷残云般捞盐时，莹儿看他的那一眼。那一眼充满了惊奇，大牛却当成了爱慕。昼里梦里，他都思谋那一眼，并衍化出更多的眼神来。浸淫于那些眼神里的他一天天陶醉着自己，干活也格外有劲了，某日竟捞出了十一吨盐。

陶醉在自己的世界里的人，总能臆造出许多别人爱慕他的理由。大牛想，莹儿没有不爱他的理由。他力大，有一身腱子肉，人长得也精神。只有在挣钱上，他不如头儿，但他挣得也不少。再说，头儿那钱，是黑钱，来路不正的。不定哪一天，雪一化，尸身子一出来，钱就叫公家没收了。他的钱却是血汗钱，说到天上也是他的。而且，他听说，女人都喜欢强壮男人。头儿早过了强壮期，哪有他大牛有力量。

大牛老是哼一种快乐的小调，听那曲子，很像是《我们的生活充满阳光》，但因走调太多，变成另一曲了。那歌很老了，似乎是个电影插曲。民工房里有个小琴，就是一手弹拨一手按键的那种。还有一本破书，那歌就在破书里睡着。一天，宝子闲极无聊，弄醒了它。开始，它只是呻吟咿呀。几天后，它就活了，随了那琴声到处乱窜。耳濡目染，大牛也就会哼了。他

241

无论走路,还是劳动,都哼那曲子。

都说,瞧,大牛得花痴病了。

50

吴姐又来了。这回没带菜,只说,那两个捡沙根的又来了,叫莹儿们换个活儿。莹儿笑笑,说成哩,干啥也成。要是没活儿,她们回家也成。吴姐笑了,说你想到哪儿去了,其实,那活儿比捡沙根干净,虽是个力气活,可没有卤水啥的。兰兰说成哩,干啥也成。

新派的活是压沙。风老是将沙丘吹得四下里乱走。它要是进了哪个盐池,哪个盐池就死了。

压沙的方法有多种,一是抬土上沙丘,在沙上造些土棱儿;二是将麦草们压进沙里,织成网状。因盐池上缺麦草,多用土压沙。场里对土棱定了要求,多宽多高,每米付多少钱。……但无论哪种方法,效果都是暂时的。等流沙将人工织的屏障埋了后,沙丘就又活了。所以,压沙成了盐池上常年干的事。

一到干活现场,莹儿就发现,压沙比捡沙根苦多了。你得在毒日头下干活。沙丘上无遮无拦,日头爷就尽情发威。这倒不算啥,最苦的是抬土。两人抬个帆布抬杆,装上土,一摇一晃,挪上沙丘。在沙丘上走路,前行一步,便后陷半步,空身子都嫌吃力,何况抬上重物。

每次抬土上沙丘,莹儿就觉得抬杠在咬手,那挤压,直往骨头里钻。土的重量也变成了拽力,老想将她拽下沙丘。脚陷入沙中,沙钻进鞋里,跟脚亲热不已,才行了几步,就狼狈不堪了。她咬了牙,较劲儿似的屏了息,才将一兜土抬上沙丘,然后扔下抬杆,萎在地上。看到女人们在望她,她也懒得管那些嘲笑的眼神,只管喘气。

兰兰擦擦头上的汗,说,先试着干一天。你要是熬不下来,我们就给他们下个话,结了账,回家算了。

莹儿说,回家又能咋样?你瞧,那么多女人不也干吗?她们能,我们为啥不能?

咬紧牙,两人又抬了几兜,莹儿发现手腿都成了别人的。汗除了从毛孔里淌,还从眼窝里外涌,真"手心里起皮,眼窝里淌汗"了。最难受的是腿,每一挪动,腿肚里就有刀子割。她怀疑韧带受伤了,但看了几次疼处,倒也不见有啥瘀青。

两人干到中午,汗流了不少,那土棱儿却没多长。莹儿粗粗地算了算,照这样子,她们挣不了多少钱。

因为压沙处离宿舍有段距离,两人不打算回去了。她们来时带了水和馍馍。本打算将午休的时间也用来压沙,不想,稍稍一休息,却谁也不想动了。望望别人的成绩,她们暗暗惭愧。

正相顾苦笑呢,大牛带着宝子来找她们。一见她们,大牛大呼小叫地扑上沙丘。兰兰亲热地打个招呼。莹儿也含笑示意一下。这下,大牛受宠若惊了。他跟宝子抬兜运土,不一会,那隆起的土棱儿,竟比她们一上午干的还多。

大牛说,你们真傻。你瞧,人家咋干的?他过去,将别人的土棱儿一刨开，莹儿才发现那奥妙。原来，别人先将沙弄成棱儿，再在上面盖些土。这样，一兜土，就能造好长的一截棱儿。

兰兰说，照这样子，风吹了土，不跟没压一样吗？

大牛说，谁管得了千秋万代呀？都猫儿盖屎地干，你不那样，能挣个屌毛呀？

兰兰问，场里不管吗？

大牛说，事在人为。大不了，给验工的人送条烟，人家睁一眼闭一眼，也就过了。

兰兰说，那号骗人的事，我们做不来。要是想挣昧心钱，还用到沙窝里来吗？

大牛们吃劲干了一阵，累了个满头大汗。到了上工时间，大牛对莹儿说，我去给头儿说说，最好还叫你干轻省些的。这活儿，累死驴呢。

休息一阵，两人又开始抬土。莹儿有些身不由己。好几次，好容易到沙丘的半腰，却一下子萎倒了，土当然全倒了。兰兰也累得前仰后合，直喘粗气。都精疲力尽了，但都不想干那投机勾当。

兰兰说，以前有个善人，上了三年香，心很虔诚，菩萨化成一个卖盐人，前来试他。那人拿出做过手脚的秤，多弄了半斤盐。菩萨笑道，上了三年香，不抵半斤盐。兰兰说，那人三年的功德，叫他骗去的半斤盐折消了。她说，修行主要是修心。莹儿却说，功德不功德，我倒不在乎。我只是做不出那事，穷了穷些过，我们又不是只值那几个钱。两人仍是实打实地按要求压沙，虽累成一堆泥了，却没干出多少成绩。粗粗地算算，要不算大牛们帮的那些，两人压一天沙挣的钱，还不如捡半天沙根呢。

51

大牛出事了。

黄昏时分，两人回到住处，听三三说，大牛打了头儿。事情很简单，大牛以为自己跟头儿私交很好，想说个情，叫莹儿们继续捡沙根。他忘了，无论他多有力气，其实还是个打工的。那"交情"二字，用在身份相若的人之间才适合。三三还说，那老死娃子，早就气恨大牛了。一个民工，竟想跟他争女人。人家正想找他的碴儿呢，大牛自个儿碰枪口上了。于是，头儿眯了眼，望大牛，许久才说，谁的裤裆烂了，露出你来了？意思是，你以为你是谁？大牛便放恼了。

听宝子说，那大牛，也生头儿的气，早想打头儿了。上回，头儿一提亲，大牛就咬牙切齿地说，也不撒泡尿照照，一头老驴了，还想啃嫩苜蓿？还说了好些话。有些想讨好头儿的民工，就将话转达给头儿了。头儿就将大牛说成老屌。大牛就恼了。

恼了的大牛也是大牛，他只要灰头土脸地出来，也就没事了。头儿天生是骂人的，你叫他骂几句，也没啥。可大牛答应了莹儿，要给她换个轻省些的活。他不能说白话放白屁的。他一条长毛出血有骨头有脑髓的汉子，咋能失信于女人？他想努

245

力说出自己该说的话。以前,每次头儿喝醉酒,都由他背回屋子,头儿总叫他兄弟。头儿还打发大牛干一些不便使唤盐池正式职工的营生 —— 那些人的贼眼也盯着头儿的位子呢 —— 大牛便知道了头儿的好些秘密。但大牛义气,只是在某次醉酒后,才牛吼般哭,对照顾他的三三说,他妈的世道真不公,人家稍稍使个手脚,就能扫树叶子一样捞钱,自己拼了老命,才能挣个养命的光阴。

知道了头儿底细的大牛,便开始给好些人说情,就这样挣足了面子。

但这回,他一提莹儿,头儿就铁青了脸,叫他出去。要是头儿只是吼"出去",大牛也会出去的,头儿不该动手推他。头儿一推,两推,大牛的手就不听话了,就也回推了头儿一下。三三说,你想,大牛的劲多大,头儿一下撞向办公桌,差点砸倒桌子。

三三说,要是仅仅砸倒桌子,也没啥。头儿不该抡起椅子,头儿一抡椅子,他的身份就变了。他就从头儿变成了想跟大牛打架的人。大牛不想打架,可他的手想打架。大牛一抡胳膊,椅子就散架了。然后,大牛的拳头就撞向头儿,磕飞了两只门牙。

这下,大牛犯法了。据说,打落牙齿虽不是多大的事,可也算是伤害,不知是轻伤还是轻微伤,总之是伤害了。盐池派出所的警察去逮大牛,大牛跑进了沙窝。

三三说,大牛完了。只那么一拳,他的命就变了。场里扣了他的当月工资,说是要支付头儿的药费。三三还说,钱倒是小事,最大的损失是场里不会再要他了。要是叫警察逮住,牢是坐定了。加上他的逃，性质更严重，谁知道得坐几年牢哩？

民工们都说，女人真是祸水。

莹儿记起，大牛说过"你等着，我会做给你看"，心里很难受。不管咋说，大牛是因她们出的事。要不是给她们说情，人家的劳动模范不照样当？听说，大牛给盐池挣足了面子，每次省上来人参观，都要到大牛干活的现场去。要不是莹儿，头儿肯定会买他面子的。可是，两个公狮子都会为母狮子拼个死活呢，何况两个长毛出血的男人？再说，头儿又不想打天下，何必要舍了面子收买人心呢？

兰兰也拧眉不语。三三将那事说得很严重。姑嫂俩的心很沉重。要是没警察掺和，倒也没啥。村里人打架，打下鼻血，打落牙齿的，多得海呀。谁又管啥伤害不伤害呢？可大盖帽一掺和，事情就麻烦了，听说凉州的大盖帽很厉害。一想大盖帽正在追捕大牛，兰兰的心就砰苶苶似的噔噔。

夜已经很黑了，三个女人各怀心事，都没入睡。油灯儿恍惚着，摇曳出许多诡秘和莫测。屋外的风嗷嗷叫着。一入夜，多是这样。听说，安西是世界风库，一年一场风，从春刮到冬。因为少有树木的阻挡，那风库里的风直溜溜就能吹到这儿，弄出许多鬼鬼的声音。那声音里，有各种怪模怪样的鬼脸，它们散披着头发，嗫着口唇，随意吹奏出一曲曲叫人毛骨悚然的调子。莹儿分明看到了它们风中翻飞的长发。那长发，时如马尾披风，时如疯蛇乱舞。

三三叹道，那大牛，好好儿的，撒啥野？他还供妹妹上大学呢。他一出事，喀噔噔的，天就塌了。

247

兰兰和莹儿也只是叹气。

忽听有人敲门,那声音很小心,在风中显得隐隐约约。三人互相望了一眼。谁？三三问。

那人不语,只是敲。

三三说,不说名字,那你就走吧。再敲,我可要叫人了,深更半夜的。

门外传来一声：三三。

三三叫一声,扑下地去。一眨眼,她已抽开插销。

大牛进来了。

莹儿的头一下大了。警察正逮他呢,他竟敢送上门来？

大牛一身的灰。他先是找个碗,舀碗水,灌了一气,才抿抿嘴,对莹儿说,这儿,我待不得了。你跟我上新疆吧！

莹儿不知如何回答。

大牛又说,新疆大得很。我又没杀人,他们不会死追的。这儿待不得了。你知道,那老死娃子嗔恨心重得很,就算警察不逮我,他手下,我也活不出人了。⋯⋯你跟我走,我会一辈子待你好。真的。

三三望着莹儿,一脸的羡慕。她似乎很生气莹儿的不识抬举。

莹儿苦笑一下,望望兰兰。兰兰明白那一望的意思,就对大牛说,你不知道,人家有心上人哩。人家的心早给人了。大牛脸灰了,说,既然你有了人,咋那样对我好？

莹儿摇摇头。她很想说,我咋对你好了？我啥话也没对你说,啥事也没对你做,那"好",从哪里说起？但又想,这样一说,会叫他很没面子的。兰兰却替她说了,她没对你咋呀？

人家天生就那样，谁见了也喜欢她。你呀，想哪里去了？

大牛木了脸，呆一阵，又说，你喜欢谁我不管，反正我喜欢你。我就是死，也要将你搞到手。

那个"搞"字，听来很是扎耳。莹儿沉了脸。她想说，你把我当成啥了？兰兰也说，你说的这是啥话？强扭的瓜不甜。你瞧，三三待你多好。

三三一听，灿烂了脸，望大牛。

大牛却拧了眉头，一语不发。半晌，他说，叫我想一想。要是我想不通，还会来找你的。

静一阵，大牛却抽泣起来。他用手一抹，抹下一把泪来。谁也想不到，这牛一样的汉子，竟会女娃般抽泣。看得出，那事儿对他的打击很大。抹了一阵泪，大牛苦了脸说，我完了，我的一切都完了。要是叫人家逮去，非打死我不可。你不知道，那些黑心贼，往死里整人呢。头儿的儿子就当警察。再说，就算能过了警察那一关，也会叫犯人打死的。你不知道，最坏的是那些犯人，他们整人的法儿多，有六十四道菜呢。每道菜，都是要命的。你看那坏腰子……对，就是缝麻袋的那个，他的两个肾，就是叫犯人用肘子砸坏的。

大牛牙缝里抽一阵气，木一阵，又说，就算我能活着出来。人家也不要我了。……你叫我咋有脸面回家？爹妈把我当摇钱树呢，妹子也靠我供呢。……真不敢往深里想，一想，就觉得没意思活了。

兰兰说，一个大男人，咋说这号话？又不是个掉脑袋的事，这儿干不成了，到别处去。

249

大牛说，你站着说话腰不疼。这年头……不过，我认命了。算命的说，我今年有个铁门槛。我躲呀躲呀，也没躲过去。……我也不是怕挨打，我是怕丢人。你知道，我们那儿，只要你进过局子，身子就染黑了。你咋洗，也是洗不白的。

莹儿说，你该去向头儿认个错。说不定，他会原谅你的。

大牛说，不会的，我知道头儿的性子。你好我好时，他也好。要是稍稍抹了他的性子，他会恨你一辈子的。这回，他的脸丢大了，能饶了我？再说，他的事，我知道得太多了，他早想撵我了。

说完，大牛阴了脸，对三三说，我给你说的那事，可别乱说。要是叫人知道了，你也该掉脑袋了。他长叹一口气。

三三说，你索性将那事儿抖搂出来，反倒安全些。

大牛说，那事儿，一扯，会扯出一大串来。我也正想咋办呢。又对莹儿说，你也好好想想，新疆真是个好地方。

莹儿想，再不能给他添幻想了，就说，我是死也不会跟你的。这事上，我是铁了心的。你别逼我。

大牛叹道，真羡慕那些山大王。我要是能当了山大王，就抢你做压寨夫人。

说着，他取下莹儿们挂在墙上的皮水囊——兰兰用细麻绳扎了那个口子——灌满水，拿了几个馍馍。出门前，他狠狠地望一眼莹儿，惨然一笑。

这一夜，三个女人都没睡好。尤其是莹儿，她整整一夜没有睡着。她很后悔没给大牛说清楚，虽然她表示得很明白，但她知道，人在爱情里，是会欺骗自己的。她也知道大牛这次毁了，以后怎么办，真说不清，这要是给大盖帽抓去，真不知道能不能活着回来……她越想越害怕，非常后悔当时没给大牛下狠话，叫他不要去求情。但事情已经这样了，不管咋后悔，也改变不了大牛的命运。她想了许久，决定明天一早就去找头儿，给大牛求个情。她想，人心都是肉长的，三句好话暖人心哩。她想，只要能帮大牛，她就多说几句好话。

52

头儿缺了门牙，老气了许多。但莹儿明白，门牙不是啥大事，今个缺了，明个补个金牙，会更牛气的。重要的是面子。头儿最在乎面子，叫民工揍一顿，很丢人的。他的对手也会拿这事做文章。头儿的级别不高，可是个肥缺。那大自然的盐，出多少又没个定数，跟橡皮筋一样能伸能缩。伸缩之间，财就滚滚而来了。

民工们都这么说。

莹儿望着头儿。她第一次这样望他。她发现她无论望啥人，都觉得对方有种陌生的怪模怪样，只有灵官例外。……头儿也一样的怪模怪样，而且是那种叫她不能接受的怪模怪样。她怀疑这是一种毛病，但没治。

莹儿垂下眼睑，对头儿说，我给大牛求个情。

头儿干脆地说，成哩。

莹儿原以为他会说些理由拒绝的,就吃惊地望他。

头儿用亮亮的眼睛望着她。解铃还得系铃人。人家给你说情,你也给人家说情。这叫一报还一报。

谢谢。莹儿说。

头儿说,不过,那事儿,你可要成。

啥事儿?

再是啥事儿?

头儿用亮亮的眼望她,说,也许,我心急了些。你瞧,这样成不?你要是不了解我,我们先不结婚。先试一段日子,成了,再结。或者,不结也成。

莹儿一听那试,一阵反胃。她当然明白那"试"的含义。她觉得一只手扼住了咽喉,她有些喘不过气来了。她吃力地说,不成。那事儿不成。

头儿离开办公桌,向她移来。莹儿怕他动粗,就后退到门口。她一脚在里,一脚在外,她想,他要是动粗,她就手扳门框大叫。

头儿看出了她的心思,笑了笑,说,那我只好叫法律办了。你想,有那么多民工,你也打,我也打,我有多少牙叫人家打?

莹儿觉得头里有面钵在敲。她吃力地说,我也是尽心而已。只是……你也别逼人家太凶,给人家一条活路。

头儿大笑。莹儿觉得有种很强的波向脑中卷来。她甚至怕自己会晕倒,就赶紧退出门来。她看到有好些民工在望她。他们也定然知道莹儿来干啥,她觉得有些对不住他们。她想,我真没用。

她往自己的住处走。那段路虽不长，但莹儿觉得走了很久。脑中的钵仍在起劲地敲。她想，我也是尽心而已。

她有些恶心男人了。他们咋都这样。

次日清晨，忽听有人喊，快来呀，出人命了。

莹儿跟兰兰出了门，见一大堆人正围个池子嚷嚷。三三失态地扑了去。很快，她发出一阵吓人的哭声。宝子也呜呜地哭。

大牛的尸体漂在卤水中，看不出有伤。深绿的卤水衬着他空洞洞的眼睛。莹儿觉得头里嗡嗡地响，很像在梦魇里。眼前的一切都很虚。民工们都睁了木然的眼。偶有唏嘘声发生，跟穿窍而过的微风一样悠长和空洞。

这池子离莹儿的住处不远。莹儿发现盐池边上有挣扎的痕迹，看不出厮打的意味，但分明有挣扎过的迹象。她想，是不是他不小心掉进盐池呢？但她也知道，即使是真的掉进盐池，也不会淹死人的。莹儿觉得有只无形的大手在揉捏她的心。

警察来了，民工们木然地散开。警察叫民工们捞出大牛。一个法医开始验尸。他叫民工们脱了大牛的衣服。莹儿们就远远地避了。

三三也不哭了。兰兰惨白了脸，扯了三三的胳膊。莹儿觉得胸口很噎。她觉得大牛死得怪。她想，谁都会觉得他死得怪，但谁都不说。她想，大牛憨大心实，他难道会为打落个牙齿赔上自己的命吗？不知道。

三三打着一个个寒噤。她一声接一声地打。那神情，仿佛很冷，但又像吃得过急过饱时的那种呃嗝。莹儿发现，三三是真心待大牛的。三三长得虽不俊，却健壮出一种跳突突的味道。

253

莹儿想，大牛，你真是没有福气。但想到他对自己也是真心的，心里有缕疼抽了一下。记得以前，一想到大牛对她的黏，她就受不了，觉得那黏有些亵渎了自己。此刻想来，却很叫她感动了。毕竟，人家是真心的。心里的疼化成了暖意，暖意荡一阵，就觉得一股强烈的感觉涌向鼻腔。一串眼泪滚下鼻洼。

一切都恍惚着，都叫浓浓的幻觉虚化了。梦魇的觉受越来越明显，噎也越来越明显。莹儿搂了三三，默默地流着泪。三三却木着，她的眼睛深枯枯的。因为风吹日晒，三三的皮肤很干燥，脸上也布满了雀斑。三三舍不得买菜吃，却花了好些钱买治雀斑的油。莹儿明白，多好的油也起不了大作用，因为那雀斑是黑色素沉积造成的。只要三三仍在烈日下干活，她就别想有好的皮肤。

远处的法医好像在解剖尸体。一片白影在人影间透出。莹儿不敢多望那儿，但仍是想起了大牛腿上灰白的老茧和娃娃嘴一样大张的血口。

宝子过来了。他抹着泪，蹲在三三身旁。

他抽噎着说，大牛身上倒无伤痕，只是他的裤子烂得怪，叫撕得一塌糊涂。那模样，很像是水里有个怪物，扯了衣服往水里捞人。宝子抹把泪说，大牛肺里胃里积满了卤水，像是淹死的。可怪的是，你就是想自杀，人家卤水也不会成全你。宝子说，大牛落水后，定然有种外力往水里按他。一定是的。他说，头儿也在抹泪。头儿说他已给派出所打了招呼，叫他们别追究了。他说，不就是个牙吗？……谁料想，他竟死了。

宝子说，要是大牛真自杀的话，当然也行，比如跳盐池前，他可以抱一块盐盖巴，就浮不上来了。人一死，手一松，卤水才会将人托上水面。宝子说，当初诗人屈原跳江时，就抱了块石头。

莹儿懒得说话。

宝子又说，大牛一死，别的没啥，他的妹子就没法上学了。宝子说，全凭大牛牛一样苦，他妹子才上了大学。

53

要烧大牛了。

民工们都围了来送他。大牛爹妈也来了。他们牛叫般嚎着。两人都很干瘪，像被风干的茄子一样。很难想象，这两个干瘪的老人竟能生下牤牛般的儿子。老头长嚎着，胡须上淋漓着泪。老婆子扯长了声音，边嚎边用脑袋撞盐盖巴。场里派人请他们时，只说是大牛病了。他们没想到，那牛一样壮的儿子已成了红绒单盖着的死人。怕他们伤心，民工们不叫他们接近大牛。这当然是对的，要是那干瘪的老婆子看到儿子被解剖得一塌糊涂，肯定会心疼死的。但解剖的结果很明了：胃里的残留物中没毒，身上也没明显的伤。虽有几处划痕，但并不致命。可以肯定是淹死的，而且，法医倾向于自杀。但听说，派出所尚有不同意见。

至于自杀的原因，说法颇多，一是说大牛怕叫警察逮了，会挨打；二是说大牛料定他吃不上盐池这碗饭了，心灰意冷，绝望自杀；三是说大牛得不到莹儿的爱，觉得活着没意思了。因为有了第三种说法，派出所便找莹儿谈话，莹儿将那夜大牛说的话告诉了派出所。派出所又找三三谈了话。

民工们弄了好多干柴和牛粪，将裹着红绒单的大牛抬到柴上。一位司机从汽车油箱里抽了半桶汽油。大牛妈像护鸡娃的老母鸡那样一扑一张。她想最后见儿子一面，但民工们坚决不叫她靠近尸体。老头子却很现实，他只是缠定了头儿，时不时就抱头儿的腿。这是农民对付官员最有用的一招。头儿说，你儿子是自杀的，凭啥叫我们赔命价？老汉却不管不顾，只管抱腿。后来，头儿叫出纳给了他一万块钱，但不叫命价，只说是对老汉一家的帮助。又听说，老汉拿了钱后，却认定头儿心虚，不然，他咋会给自己那么多钱？

本来，老汉是不想烧儿子尸体的。他还想多闹些钱。他怕尸体一没了，再闹时，就没现在这么理直气壮了。但因尸体开始发臭。民工们都求老汉，说已熏得他们吃不下饭。老汉就心软了。

汽油浇到裹大牛的红绒单上。刺鼻味弥漫开来。大牛妈打滚撒泼，厉厉地嚎。三三们也陪了她抽泣。莹儿心里的噎感更重。一切都化为稠稠的梦，虚幻成影子了。一人举个火把，在风里呼呼。它慢慢凑向红绒单下的柴们。柴们早迫不及待了，不等火把吻上自己，就急不可耐地腾起一团亮亮的光焰。火焰蔓延得很快，像天旋风一样疯狂而放肆，瞬间就吞没了绒单。

火们欢快地呼呼着。它们是一群狂欢的乌鸦。它们一口口叼走了绒单，叼没了衣襟，将白皮肤舔成了黑色。它们似乎更喜欢大牛腿上的硬皮和血口。它们舔呀舔呀，硬皮想顽强地守候自己本来的颜色，火却在顽强地舔，渐渐地，灰皮泛白了，变得斑驳陆离。

火溢满天了。到处是呼呼声。大牛妈大张了口呼天抢地。大牛爹也大张了口，他似乎在哭，又似乎在惊讶儿子的耐烧。……是的，大牛很耐烧。一般人多脂肪，大牛身上却多腱子肉。前者助燃。后者却得凭借柴的力量，才能完成最后的升华。肉皮上的灰斑渐渐洇渗开来，冒出了一股水液，但火很快就气化了它们。

大火弥天。烟渐渐少了。汽油完成了它的使命。剩下的事，该由柴和牛粪做了。大牛显得很不好意思，他在火中扭捏几下，引起民工的惊呼。一人叫，别怕，那是筋揪了。这一叫，大牛立马安详了。好像变魔术的叫人揭了底一样，他显出一种赧然的安静。似乎是为了弥补他的过失，他的身上开始流出新的燃料，液体呈泡沫状，一滴一滴，从一晕晕散开的灰色中渗出，先是水汽般的晕纹，渐渐凝成一滴。那"滴"越来越大，终于流下发黑的躯体，在火中溅出一团光华。

因为大牛的配合和支援，火变得非常纯正和干净。火光不再飞扬跋扈，竟有炉火纯青的迹象了。肉变成了硬皮，贴在骨殖上，意味着火已消灭了大牛体内的水。除了脂肪仍做出液体的姿态外，骨肉都凝在火中。民工都半张了口，眼里发出瓷器的光泽。

大牛妈的哭从火中渗出。她的哭不像哭丧，只能算厉厉地嚎，是受到剧痛后抑制不住的那种嚎。大牛爹也发出很大的哭声，但他似乎能自由地出入悲痛。他老泪纵横地哭一阵后，总要偷看头儿一眼。头儿脸灰着，似乎是忧伤，也似乎是烦躁。

干柴没了，只剩下火籽儿，牛粪仍在喷出它特有的火光。大牛的身子收缩了。按火化的规矩，应该有个人拿个铁扦，一下下捅那黑团，以便烧得彻底些。但谁也不去捅它，大牛只好黑成一团了。

干柴牛粪堆跟专业化尸炉不一样，火熄时，大牛还没完全变成骨头。据说，大牛妈想背回娃子，大牛爹却不同意。他想将大牛埋入沙窝，省得在家乡扎眼。要是大牛完全变成干净骨头，他妈当然能拗了老汉性子，背儿子回家。但柴火帮了老头的忙。那火力，并没完全燎光肉。它仅仅是将肉变成了釉状物。这样，大牛妈只好由了民工们，将大牛埋在盐池北面的沙洼里。

埋了大牛的次日，莹儿们按当地习俗，做了些汤饭，去送给大牛。她们发现，埋大牛的沙丘已不见了。大牛早暴尸在外了，他贴在骨上的肉早叫啥动物啃光了。骨头虽叫烟熏黑了，但那一道道的牙印却啃出一线线干净的白。

莹儿们边哭，边将散了一地的骨头收拢了，埋进黄沙。

54

兰兰和莹儿又压了几天沙，身子散架了似的。因为不愿投机取巧，她们三天压的米数还不如人家一天压的。兰兰说，照这样子，除去吃喝，挣不了多少钱。看来，这儿也不是久待的地方，索性结了工资，回家吧。

因为大牛的事，莹儿很难受。她发现好些人都指戳她。她感到一种巨大的压力，加上活也很苦，就一天也不想待了。好容易熬到结账那天，她们领了工资，准备回家。

姑嫂俩将吃剩的面都蒸成馒头，掰成核桃大的疙瘩，用油炒干，再拔些沙葱腌了。沙葱有些老了，但老了的沙葱也是沙葱，等嘴里淡出鸟时，就着沙葱嚼油馒头，会独有一番滋味的。

兰兰把毛毯和灶具交给吴姐，叫她转给头儿。吴姐过意不去，给她们装了三纤维袋盐。因盐池有个规矩，附近的蒙古牧民吃盐或是用盐喂骆驼，从不掏钱的，兰兰就接受了盐。两人找到牧人，给了些辛苦费，要回了骆驼。养了几十天膘，驼峰又立了起来。但莹儿总觉得驼有些怪怪的，说不清为啥，只是有这感觉。

因大牛拿走了皮囊，兰兰就去场部的小卖部里买了个塑料拉子，用以装水。驼驮了盐，就不能再骑人了。莹儿说，不骑就不骑，腿生来，就是走路的。兰兰说，只要豺狗子不再来搅骚，她们就不会迷路，直溜溜就出去了。

一说豺狗子，莹儿的腿就软了。她就有这毛病，一叫啥吓一次，再次提及时，腿就不由得会发软。但她没把自己的怕表现出来。她知道兰兰也怕，但这时只能鼓气，不能泄气。要是你也说怕，我也说怕，那虚拟的怕，就把人吓死了。

兰兰检查了一下，火药还剩了一半，铁砂也有些。她也怕豺狗子，可没治，她们要么横穿沙漠，要么得转老大一个圈子。

横穿沙漠时，只要不迷路，三四天就到家了。转圈子就说不清了，最少得走二十多天。兰兰说，还是走老先人走过的截路吧。莹儿想，就是，不管咋说，沙漠里没遇上过坏人。

买塑料拉子时，兰兰还买了煤油、电池等，煤油是马灯用的。上回遇豺狗子后，马灯罩子碎了，幸好小卖部里有卖玻璃罩子的。又买了些自行车珠子，万一遇到野兽，能当子弹用，还买了些鞭炮。恐吓野兽时，鞭炮比枪管用。

锅碗等灶具本是借别人的，还了后，也懒得再置办。兰兰说，要是再置办锅灶，花钱不说，也给骆驼增加了负担。莹儿说成哩，不就几天吗？只要有水有馍馍，就能凑合。

准备停当，两人就出发了。莹儿的心里空落落的。记得，她们在沙窝里寻找盐池时，真抱了天大的希望，比念佛的老婆婆盼望极乐世界还要急切。哪知，好些东西是近不得的。原以为是条路，是个能改变命运的契机，可想不到这儿也不比家里好过。她明白，除非她改变自己。不然，就连压沙那种苦活，她也是干不长的。现在，三条腿的驴难找，两条腿的打工的比蚂蚁多。你要是得罪了头儿，就到一旁晾着去吧。

可头儿期盼的那种"改变"，莹儿是死也不愿意的。都说女人变坏就有钱，可一旦真的变坏了，还算人吗？莹儿想，人之所以为人，定然有一道底线。一过了那底线，就算不得人了。不管别人咋样，她是死也不愿变成头儿希望的那样。没办法。

还是走吧。

两人出了盐池，踏入那片盐碱地。驼掌踩在暄起的盐碱地里，发出噗噗声，一股股干燥的白尘溅起。干燥和渴意扑面而来，想来那经历过的干渴已印入灵魂了。莹儿觉得很疲惫。来时，尚有向往；去时，则只有历尽沧桑的疲惫了。莹儿想，该离开了。也许，她跟盐池，就只有这点浅尝辄止的缘分。缘分一尽，就了无牵挂了。她发现，人是最孤单的。许多时候，你得独自面对一些东西，别人是帮不上忙的。无论痛苦，还是孤独，你都得自个儿承受。随着脚步的前移，盐池终于化为泛白的亮点。望着一波波荡向远方的沙浪，莹儿觉得又被抛向了未知。这时，她才有些留恋盐池了。虽然那儿的人类形态各异，但总是同类。

不经意间，她想到了大牛，心里先是涌过一缕暖暖的感觉，随后痛感就袭来了。不管咋说，大牛的"铁门槛"因她而起，要是他不为自己说情，就不会跟头儿闹。要是不闹，此刻，他还是模范呢。但好些事情，难说得很。许多时候，性格就是命运，只要大牛不改变自己的犏牛性子，迟早会发牛脾气的。

想到大牛，莹儿就觉得她对盐池的了无牵挂不大对劲，有种妈说的"无义种"味道。小时候，妈老这样说她。因为她总是沉浸在自己的世界里，她喜欢独处，喜欢想自己的事。有时，妈眼里天大的事，她看得却很淡，妈便骂她"无义种"。一想妈，莹儿又想到那雨夜的事了。心觉得被啥扎了一下。她晃晃头想，不想了，啥都不想了。

这世上没白费的功，真的。抬沙虽苦，却也锻炼了脚力。记得，刚抬沙时，小腿肚刀割般疼，五六天后，疼就钝了。这会儿进了沙窝，腿脚就轻捷了许多。骆驼反倒很吃力，要是行长路的话，驮驮得就嫌重了。但三五天的路程，多驮个百十斤，也能支持得了。为节省骆驼体力,兰兰选了缓坡,但驼还是口喷白沫,喘息不已。

天倒是不热,一来到深秋了,二来有浓云遮了太阳。记得,离开盐池时,云没现在这么厚。那时要是有这号黑云,她们就会等几天再走。因为这号黑云里,可能藏着麻钱大的雨。要是雨不知趣地泼下,会很麻烦的。但沙漠的天像娃娃脸,说不定过一会儿,那黑云疙瘩就叫漠风吹到山那头去了。谁也懒得将它们往心里放。

步子虽不沉重,两人心里却不轻松。向往中亮晃晃的大路又黑沉沉了。兰兰说,回去后,要是实在过不下去,她就仍到盐池里来。莹儿说,来了又能咋样?拼上老命,挣点儿血汗钱,却得干些昧心事。莹儿问兰兰,你想昧心吗?兰兰不语。

莹儿又说,就算你能常在盐池干,又能咋样?这一问,兰兰就哑了。她发现,要是一直追问下去,就发现盐池里干也没啥意思,充其量,是用一日日青春的逝去,换些养命食而已。再往前追问,就没意义了。无论她咋追问,等追问到肉体消失时,一切就失去了意义。兰兰说,这样一想,还是修行划算。莹儿笑道,要是你用"划算"来衡量的话,那修行,能有个啥意思?

兰兰笑了,说,我想,回去后,还是修行吧。

莹儿发现,相较于现实中的许多东西,兰兰说的修行,倒还有点意思。不管咋说,那所谓的功德,并不因肉体的消失而失去。莹儿想,那最早的修行者,是不是因为发现了现实的无奈,才设计了修行这号在无聊中寻有聊的事呢?

但莹儿还是说,有些路,不管有没有意思,你都得走呀。

55

　　姑嫂俩再没有说话，彼此想着自己的心事。

　　兰兰觉得自己很幸运，不管咋说，她可以去金刚亥母洞修行，爹妈不会不管她的吃喝。实在不行，就帮家里干活，家里总不会少她一口饭的。莹儿呢？她在盐池可以拒绝头儿，拒绝大牛，但她能拒绝她妈吗？要是家里一次次往陈家捞人，一次次来闹，妈会咋样，真说不清。兰兰叹口气，觉得自己拖累了莹儿，却又无可奈何。引弟的事，还在她心里晃着，还有那揍牲口一样的牛鞭、老拳、飞脚……当然，还有婆婆。

　　一想到婆婆是莹儿的妈，兰兰就觉得有些不可思议。她想，莹儿要是老了，会不会也变成她妈那样呢？这一想，却觉得亵渎了莹儿，狠狠地晃了晃头。她不相信这么善良的莹儿会变坏。她觉得人和人还是不一样的。为啥？因为选择。兰兰很难想象，铁了心拒绝头儿的莹儿，有一天会变成莹儿妈那样实惠的女人。

　　兰兰发现，没有生存压力时，自己的心思就活了，刚起个头儿，很多早已压息的回忆就醒了。在所有回忆中，最令她心碎的，还是女儿引弟的死。现在想来，它是多么遥远啊，几乎不像是真实发生过的。但它确实发生了。最乖的、最疼妈的、最懂事的引弟，已经不在了。一想起叫白福冻死在沙漠里的女儿引弟，兰兰的心就哆嗦。

56

除了死去的引弟,兰兰也会想起跟花球重逢的那天。

那天,兰兰又挨打了。

白福抡着牛鞭,跟捶驴一样,捶了她一顿。红的紫的血道儿,织了一身。待他出去耍赌时,兰兰挣扎着回了娘家。

一进娘家门,兰兰发现,院里尽是鸡粪,就捞过扫帚扫起来。一使扫帚,胳膊和腿又钻心地疼了。不用看,她也知道,那部位,定然是瘀青了。老这样。自打女儿引弟死后,她就像吃了枪药,招来的打也格外多了。闹离婚,除了多挨几次打外,也没个实质的进展。

她知道,离婚是天大的事。要么,双方同意;要么,叫法庭断。前者显然无望,那么只能上法庭了。可一想到法庭啥的,兰兰总是心虚,总觉得那是个可怕的地方。拖了些日子,才死下心来趁白福又打了她,回娘家了。她想,这次,死也不走了……法庭怕啥,大不了揪了头去。

扫完院子,又去挑水。这是她当姑娘时必做的家务。每次站娘家,她总要干她以前应干的那份活。除了替换母亲外,还因为干活时,她心中总生起一种久违的情感,一种融合着天真、纯洁、幻想、激情的少女才有的情感。她想,还是当姑娘好。

兰兰挑了水桶,踏上那条充满沙土的村间小道。她发现村子变了，显了旧，显了丑，显了以前不曾留意的怪模怪样。路上虽有许多沙土，但不沾身。这是兰兰最满意的。不像婆家那儿，人不亲土亲，动不动就沾满身子，打也打不下去。

空气水一样清洌，清清的，凉凉的，吸一口，就把脏腑洗透亮了。许多天来，兰兰第一次感到了清爽。除了空气的缘故，还因为这是她的家乡。村落、房屋、小道、树木，甚至鸟鸣都浸入过她的生命，在心上留下了抹不掉的印记。

涝池在村北的干渠旁，放一次水，足够全村人畜吃一个月的。出嫁后，兰兰已经不习惯吃涝池水了。这水，入口绵绵的，有种土腥气。而且，显得很脏。冬天还好些。夏天，这里是青蛙的世界。一入夜，涝坝里的青蛙大合唱，能吵得人睡不着觉。

兰兰没想到，花球会在涝池边等她。她觉得舌头一下脱水了。花球一手扶桶，一手拿瓢，用她熟悉的目光望她。"哟，一嫁人，心也嫁了。是不是？女人的心，天上的云呀。"他说。

兰兰放下桶子望花球。她的眼里有种吸力，仿佛要把对方吸入灵魂深处。分离的几年，如过了几辈子，她要在相视中讨那宿债呢。时间停止了。太阳、黄沙、村落……都悄悄退出世界，只有心在撞击。从前，他们青梅竹马，耳鬓厮磨。没有分离，自然没有铭心刻骨的相思。现在，经过苦难的煎熬，像沙漠旅人见了清泉，她被幸福的眩晕激荡着。

太阳渐渐高了。涝坝水褪去了青碧，还原为一潭浑浑的死水。一切丑陋都裸露了：上浮的麦草，下陷的蹄印，游来游去的蝌蚪。这一切，兰兰都视而不见了。她被幸福激荡着，仿佛一下子跃过了所有的不幸，又回到从前了。少女时代的感觉觉醒了，心在狂跳，脸在发烧，还有那神秘的眩晕。

不远处，北柱媳妇凤香正向涝池走来。

"黑里，老地方。"花球悄声说。兰兰胡乱嗯一声，取了瓢舀水。

花球舀满水，取过扁担，将挂钩挂在桶梁上，挑起桶子走了。

57

月亮升起来了。

兰兰抚抚心跳，走向大沙河。一切都模糊了，低矮的房屋，剥脱的墙皮，满地的溏土，都融入月夜了。兰兰喜欢月亮，当姑娘时，老在门口沙枣树下望月。那时的月亮比现在亮，比现在圆，老在那广柔的天上，跟云赛跑。月亮跑得很快，钻入一团云，再钻入一朵云，跟织布的梭子似的。兰兰想，还是当月亮好，多自由，由了性子在天上呢。长大后，才知道，那月亮也被拴着，一个无形的绳子拴了它，像妈围了锅台，也像驴绕着磨道，一圈，又一圈，不知转多少年了——但仍是羡慕月亮。到后来，嫁人，生活，一心忙碌，就忘了月亮了。

兰兰的印象中，月亮总和花球连在一起。他们带个大衣，铺在沙丘上，并排躺了，望月。那月光会伴了情话，渗进心里。若是在春天，就有了沙枣花香。那沁人心脾的香味，和月光，和情话，给了兰兰许多回忆。后来她想，自己的幸福，想来就是在那时挥霍了的。幸福也和钱一样,惜着用,就能用久些。

记得那时,兰兰爱唱一首歌。许久不唱,词已忘了大半,但主要的几句还是记住了:"你带我躲过村口的黄狗,你带我走脱十八年忧愁,你带我去赶长长的夜路,你带我去看东边的日头……"这歌,仿佛是照兰兰经过的事写的。那时,等爹妈一熟睡,她就悄悄拨开庄门,去大沙河,老听到孟八爷家的老山狗闷雷似的叫。那狗精灵,大小有个动静,就扬了脖子,朝天吠。兰兰就不怕鬼了。别人眼里阴森森的林间小道,也溢了温清。这温清,一直溢到了妈叫她换亲的前夜。

想到换亲,兰兰叹口气。那事儿,一想就闷,还是想大沙河吧。

那时的大沙河还有水,有草,有清亮的石子。那石子,一个个捞出,放太阳下,有许多图案。兰兰搜集了好些石子,闲下来,就看那石子,成享受了。除了石子,那水也好,清冽,没一点尘滓。听说,这是祁连山的雪水,穿过漫长的时空,流了来,扭出个足够一村人生息的弯儿,就蜿蜒北去,不知所终了。沿了那河岸,就见沙浪蠕蠕,渐荡渐高,终于成沙海了。

河沿上,有许多崖头。这崖头,说不清年月了。据说曾经是地,祁连山的雪水冲呀冲,带走了土,冲去了沙,就塌成洼了。偶或,暴雨几日,山洪一发,咆哮的水头舔呀舔的,洼就豁陷下去。那岸,就成了崖头。

崖头长。河有多长,崖头就有多长。崖头高,豁陷多深,崖头就有多高。后来,河无水了,只剩个名儿了。一些动物就趁机溜来,掘个洞,垫个窝,繁衍子孙,把自己的生存历史尽量延长一些。

早些年，大沙河里还有水，还有草，还有柳墩呀，芦苇呀，水草呀，芨芨呀，就成条绿龙了。那绿龙，扭绞着，进沙窝，渐渐就变成叫"麻岗"的绿色世界了。那时，芦苇很高，柳墩也很密。冰草啥的，里面都能藏人。兰兰和伙伴们玩一阵，尿憋了，一蹲就能方便了。上学时，兰兰一学那"天苍苍，野茫茫，风吹草低见牛羊"时，她就偷偷地笑。她想，风吹草低见到的，其实是撒尿的她呀。……还有芨芨呀，马莲呀。马莲会开花，那花儿，蓝蓝的，很好看。兰兰能用马莲编各种动物，如蝴蝶呀，蚂蚱呀，活了似的。那高高的芦苇，密密的柳墩，长了小锯齿能划破手的冰草，还有桦条呀，黑老刺呀……把大沙河遮成个世界了。那野兔呀，跳跳呀，狐子呀，狼呀……都在里面，按自己的方式生活着。

兰兰最喜欢在大沙河里玩水。她最喜欢那个天泉。那泉，在密林深处。妈不叫她去，说那儿有狼，但兰兰还是在焦光晌午去那儿。焦光晌午是鬼活动的时辰，狼啊，狐啊，都睡觉呢。兰兰不怕狼，只怕夜里的鬼。那焦光晌午的鬼只是妈的嘴里出来的，她不觉得有啥好怕的。少女时代，那天泉的魅力，总是很大的。听说，那泉儿，跟天上的泉相通，喝了聪明，漂亮，皮肤白，谁都说。也不知兰兰的白皮肤是不是喝那水的缘故，反正那时，她老喝那水。……后来，冰草搓绳了，柳墩盖房了，芦苇成灰了，狐子进沙窝了，狼跑麻岗了，就剩下这干涸的河床和崖头了。

但那美丽的天泉老在兰兰的梦里荡。……细绒绒的沙，随一晕晕的泉水荡出,又一晕晕散开,在泉边形成很美的纹路。那纹路,万花筒似的,忽而像风,忽而像云。看一阵,兰兰也成细纹了。而后,她才伏下身,把脸埋进泉水,用那清冽,洗尽身心的热恼。后来,兰兰才知道,这天泉,是狐仙固定的饮水处呢。每天早上,一个白狐子就会优哉游哉,踩了晨露,去那儿饮水。一天,白福和憨头在天泉那儿下了夹脑,狐仙被夹折了腿。它带了夹脑,来找白福,却叫一棒子打死了。再后来,生了女儿引弟,神婆就说她是来讨命债的狐子,白福就把她引进沙窝,冻成了冰棍……噩梦呀。

兰兰打个哆嗦。

唯一没大变的,是那沙枣林。这沙枣,不像别的树那样娇气,根扎深些,叶缩小些,节俭着水分,就活下来了。早年,兰兰就是靠沙枣解了童年里的饿。那时,她和花球们老来这里,打猪草,打沙枣,捡牛粪。妈给他们分了任务,完不成,鞋底就朝屁股上扇。打沙枣凭眼尖手快,一人上树,拿个条子,狠抽。别的娃儿一窝蜂扑去抢。对沙枣,多也成,少也成,妈很少过问。牛粪可含糊不得,牛粪是啥?是烧的,没它,水不滚,饭不热。为抢它,娃儿们老打架。后来,定了规矩,谁发现,归谁。于是,眼尖的花球喊:"黑犏牛夅尾巴了——是我给兰兰瞅的。"兰兰就扑了去,捧牛粪入筐。

记得,很小时,花球就爱黏兰兰,莫非,这就是缘?可既然有缘,咋终于没缘?

大沙河和别的河不同,这儿河床低,沙山高,加上摇曳的树影,清香的枣花,一想,心就温清了。按妈的说法,这河干净,昼里也罢，夜里也罢，想来，总火爆爆的，不像边湾河，就是在焦光晌午，也觉得阴气森森。妈说："大沙河好，没鬼，干净。"兰兰想，河里没鬼，可心里有鬼，就抿嘴笑了。

到地方了。她拍拍巴掌，这是暗号。

却没回答。那花球，又迟到了。兰兰倚了沙枣树，望天。月亮很大，星星稀了，但隐约可见天河。一攒一攒的星星，汇成大河，横贯天际，那走向，跟大沙河一样。河这头，是牛郎；河那头，是织女；也跟她和花球一样。可人家，一到七月七，就踩了鹊毛搭的桥，相会一次。千年了，真叫人羡慕。兰兰想，那王母，并不坏呀，没逼织女嫁人。那织女，也好，用不着换亲。

还是人家好，毕竟是神仙。兰兰叹口气。

记得，换亲前夜，她硬了心，没赴花球的约。还是不见面好，一见面，真怕叫泪泡软了心。爹妈苦，憨头也苦，为他们，就只有委屈花球了。那泪，却溢满胸腔，瞅个空儿，就往外溜。当然，见了爹妈，那笑就似模似样了。

真像做梦。

几年了，梦没有做醒，梦里出嫁，当媳妇，生孩子，和婆婆平打平骂，叫男人驴一样捶。那兰兰，早不是兰兰了，由清凌凌的少女，变成浑浊不堪的农妇。恍然似在梦中，却又没有了梦。没梦的生活实在出十足的丑陋来，现实撕破了一切。……记得，电影《魂断蓝桥》里说，战争撕碎了一切。这里，用不着战争，或者说，一生下，就堕入了战争：生活露出了尖牙利齿，三咬两咬，就咬去了与生俱来的女儿性，咬得她遍体鳞伤，体无完肤了。

只在偶现的恍惚里，还记起，她曾是少女，曾有过梦，梦里还有些玫瑰色的故事。但一切,都成泛黄的泗水的画了。花球也罢,沙枣林也罢,都月晕似的退出老远,显出陈年旧事的气息来。兰兰总会搜寻些理由,来说服自己认命。

直到她不想认命的今夜,许多感觉,才像冬眠的蛇一样活了。

她又拍几下巴掌:啪啪——啪——啪啪。

花球应该回答:啪——啪啪——啪。

没回应,却听到狗叫。兰兰才要躲,花球已从树后闪出了。"鬼东西。"兰兰欢欢地叫。她扑过来,叫花球搂了。兰兰喜欢他的搂,也喜欢他的吻,都有激情,都像男人,都带了花球特有的疯。心遂成小鹿,乱跳不止。这感觉,少有。婚后,一切都迟钝了。心上也麻了层垢甲。一切,都浓浓地浑,就把生来本有的梦浆了。没梦时,那日子就不是过,而是熬了,像熬中药一样,在苦水里滚,在药水里泡,被生活的炉火煎着,早不见本来面目了。她像被拴在磨道里,除了沿那既定的轨道转圈,除了听那单调碜牙的石头摩擦,没有别的色彩。待尺把厚的磨盘变薄时,青春就没了,青丝被鹤发取代,水红叫皱纹覆盖,细腻被风沙吹去,浪漫叫穷困吞噬。一个声音,就老在心里叫:"认命吧,你!"

兰兰心头一热,泪流满面。几年了,老想哭,老想倚在花球肩头,哭个死去活来。心头老汪着一晕噎噎的东西,吐给爹,爹会叹息;诉给妈,妈会流泪;说给不相干的,没那份心情,也会惹来许多是非。老见村里婆婆,到另一家门口,骂那妖精,教坏了自己媳妇。这节目,老演,心上就包了层皮,宁叫捂臭,也不见天日;但那汪着的情感,却是渐蓄渐浓,就有人老在父

271

母的坟前哭。兰兰没那福气，就想花球的肩头。花球说："哭吧。哭哭，心里舒畅。"

兰兰抹了泪。她想，难得一见，还是笑吧。可心里的噎仍汪着，就长长叹口气，说："那日子，过不下去了。"花球说："过不下去就离。""离了咋办？""嫁呗。"

兰兰叹口气。这话儿，实在，兰兰却觉得虚，老觉得眼前挡一团烟雾，胶一样黏，咋冲，也冲不出它的笼罩，就眯了眼，看看天，看看月，想想当姑娘时做过的梦。偎在花球怀里，想这些，是天大的享受了。闭了眼，静静品那风，品那月光，品那心跳，品那甜晕，迷醉了。

兰兰说："要是不长大多好，无忧无虑，活在梦想里。一长大，啥丑都露出来了，受骗了似的。"

花球说："都一样。我那些女同学，当姑娘时花枝招展，一写作文，不是青春，就是理想，一结婚，理想是啥？是猪粪。老见她们提个猪食桶，拿着糊板，唠唠唠地叫。学的那点儿文化，早叫猪粪味腌透了。算了，说这些没用。活人嘛，你想咋样？闭了眼，咬了牙，就是一辈子。想太多，老得快。"

兰兰叹口气，谁说不是呢？每次照镜子，她都会伤感：青春的红润消失了，代之以萎黄。眼角，也有了隐隐的纹路。不甘心啊！她还没好好活呢，青春就远去了。而丈夫——那个在她少女时代憧憬过许多次的角色，竟是……竟是……那样一个东西……一切，不甘心。真不甘心！

"反正，这次，我铁心了。头破血流也罢，我认。"兰兰咬咬牙。

"就是。人不过几十年个物件。一眨眼,就老了。不折腾几下,死了,都是个冤屈鬼。"

露水下来了。凉凉的湿润沁入衣服。两人相拥着,沉浸在恋人特有的迷幻之中。村子模糊在遥远的夜色中。一切都消融了。忧伤变成一条细丝,在诗意的夜气中游弋着,成了另一种享受。一切都充满诗意。那月,那风,那随风下潜的凉意,以及心跳,和手心的汗。

"永远这样多好。"兰兰喃喃说道,"不要风,不要雨,不要太阳……只要这大沙河,沙枣树……月亮……还有你。"花球笑了:"还得一袋山芋。饿了,烧山芋吃。"兰兰说:"没山芋也成。饿死了,就做鬼。做鬼多好呀,风一样。想来就来,想去就去,风一样。做人真没劲,心老是空荡荡的,没个实落处,没一点盼头。活人,只是消磨时间,有时一想,真可怕。这和等死有啥两样呢?"

夜很凉,是清凉,不是寒凉。风微微吹来。那是来自大漠的和煦的风,带着大漠特有的味儿,柔,轻……与其说是风,还不如说是夜气。是的,那是暗涌的气,在兰兰心头鼓荡着。她很想哭。

花球轻轻抚摸兰兰的脸。兰兰流出了泪。她不想出声。她怕哭声会搅了那份宁静和韵致。她轻轻抹去泪,倚在花球胸前。她听到花球强有力的心跳。一切如梦。

村子模糊在遥远的夜色中。一切都消融了。忧伤变成一条细丝,在诗意的夜气中游弋着,成了另一种享受。

"该回去了。"这个念头一冒出来,兰兰的心便一阵刺痛。

273

美好的时刻总是很短。多想让这一刻永远延续下去呀，可是爹妈在等。爹妈那满是皱纹的树皮似的脸总在眼前闪。闪几下，就把她的血闪凉了。

"回去吧。"她说。

"回去？喧一夜，成不？"花球的话一出口，兰兰就感到极强的诱惑了。一夜……一夜呀。她的心再一次狂跳。她差点就要答应花球了。

花球揽了她的腰，一下下吻。花球的吻很热烈，热烈得令兰兰窒息。那汹涌而来的生命巨浪，能冲垮一切防线。真不忍心结束这一切。

兰兰拨开那双在自己裤带上摸索的手，叹息道："这可不行，自上回流产后，血就没干过。"

"你骗我。"

"骗你干啥？药没少吃，可没顶用。"

花球松开了手。兰兰觉出了他的失望，就说："别这样，好容易见一次面，喧喧吧。"花球不语。兰兰说："开始，梦里还和你喧。后来，梦里也不见你，觉得有好多话想说。可一见面，就忘了。"

花球说："吃了大屁喧屁呀？……该回了。我来时，女人不叫来，这会儿，怕到处找呢。"

兰兰想问："若是我没病，你走不？"却忽然没了谈话的兴致。她有些后悔今夜的约会。她发现，花球变了。

男人都一样。她产生了极强的失落感。

后来，兰兰认为，自己的爱情，就是在那夜死的。

58

回到家,妈正偎在炕上发呆。望一眼兰兰,她叹口气,轻声说:"夜里凉。出去,得披件衣服。"兰兰嗯一声。借着灯光,兰兰见衣襟上沾了几粒沙。这会暴露她的行踪的,遂轻轻抖掉。她已编好了词儿。妈要问,就说到月儿家玩去了。可妈啥也没问,叹口气后,仍是发呆,仿佛她不知道兰兰出去过,或是明明知道她去干了啥。

妈不问,兰兰就不解释了。也好。编谎,总叫人良心不安的。兰兰上了炕。她忘了将沾在袜子上的沙子抖去。炕沿上留下了一些沙。兰兰望望妈,妈没望她,便借沏水之际下炕,用屁股蹭去了沙。

"妈,喝水不?"她问。

"不喝。"妈又不易察觉地叹口气。兰兰心里很轻松。哭了一场,把淤在心头的闷都泄了。心头是少有的清凉。她沏杯水,偷偷照照镜子,发现自己很正常。脸也不红,但洋溢着春光。这使她比平时美了许多。"我还年轻呢。"她悄悄嘀咕一句,冲镜子里的自己做个鬼脸。

爹爹睡着了,鼾声很香甜。均匀的长长的闷雷似的鼾声,同妈的愁脸形成了鲜明的对比。

兰兰上了炕,把水杯搁在炕上,倚了墙,想和妈说阵话,但又不知说些啥。最想喧的,是关于花球的话题,可这也是她最想避的。妈的脸已像黑树皮了,尽是皱纹。兰兰很难受,想到妈为自己操了那么多心。这次,要是离婚的话,妈又不知得着多少闲气,心绪随之黯了。

"想啥呢,妈？"她问。

"人不如个物件。"妈梦呓似的说。

这话,妈常说。村里一死人,妈就说。这时说出,叫兰兰摸不着头脑。妈想到了啥呢？是想到了死去的憨头,还是想到了别的？兰兰还以为妈牵挂自己呢,看来不是。兰兰心里轻松了,却有些委屈,想:"妈竟然没把我放在心上。"

"不说了。"妈叹口气。

妈侧身而卧。不脱衣服,妈老这样。她总是显得很疲劳。一天的劳作,仿佛耗尽了她所有的精力。她总是不脱衣服,滚在炕上。兰兰劝过妈,说皮肤也在呼吸,放出的许多废气排不出去,对身体不好。妈却老这样。奇怪的是,每夜,妈仿佛累垮了。但清晨,妈却总是第一个起床。不脱衣服睡觉似乎没影响妈的休息。妈仍那样精干利索,仍一直从早上干到黑夜,仍囫囵身子滚到炕上,仍成一堆软泥。

妈一动不动,但兰兰知道妈没睡。妈似乎知道她去约会了。兰兰有点不好意思。那时,全村人都知道兰兰和花球的事。但兰兰并没公开和妈谈过。爹妈也不问。一次,偶尔听到爹妈私下里喧。爹的态度很明确,他不希望女儿自由恋爱。从别人一提花球父亲就皱眉的细小动作上,她知道爹讨厌花球。提到白福,父亲反倒有许多好话,说他身体好,能劳动,就是好玩爱赌。

而这点，在村里人眼里几乎算不了啥，人家不偷，不抢，不嫖，不就玩几把牌吗？有啥？当然，白福是过分了些。改了，不就好了？至于打老婆，那更不是啥毛病。村里除了几个塌头叫女人支使得团团转，在男人堆里抬不起头外，哪个不打女人？老顺不是也用牛鞭在女人身上织过席子吗？所以他劝，年轻人嘛，火气盛，等上了年岁，就好了。也许会这样。但兰兰觉得，在牛鞭和拳头中度过一生，实在不甘心。她不想走母亲的老路。她想，母亲也许能体谅她。母亲也年轻过，也挨过揍，也闹过离婚。现在，她老了，身老了心也老了。母亲更多的是陪她叹气，或是在她忧伤时，陪她抹几把泪。

妈忽然说话了："你的事，自己掂量。爹妈陪不了你一辈子。"妈的声音像梦呓。兰兰嗯一声。这是妈态度最明确的一次，但仍显得含糊。兰兰理解妈的难处。妈既不能怂恿女儿离婚，又不愿眼睁睁瞅着女儿被人折磨。妈左右为难。这句话，你咋理解都成："你不用管爹妈了。你的主意你拿。"或是："该懂事些了，爹妈操不了你一辈子的心。"前者鼓励，后者规劝。但兰兰宁愿理解为前者。是的，爹妈陪不了自己一辈子。他们的话，可听可不听。主意自己拿，路自己走。

出嫁前，花球哭得死去活来。他说，只等她一句话，就把她领到天涯海角。但兰兰不能。憨头的媳妇，爹妈的脸面，村里人的言语，都是一座阻挡她私奔的大山。那时，白福还没露出他最恶劣的一面，只听说他好打牌。打牌并不是啥缺点。村里喜欢打牌的人多，闲了，总要摆几桌，取个乐。兰兰没想到，他后来会失去人性……噩梦呀。

现在，梦醒了。兰兰已不是过去的兰兰。在生活的打磨下，她早已失去了自己。她不再含蓄，敢和婆婆撕破脸皮对骂；不再羞涩，在白福拳脚交加时，会揪住他致命的所在；不再细腻，总是粗枝大叶，和村里女人一样，说些没有弦外之音的直来直去的话……生活像剪刀，把她的女儿性剪了个精光。只有在夜深人静时，她才记起自己也曾是少女，也有过梦想，有过爱情。她才感到深深的失落、愧疚和不甘心。

"我咋变成这样了？"她常常不甘心地感叹。

但她明白，一个人是很难摆脱那种命运梦魇的。她这样，妈这样，沙湾的女人都这样。黄沙、风俗、丈夫的粗暴、艰苦的劳作……都成了腐蚀女儿性的液体。不知不觉中，女孩最优秀的东西消失了。她们成了婆姨。婆姨不是女人。婆姨是机器：做饭机器，生育机器，干活机器……女人本有的东西没了，该有的情趣消失了，该得的享受被绞杀了。麻木，世故，迟钝，撒泼，蓬头垢面，鸡皮鹤发，终成一堆白骨。这，已成为她们共有的生命轨迹。

更可怕的是，谁都觉得这是"命"。命是旋转的磨盘，女人只是磨盘上的蚂蚁。都得认命。谁想打碎既定的程序，就得付出粉身碎骨的代价。

兰兰想："粉身碎骨也罢，我认了。"

想到离婚，她唯一不忍面对的，是嫂子莹儿。不管咋说，她俩是换的亲。大哥憨头虽害病死了，可莹儿并没外心。除了抹泪，除了叹气，莹儿并没打算改嫁，一副拉扯娃儿铁心守寡的模样。兰兰自然不忍心叫她守寡，但一想把莹儿这么好的人送到别人家，又实在舍不得。

"憨头哥，你咋这么没福气呢？"兰兰想。

在莹儿站娘家的这段日子，姑嫂俩掏心喧了几次，除了离婚的话题，她们无话不谈。几次，那字眼差点迸出口了，但又终于咽了。毕竟，白福是莹儿的哥。兰兰不想把一个叫莹儿为难的话题摆到她面前。但兰兰知道，最是贴心贴肺知肝知肠的，还是莹儿；最能体会出她女儿心的，是莹儿；最能理解她内心痛苦的，是莹儿；最能明白女儿引弟之死给她带来的心灵重创的，也是莹儿……同病相怜，她们的心自然贴近了。

"你啥也不用说，我能理解。"莹儿说。

兰兰当然能听出她话里的话。

凉州女人天性中的坚韧使兰兰从丧兄丧女的悲痛中活过来了。莹儿也一样。莹儿依旧像以前那样恬静。要不是瘦，要不是眼皮下隐现的细纹，要不是不经意中偶现的痴呆，倒真像没经过生离死别呢。兰兰当然希望她这样。同时，一丝不快也时时浮上心头：憨头死了，她竟然这么快就恢复过来了。莫非，她从来没将憨头放在心上？

但马上，她便释然了。女儿一死，她不是也天塌了吗？不是也寻死觅活吗？每每想起，心如刀割，但一次次想，一次次割，无数次后，心就木了，虽有痛楚，但剧烈的程度逐日减轻。时间，是最好的良药。岁月的风，一日日刮，扬起一粒粒沙尘，久了，多深的沟壑也填平了。

姑嫂俩在一起，掏阵心，抹阵泪，便唱花儿。兰兰和莹儿一样，也喜欢唱那些离别和相思的花儿。那花儿，像扣线，老

279

从心里往外捞扯——

狼在豁牙里喊三声，
虎打森林里闯了。
阿哥的名儿喊三声，
心打从腔子里放了。

嘉峪关口子里雷吼了，
黄河滩落了个雨了。
为你着把眼睛哭肿了，
把旁人瞅成个你了……

　　唱起这些天籁似的花儿时，姑嫂俩都会落泪。心思虽异，感情却共振了。这便是花儿的魅力。即使是陌路，即使年龄和性格相差极大，也会在花儿的旋律中化了陌生，化了沟壑，化了心中的块垒，成为朋友。
　　兰兰就是在花儿中读懂莹儿的心的。莹儿眯了眼，噙了泪，望着茫无边际的天空，或滚滚滔滔的沙海吟唱花儿时，兰兰便能感受到她灵魂的痛楚。但那是两人都不愿触及的禁区。心照不宣，是她们不约而同的选择。但花儿还是唤醒了兰兰少女时代的那段被村里人认为是荒唐闹剧的恋情。
　　兰兰和花球称得上是青梅竹马。兰兰是一手领了灵官，一手牵着花球长大的，滚沙洼，玩土窝窝，捉蚱蚱虫，烧黄老鼠……就是在一次次儿时的游戏中，兰兰长大了，花球长大了，人大了，心也大了，心中波晕一晕晕荡开，把他俩荡到了大沙河的沙枣林里。

久违了。

岁月的沧桑和生活的艰辛已尘封了那段往事，心木了，感情更木了。每每触及，也只有昏黄的印象了，像浸了油又在霉屋里放置多年的油画。是花儿鲜活了它们。有了鲜活图腾的兰兰再也不想在既定的轨道中转圈了。

幸也？悲也？

却听得妈妈梦呓似的说："那古浪丫头，也是个苦命。嫁的那个二杆子，可不是个安分货色。"

兰兰明白，妈说的，是花球媳妇。口中的唾沫一下子干了。她已将"她"忽略了，多可怕。

兰兰燃烧的血一下子凉了。

59

清早起来，兰兰有些头晕。她很后悔昨夜的约会。约会前，花球还鲜活在记忆里；约会后，她发现，花球对她感兴趣的，仅仅是个肉体。兰兰叹了口气。自和白福结婚，便成了他的合法强暴对象。久而久之，她对肉欲失去了兴趣。每一念及，总倒胃口。这很可悲。作为母亲，她有丧女之痛；作为妻子，她是"打到的媳妇揉到的面"；作为女人，她只有遭强暴的记忆，连老天赋予的女人的享受也没了。

兰兰想，真没活头了。

想来，花球看重的，也仅仅是她作为女人的那点儿资本。兰兰很失望，想，哪怕你说几句假惺惺的情话也成；哪怕你不说话，只相依了，由那感觉占了心，熨出眩晕来；再哪怕，你胡乱说些不相干的话，也比那样强。那是羞辱人哩。莫非，干不成那事，就连话也说不得了？

兰兰还是想努力地说服自己。她搜遍肚里的拐拐角角，找出的理由却仍是苍白。明摆的，人家喜欢的，仅仅是女人身子，是个不同于自己老婆的女人身子。

臭男人。

忽然，北柱的女儿大丫走了进来，说："姑姑，新娘叫你呢？"

"哪个新娘？"

"花球媳妇。"说完，大丫蹦蹦跳跳走了。

兰兰心跳了，想，她找我做啥？想到昨夜的约会，她有些怕见这女人了。莫非，她觉察到啥了？莫非，花球说了啥？他是不是提出了离婚？想到这，心狂跳起来。就是从这心跳上，兰兰发现，自己还爱花球。

兰兰出了庄门，见北柱家墙角处立着那女人。那是个略显病态的女人，也许是奶娃儿的缘故，她显得很瘦，而且一脸阴郁，愁眉苦脸。这形象，兰兰一见，心就不由得抽搐。也是苦命人哪。她想。

女人见兰兰来，转身往前走。前边是土山，山上是那个叫金刚亥母洞的岩窟。一个念头，闯进心里："她会不会害我？"

却不由笑了。我又没干啥。她想。

女人回头望兰兰一眼，上了山坡。山坡上，尽是沙秸，那是打沙米后撒落的。黄毛柴头也叫人割了，那扭曲的枝条上尽是老皮，裂着口，很是丑陋。此外，便是老鼠洞了。那女人一下去，就见老鼠四下里窜。女人也不怕，立在那儿，等兰兰。

兰兰明白，她选了这地方，定是有话说。她会说啥呢？她是不是听说了她和花球的事？但心却坦然了，想，那是啥年月的事呀。

女人缓缓转过身来，木然了脸，望她。兰兰发现，那眼，是口干涸的井，或是一块戈壁，心里不由得酸了。她很想安慰几句，却不知说啥好。又想，自己还不如她呢，人家有娃儿，有花球，自己有啥？心倏地酸了。

女人突地跪在山坡上的洼处。

兰兰慌了，说："你干啥？有啥话，你说。起来，起来。"拉几下，女人却不起，仍用那枯井望她。兰兰四下里望望，想，叫人看见，咋想呢？

女人木木地说："我看见了，夜黑里。"

兰兰才知道，昨夜，她悄悄跟了花球，脸腾地红了。幸好，没干啥。有些后怕了，但更多的，是羞。毕竟，和人家男人约会了，搂了，抱了，咋想，都脸红。嗓里很干，想说啥，又不知说啥好。

"看在娃儿面上。"女人说。

兰兰狠劲晃一下头，想晃去别扭。太阳已跃上空中，四下里亮晃晃的。若有人来，一眼，就能发现这喜剧。人丢到娘家门上了，传出去，咋活人？她一下下拉女人手臂："起来，有啥话，好好说。"

"不答应，死也不起来。"女人木木地说。

"答应啥？"兰兰慌乱地辩解，"我们，没干啥呀。"又四下里望望，幸好没人。

"我知道，你们好过。可现在，有娃儿哩。再好，我活不成了。"女人的话听来，像机器人似的。

"不好，不好。我们，根本没好。说了几句话。"兰兰慌乱地辩解。

"以后？"女人问。

"以后，话也不和他说，总成吧？"兰兰身子发软了。

女人惨然笑了，望兰兰一眼，说："你知道，当初，是他强奸的我，怀了娃儿，没法了，才跟他的。人丢尽了，再也丢不起了。活着，是为了娃儿。"

兰兰打个哆嗦，说："成了，我答应你。"

"啥也不干？"

"不干！"

"你赌个咒，向金刚亥母。"女人的眼睛有了些光。

"我答应你，赌啥咒。"

女人把视线转向远处，长长地叹口气，说："我知道，你又骗我。我想了一夜，鼓了一夜劲，才敢找你。不赌咒？成哩，你回去吧，我跪死在这里。"

兰兰想，这女人，咋成榆木疙瘩了？就说："成哩，我赌。以后，我不和花球好，若好，叫我不得好死，成不？"

女人说："这算啥咒？我也这样老咒呢。女人，哪个怕死？好死也罢，坏死也罢，都不怕。真要赌，要赌爹妈。"

"爹妈又没惹你，咋能赌他们？"兰兰带气了。

"心里没冷病，不怕吃西瓜。你不干，咒又不应。"说完，女人给她磕起头来。

"行了行了，我赌：若我和花球好，我爹妈不得好死。"

女人惨然笑了，说："其实，赌不赌也没啥。我再见你们好了，就吊死在你们的庄门上。"说着又嘟嘟地磕了几个头，才缓缓起身，梦游似的走了。

兰兰一身大汗。望着那女人上了沙洼，她不由得瘫在地上。

亮晃晃的太阳，很是羞人。

60

兰兰发现，自己的人生有两个分水岭，一个是嫁人的仪式，从那时起，青春、梦幻、追求、理想……都像过眼烟云一样远去了，幸福也像瓦上的霜，轻而易举就成了水汽；无奈，却像卧在村口的沙山，你想改变它，人家反倒步步逼近了你。第二个，便是那离婚了。

第一次冒出离婚的念头时，连兰兰自己都吓坏了。离婚，在她眼里，比裸着身子在大街上走更丢人。好马不配二鞍，好女不嫁二男。离婚的女人，大都有无法饶恕的过失和缺陷，如不生孩子、偷情……所以，那念头一次次冒出，一次次被她强捺下去，像按浮在水中的皮球一样，按得越深，上浮的力也越大。她终于懒得去按了。由它浮吧。

她开始认真正视它。

换个角度，她幻想了离婚后的生活。沉闷的天空顿时开了一道裂缝。清新的空气和亮光透了进来。虽说，离婚是可怕的，尤其是村人的议论——她甚至能想象得出那一道道怪怪地望她的目光——但相对于一眼就能望到白骨的生命通道，离婚无疑是诱惑。而兰兰，自小就不想过乏味单调的生活。

当生命按照设计好的程序运行的时候，生活就失去了它应有的乐趣。土地、院落、锅台、厕所构成一个巨大的磨道，而她则成了磨道里的驴，一圈圈转。本以为走出老远了，一睁眼，却发现仍在既定的轨道里转圈。变化的，只是自己脸上青春的水红消失了。她不甘心就这样走向人生的尽头。

但她一直没提出"离婚"二字。原因自然是换亲。她知道，她一跳弹，婆婆一定要强迫莹儿做相应的事。为了哥哥憨头，她得忍。

爹的态度使她失望。但兰兰知道，爹是个老脑筋。而且，爹老了。爹管得她一时，却管不了一世。她的路，最终得靠她自己走。

但这次，她铁心了。她再也不能和"杀"女儿的凶手同床共枕。

望见婆家的墙角，兰兰产生了强烈的厌恶，真不想再踏进这院落，这儿的一切令她压抑。每次，从外面回来，她就发现这房舍有种掩饰不住的丑陋：剥落的墙皮，被炕洞出来的烟熏黑的后墙，还有那柄长长的木锨。冬天，婆婆就拿这长木锨填炕，一伸一缩，透出泼妇的强悍。一见长木锨，兰兰就想到了婆婆的银盘大脸和那双小眼睛。嚷仗时，那张脸会泛出红光，小眼睛比刀子还利，令兰兰不寒而栗。

平心而论，兰兰最怕婆婆。婆婆是那种被人称为"金头马氏"的女人。从她薄薄的嘴里，能吐出许多叫人听来都脸红的话。但她又很会应酬人，会说许多客套话。嘴是个蜜钵钵，心是个刺窝窝，见人就喧"东家长，西家短，三个和尚五只眼"，能把吕洞宾说成是狗变的。不多日子，村里人就知道了兰兰究竟是个啥货色。于是，有些婆姨就感叹了："呦，看起来灵丝丝的一个媳妇，咋是那么个人呀？"婆婆就发话了："金银能识透，肉疙瘩识不透。能看了人的皮皮儿，看不了人的瓤瓤儿。把她当成棵珊瑚树，谁知道是个红柳墩。早知道是这么个货，宁叫儿子打光棍，也不叫娃子受这个罪。自打这骚婆娘进了门，娃子就没过一天安生日子。"如果说前面对兰兰的评价还叫村里人将信将疑的话，那后面说的白福受罪的话就明显是大白天说夜话了。因为村里人都知道白福是个啥货色。

婆婆正在扫院子。兰兰进了门，婆婆扫她一眼，吐口唾沫，将扫帚使得格外有力。一股尘土裹向兰兰。这是婆婆惯用的表现自己内心不满的手法。平时也这样。她会装作没看见的样子将鸡屎垃圾等物狠狠扫向路过的兰兰。对此，兰兰是敢怒不敢言的。一说，婆婆就会扔下扫帚"呦"起来——"呦，你以为你是个啥东西？怕土，为啥不生在城里呀？为啥不当娘娘呀？为啥是个小姐身子丫鬟命呀？沾点土天就塌了？农民哪个不沾土？土里生，土里长，到老还叫土吃上。怕土？到城里去呀？哼，心比天高，命如纸薄。"

　　此外，婆婆还有一连串令兰兰大开眼界的手法。一是抡人。这个"抡"字有凉州独有的含义。要了解其含义还得加上凉州人常用的"呜呜闪电"。这一来，含义就明确了："呜呜闪电地抡人"。见了你，猛转身，十分威风——"呜呜"；速度极快——"闪电"；猛给你掉个屁股——"抡"，噔噔噔背你而去。这一去，也是呜呜闪电：腿脚格外有力，动作幅度机械夸大，每个部位每个细节都明显表示出对你的厌恶和不满。此时无声胜有声。这一招，婆婆常用，威力奇大。一则一家人，老碰面，此招时时可用；二则令你有口说不出个道道来，你总不能说婆婆不和你说话，走路快些就有罪了？兰兰于是压抑至极。

　　此外，婆婆还有一招：吐口水。一见兰兰影儿，她就"呸！呸！"地吐口水。在凉州人眼里，女人朝你吐口水是最晦气的事情。要碰个男人，他可以撕过她的头发揍她个半死，他还能得到舆论的支持："活该，谁叫她啐人来着。"兰兰则不能。兰兰于是以牙还牙。她第一次的还击招来白福的拳脚。这一次揍得她好惨，躺了三天。第二次的还击招来白福的耳光。第三次白福朝她白了一眼。第四次后，吐口水终于也成了兰兰的合法权益。婆婆吐口水，她也还口水。婆婆于是威风大减。此招从此不敢轻用。

　　兰兰既已打定主意，便不在乎扑向自己的滚滚尘土，也不躲避，径直穿过院落，进了自己的小屋。屋里有一股浓浓的脚汗臭。白福还在大睡。农闲时，他能睡到正午。鼾声从他半张的口中喷出。他的喉部仿佛积蓄了过多的黏液，气流通过时，发出的声响令兰兰发呕。这竟是自己的丈夫。真是噩梦。想到自己将要解除这婚姻，心里一阵轻松。但一想到随着自己的摊牌相应而来的许多麻烦——最怕的是婆婆也会逼莹儿来这一手惩罚娘家——刚轻松了一下的心上又压了一块石头。

尘灰从大开的门里涌进小屋。从灰流的强度和扫帚的声响上，兰兰断定婆婆定然冲自己的小屋门猛使扫帚。兰兰一阵厌恶，狠狠拍了小屋门。扫帚声忽地息了。兰兰仿佛看到了婆婆那小而亮的眼睛在瞪自己的门。也许，她马上就会发作。素日，只要兰兰不小心把锅盖盆碗弄出声响，婆婆就会骂她"甩碟子掼碗"。她把兰兰不小心弄出的所有响动都当成对她的示威，自然免不了争吵。兰兰等待着婆婆的发难。她也希望她这样，好使她顺顺当当发表自己的离婚声明。

扫帚声却又响了。显然，婆婆今日没心思和她吵。近来，家中早如炸药库了，响一个雷管就能引出一串巨爆。奇怪的是这次没有。兰兰讪讪地捞过抹布，擦起令她扎眼的尘土来。大立柜是结婚时娘家陪的。这是婆家唯一令她感到亲切的东西。她发现衣镜中的自己眼圈发青，脸色憔悴，一丝悲哀掠过心头。最美的时光已消逝了，真不甘心啊。

白福咕哝几声，翻个身，睁开眼，见了兰兰，鼻孔里哼一声。

兰兰说出自己的离婚打算后，并没有引出一场霹雳。家中奇异地静，仿佛他们也等着她说这话呢。静了许久，公公才抖动着胡子，哆嗦着手掏烟袋。捻烟末的手不争气地抖着，怎么也对不准烟锅。白福则冷冷望兰兰，脸上的肉狰狞地抖一阵，

289

才说:"我可是早不想活了。老子羔皮子换他几张老羊皮。"

"怕啥? 娃子,离就离! 天下的姑娘多得是!"婆婆的口气很硬,但眼里有股掩饰不住的疲惫之气。平素里,婆婆是打饱了气的皮球,你使多大力,她就蹦多高。今天,兰兰的话是锥子,一下子就放光了她的气。

兰兰自然知道自己的决定对这个家庭意味着什么。她敏锐地捕捉到隐在婆婆强硬后面的真实,心中掠过一缕快意。平时,她多强悍呀! 如狼似虎呢。兰兰看到婆婆瞅了一眼公公,显然,她不满意丈夫的表现。但她反倒笑了:"离就离! 可也不能便宜你,拖你个驴死鞍子烂。"

兰兰冷笑道:"拖也罢,不拖也罢,结局一样。天下又不是你白家的天下。乡上不行,有法庭哩。法庭不行,有法院哩。不信没个讲理的地方。"

"妈的,你还有理?"白福一脚将到他跟前觅食的白公鸡踢出屋外,激起一院子的咯咯声。

兰兰知趣地住了口。她知道接下来会是什么节目。白福正恶狠狠瞪她。显然,他拳头里的气早已鼓荡,只等找个借口朝兰兰出了。兰兰很想说出自己的理来。但在这个家里,理永远得让位于拳头。

婆婆瞪一眼儿子:"干啥? 有气往该撒的地方撒,鸡又没惹你。"

兰兰听出了婆婆言语中的挑拨成分。她很想回一句,但屋里尽是炸药,她不敢冒出一个火星。院里的鸡仍在惊魂未定地咯咯。狗也在叫。一辆拖拉机从门前经过,轰鸣声震得屋顶的掩尘报纸哗哗响。一切声响都进入兰兰脑中。兰兰觉得胸闷。

公公将十指插入乱草似的脏兮兮的头发，哭了。初在抽泣，渐渐变成牛吼。兰兰有些慌乱。她预料过自己挑明这事后的结局，如挨打等，但一点也没有想到公公会哭。对这个老头，兰兰的印象并不太坏。这是这家里唯一能容忍她的一个人。想不到他会如此失态。她的脑中嗡嗡叫了。公公虽在干嚎，但兰兰却觉得他口中发出了呓语似的咒骂。他在咒骂天，咒骂地，咒骂一切。"真没意思活了。"她听清了他咒声里的一句话。

对丈夫的失态，婆婆手足无措了。她恼怒地瞪着丈夫，恨铁不成钢。在她眼里，兰兰提出离婚已令他们大失面子。此时，最有力的回击应该是不在乎。要是不考虑其他因素，她真想像踢一只破皮鞋一样把她踢出门去，让全世界的人都知道她是被她一脚踢出去的。而后，再买来一个更俊的。问题是，手里无刀杀不了人。全部家当，不知还能不能顶够那个让人头皮发麻的数儿。而且，儿子又不争气。谁喂的猪娃子谁知道脾气。白福有个啥名声，她心里清楚。一切，都令她压抑，不能叫她畅快地为所欲为。虽说，她把不同意她离婚归于一个她能说出口的理由——"不能便宜了这贱货，偏不叫你称心"——但心里仍很憋气。要强了多半辈子，不能在这个黄毛丫头前服软。丈夫的哭声不能不叫她恼火。窝囊废。丢人不如喝凉水。她差点骂出来了。

她当然知道丈夫的哭不仅仅是因兰兰提出了离婚。几年来，啥都叫人不顺心。儿子又不争气，老是赌，手气又臭得很，挨罚款不说，要债的能踏折门槛；加上引弟，嘿……一切都叫人胀气。丈夫老说没意思活了，心里破烦得很。破烦积多了，总

291

得流出来。丈夫的哭就是流出来的破烦。问题是,时机不对。他不该当着这个骚货哭。尤其,不该在这个骚货提出离婚时哭。于是,她恶狠狠说:"行了,行了,扯啥声? 丢人不如喝凉水。"

白福爹的哭声进出得快,息得也快,干嚎了几声就停了。而后,傻呆呆蹲在那里,流泪。白福咬着牙,捏着拳。看那阵候,快要找个出气的地方了。兰兰反倒静了心。她也知道公公的哭并不仅仅是怕她离婚。这几年,家里出的事多。自己一闹离婚,无疑也在他头上敲了一棒。兰兰的心一下子软了。她不怕打不怕骂,只怕笑脸软语,更怕这一哭。她差点打消了离婚的念头。

白福却跳了起来。兰兰还没反应过来,脸上就一阵烧麻。而后,是头皮钻心地疼,而后是身子、腿、全身。

白福开始了他常做的功课。

寻常,白福打兰兰时,婆婆总要拦挡。这次没有。也许以前怕损坏了这个物件。损坏了,又得花费。这次,她已有了外心,还有啥比这更值得挨揍呢?

白福使出了所有威风。兰兰一次次爬起,白福一次次将她打倒。兰兰耳内轰鸣,鼻子流血,周身剧痛。头上像扣了个盆子,重,闷,昏昏沉沉。

观者如堵。

以前,兰兰宁肯被打死,也不外逃。她怕被村里女人望笑声。今天则不然,她已死了心。面子,已不是她考虑的内容,她要叫更多的人知道白福是个什么东西。除了为法庭提供更多的证人外,她还要让人们明白一点:她是在活不下去的时候才离的婚。

61

逃回娘家之后,白福找过兰兰,可一见白福,兰兰连话都不想多说一句。兰兰简直不敢相信,自己竟和这东西同床共枕了几年。她甚至恶心自己了,恨不得泡到涝池里洗上三天三夜。

白福瘦了许多,可怜兮兮的。这是他以前没有的。那原本合身的褂子,也一下子宽大了许多。白福一进庄门,兰兰就发现了这一点。她之所以发现这,并不是出于关心,而是她忽然觉得白福陌生了。那模样,有些怪怪的了,而且是无法容忍的厌恶的怪——尤其是那罗圈腿,走起路来,侉侉势势的。自己当初竟离开了花球,跟这东西结了婚,真不可思议。莫非,造成这事实的,除了给憨头换亲那个天大的理由外,真是命?

兰兰信命。她相信人有自己的人生轨迹,这便是"命"。但兰兰又不认命。听一个算卦的讲,命能转,时也会转,运也会转。那人说,他算过许多命,大多应验。极少不灵的,是修行人的命。修桥的,铺路的,放生的,行善的,命都比算出的好。无子的,可有子;无禄的,能有禄。灵官留下的书里,有本《了凡四训》,里面讲的,就是如何转化命运。兰兰能接受这道理。确实,啥都是心造的。有多大的心,就能干多大的事。双福的心比猛子大,双福的事业就大。白福长了白福的心,女儿就迟早得给糟蹋死。妈的心小,爹的心大,灵官的心里事儿多,孟八爷的心豪爽大气……这些人的心，决定了这些人做的事。人与人的区别，实质是心的区别。那命运，说穿了还是心。心变了，命也变了。积了善，成了德，心由小人修成了君子，那小人命自然就成君子命了。……一切，都随那变化了的心变化了。

所以，兰兰信命，但不认命。

有一个事实：在她并不知哥哥患了绝症时，就产生了和白福离婚的念头。这意味着，她已不再把换亲当成天大的事，而一任命运摆布了。经历了太多的沧桑，小女孩会长成女人的。一个真正的女人，终究会正视自己的命运。她的命毕竟只有一次，用完了，就再也没了。她时时拷问自己：为眼前这人，值不值得把命赔出去？值了，就送你一生；不值，就要重新选择了。否则，便是白活了。生活中有许多白活了的女人，可兰兰不愿白活。哪怕几年，几月，或更短，她也要为自己活一次。

白福在书房里跟妈絮叨着。那声音，兰兰都不想听了。不用听，她也知道内容：一是软求，一是硬逼，软求告可怜，硬逼要拼命。仅此而已。白福肚里的杂碎她知道。他想玩个花样，也没个好脏腑。但兰兰觉得，还是打开窗子说亮话好，叫白福绝了心思，不再纠缠。她就进了书房，望着大立柜说："你做的啥事，你心里清楚。叫我再进你家的门，下辈子吧。"话音一落，却又觉得自己说得不妥——即便下辈子，她也不愿进白福家的门——便补充道："十八辈子，也休想了。我宁愿化成泡沫，也不想在你那个家里蹲一天。"

白福停止了絮叨，凶狠地望兰兰，用他一贯的那种表情。兰兰早习惯了，就像那个听惯了黔之驴叫的老虎，不再觉得对方有啥强大之处,便冷冷地笑笑。

"卖货。"白福从牙缝里挤出两个字。

妈却不依了:"白福,饭能胡吃,话可不能胡说,我的丫头咋卖了,你抓住了吗?"

"我羔子皮,换几张老羊皮。"白福提高了声音。他的意思是要拼命哩,要用年轻的"羔子皮命",换兰兰爹妈的"老羊皮命"哩。兰兰仍是笑笑。白福已从扬言要杀她转到吓唬父母了,但兰兰认定他是吓唬。咬人的狗不叫,乱叫的狗不咬人。你白福,还没那个血性呢。真的,自打女儿被他冻死在沙窝里,他的精气和血性没了。梦中时时惊叫,觉得白狐又来讨命,还老梦见大盖帽啥的,时时惊悸。他像放了大半气的羊皮筏子,虽有个似模似样的外形,但碰不得,一碰,就觉出软塌塌来。而兰兰,则恰恰相反,她眼里已没啥怕的了。至多,她随了女儿去。死都不怕了,还怕活吗?

"成哩成哩。"妈接口道,"我们老两口,早就活腻了。你白福若能行个好,叫我们不再受苦,我给你磕头哩。早死早脱孽。你也用不着唬我们。"

白福一下子软了。

"大妈子,"他带了哭音,"你说,我还有啥活头?连梦里也没个安稳。要是你再不体谅,真不想活了。不说别的,连个盼头也没了。啥盼头也没了。"说着,他抽抽搭搭哭了起来。

兰兰却厌恶地耸起了鼻头。她的心凉透了。别说眼泪,就是他的血,他的死,也打动不了她了。她有些奇怪,自己是个心软的人,见不得人哭,见不得受伤的动物。一些别人看来很寻常的事，也能打动她。可独独对白福例外了。人说一夜夫妻百日恩，百日夫妻似海深，可她，对白福只有厌恶。那厌恶，如同对一堆浓痰的厌恶，除了厌恶，还是厌恶。哪怕有一点恨也好。有时，恨也是一种爱，可是没有。她只有厌恶。就是在这厌恶上，她才发觉缘尽了。爱是缘，恨是缘，厌恶则意味着缘尽了。有缘则聚，无缘则散。那就散吧。

"你别恶心人了。"兰兰耸耸鼻头。

白福停止了哭泣，恍惚了神情，可怜兮兮地坐在那里。看这模样，你很难想象，以前，他竟然是那样地凶蛮。那变化，仿佛差别很大的两种动物：先前是野猪，忽然，又变成病鹿了。

妈似乎心软了。望望兰兰，望望白福，想说啥，却终于没有说出。兰兰知道妈的心思。若白福不在场，她会说"浪子回头金不换"，劝她再考虑考虑。妈就是这样，她会无原则地被泪水打动。但兰兰却是铁心了。而且，这铁心，也是对白福好，叫人家重打锣鼓重开张，趁了年轻，再找一个，好好过日子，免得三拖四拖，倒耽搁了人家。

白福恍惚一阵，起了身，梦游似的出了书房，进了莹儿的小屋。果然，他一出门，妈就悄悄对兰兰说："你再好好想想。"

"妈。"兰兰嗔道，"你再别给人家想头了。叫人家死了心吧。"

妈叹口气："我是怕，怕……莹儿带了那娃儿去。那，可是憨头的根哩。"

"人家的娃儿，不叫人家带。能成？"

"胡说。"妈硬梗梗地说，"拼了老命，也不成。她守寡，我好生看待……当然，小叔子招嫂子，更好。她走，得把娃儿留下。"说着，话却变软了，眼泪涌了出来："呼喇喇的，天塌了，真家破人亡了。"

兰兰知道，妈一提憨头，就止不住泪了，就转过话头，说："悄些，听人家喧个啥？"妈立马便收了泪，侧了耳，却听不出个啥；就过去，关了门，伏下身，趴在猫洞儿上，一脸神探模样。

兰兰感到好笑。

听一阵，妈起了身，悄悄说："没喧啥。那倒财子，没说啥，扯了屁声，掉尿水哩……唉！要说，也可怜。"

兰兰心软了。她厌恶白福当面的泪，却被他背后在自己妹子面前的哭打动了。一个男人，到了在自己妹子面前哭哭啼啼的地步，也确实有他的难处了。她差点要改变主意了，但一想那些隐在灵魂深处不敢触摸的事，心却突地又硬了。

"刘皇爷假哭荆州。"兰兰撇撇嘴。

妈却不满意兰兰的态度："丫头，话不能那样说。谁都是人。谁有谁的难处，别人的笑声望不得。"

"谁望笑声呢？"不知咋的，兰兰的心也酸了。但酸归酸，那主意却仍在心里铁着。要糊涂，就糊涂一辈子。一旦明白过来，那糊涂的日子，就一天也不想过了。

莹儿进来了。看那模样，也似陪着白福掉了泪。她显得很为难地说："妈叫我过去一下。哥说，妈的身子不舒服。"

妈的脸一下子僵了，半晌，才说："你去也成。娃儿，我给你喂几天。"

莹儿的脸一下子白了。

……记忆鲜活着，感觉却很遥远。其实，不过是几个月前

297

的事。命运的转折，有时就发生在瞬息之间，或者说，一个念头之间。

答应爹妈，给憨头哥换亲的念头起时，她不知道自己会随之陷入地狱；决定离婚的念头起时，她也不知道自己会走进金刚亥母洞；剥那死驼皮的念头起时，她同样不知道自己会遭遇豺狗子，会被沙埋了大半个身子，还险乎乎渴死……但命运，确实随着这一个个念头在变化着。原本认为看得到头的人生轨迹，就出现了另一种可能。她是这样，莹儿是不是也会这样？

62

想到金刚亥母洞，兰兰的心里涌起一抹温馨。

女儿和哥哥死后，她就迷上了修炼。她需要金刚亥母，那孤单无助的心需要个依靠。

亲人的死亡总在提醒她一个事实：她也会死的。一想到死，巨大的空虚扑面而来。一茬茬的人死了，一茬茬的人消融于虚空之中，留不下半点痕迹。他们是掉进了深不可测的黑洞，还是被融化成了虚空？不知道。一想到某一天，自己也会像青烟般从世上消失，无影无踪，她就会不由自主地哆嗦。

真"人死如灯灭"吗？灭了，就永远灭了吗？

若真是灯倒好，总会有人点亮它。可谁来点亮我那苦命的哥哥和女儿？谁能？

亿万生灵进了那个叫作"死"的黑洞，黑洞却依然那么空堂，听不到一点儿回音。《西游记》里的无底洞还有底，而你，"死"，莫非是真正的无底洞？

兰兰回答不了。谁也回答不了。金刚亥母便在命运中笑了。她告诉兰兰：那黑洞，不是无底洞，而是一个循环往复的管子，一头叫生，一头叫死。生命的水流呀流呀，忽而叫生，忽而叫死。生也是死，死也是生。生命的水，会永永远远流下去。

你的女儿引弟，仍在那管中流着，汇入无数无量的水分子中，忽而叫这个名儿，忽而变那个姓儿，忽而进这个容器，忽而入那个小池……"引弟"，不过是流入你的容器时暂时的名儿。

是吗？

是的。憨头也是。等到有一天，他们迷了的本性醒了，便会跃出管子。要本性觉醒的法儿只有一种，那就是：修炼。

兰兰于是修炼：盘腿打坐，静心调息，正身远虑，心不外驰，意观本尊形貌，心诵本尊真言。

那时，一上座，兰兰就会笼罩在一种奇异的氛围里，周身沐浴着圣光。那看似寻常的心咒，诵来，每每会荡到灵魂深处，一晕一晕，像温馨的海水冲刷礁石一样，清洗着兰兰的心。往昔的一切都化了，烦恼呀，痛苦呀，甚至期盼呀，都散了，不留一点儿痕迹。那散了的，还有心，还有身子，还有那个叫"兰兰"的概念。时不时地，就只有空灵了。有时，空灵也散了。

第一次打七时，那觉受特别强烈。带经的黑皮子老道有功夫，他的声音柔和，浑厚，随木鱼声一字字进出。那所谓的经，

299

也就是那看似寻常的只有十几个字的心咒，却伴了木鱼，伴了磬儿，伴了檀香，伴了一脸的肃穆和一心的虔诚，化为一泓温暖的甘露，荡呀荡的，荡化了兰兰的身，也荡化了兰兰的心，把一个沉重的"我"消融到奇妙的韵律中了。

兰兰的生命需要这韵律。在心里盛满了苦难，盛满了泪水，淹没了希望的时候，这韵律，便该在灵魂里响了。兰兰不管它是佛还是仙，只将它当成那个"善"字。

在"善"的洗涤下，心中的苦没了，恨消了。一种特殊的情绪渐渐滋生。这情绪，像黄昏落日的余晖，一洒上万物，世界便成另一种样儿了：有了一份宁静，有了一份超然，有了一份慈悲，有了一份豁达……这许多个"一份"，便构成了一份觉悟。这，便是打七的目的。

这许多份"量变"引起的"质变"，便是修炼的终极目的：或以宁静而求智慧，或以虔诚向往净土，或以超然逍遥于世，或以慈悲利益众生，或以觉悟达到涅槃。是为正修。

若其形虽同，而其目的，却发生异化，以利众之名而行私利之实者，便成邪法。

正邪之别，仅在一心。

莹儿最初不理解兰兰，曾笑过她几次，但后来不笑了。她发现兰兰是认真的。兰兰一上座，就成唐卡上的亥母了。那份宁静，那份超然，每每叫莹儿不可思议。这种修炼，一日四次，修炼时，兰兰就那样凝成本尊。相较之下，婆婆松懈许多。她只是上香，磕头，做些供养而已。

莹儿无法理解兰兰为啥有这么大的变化。她不知道，几次死亡，已使兰兰换了个人。她经过了炼狱，拷问了灵魂，踏上了另一条求索之路。

要不是想为莹儿赚赎身钱，兰兰是不会走向盐池的。

月儿去金刚亥母洞见她，向她告别，准备去城里唱花儿时，她曾不以为然，因为她不信月儿能找来幸福。幸福是啥？是感觉。吃饱了，喝足了，穿了绫罗绸缎，骑了高头大马，照样恼苦得想拿刀抹脖子。而叫花子夫妇，讨来片面包，你推我，我让你，凝眸相视，会心一笑，也无异于仙人了。兰兰觉得，看得越多，知得越多，幸福越少。心贪了，烦恼就来。念头多了，额头的皱纹都上得快。就这样，木了心，灭了智，由那宁静占据了心，是何等的乐事呀！所以，那时的兰兰，只想参透虚妄，寻觅灵魂的安宁。

曾几何时，她甚至为了闭关修行，拒绝了父母。

那段回忆也清晰而遥远。

记得那天，她奇怪地梦到了爹。爹远远地望她，眼里淌几行泪。这图像很清晰，很抓心，她就醒了。天还很黑，洞里常有的潮湿味没了。她发现，人很容易被骗，啥地方，进去腌一顿，都不辨香臭了。刚来时，还觉得洞里的潮湿味很浓。几个时辰后，啥味也没了，这就好。但爹的脸，老在脑中忽闪，心就噎了。对爹，她有太复杂的情绪。自小儿她亲近爹，爹对她，比兄弟们疼爱。她后来答应换亲，除了不忍叫憨头打光棍外，还不忍看爹的愁脸。那些日子，爹老叹气，爹偷偷望她的脸，可又不逼她，她就想："算了，为了爹，把这辈子豁出去。"才点头的。

后来，在生活的教育下，她成熟了。她发现，爹并不像她小时候想象的那样高明。爹很愚，老做些很愚的事，老说些很愚的话。好些话就不入耳，心就不由自主地抵触了。没法。兰兰不想抵触，心却要抵触。比如，爹叫她和白福凑合。她想，凑合就凑合吧，可她想凑合，心却一点儿也不想凑合。再比如，爹不叫她信金刚亥母，兰兰想，不信就不信，又不中吃，又不中穿，可心却说：不信她，再信啥？一辈子没个信的，也活不出滋味来。而且，那信也上瘾：开始不信，然后半信半疑，后来信了，再后来，按爹的话说，就"信出一头疙瘩"了。对兰兰的变化，爹觉得意外，觉得不可思议，跟换了个人似的。这有啥奇怪的？人总会成熟的，心总会长大的。有冬眠，就会有惊蛰；有种子，就会生芽儿。那心，不时时在变吗？心变了，人就变了。

可兰兰终究不能从心里抹去爹。爹的影儿，在心上刻二十几年了，想一下子抹去，也不现实。那影儿，一显出，心就凄酸，老觉得爹养大了自己，白养了。没叫他好好享几天福，自己不配做女儿。可这世上，配做女儿的又有多少？自己也是精屁股撵狼，连块遮羞布也没有。老叫逐在身后的生活车轮，撵出狼狈的惶恐来。只有在遇到金刚亥母后，才算为自己活了几天人。至少，心是宁静充实了，不再像以前那样空荡，不再茫然四顾无有依止。可爹你流啥泪？

两行泪悄然流下，被兰兰悄然抹去，再咽下涌到喉间的哽咽。这情绪，近来少有。别人眼里，自己一定是六亲不认了。可那认六亲的前提是听话，一听话，兰兰就不是人了，就成了六亲们叫她充当的角色了。在那个既定的生活磨道里，兰兰已转了千百圈。那时，她多听话，可生活也没因她的听话显出它该显的艳丽来。现在，兰兰不求艳丽，只想宁静，宁静到啥也不想。经历了暴风骤雨，她只想找个宁静的港湾，静静地歇一歇。爹，你哭啥？

梦里的爹带来的情绪渐渐远了，兰兰又恢复了平静。据说，那六道里的众生，在无休无止的生命轮回里，都当过自己的父母。修行得道后，就能把众生父母都救度出来。为了生生世世的父母，就委屈一下现世的父母吧，连那佛教的多少宗师，也六亲不认呢。

兰兰心里诵着咒。这样，走过漫长的路，却没走；经了好多事，又没经；听到许多声音，又没听；说过啥话，也没说。这样好。一诵咒，许多东西都退远了。经的东西都成了描空的彩笔，虽也一下下画，那天空里，却无一点儿影子。

兰兰喜欢默诵心咒。诵久了，心就飞向一个开满桃花的岛上，身边是轻柔荡漾的海水，耳旁是温馨吹拂的清风，那水和风，就化了身心，把"我"融入了辽阔的江天。

这生存的所在，就随即变了。潮湿没了，凌乱没了，烦躁没了，多了平和，多了宁静，多了超然，多了清凉。那祖师咋说来着？"安禅未必需山水，灭却心头火自凉。"这觉受，被称为"禅乐"。

如果说兰兰的最初修行，仅仅是绝望了现实，想在虚幻中追寻寄托的话，到现在，已变为贪禅乐了。这禅乐，非言辞所能形容，非凡欲可以体验，非金钱可以购买，非权势可以索取。至此，修行者有乐无苦。听说，有人把宗教比为鸦片，这是行

303

家之言。那禅乐，确如吸食鸦片般飘忽、迷离、甜晕，不过多了份清凉和宁静。

有人把修行人当成了符号，而妄加分析，而忘了他们首先是人。是人，就有精神。每个人，都有一个精神世界。这世上无两片相同的树叶，也无两个相同的人。面对一个个活生生的人，所有分析，都显苍白。治万般心病，得用万般良药。但这话，兰兰存在心里。是非以不辩为解脱，你有你的千般计，我有我的妙消息。

她闭了眼。眼皮是世上最大的东西，一合，就把世界盖了。盖了好，那入眼的，多烦恼之诱因。那入耳的，入鼻的，入舌的，触身的，都是烦恼。《西游记》上，那猴子打的六贼，便是这六个。《心经》不是说"五蕴俱空"吗？"色不异空，空不异色"，"受想行识，亦复如是"。那眼见，耳闻，鼻嗅，舌尝，身触，都会引起贪心。有求皆苦，无欲则刚。兰兰就无求了，那爱情，不可得，我便不求；那富贵，无踪迹，我便不想；那理想，已成空，随它去吧。而我，弃了小爱换大爱，取了小贪换大贪，爱那金刚亥母，爱那六道众生，贪那空行净土，贪那永恒的涅槃之乐。

一股浓浓的悲袭来，热浪随之涌上心头，涌出眼眶，脸上就凉刷刷了。这感觉，每每在极静时涌来，淹了心。据说，这意味着悲心大发。那观世音菩萨，就因悲众生之苦，常洒泪珠。无数泪珠，化为无数度母。那唐朝的文成公主，就是绿度母的化身。又据说，许多大成就者，每想众生受苦，多痛哭流涕。按这说法，兰兰便是进步了。但这悲，却老是搅心。兰兰于是知道，自己的悲，并不是大悲，而是发自心底的某种情绪。那情绪里，老晶出爹老树般的身影，心顿时就乱了。

兰兰这才知道，自己六根没净呢。

63

后来的一天，凤香真来洞里找她，悄声说："你爹叫你。"兰兰不应，自那次爹砸了佛堂，不让她信仰，她出了家门，进了金刚亥母洞，就怕见家人。虽也想，可怕见。开弓没有回头箭。既出来了，死在外面填狗肚子，也不想进去看人家脸色。嫁出的姑娘，泼出的水。而且，自己又是灰头土脸地进门，土脸灰头地出门。那爹娘的影儿，虽时时在脑中忽悠，但总叫兰兰晃没了。只有在不经意的恍惚里，爹妈才偷偷袭来，搜出她满腔的酸热来。

"你爹叫你。"凤香又说。

兰兰说："你带个话，就当我死了。"凤香说："人家好心来看你。去，见一下。"兰兰说："你说，就当我死了。"凤香冷笑道："没见过这号当女儿的。你修个啥？难道有不孝的修行人吗？"

兰兰打个哆嗦，才慢慢起身，出了洞。远远地，就听到土地庙传出爹的声音，心中有股奇怪的情绪涌动了。她很想哭，却听到父亲的话了："我养了她的身子，养不了她的心。就当我白养了。"兰兰心头涌上的酸热突地没了。

兰兰极力不去望爹。她垂下眼帘。她感觉到爹射向自己灼热的视线了，听到爹熟悉的气管的咝咝声。听得爹说："丫头，回家吧。北书房给你收拾好了。"

兰兰木然了脸。她很想看爹的脸，不知他是否瘦了？这是老萦在心头的问题。但她又提醒自己："挺住。你一望，心就软了。心一软，就得听爹的摆布。……那白家，是死也不能再进的。"她于是木木地站着，心里诵起心咒。心咒一诵，爹没了。爹虽在前面站着，但爹没了。爹鼻孔里的出气声却分明粗了，利利地扎她的耳膜。平常时分，一有这预兆，家里准有人遭殃，多是妈。兰兰很怕爹。心咒虽刷子似的急急扫着，把关于爹的讯息扫了出去，但兰兰还是很怕爹。要是她看到爹的脸，说不准会流泪的。于是，她硬了心，转过身，说："我进去了。"

身后，传来老顺的怒吼："你死了死去吧！"

老顺气坏了。

后来妈告诉兰兰，为这次会面，爹准备了许久，主要是感情准备。妈也劝了他多次。妈说："你捂住心口子想一想，你当了回老子，对丫头做了些啥？"爹就"捂住心口子"想，才渐渐发现了自己的不是。别的不提，至少，他没和丫头谈过心。换亲时，丫头哭，爹说："哭啥？哪个女的不嫁人？姑娘生下，就是嫁人的。"结婚后，白福打兰兰，兰兰一哭，爹就说："嚎啥？打到的媳妇揉到的面。哪个女人不挨打？你妈，还悬乎乎叫老子一脚踢死。"孙女死了，兰兰一哭，爹就劝："也许是那丫头的命吧。这号事，世上也有哩。"兰兰闹离婚，爹撇嘴道："好男儿采百花，好女儿嫁一家。还是头餐面好吃，忍一忍，就是一辈子，离啥？"就这样，每次，他都以长辈的口气教训兰兰，从没问过："你咋想？"妈一骂，爹就想：对呀，她心里咋想？心病还得心药医。就充满希望地来谈心。谁知，热屁股溻到冷炕上了。

他最气的，是兰兰的冷漠。毕竟是父女，折了的骨头连着筋呢。况且，父女俩不见面，也有些日子了。自那次，兰兰一甩袖子，进了金刚亥母洞，老顺只在梦里见过兰兰三回，一回是侧面，两回是背面。虽不能说梦萦魂绕，但那想，是肯定的。老顺钢牙铁口，宁叫"想"在脑里捂臭，也不叫它左右了脚。这回，推金山，倒玉柱，老子给你下话来了；老子厚了老脸，自打嘴巴，见你来了；老子前趋三步，你也该迎来两步；老子下个跪，你也该还个揖；老子塌塌架子，你也该低低脑袋，可瞧她，连个眼皮儿也没抬。是可忍，孰不可忍。

月儿妈笑了："你叫啥？真死了，你的鼻子都拧歪了。"老顺叫："老子才不呢。那号无义种，连老子都不认，白来人世一趟。"

老顺把莹儿给他的包儿扔进洞里，转过身，下了山。一股风吹来，黄叶和纸片儿啸卷着，还有尘土和一种说不清的臭味。这些，都进心了，心就糟透了，似乎比听到大儿子患癌症时还坏。那时，只有悲痛；现在，还夹了乱七八糟的一堆。天毛了，心也毛了。

"早知这样，当初生下，一屁股压死，喂狗。"他想，"还是计划生育好，生得越多，越烦恼。"

身子没一点力气，倚了那小树，老顺看看天。满天的云在翻滚。那声吼,把体内所有的能量耗尽了,也把对兰兰的怨恨泄了大半。

"丫头瘦了。"他想。

那天夜里,老顺身上的肉嘣嘣嘣跳了一夜。根据经验,那肉一跳,准没好事。他怕丫头听了那句"死了死去吧"后想不通,真寻了无常。次日一大早,大头也叫他去说服兰兰回家,那洞里聚的人一多,大头就怕出事,老顺就和老伴去金刚亥母洞。

兰兰先看到了妈。妈老了,鬓角的头发白了,眼球跌进崖里,颧骨高突,皱纹密布,鼻洼里汪着清涕。妈是个爱干净的人,向来注意形象。那清涕,就很扎眼。

爹垂了头,坐在椅子上,没望她。从感觉上,兰兰觉得他还记恨自己。但兰兰理解爹,爹是个老实人。爹即使在恨铁不成钢时,仍会爱自己。有多恨,就有多爱。

兰兰很想扑入妈怀里哭。这镜头,在不经意时,就会在脑中显现。可现在,兰兰的心里木了,木得像没有黄毛柴的沙洼。那哭的念头也没了,就垂下眼,等妈发话。

听得妈说:"你瘦了,吃得饱不?"兰兰说:"能。"妈问:"睡呢? 挤不?"兰兰答:"不挤。"

妈却说:"我们想通了,那婚,你想离,就离。天下的好男人又没叫霜杀掉。离了,你嫁人也成。不想嫁,妈养你个老丫头。家里又不缺你一碗两碗的饭。"

老顺望着脚尖,也说:"我想通了。你们的事,老子不管了。老子又不能跟你一辈子。我想通了。"

兰兰觉得很怪:这话题,明明是自己的事,却觉得与己无关。但爹的话，是对自己离婚最开明的态度。爹已向自己妥协了。怪的是，她心如死水，不起一点波纹。

老顺又说："丫头，你瞧，想通了，回去，重打锣鼓重开张，好好过日子，想咋就咋，老子也不逼你。"

妈高兴了，说："对，那金刚亥母，心里有就有，也不在形式。"老顺没说啥，但那堆皱纹动了动。

兰兰说："你们先去，叫我想一想。"

她转身进了洞，心里突地悲了，想："我想不通，我行个善，修个行，碍了别人啥路？"泪哗地流了一脸。

哭了一阵，把心头的淤积泄了，心空荡了许多。她一有了牵挂，安详氛围就没了。这修炼，需要出离，要是掺了别的情绪，觉受就成了日光下的霜花儿。咋修，心也静不了。

亥母，救救我。

自见了爹，兰兰没了宁静，没了空灵，没有那笼罩在心头的神秘氛围。诸般烦恼，趁机袭来。

神婆也按爹妈的心意劝她。自打大头代表政府一干预，神婆的狂热也渐渐退了。也许她发现，当人们真正信金刚亥母时，就不信她了。神婆生意是越来越淡了。她的舌头像安了轴承，话也由了她的需要说。兰兰想，神婆虽当了神婆，看来并不信神。那神婆，仅仅是个职业而已。

金刚亥母洞失去了以前的清静。三个女人一台戏，多了是非。每日里，都为些鸡毛蒜皮闹别扭。那原本人迹罕至的岩窟，现在成了传闲话的所在。兰兰和黑皮子老道的闲话就是从那儿传出的。

渐渐地，由信仰而生出的那晕圣光没了，人们都露出了本来面目。修行者已分为几派，为争一些小名小利，各派间常生事端。打七也停了，每天只是应卯似的修上一座。多数时辰，都在闲聊。

　　兰兰想，人真是怪物，高尚时比啥都高尚，卑劣时比啥都卑劣。前些时，谁都是节妇烈女，都庄重了脸，虔诚了心，只差向亥母剖腹表忠心了。那高贵一旦倒塌，却一个比一个龌龊。

　　新奇感一过，诸般热恼趁机袭来。月儿妈第一个生了退转心，并开始影响别人。她不想吃的饭，一定要撒进沙子的。也许她想：要是真有报应的话，也是法不治众的。

　　众人既生了疑，后来的修炼，感觉就与以前不同了。念那心咒，也全无感应。凤香悄声说："那感觉可没了。想来金刚亥母怪罪了，把功收了。"月儿妈说："人家金刚亥母，才不在乎呢。人家成佛了，再在乎，就跟俗人一样了。"

　　兰兰暗笑，想：她是为自己铺路呢。她很想说："人家金刚亥母，当然不跟你一般见识。可那护法神说不准，稍稍使个坏心，你这辈子就完了。"这话，以前神婆老说。哪知，这次，神婆却说："那话儿，看咋说。佛法讲究一切随缘，也没见哪个不信的着了祸的。"

　　兰兰明白，她要打退堂鼓了。想当初，神婆接受灌顶，并不全是信仰，只想借此谋些福来。兰兰想：亥母呀，看看你的弟子们，咋是这副嘴脸？心突地悲了。

　　兰兰想，这信仰，说牢实，比铁牢实。说不牢实，一风就卷倒了。但扪心自问，大头们一吓唬，自己竟也泄了底气，不由长叹。……瞧，洞里的一切都扎眼了。当初，金刚亥母占了心，荆棘窝也成了净土。现在，人不顺眼，境不顺眼。霉味时时旋来，空气也很潮湿，黏糊糊带点儿腥味。这空气，不知在月儿妈们的肺里旋出旋进多少次了，一想，兰兰就反胃。看来，与其说是亥母度人，不如说是人需要亥母。有她心里实落，没她心里空荡。那是心里的大树呢，大树底下好乘凉。心里有了亥母，烦恼就没地方放了。

可现在，一切都变样了。

月儿妈问神婆："亲家，你天眼开，你说实话，有没个金刚亥母？"这话，若在以前，是十分的大不敬。神婆却沉吟道："这话，看咋说。信则有，不信则无。说没有吧，人家的香火燃了千年。说有吧，谁也没见过。"

月儿妈来了精神："谁也没见过？"神婆抿抿嘴唇，又说："也有人见过，或在禅定里，或在梦里。诚心念那心咒，倒有不少灵验，有病的病愈，求啥的应啥。可不应验的，也多。这事儿，我也嘀咕呢。"

兰兰的心灰了。这些日子，亥母已成为生命支柱，苦也由她，乐也由她，生也为她，死也为她。是她，给了宁静，给了超然，为她苍白的生活添了色彩。为此，她感激神婆，视神婆为导师。可如今，神婆竟说出这号话来。若是连神婆都嘀咕，别人会咋想？

兰兰流出了泪。那泪，泉一样涌，咋擦也擦不尽。

后来，老顺就打发猛子来接兰兰。兰兰梦游般出了洞。她步儿发飘，心里空堂堂的。她想："要是真没亥母。一切都没救了。"她有些后悔上回对爹的态度。那天,爹一定气坏了。现在想来,不该。她很想见爹,又怕见爹。见了爹,她不知说啥好。这辈子,多次伤爹的心了。老是内疚。可越内疚,就越把自己包裹紧了。这循环,也成恶性的了。

一出洞,兰兰就望见了很蓝的天。

猛子默默地望兰兰。兰兰发现,猛子瘦了,黑了,嘴唇上有了胡楂。那模样,越来越像爹了。这一发现,很使她难受。她不知道,他的未来,是不是也跟爹一样苦呢?

村里变了好多。白虎关的热闹到处传染着。噪声扑了来。以前虽有噪声,但金刚亥母在心头坐着,圣洁的光熨着心,也熨着眼中的世界。这会儿,一切都灰塌塌了。外面的世界很精彩,但那是人家的世界。空气倒很清新。这是唯一叫她感到清爽的东西。

迷迷瞪瞪,踏上回家的路。熟悉的感觉扑面而来。当初,在婆家受了委屈回娘家时,最先熨心的就是这感觉。毕竟是家乡,那独有的味儿,早渗入血液了。

孟八爷、花球和那个病恹恹的媳妇正在修渠。兰兰装着没看见。

孟八爷却远远叫了:"兰兰,你爹来瞭过几回呢。那老崽,嘴硬心软,见你来,怕成撒欢的骡子了。"

兰兰低了头,急急地过了。

兰兰后来才明白,她的信仰,其实是叫摧毁了。

再后来,盐池之旅,又成了她新的盼头。

再后来,盐池的盼头也死了。

64

雨终于下了。

先是黑云里打了个闷雷。雷声不大，但就是那几声闷响，竟拽出搅天搅地的水帘来。世上好些事总在拗人的性子，当你渴极了想雨时，天连个潮屁也不放。当她们水充粮足需要赶路时，天却偏偏泼下水来。那雨没头没脑的，并无丝毫的过渡，直接就将水柱般的帘子拉下了。姑嫂俩还没反应过来，就被浇了满头满身的水。

莹儿心细，做了好些准备，无论水呀，面食呀，都足够十天的，可就是没准备雨布。谁也想不到离开盐池不久，会遇到雨，又是这号瓢泼大雨。仿佛老天爷也成了婆婆，老跟她们斗气，见她们没防啥，就恶作剧般地折腾啥。真没治了。两人都觉出了不顺，这不顺是指命运的不顺。按妈的话说，就是背运了，你干啥啥不顺。兰兰说，也许是命吧。可莹儿却说，有些东西，看咋说，要说是命，但只消她们稍稍变一下，那不顺也就顺了。说明那叫她们不顺的，其实是一种外力。兰兰说，你不是不愿意改变吗？那不愿改变的心，就是你的命。莹儿想，就是，当满世界都变了时，你想守候某种东西，当然不顺了。

雨渗入沙里。行来虽无泥泞，湿沙却老是粘鞋。鞋就比平时重了几倍，行走很是吃力。这倒没啥。难受的是雨总是没头没脑地泼,头发里漫出的水老往眼里流。天地间白茫茫的一片。耳里充满了泼水声。

雨点很大,很有力,有种鞭子的味道。雨初降时,几乎每个雨点的敲击,肌肤都有相应的感觉,但很快,皮肤就叫冷雨激麻木了。那冷,能激得人牙齿打战。毕竟到深秋了,日头爷露脸时,冷当然得避一避,待得那乌云夺了日头爷的风头,冷就趁机肆虐了。两人的脸都白戗戗的,嘴唇也紫了,外露的胳膊上已起了好些鸡皮疙瘩。真要命。

四下里一片烟雾,莹儿听到巨大的瓢泼声。她明白那是雨打耳朵造成的错觉。它甚至比冷更烦人。莹儿喜欢安静,一入嘈杂的环境,她就受不了。捡沙根时,她最怕的,其实不是闷热,而是噪声。但那时,捡沙根需要的专注消解了噪声。现在,瓢泼声扯天扯地,她快要被聒疯了。

兰兰牵着骆驼,显得很瘦小。她的衣服贴在了身上。兰兰咬着牙,那形神,很像她妈。莹儿喜欢兰兰,但很怕婆婆。婆婆有太多的心机和强悍的性子,不经意间一想,她的腿就软了。她发现,婆婆竟跟豺狗子一样,将害怕种进了她的灵魂深处。一想到回去后又会见到婆婆,竟真的有了一种透入心底的怕。

莹儿想,兰兰将来,会不会变得像婆婆一样?难说。莹儿发现,那些好女儿,就是在不知不觉中,变成了厉害的婆婆。她们的女儿性没了,多了那种悍妇的泼辣。

她想,兰兰,你可千万别变成你妈呀。却又想,自己会不会在日后也变成妈?这一想,心猛地抽了一下。听村里人说,妈当初,也是个美人,远近闻名呢,但生活还是将她变成了一个同样远近闻名的悍妇。莹儿明白,妈的变,是叫生活逼的。她想,婆婆当初,想来也跟兰兰一样,也是生活把她变成了一想就叫莹儿打软腿儿的婆婆。

莹儿觉得眼里有热热的东西涌出了。她很想说,兰兰,你可别变成你妈呀。又想,她当然不愿变的,但进了菜籽地,就得染黄衣。许多时候,你不变,也由不了你。……那么,灵官会不会变呢?变得跟老顺一样。说不清。就算她和他真的能天长地久,谁能保证他们不会变得像爹妈那样,老是像毒蜘蛛一样啃咬呢?她想,跟她不愿变成妈一样,灵官也不想变成老顺。但生活里肯定有一种大力,会将他们变成他们不想变的那种人。这一想,她真的万念俱灰了。她想,与其像爹妈那样互相撕咬,还不如去死呢。

她想,反正,我可是死也不愿变的。要是活不下去,我宁愿去死。

这一想,雨就不那么难耐了。她想,这雨虽大,总有息的时候,但那种她不愿接受的"变",也许是人力很难左右的。真可怕。她仔细地看看兰兰,发现她眉眼虽像婆婆,但也有种婆婆没有的东西。莹儿想,也许,它跟金刚亥母有关。据说,一个人的命很难改变,除非他有了信仰。信仰的力量能改变命运。她就想,兰兰,看在金刚亥母的分上,你可别变成你妈呀。

莹儿不信金刚亥母,若说信仰,她的信仰就是爱。小时候,她将爱寄托在花儿上。但问题是,莹儿唱的好些花儿,就是妈教的。那些充满诗意和柔情的花儿,并没能阻止妈向母老虎的异化。

雨仍在泼。莹儿抹把脸上的水。她很难受。她想,还是别

315

想了，有时候，想是白想。要是生活硬叫她变成妈的话，她无论咋想，也起不了作用。因为她会在不知不觉中变成妈，就像掉进狼窝的婴儿，会在不知不觉中变成狼孩一样。她想，那时，还不如死去呢。

路越来越难走了，除了那湿沙让鞋重了几倍外，还因为她们正在上一座沙山。要是早知道会下雨，她们会在山脚下歇息一阵，等雨停下来再走。但雨是她们上到半山坡时才泼下的。那时，坡还很缓，行来不显多吃力。现在，随了坡度的渐大，真的很费劲了。她很想叫兰兰停下来，找个地方缓缓。但抬头一望天，却发现云一疙瘩一疙瘩攒了来，很沉的模样。看样子，雨一时半时停不了；就想，要么，翻过这沙山，再找个地方歇息吧。

莹儿拽着驮架，用以借力。驼早成落汤鸡了。因为天热，驼毛褪了。记得，她们进来时，驼虽有褪毛迹象，但不明显，现在却褪成没毛鸡了。莹儿这才想到，那些驼毛，定是叫牧人撕了。那驼毛，能卖好些钱呢，牧人真占大便宜了。记得当时，她只觉得驼怪怪的，但没细想它怪的原因，现在明白已迟了。但她想，算了。她只想找个干净地方，好好睡一觉。要是再能吃上一口热面条，是比当神仙更美的事。

到了稍稍缓些的旋涡儿处，兰兰停下了。她说，稍缓一缓，吃些馍。她解开袋子，见馍已泡成了糊糊。莹儿说，糊糊就糊糊吧，总比没有强。虽然黏黏的很难吃，但就着沙葱也能下咽，两人尽量多吃了些。

骆驼呼哧呼哧地喘着气，喘一声，舔一下从肩坎上流下的雨水。兰兰淡淡地说，盐化了。果然，盐袋儿不那么圆了。莹儿很可惜，但还是说，化就化吧，老天爷要化它，你有啥法子？她很想说那驼毛都值不少钱呢，何况这点儿盐？但她怕兰兰难受。不料，她想说的话，兰兰却说出了。莹儿说，你也才发现呀？兰兰说，我早发现了。可我们两个弱女子，能奈何了人家？你把骆驼叫人家放，人家又没给你打收条，要是惹恼了他，他连驼也给你昧了，你有啥法子？兰兰叹道，大不了，我们挣的那些，回去赔人家驼毛。莹儿想说啥，又觉得真没个啥说的，心里却生起了浓浓的无奈。她想，莫非，我命里的禄粮尽了？不然，为啥百眼眼儿都不顺？

兰兰叫驼卧了，解开一个袋口，挖了些盐，放在塑料盆里，递给骆驼。骆驼伸过嘴唇一掠，就很响地嚼了。驼吃得很香。平时，它虽也吃盐，但多是那种新盐，里面有硝，人吃时嫌苦，就拿来喂驼。它当然没吃过这么好的老盐，那嘎嘣声就格外脆和。

倒是两个女人显得很恓惶，很像秋冬里遭淋的小鸡。湿衣服跟肌体亲热得没一点缝隙了。雨从贴在脸上的头发上流下，冲洗着她们发青的嘴唇。盛盐的脸盆里也汪了雨水，驼错动着嘴唇，连水带盐掠入嘴里。它想来很喜欢这种风搅雪的吃法，吃出一脸的欣然和悠闲。一看骆驼，莹儿的心静了些。她想，骆驼真是好性情，无论有风，无论有雨，它总是很悠闲。它定然也知道，面对无奈的外部世界时，慌张是没用的。因为无论你有怎样的心，世界总是世界。世界并不因你的慌张而迎合你。许多时候，折磨你的，其实是你把持不住的心。

骆驼风卷残云般吃光了盐，又几口呷了盐水。它意犹未尽地望望兰兰。兰兰说成了，细水长流吧。她起了身，扎牢袋口。

317

虽知雨水正不停在溶化盐,但也懒得计较了。这会儿,她们最想的,不是钱,不是爱,不是富贵,而是热炕。为了热炕,必须等待。人的好些东西,其实很脆弱。比如,吃饱喝足穿暖时,兰兰心里最重要的,当然是金刚亥母。但此刻,跟热炕一比,金刚亥母也就没以前那么诱人了。人的动物属性,决定了人首先需要身体的舒适。

莹儿发现,不知不觉间,她们的脚已叫一层蠕动的沙流埋了。

65

流沙来了。

开始,莹儿们并不知道那是流沙。对流沙啥的,她们还只在故事里听过。比如,《西游记》里的沙和尚就生在流沙河里,但谁也不知道沙咋个流法。平时,起大风时,也见沙沿了阴洼上行,溜到阳洼里。那沙丘,就是这样蠕蠕而动的。它们压房屋,埋庄稼,但村里人从不叫它们流沙。因为沙丘的移动很缓慢,许多时候,人不去注意那过程。但眼前的流沙,却真是流沙。想来沙丘表层已渗透了水,下泼的雨很难全部渗入沙丘,就沿坡下流。流水裹了沙子,蠕蠕而动,就成流沙了。

那股灰暗的液体缓缓地漫下,不觉间,就埋了她们的脚。莹儿被吓呆了,她从没听说过这号事。她想,完了,要被流沙埋了。以前想到死时,倒也不觉咋怕,可一想要叫流沙埋了,却很是惶恐，可见并不是每个人都能视死如归的。

兰兰倒冷静些，她忙从流沙里拔出脚。她发现那流沙倒也瓷实，并不像稀泥那样。流沙里有种很强的吸力，拔脚时，得费很大的劲。她忙叫莹儿挪脚。莹儿用了很大的力，才拔出了一只脚。兰兰帮她拔出了另一只。兰兰说，这儿停不得，一停，就叫流沙活埋了。她吆起骆驼，顶了雨，慢慢上行。

那流沙也不是到处都有，多是循水而下。哪儿凹，哪儿的流沙就多。兰兰就避了凹处，专择鼓起的地方走，虽也避开了几处流沙，但莹儿还是头晕目眩了。她发现沙在乱动，仿佛没一处静的，就觉天旋地转，老像要晕过去。

望望沙山，却看不到顶。雨帘把一切都模糊了，天地和沙丘都隐入了灰色。也不知此刻几点了，只能觉出是下午。要是没雨，她们还能估算出时辰。可雨里度日如年，天知道她们熬过了几分钟还是几个小时？她们只知道，要是天黑前上不了沙山，沙流肯定会埋了她们。

兰兰尽量选平缓处走，而且多走阴洼，路线也呈"之"字形，行来就轻松些。可有时，她们就不得不穿越流沙。莹儿渐渐发现，流沙似乎没她想象的那么可怕，只要你快些挪动步子，就不会被流沙埋掉。倒是骆驼的身子重，驼掌时不时陷了，老拔出沉闷的扑通声，听来很是瘆人。驼腹起伏着，扇出很大的呼哧声。

天显得很阴沉，也很低，铅一样压在上空，莹儿感到很闷憋。腿也很是酸困，时不时就会打软腿儿。她发现越往上走，流沙的面积越显得大了，想来那泼下的雨全变成了裹挟沙子的水流。到处都蠕蠕着，脚步稍一停，流沙就埋了脚踝。但因为流沙从上方流下，又流向下方，倒也不会被马上活埋。最危险是沙旋儿处，流沙像汪着的积水，会涨平沙旋儿，你稍不留意，就会叫淹了。

天暗了许多，不知是乌云的缘故，还是已近黄昏。闪电的裂缝格外扎眼，雷吼也移到耳侧了。有时，一个炸雷打来，骆驼会惊恐地扬脖子。莹儿想，要是叫雷一下子打死，倒也不失为一种解脱。听说，世上有种人，会自己喷出火来，把身子烧成灰。但这种好事并不是谁都能遇到的。

……很怪，近来莹儿老想到死，觉得被浓浓的死味腌透了。按村里人的说法，这定然是跟了冤屈鬼。冤魂是很难投胎的，除非找个替身。村里老有叫冤魂找了替身者。黑皮子老道说，遇上这种情况，你就念："三界唯心，万法本空。当下解脱，勿找替身。"这样，冤魂就会得到解脱。这法儿，是老祖宗传下的，据说很灵。但不知大牛算不算冤屈鬼？这一想，大牛的惨相扑进脑中，雨里也透出了凄凄阴风。莹儿念了那几句，阴森味反倒更浓了。

驼掌的扑通声越来越大，流沙似乎很厚了。虽然腿酸困到极点了，莹儿却不敢停下脚步。兰兰提醒她将步子放碎些，这样可以挪得频繁些。但雨丝毫没有停的迹象，更糟糕的是，沙山仍望不到顶。莹儿的力气快耗尽了。她大口大口地喘着气，时不时吞几口雨水，但仍是觉得渴。好的是冷倒是没了，也许还出汗了。兰兰的身子摇晃着，步履蹒跚，老将驼头拽得下沉。莹儿觉出了不妙：要是她们用光了力气，就有被流沙活埋的危险。

忽见兰兰扔了骆驼缰绳，坐在沙上。那情形，很像"撒赖"，也叫"耍死狗"。这是凉州女人的杀手锏。凉州出过许多天下闻名的冤案，后来的平反，就是女人们"耍死狗"的功劳。当所有申诉都泥牛入海后，女人们就去抱市委书记的腿，冤案就得以平反了。莫非兰兰要拿这招对付老天爷？正疑惑呢，却听得兰兰叫，快躺下。莹儿还在迟疑，流沙已漫上足踝。兰兰又叫，快躺下。莹儿大悟，就顺势躺了。流沙在身下鼓荡着。她轻轻蠕动身子，竟漂到流沙上了。

骆驼却木然站着。兰兰喊了几声，驼置若罔闻。流沙趁机漫来，很快淹了驼掌，又淹了它的小腿。兰兰喊："跪！跪！"这是叫骆驼卧的口令。但驼早叫流沙吓呆了。不一会儿，顺流沙漂下的莹儿看出，那流沙，快漫到骆驼的腹部了。

雨仍在瓢泼，西天上亮了些。向西望去，那一缕缕雨柱，竟成了烟缕，由大漠腾向天际。别处却朦胧着，仿佛是一些雨化成了蒸汽。莹儿懒得管这些。心倒是轻松了，因为叫流沙托了的感觉很美妙，几乎可以跟沙山上游泳相媲美。她发现流沙并不可怕，它的比重比卤水大，你想叫人家淹死你，它也是力不从心呢。不过，要是在很陡的沙山上，再遇上山洪啥的，就难说了。那时的流沙，也跟泥石流一样，压房屋，埋树木，人家想咋样逞凶，都能随了性子。

抹一把脸上的雨，莹儿扭过脸，瞅瞅骆驼。骆驼也在无助地望她们。莹儿想，它也许叫流沙吸住了腿桎梏了。没办法，只能随缘了。好在天上有了光亮，西边渗出了隐隐的红。

两人在一个相对平缓处停了。莹儿试着坐起身，发现坐着也不下陷。她也懒得动了，方才惊慌时，冷躲到了远处。这会儿，冷又袭来了，牙齿也唧唧着。裸露的胳膊上布满了鸡皮疙瘩，青橘橘的，跟兰兰的脸色相若。她想，要是雨下一夜的话，她们会被冻死的。她们虽有打火机，但到哪儿找干柴去？

莹儿想，这真是一趟生命的苦旅。来时虽有期盼，那猛兽酷日，却如影随形。生命成了风中翻飞的肥皂泡，时时有破灭的危险。去时，盼头没了，梦破碎了，只留下遍身的疲惫和伤痕。这凄风苦雨和寒冷，更成了自己的影子。……而此刻要去的目的地，也是个叫她一想就打"软腿儿"的所在。真没盼头了。

恍惚了一阵，莹儿坐起身来。西山上的红没了，雨小了些。流沙也没了。兰兰已萎在沙上睡着了。怕她着凉，莹儿推醒了她。两人都不说话，只木木地坐一阵，就往骆驼那儿爬。到近前，见驼腿全叫沙埋了，兰兰扯几下缰绳。驼动了动，很想起来，却显得力不从心。

两人吆喝几声，驼扬脖扭身，腿却毫无声息。身子对冷的抵抗，是很费精力的，两人都乏到极致了。兰兰说，算了，先在这儿眯一夜，到明天再刨它的腿。反正，上去也没个地方落脚。两人就吃些叫雨弄黏的馍，又给驼取了些盐。在驼嘎嘣嘎嘣的吃盐声中，两人靠着驼身，眯了过去。

66

不知过了多久，莹儿被冻醒了。下山风很利，跟寒冷的流水一样。雨仍在下，但小多了。只是衣服的湿很难耐，靠驼身处虽有暖意，别处却寒凉入骨。莹儿觉得嗓子很疼，她一阵一阵地打战。她想，要是伤风了，可不太好。她揉揉虎口，按按太阳穴，掐掐各指节。她想，可千万别病倒。要是病了，会给兰兰带来麻烦。又想，老天爷，你就是叫我死，我也得等回家再死。现在要有个三长两短，就把兰兰拖累了。她虽不太信金刚亥母，但还是祈祷了一番。

兰兰很响地打个喷嚏，醒了。她摸索过来，坐在莹儿怀里，紧紧地靠在她身上。莹儿明白她在给自己遮寒，有些过意不去。兰兰说，反正总得有人面对下山风，谁挡风也一样。莹儿说，也好，我们两人换着取暖。因前有兰兰，后有骆驼，莹儿暖和了些。她也很紧地搂着兰兰，像妈搂婴儿那样。这样，兰兰的脊背就会暖和一些。

天很黑，看不到星星。雨点儿没以前大，但很密。她们脸上的水没干过。好在驼的体温还是能传到莹儿身上，莹儿暖一阵，再叫兰兰靠了驼背搂她。兰兰虽不愿意，但拗不过莹儿的性子。莹儿想，也许，这就是相依为命吧。

远处尚有闪电的迹象，隐隐能听到雷声。骆驼发出逍遥的鼾声，像垂死的老人在咽气。前胸后背虽能轮换着取暖，屁股下却煞凉煞凉的。兰兰说，这会儿，也不求啥热炕了，只要有个麦草墩儿就成。莹儿苦笑了。

兰兰说，我发现，这辈子跟我最亲的，就是你。爹妈虽也亲，但他们是他们，我是我。他们进不了我的心，也不能陪我。你却陪我经历了一场生死，你也丢不下我，我也丢不下你。这难道不是最亲的人吗？莹儿说，我也是。细想来，老天爷待我们

323

还算不错，叫我们做了对方的伴儿。就算是死了，也不是孤鬼。这尘世上，不知有多少孤鬼呢，孤独了生，又孤独了死。

兰兰说，你别再说死呀死的。你别看这肉身子是个拖累，可也是个大宝，成佛由它，做祖也由它。没它，你就成了一阵风，啥也做不成的。莹儿说，可有时候，这肉身子堕落了，人也就堕落了。你不想堕落的话，就得先没了这身子。兰兰说，你这是啥话？她长叹一口气，说，莹儿，你答应我个事儿，不管咋说，我们生也经了，死也经了，那豺狗子虽凶，也没扯去我们的命。我们无论遇到啥，也得好好活着。你可别想无常，成不？

莹儿不言语，叹了一口气。半晌，才说，有时我想，活人真没意思，多活几十年，不过多当几十年的牛。最后，从清凌凌的女子，变成了絮絮叨叨叫人生厌的婆婆，有啥好？

兰兰说，这话，看咋说呢。要是他混世，当然没啥意思。要是他修行呢？你听过一个叫唐东的喇嘛吗？他是香巴噶举的成就师，他用一生的时间来修桥。那时，过河得攀着绳索，每年总有百十个人叫水淹死。在修桥前，唐东不过是个平常的喇嘛。修桥后，他就成了大德，都说他功标日月呢。

莹儿说，人家干那么多事，是人家有大力。像你我，虽也叫活人，却连个风筝也不如。我也不想当大德。我仅仅想像一个人那样活着，稍稍自由一些，想些自己的事，干些愿干的活，守着个盼头。谁料想，却像掉进豺狗子窝里了，你也想撕，他也想啃，都想往粪坑里拽你，都想染黑你的身子。要是你稍一迷糊，别说身子，连心也叫他们染黑了。有时，并不是你想做啥就能做成的。当一个巨大的磨盘旋转时，你要是乱滚，就可能滚进磨眼，被磨得粉身碎骨。这一说，兰兰噎了。兰兰心想，修行不就是为了跳出那磨盘，不叫染黑了心吗？却不知该如何说明，便啥也没说。

莹儿跟兰兰换个位置，立马像掉进了冰窖。风直接吹进了心，毫无遮拦似的。她打个哆嗦，想，啥时才能熬到天亮呢？兰兰说，还是你到里面来，我外面习惯了。莹儿不肯，说你也是肉身子。兰兰便很紧地搂了她，说，还是说说话吧，这阵候，要是睡着，会阴死的。莹儿说也好。但两人真要说话时，却也没啥说的，就胡乱找些话题，聊一阵，都觉出无聊了。

四下里黑成了一块，心也叫黑腌透了。雨小了些。兰兰说，来，我们点了马灯。她脱下背心叫莹儿遮雨，她怕雨落到烧热的灯罩上，灯罩会炸坏。兰兰摸索着取下马灯，又摸索了好一阵，才找到打火机。气体打火机真好，一打，夜里就晃起一团亮来。倒是如何将那亮引入马灯，她们费尽了心机。打火机粗，近不了马灯的捻子。后来，莹儿捻些驼毛，蘸些煤油，总算点着了马灯。

光明真好。莹儿马上有了暖意。她扔了遮雨的背心，将身弯了，把马灯放在胸前，这样，雨就下不到灯上了。虽有很难闻的煤油味，莹儿还是很高兴。她发现马灯除了有照明功能外，还能供暖。她将手放到玻璃罩的铁皮上，一股暖流就化成了活物，先是蠕进手心，又缓缓沿着手臂进了心。她叫，兰兰，快来烤火。

马灯真好。那热虽然很有限，但总是热，姑嫂俩弯了腰，边为马灯遮雨，边烤起火来。烤一阵，她们发现手虽然不冻了，身子却因离开驼背打起了哆嗦。莹儿无意间发现，雨滴在灯罩上，先是湿湿的一团，渐渐就变成了蒸汽。她说，不要紧，灯罩不太热，炸不坏的。兰兰试着用手摸了摸灯罩，却再也不想

325

挪开手了。于是，两人又背靠了驼，莹儿捂了铁皮，兰兰捂了灯罩，就尝到了天堂的感觉。

兰兰根据手的承受程度，调节着灯苗大小，觉得灯罩不热时，她就拧大些；觉得手受不住热了，她就拧小些。虽然灯苗的热度也很有限，但两人都很满足了。

天渐渐亮了，姑嫂俩就着沙葱吃了些馍。她们试着拉骆驼，发现湿沙的吸力仍很强，凭骆驼本身的力，是很难拔出腿的。兰兰说，要是没人救，这骆驼，就渴死饿死了。细想来，那流沙，倒也没个啥可怕的，只要不叫陷了身子就成。一陷了身子，日头爷一烤，就成干肉了。

两人挖了许久，挖去了桎梏驼腿的湿沙，吆喝几声，驼才出了陷坑。一出来，驼就兴奋地叫了几声。莹儿发现，驼背上的盐多叫雨化了，纤维袋扁了。她倒也不心疼，经了生死，经了风雨，就看淡了好多东西。说不清这是心的疲惫还是苍老，反正心木了，天大的事儿也觉得不是个事儿了。也好，许多时候，你的心只能折磨自己，它是左右不了世界的。那心，还是木了好。

后来，兰兰说，在那个寒冷潮湿的夜里，她们之所以没被阴死，就因了那马灯。

67

莹儿和兰兰回到村里，并没引起多大的注意。人们的心都叫金子占了。双福带了十几个人,在沙湾的白虎关开了窝子,说是挖金。刚开始,没人信,都觉得这个地方不可能有金子,双福请沙娃时,人们就不热心。后来真出了金子,村里人的心就乱了。有点本钱的,比如那赵三,就也去开了金窝子。听说,早些时,双福女人放出话来,要卖掉自家名下的所有窝子,就招来了一群又一群的"想钱疯"。机器声仍潮涌般激荡着,跟关于金子和城市的故事一起,总在搅乱人们的心。没人关心两个弱女子有过的故事。

倒是老顺可惜了好些天。那么好的能当种驼的骆驼,竟进了豺狗子的嘴。心里的难受,老是噎噎地晃荡。但他也只是背地里可惜,嘴上却没说啥。他只叫兰兰们赔了人家的驼毛,却不再提自家的驼。他眼里,这也是老天扔来的灾难,他自个儿受就是了,咋能怨两个逃出豺口的弱女子呢?

回到家没多久,兰兰就进了金刚亥母洞,这回,她想多避段日子。

她继续打佛七,净化身心七天七夜。抛下红尘中的一切琐事,专注金刚亥母咒的训练。在唐卡的画像中,金刚亥母脚踩莲花,头顶日月轮,手里拿着圣物。这画像极具象征意义,莲花象征清净无染,月亮代表慈悲,太阳象征智慧。每一个象征,无论多么虚幻,最终目的都是叫修行者成为大善本身。

这洞不大,每一次打佛七只能容纳七至八个人,在这期间,不允许任何一个人出关(除了上厕所),不允许任何人进去(送饭的人除外),也不允许任何人交谈(除讲法的人),更不允许任何人游荡。

这次回来,猛子已娶了月儿,莹儿的身份,就明显变了。她不再是陈家的媳妇,而成了白家的替身。婆婆把白家欠的许多账,都算到她头上了。莹儿老觉得身后有双眼睛,老是戳脊背。虽没有争吵,但婆婆的那份客套,更令她受不了。而且,那客套,已开始变成另一种语言。

夜深了,娃儿仍不睡,婆婆哄了几次,娃儿都哭闹。白天,娃儿还叫爷爷奶奶抱,一入夜,就谁也不认了,莹儿便抱了娃儿,回到小屋。

肚里有些疼,不明显,咯咛咯咛地难受。莹儿下了炕,穿了鞋,到院里去方便。院里很静,熟悉的一切都模糊进夜里。以前感觉中的所有温馨都没了,凉凉的寒意渗进心里。

记得当初,灵官说,爱情是一种感觉。听了这话,她还伤感了许久呢,神圣的甜美的爱情咋是感觉呢?可现在想来,不是感觉,又是啥?院落仍是那院落,房屋仍是那房屋。先前,丽日总照着院落,一院子寒暄,一院子说笑,一院子祥和,一院子富足,一院子火爆爆的味儿。现在,这一切,都没了。仿佛,灵官一去,就把院落的魂儿抽走了。剩下的,仅是个又老又丑的臭皮囊。

小屋也冷清了,充溢着阴森的寒意。她虽填了热炕,却驱不了寒意。那寒意,渗骨头里了。她已不是过去的莹儿。这家,也不是过去的家了。莫非,人生的一切,真的仅仅是感觉?又想,生死,不也是一种感觉吗?这身子,比那尸体,多了的,还不是感觉?

回到小屋,摸摸娃儿嫩嫩的小脸,心中的热又微微荡了。

凭了这份热,她才度过了许多孤寂的夜。女人心里离不了盼头,这盼头,有时是爱人,有时是娃儿,有时是别的。没了盼头,就没活头了。

忽然,隔壁书房里有响动了。一人趿了鞋,蹑手蹑脚,出了门。莹儿知道是婆婆,也知道她定然去看庄门上的锁是否被撬,还看那放倒的梯子是否搭在房上。她明白,婆婆是怕她带了娃儿逃跑。

那脚步儿果真走向庄门,锁锦儿响了一声。院里踢踏一阵,才寂了。

泪突地涌上眼眶。她很想忍了,可泪不争气,总要涌。真没活头了。她想,长这么大,从没叫人当贼一样防过呢。想到自己抱了天大的希望,在那个雨夜奔了来,伤了爹妈,只为了自己那一丁点的梦想,却叫人当贼提防,真没活头了。

箱里的那几匹布也叫翻走了,翻走就翻走吧。她也不去计较,自己是小辈,孝敬一下大人,该。可你猪哩狗哩问一声,或是趁她在家时,明打明地开了箱取,不该趁她去娘家时"拿"。不该,妈。娘家的妈,做了不该做的,婆家的妈也做。这些"妈",眼咋那么小,针尖大一点利益,就叫她们不像妈了。妈呀,真污了这个"妈"了。

她望望屋顶的掩尘纸,倒没见打动过。里面的某个凹处,有一块鸦片。那是憨头患病时弄来的,本想在止痛针用完时,救个急。许多个恍惚里,她总在吞它,但每次,都叫娃儿拽醒了。

她撕开掩尘纸,取下小包,放进内衣兜。她想,不定啥时候,或许能用上它。爱是她活着的理由,要是不能干干净净地活着,她宁愿干干净净地死去。

心里噎得难受。也好，有了这噎，才有了活的感觉。老觉得自己已成了幽灵，在梦里恍惚。那黑黑的夜化了身也化了心。夜在她的生命里，也完成了一次循环：最初，夜是夜，她是她，两不相干；后来，遇了灵官，夜就多了些叫她甜晕的场景，惹得心里的温水一晕晕荡；再后来，夜又还原为夜了，她就在夜里泡着。夜变得异乎寻常地漫长，她熬呀熬，也熬不出东方的那晕白来。

梦里，也老在一些陌生的所在飘忽，黑的天，黑的地，黑的心。那冤家，也梦不到了。她多想梦见他呀，可他偏偏不进你的梦，你也没法。孤独的人，做梦也是孤独的，连个伴儿也没有。梦里没有路，没有太阳，没有风，没有雨，只有灰蒙蒙的陌生和灰蒙蒙的感觉，她就在灰蒙蒙里浮游，忽而东，忽而西，忽而上，忽而下，成幽灵了。那冤家虽仍在心里晶出，却恍惚了，不似以往那么清晰。也好，啥都朦胧了，把"我"也朦胧了，可那孤寂，却醒着闹着，伴着妈们的作为，一下下撕扯心。

真没活头了。

心疲惫极了，像在走没有尽头的夜路，没有照亮的灯，没有指路的星，没有风雨，只有死寂，连脚步声也听不到。听说，人死后，得拾尽自己留在阳世上的脚印，才能转世。自己，真像那鬼了，在漫长的夜路上，寻觅一个个被岁月掩埋的脚印。脑中的许多场面，像泅了水的古画一样，都泛黄了。那激动过的，也不再激动；痛苦过的，也不再痛苦；仿佛拿了一叠不相干的相册，时不时翻一下，心却在孤寂里泡着，少有波动了。

却明白,这小屋,终究是要离开了。还有这院落,还有那已经泛黄的感觉……可她,她是多么不想离去呀。

68

白福上门来了,带着一脸的难堪和别扭。自上回抢亲后,他第一次上门。

那天,他带着几个人冲进院子,二话没说,一把抓住莹儿就走。这是换亲家庭常见的戏码。那娃儿,却叫兰兰妈抢了下来。白福们没硬抢。硬抢,要出人命哩。因为老顺拿了把铡刀,立在门口,黑了脸说:"你拉大人,没说的。但娃儿留下!不然,不砍下你们的血葫芦,老子不算人!"

一个说:"成哩,留下!白福,这娃儿,用不着你要。人家留人根,天经地义;儿子随娘,也是天经地义。哪个更天经地义些,叫法院断去。"就留下了娃儿。

所以,为避嫌疑,白福这次先进了书房,对兰兰妈说:"大妈子,妈病了,叫我来请妹子。住几天,再送来。"猛子妈知道,那"再送来"的话,是先给她喂定心丸,却不去揭破,只问:"啥病?"

白福说:"不知道。肚里有个疙瘩,也没去查。"

兰兰妈心里冷笑,想,你编谎,就编个别的病,这肚里的"疙瘩",明明是个屁。她心里虽冷笑,却顺坡下驴,说:"哟,那可不是个好兆头,我那舅舅,就是肚子里出了疙瘩,牛吼一样,叫了一月,才死了。你妈,总不是那号病吧?"说完,她恨恨地咒:这老妖,也该得这号病。

白福心实,哪能体会出兰兰妈的心思,说:"不会吧,妈是个大肝花,又没干啥缺德事,咋能得那号恶病。"

无意间,他又触到兰兰妈痛处了。因为憨头得的是肝癌,肚里有篮球大的疙瘩,是典型的恶病。按白福那说法,是干了缺德事了。但她又不好发作,就说:"得病的事,难说得很,好人得恶病的有,恶人不得病的也有,难说得很。"白福不善应酬,只问:"大妈子,你说,叫妹子去哩吗不去?"

"去呀——"兰兰妈拖长了声音,"又不屙金,又不尿银,我留她干啥?"莹儿待在身边,她总是心不安,老觉得她会瞅个空子,抱了娃儿,往娘家溜。每次外出,她总是安顿了又安顿,叫人又是站岗,又是放哨,心还老往嗓子眼里蹦。夜里,更睡不安稳,风一吹,门一响,就觉得莹儿要往外溜。娃儿是她生的,若叫她带到娘家,再往回要,比登天还难。提心吊胆了好些天,身心早疲惫不堪了。有时想,干脆,叫她回娘家得了,可人家是明媒正娶来的,你咋能撵她?上次,她还打算用装鬼的法子,吓吓莹儿,叫她害怕而回娘家,可一说,叫老顺狠狠臭了一顿。看来,这世上,变化最大的,是人心。前不久,她还怕莹儿走,还费尽心机地想留她,现在,又怕她不走哩。

白福松了口气,还怕陈家为难他呢。自上回抢亲后,他总是提心吊胆,不敢上门,怕猛子报复;可妈硬叫他来,说要是在气头上,说不准猛子会揍他。现在,事都搁凉了,他有那心思，也下不了手。再说，也没个合适人打发。叫徐麻子来，又怕老顺跟他干仗。她自己来，也是针尖对麦芒，免不了和女亲家拌嘴。想来想去，还是白福合适，毕竟，他是陈家合法的女婿，于情于理，都说得过去。但白福还是背过妈，揣了把刀子，想，要是猛子跟他过不去，他就横下心来，拿刀子跟他说话。没想到，事情倒挺顺利，他一张嘴，"大妈子"就答应了，就说："妈还叫把盼盼带上，她想娃儿。"

兰兰妈冷笑道："她的丫头，我管不了。那娃儿，想带，连门都没有。"

白福说："妈只是想娃儿，没别的心思。"兰兰妈撇撇嘴，扯长声音，喊："莹儿，收拾一下，你妈打发你哥请你来了。"又对白福说："娃儿的事，夹嘴吧。再要是提，我可放恼哩。"

莹儿突地涌上泪来。

白福一来，她就知道他干啥来了。还知道，婆婆也等着这一天。她早发现，这家里，她已经多余了。一切，变魔术似的快。

盼盼用那双黑豆豆的大眼望妈，仿佛他也觉出了啥。死别已过，该生离了。明摆的，她休想从这门里带出娃儿。活扯了心头的肉了，莹儿抹把泪。

妈真病也罢，假病也罢，并不重要。一切，仅仅是个借口。来请她的，是个借口；叫她走的，也是个借口。谁都需要这个借口，心照不宣吧。但莹儿也终于明白，陈家，真待不得了。

多想在这熟悉的小屋里度过余生呀。这熟悉的院落，熟悉的环境，熟悉的感觉，总叫她难忘难舍，总叫她恍惚着想到盼头。多么可怜的一点愿望，实现它，却比逃离豺狗子还难。

带来眩晕幸福的一切都远去了，近的是娃儿。他几乎成为生命的全部了。但她明白，生离，已成为必然。

贪婪地望一阵娃儿，贪婪地亲几口，贪婪地叫娃儿黑豆豆的眼瞅了笑，贪婪地凝眸，贪婪地流泪吧。能流泪，也是幸福。

盼盼，我生命中的盼盼呀。原指望，这名儿，能真的带来我的盼头，可终究又落空了。这不长的生命里，已失望多次了：盼着考学，到大世界去，盼一份真心的爱，盼一种温馨的结局，盼一个安详的守候，盼一生宁静地活着。所有的盼，终于成了云烟，远去了。现在，又要离开盼盼了。

莹儿搂了娃儿，狠狠地亲。泪水洗着娃儿的脸。

她费力地望望屋里。这熟悉的带来过美好回忆的小屋，也终究要离开了。她很想带走天蓝色外衣。还有那头巾……但她终于移开目光。明知道，婆婆眼小，看重的，尽是这类小东西，那就留下吧。……可心中，总是不舍，就换上那件天蓝色外衣。虽不是好料子，却是她命里最好的东西。

白福进来，悄声说："妈说了，叫你该带的都带上。你觉得啥好，就带上啥。"

莹儿厌恶地皱皱眉头。哪头的"妈"，都这样。眼里的东西，总比人重要。……我觉得啥好？可那最好的，我能带去吗？我生命的至爱呀，多想带了你，去浪迹天涯，哪怕当乞丐，也胜似天仙。可此刻，你在哪儿？若是有上帝，若是上帝给我一次选择的机会，我就选你。那荣华，那富贵，那高名，那一切，都不要。可这一生，由自己性子的选择，一次也没有。哪怕有一次，也成。可没有。这辈子，白活了。

白活了啊。莹儿的眼睛模糊了。

白福说:"妈说了,衣裳能穿了穿上。布,裹到腰里。"

莹儿的眼里涌出了泪。她明白,妈指的,是压她箱底的那几匹布。婆婆眼里,是它。妈眼里,也是它。两个妈眼里,都没她这个人。这世上,最好的,应是人呀。灵官,你这冤家,你跟她们,也是一路货。知道不? 啥前程,都比不上这个鲜活的人呀,冤家。这人身,很快就会从世上消失。那时,你的前程在哪里? 理想在哪里? 为啥不拥了这鲜活的身子鲜活的心,闹出段命运的销魂呢?

不想它了。该过去的,叫它过去吧。

莹儿胡乱梳几下头,照照镜子,里面映出憔悴的脸。她叹口气,扔下镜子,扔下梳子,亲亲娃儿,一咬牙,说:"走吧。"

"就这样走? 妈的话你不听?"白福说。

莹儿已跨出了门。

婆婆早如临大敌,守在门口,见她空手出来,如释重负。莹儿说:"妈,我去了。"婆婆说:"去吧去吧。"莹儿想:你咋不说早些来? 但妈不说,自有她的道理。莹儿捋捋被风吹到脸上的头发,向门外走去。

别了,院落;别了,小屋。

才出门,莹儿就一脸泪了,白福推了车子,跟在身后。那车子,踢零哐啷,招来许多目光。一人问:"莹儿,站娘家去吗? 咋没抱娃儿?"莹儿胡乱嗯几声,过去了。

这偏僻的村落,这遍地的溏土,来时这样,去时也这样。莹儿却变了。来时,她是黄花闺女;去时,她是寡妇;来时,心

335

里懵懂;去时,历经沧桑。只有一点是相同的:来时,无奈;去时,也无奈。

记得来时,也是个秋天,那辆破旧的汽车,载了她,把她从少女载成了少妇。那天,刮着风,风卷尘土,弥漫了眼前的路。记得她像做梦。此刻,何尝不是梦呢?那村落、黄沙、沙枣树,都成梦中的印象了。清晰的,是心头的伤口,不经意间,总要捞扯它。

莹儿想到那个夜奔的雨夜。那夜,她以为回到婆家,就挣出命了。谁知,还得回去。她自己奔了来,还得自己回去。妈,你总舒心了吧。这回,你没抢,是我自己回去的,你该会心地笑了。

"上车吧。"白福说。

莹儿跳上了捎尾架。风吹来,把头发吹散,披脸上了。就叫你披去吧。那形象,想来成妈说的破头野鬼了。啥也成,妈,只要你高兴,我当啥也成。人生,本无定形的,忽而得,忽而失,忽而人,忽而鬼。啥也成,妈,啥也成。

没娃儿多好,无牵无挂,想咋样,都成。这娃儿,成绳索了。不过,婆婆待娃儿心头肉似的,也没她牵挂的。妈曾劝她打官司要娃儿,莹儿做不出。人家死别了一次,再叫人家生离,莹儿做不出。明知道法律向着她,也做不出。何况,把娃儿交给婆婆,她是彻底放心的。

那起伏着孕育了无穷神秘的大漠呀,那和煦的夹着熟悉气味的漠风呀,那局促低矮而又美丽无比的村舍呀,那扭曲着身子却又充满无限生机的沙枣树呀,别了!

69

莹儿要出嫁了。

她像下山的石头一样,由不得自己了。心中的构划,本也美丽,但叫命运的风一吹,便稀里哗啦,一片狼藉了。

娘家准备了两床大红绸被儿,两个红油漆木头箱子。妈还请村里女人为她做了鞋垫儿和枕头。这些,是她的陪房,将随她到赵家。

那所谓的人生大事,实践起来,却也简单:割些肉,买些菜,请些人,扯个证——在赵家人眼里,这结婚证无所谓,但他们早替莹儿办了——再雇个车,拉过去,一入洞房,就生米煮成熟饭了。

生米煮成熟饭是最好的法儿,妈也知道。所以,在莹儿还在婆家时,他们就办好了所有手续,订婚和送婚是一次过的。赵家抱来了一万块票子。

天很晴。一大朵白云在远山上飘着。仅仅是一大朵,很白,也没遮了日头爷,反倒点缀了天的晴。亲戚们都来了,都兴高采烈。他们都满意这个前行的结果。那赵三,可是个富户呢。亲戚脸上也沾光了。所以一大早,他们就来了。一来,就敬了"礼",大多敬一百块。只礼钱,娘家就收了几千块。妈笑得没了眼睛。

莹儿木然着。她没哭,只呆坐在炕沿上,木了脸也木了心。

那泪,只在没人时才流。这泪,是自己的,流进嘴里,自个儿咽;咽到心里,自个儿噎;噎出病来,自个儿受。面对别人时,莹儿无语。语是没用的。啥语,也说不出心中的无奈。她对未来不再抱有希望。

真是无奈。这命运,竟如此强大而无奈。那惯性,左右了自己,不,裹挟了自己,一路奔去。一眨眼,已到另一个山坡了。她面对的,是再一次滚落。

那花儿,已懒得唱了。那花儿,只在心中溢了浓浓的情绪时才唱。现在,心里只有木然,只有无奈 —— 连绝望也没有。那浓浓的木,把啥都吞了。

妈忙颠颠的。妈很欣慰,妈把木然当默许了。那是妈的事。亲戚也诧异她的平静,那是亲戚的事。那当陪房的箱子红得耀目,但那是箱子的事。世界是世界,莹儿是莹儿。世界能裹挟了莹儿的身,但裹不了她的心。

亲戚们都在书房里吃菜,说笑声很响。娘家门上的菜很简单,仅仅压个饥。等会儿,赵家的车就来了。他们会风光地坐了去。对方的东家会接天神一样待他们。那时,七碟子八碗,由你们放开肚儿吃。

爹端来一碗烩菜,递给莹儿,叫她吃结实些。到那边,可没时间,又是典礼,又是敬酒,又是闹洞房,怕没个消停时间吃饭。莹儿也不搭话。爹不再说啥,怯怯地把碗放到炕桌上,退了出去。

书房里,传来妈很响的话:"吃,吃,不对亲戚是两家,对了亲戚是一家。别作假。吃不好了吃饱,可别饿着。"一个声音说:"吃啥饱? 吃饱了,那边的席哪里盛? 人家,可是海参鱿鱼呀。"妈笑道:"哟,我能和女婿比吗? 人家,拔根汗毛,也比我的大腿粗。我连毛也撕不上一盘子呀。"一个说:"啥呀? 丫头一过去,就是当家婆。稍稍拉你一下,就成肥尻子了。"另一个说:"就是。到时候,别把我们这些穷亲戚扔到脑勺子背后了。"

一屋子说笑。

莹儿取过镜子,照照。那脸,虽仍是黄,但叫新娘子的大红衣裳一映,倒比往常光鲜了些。她有些奇怪,咋没那种撕心裂肺的痛呢? 仅仅是心有些木。这木,是先前没有过的。也好,你木了,就叫你木去。怪的是,那灵官,也木成暗晕了。倒是那块鸦片很清晰,带在身上,老朝她笑。

新车子来了。一辆大客车,一辆面包车,一辆小卧车。车镜上,都挂着红红的被面子,红得耀目。莹儿还没坐过小卧车呢。上回,憨头娶她时,是个大汽车,车皮里拉客,她坐在驾驶室里。那时的感觉,也和现在一样。明明是自己的人生大事,却又觉得与自己无关。

上车了,小卧车的坐垫很软,莹儿觉得陷进去了。村里人都来看。娃儿们扑前扑后地叫。大人娃娃都兴高采烈。这可是喜事儿呢,为啥不笑? 妈边欢喜地招呼人们,边取来一把挂面。递给莹儿,说:"这是熟旧饭。回去,一定吃了。"

莹儿知道,这面代表她命中的禄粮,少不得。送亲的嫂子连忙接了。"知道,知道。"她说。

车开了。村里人都忙往路边让。几股尘土,从车后冒出,淹了村子，淹了村里人。那个日头爷却淹不了，还在当空叫呢。车子在日头爷的嗡嗡中上了大路。这路，不是车来时的路。新车子，开不得回头路，中途更停不得。和憨头那回，新车子坏在半路上，憨头也就半路里撇了莹儿。这事儿，仿佛很遥远了，又仿佛正在发生。那时，坐新车子的她，是个出嫁的姑娘。现在，成前行的寡妇了。中间，怕有好几年吧？咋觉得只是恍惚了一下？除了跟冤家的闹混，除了憨头带来的惨痛，便一片空白了。人生真怪，好长好重要的一段人生，回想去，仅几个片段而已。

车里，响着欢快的歌曲。一个女人唱："人的一生有许多回忆，只要你的回忆有个我。"心中有了，又能做啥？那心中，还是啥都没有的好。啥都木了，才好。若不木，此刻，说不定咋个丑态呢。木了，就只有木了。

赵家的大门上候一群人，见新车子一来，就噼里啪啦放起炮来，还燃起一堆大火。上回，没燃大火，只在门口放一火盆，放一水桶，叫车头转向东方。她下车后，先进火，后进水，再进人。后来，还是出事了。那水火，并没带来吉祥。

送亲的嫂子牵了莹儿，绕火堆转了三圈，再进庄门。刚进门，有人就往她头上撒面，这便是"白头到老"了。头上的面淋漓下来，把大红的新娘子服染白了几处。白了白去，莹儿也懒得去管。

院里人多，桌子多，凳子多，声音多，眼睛多。那视线，织成网了。莹儿穿过网，进了洞房。后面，追来白福的声音："这点儿钱，打发叫花子呀？"这是他近年来少有的理直气壮的声音。莹儿知道，白福在压箱子。东家们抬陪房箱子时，先得给白福压箱钱。少了，他不起身。东家就添，一直添到白福满意的数儿,他才起身,西客们才哗哗啦啦下车。

新房很阔,比当初憨头布置的阔出许多。头顶,有五颜六色的塑料拉花,墙上有五颜六色的画张,床上有五颜六色的床单。还有桌子沙发,就很阔了。桌上的大录音机在吱哇,声音很大。平素里,莹儿很讨厌大声。今天,心木了,你再大些也没啥。

那个穿一身蓝制服的胖子,便是赵三了。莹儿瞟过一眼,只觉得他脸上油晃晃的,长个蒜头鼻。此外,没啥印象……对了,声音很大,似乎比白福赢了钱时的炫耀还大。这很正常,有钱人都这样。以前,妈最讨厌这种声音,说它嚣张人哩。现在,妈很喜欢了,夸它是男儿气。

男儿气就男儿气去,莹儿也懒得管。只是想呕,头也有些晕,像吃了过多的感冒药一样。那晕,恍惚了心。眼前的一切,就有梦的感觉了。

婚礼也比前次热闹。捧场的多,调笑的多,观看的多,喝彩的多。东家们把毡折成二尺方圆,叫新郎新娘站,莹儿就站了。赵三反倒扭捏,惹得村人大笑。人群里,有她的女同学,以前,也清凌得不食人间烟火,现在,也像村里人那样笑着,却终于恍惚了。恍惚里,有无数大张的口,无数大睁的眼,无数大声的笑,都叫日头爷染上了嗡嗡声。

只希望,这节目,快些结束吧。她觉得很累,仿佛走了十分漫长的路,从里到外都乏了。真想睡过去,睡它个千百年。瞧,这眼皮儿,硬往一块儿粘呢。

一切都迷糊了。但出洞房前吞下的那块鸦片却醒醒地笑着……

341

70

后来的兰兰常想：在那个黄昏里，垂危的莹儿会是一种怎样的心情？

……想来，疲惫早拧成难解的网了。网里罩着狞笑。还有，命运的呼啸。还有……绝望……痴呆。呼吸已成了蚕丝，一丝，一丝，又一丝，悠悠地抽。怕要断了吧。……窗外的天空，也滚翻成乌云了。天，你是要满腹忧伤地向地面淋下无穷的愁雨吗？我如何把绝望和忧伤寄给你？

心是一派荒凉了。一切，成了灰色的影子，虚虚幻幻，若有若无。

泪缠缠绵绵地洒下，一阵紧似一阵。她不停地唤那个叫她心碎的名字。

这黑暗的、残忍的环境，是地狱吗？黑蝇在暗中冷笑，瘦妖在风里跳舞，寒流的尽头有一个洞穴，洞穴是嫉妒的女巫。

……母亲，为何苦苦逼我？真想碎了尸，把血肉掷还给你们，像那个叫哪吒的孩子。看着那鲜红的血，和撒了一地的肉，是不是才肯饶我？是不是还要纠缠？

生命，到尽头了！

我的心将永归沉寂，你们狞笑吧。我听见血在流淌……流淌吧……我的灵魂渐渐凋零，我的尸体正在冷却，我死不瞑目的、上帝的羔羊般的眼里没一束鲜花。为什么酷爱春天的情感,却总是这样纤弱?

瞧,魔鬼正为我钉棺材呢。涂满红漆……说是柏木做的,值钱,耐用。好,那我笑吧。瞧,我脸上的肉动了……别管我的泪,你只瞧扭动的肉就成……至于那点儿泪水,抹去就成。手一抹,或袖子一擦,就看不见了。柏木的棺材好。比白杨的好……比直接丢进火化炉里更好。可柏木的棺材莫非就不是棺材? 涂满红漆也罢,画上龙也罢,描上凤也罢,总是棺材。死了,还管棺材干啥? 美丽都不管了。爱情都不要了。棺材,总是棺材,盛的,总是一堆骨头。

啊,她听见棺盖揭开时吱呀凝重的声音。

母亲跳了出来。是你吗? 母亲。……你真是那被秋风吹得蹒跚的身影吗? 你真是那每每刺出我泪水的白发吗? 你真是不经意间注入我心中的沧桑吗? 你真是沙枣树一样弯曲的老树吗? 莫非,你真是堆满皱纹却依然灿烂地叫"莹儿——"的……那个……母亲?

你赤着脚,跳着舞,向我召唤:"进来吧! 亲爱的孩子! 这里面,是我亲手为你布置的春天!"

是的。母亲,我知道它是柏木做的,涂满红漆,值钱,耐用,暖和,好看。母亲,那我笑,总成吧。瞧,我脸上的肉又动了……别管我的泪,你只瞧扭动的肉就成……至于那泪水,手一抹,就没了。柏木的棺材好。母亲,我既然不能像哪吒那样剔肉还骨,就只好进棺材了。谢谢你,苦命的母亲。为了这柏木,又让你费心了。

明知道这是无间地狱,我还是欣然地进吧。母亲,我信你的话,我知道妈为我好。那么,就让我的灵魂,去诅咒自己吧。

我知道,不能涅槃的我,只有幻灭了!在无间地狱中,我将再次死去。

……为什么天使的影子那样罕见?为什么魔鬼的笑容那样频繁?

为什么我爱鲜花,却没人送我春天?为什么注定要充当魔鬼的月亮?为什么喝稀粥的曹雪芹注定孤独?为什么托翁要走向那个小站?冤家,我的冤家,来生,再告诉我吧。

棺材,近了。

魔鬼,请吧。

71

关于莹儿,凉州流行着许多传说。

有人说,莹儿死了,她并没走出那个秋季。这说法,虽说让许多人疼痛,但这是真实的人生。她这样的人,是不可能留在尘世的。所以,无论多少人希望她活,但谁都明白,追求完美的她,在这年头,是很难活下去的……这说法,有个强有力的证据:从那以后,沙湾人再也没有见过莹儿。只是,也没人发现她的坟堆——当然,要是她那样死了,娘家是不愿留坟堆的。

也有人说,莹儿被救活了,解除了那个婚约。在一个飘满黄尘的下午，历尽沧桑的她，终于走出了那个惨白的黄昏，也走出了那个蜗居在沙漠皱褶里的小村。人们都喜欢这说法，那年头，这是最叫人欣慰的说法了。都说，莹儿能走出命去。都说，莹儿带着盼盼，还有婆婆送还的那几匹压箱底的布——怪的是好些人留意了它——去找盼头了。都说，搜遍天涯海角，不信还找不到灵官。……不过，也有人担心，莹儿即使真的找到了他，她能找到的那人，还是不是她想找的"灵官"？都说，这年头，啥都变了，出去时是处女，回来时却成了婊子，那找到的灵官，还是灵官吗？

这时的凉州，除了白虎关外，很少有"都说"的话题了，这些"都说"，却风一样卷开了，仿佛那事儿，跟自己有关呢。

在莹儿住过的小屋里，兰兰发现了一张纸，是莹儿的笔迹。她不知道，这是莹儿写下的，还是抄来的——

明知那扇相约的窗下，已等不回你熟悉的影子了，但我还是禁不住伫立在那里，让我看看过往的风和过往的人；但或许还可以，还可以待到过往的你！

你不是来去无踪的风，也不是缥缈若幻的云，你是深深种在我心田上的珊瑚树，每个黄昏我用相思的甘露浇灌你，盼你在某一天拖着浓浓的绿意与我相逢在小屋里！

我早已说过想在这窗下种一棵树，那时的你笑得无所顾忌，说我的想法固然美丽，但这是过往的路，又怎么可以种树！那现在倒好了，我是一天天把自己深种在这里了，静静守候着相约的窗口和失约的你！

你为什么不随着黄昏的余晖从小巷深入，款款而至呢？要知道我总是在此时望断天涯在路口等你，等你温馨的一笑和雨夜在窗下亮起的那盏温馨的灯火。

……多想在清风夜雨里赶了去，与你说一夜闲话，说说在千年的路上怎样赶回来与你相会，听听我怎样坐破了五百个蒲团，圆了一千次梦，怎样走一次天涯，是为了一种心情！

扶着那小屋的墙角，兰兰泣不成声。

小屋很破了。小屋的墙皮已脱落，它在喧闹中沉默着，苍老了许多。

小屋依旧，墙角依旧，沙枣树依旧，只是不见了莹儿……不见了轻盈地劳作的莹儿，不见了临风伫立眺望伊人的莹儿，不见了用平凡的姿态站成一抹独特风景的莹儿，不见了从小巷尽头迤逦而来的莹儿……沧桑扑面而来。兰兰无声地哭着。

兰兰在静默中哭诉着……莹儿，能不能陪着你走？虽然我不够温柔。既然留不住你，便把遗憾盖上心头！出去的路太暗，想分你的忧，可又说不出口。还是留下悲伤吧，把你的希望带走。只是今生里，总会有牵挂的理由。

兰兰无声地哭着。……小屋，命运的小屋。可曾镶嵌着那份温馨？可曾延冉着那缕柔情？可曾保存了你的寂寞？可曾沉淀了你的孤独？

小屋，梦萦魂绕的小屋。……命中的木鱼，心灵的袈裟，前世的岩窟。

72

那个夜晚,兰兰独自漫步在通往沙漠的小道上,她想到了那个跋涉的秋季,想到了沙漠里发生的故事。一切都遥远而模糊。浓浓的沧桑扑面而来。

一切,真仿佛梦了。

留下的,仅仅是一线梦的痕迹。

此外,只有时间在喳喳地赶路。它从无始里走来,还将这样走下去。时间啊,何处是你的目的地?

莫非,你留给人间的,除几星耀目的火星外,真是个巨大的虚无?可那火星,也会成死寂哩。

莹儿,你在何方的世界里寻觅?谁徘徊在你的梦里?你可记得那沙漠的雨夜?你可曾翻阅那心底的秘密?可记得,那个叫盐池的所在,和盐池里发生的许多故事?

在那个万籁俱寂的夜里,清晰的,仍然是无常的脚步。有多少故事正在发生?有多少故事早已远去?前不见古人,后不见来者,念天地之悠悠,独怆然而涕下。

人生是什么?真是梦吗?真是无痕的春梦吗?

人生,真是巨大的虚无吗?什么是相对久远的永恒?

谁来指点我迷津?

谁来做我的明师?

谁能给我以清晰?

跋

《大漠祭》出版，到现在，有二十四年了。

《猎原》出版，有十一年了。

《白虎关》出版，也有十六年了。

老听人说，"大漠三部曲"有多好，但日子久了，我自己倒是忘了。

这段时间，我在早直播里带着大家读《白虎关》，连自己也感动了。

在《白虎关》里，有温馨的回忆，有人生的变故，有生活的重压，有豺狗子的围攻，有迷路时的彷徨，有希望破灭时的无助，有面对黑暗时的弱小，有无力或有力的抗争，有深渊中的曙光。

葛浩文、林丽君老师编译的"大漠三部曲"精编版 *Into the Desert* 在海外发行后，好评如潮。国内有些朋友就劝我说，要不，国内也出个中文版吧？

我想，也好。

于是，就有了这本《沙漠的女儿》。

读完这本书，你或许也有了读《大漠祭》《猎原》《白虎关》的念想。

我相信，阅读本书，也会能成为一个很好的缘起，让大家找到走出命运沙漠、心灵沙漠，战胜豺狗子的力量，进而激活生命的主体性，能在纷繁万变的世界中，在充满挑战和动荡的际遇中，得到一份如如不动的快乐和心安，找到一份灵魂自主后的清醒和通达。

最后，祝愿大家福慧双全，永远开心。

2024年2月7日

山东沂山书院

在一次颁奖典礼上的获奖感言

获奖不仅仅是一种荣誉，它更在提醒我们：文学拥有一种超越地理与情感边界的力量。确实，我们共有的人类经验既广泛又多样，并且始终紧密相连。

简而言之，《沙漠的女儿》是一个关于坚韧与希望的故事。作为获奖作家，我经常被问及这两位主人公背后的灵感来源，以及我是如何将她们塑造得如此鲜活的。实际上，她们的形象甚至秉性根植于我的内心深处，源于我童年的个人经历以及那些沙漠居民的共同经验。

《沙漠的女儿》也是一种隐喻。生活，就像是一片广袤的沙漠，我们每个人都身处其中并找寻着出路。这片沙漠，有时是现实生活中的困境，如失业、疾病或是社会压力；有时，它又是我们内心深处的挣扎与困惑，那份灵魂的彷徨、孤独，甚至是对人生意义的丧失和质疑。

在这个日益割裂与孤立的世界里，我希望《沙漠的女儿》能成为一座连接不同生命、寻求意义和陪伴的桥梁。这个奖项不仅扩大了这座桥梁的影响,也鼓励更多的人踏上这座桥,深入探索我构建的世界,并将主人公身上的坚持、勇气和智慧铭记于心。

2024年6月25日

附录：雪漠作品海外评论摘编

一、关于《沙漠的女儿》《女人与豺狗子》《女人·骆驼·豺狗子》

　　从文体角度看，我们特别欣赏雪漠作品的一点是，他不像许多现代作家和电影制作人那样，试图用光鲜亮丽或者华而不实的辞藻来打动读者。相反，他的作品质朴、凄美，并且始终围绕故事的核心人物展开叙述：他总是试图捕捉到他作品主题的脉搏。无论这些故事的主角经受了多么残酷或者非人的境遇，我们永远不会忽视人类的基本人性——包括他的弱点在内——莹儿和兰兰的命运在这个挽歌般的故事中互相交织到了一起。

——美国芝加哥洛约拉大学教授陈红、
美国伊利诺伊大学芝加哥分校教授王捷

　　雪漠一条西北汉子，写出了中国当代文学里少见的女性主义作品，对中国西北农村女性的生存状态多有反思。

——美国伊利诺伊大学香槟分校教授陈婧稜

莹儿和兰兰对抗自然力量的胜利本身就是一个时代的故事。雪漠对其引人入胜的刻画将使他成为描绘自然生存最好的作家之一。在中国当代文学中，没有哪一部作品能像这部作品那样，对沙漠进行如此准确和生动的呈现，包括它壮丽的景观、多变的个性，以及主宰生命的生与死的可怕力量等。

——美国亚利桑那大学教授李点

《沙漠的女儿》朴实无华的写作风格无疑是作家雪漠的个人风格与翻译家的选择相结合的结果。这种写作模式既避免了华而不实的描绘，又强调对场景、人物和情感的真实写照。它既增强了非线性叙事的清晰度，又同时反映了故事本身的美学和物理环境。此外，作家雪漠的对话技巧保留在人物的口语化表达中。这不仅与上述的特点相互呼应，还凸显了故事的真实性。

——美国诺克斯学院教授杜卫红

《沙漠的女儿》一书的描写时而惊心动魄，时而悲伤欲绝，时而扣人心弦，时而温柔舒缓，它总会让你惊喜连连。通读整个故事，我们能感受到顽固的实用主义与人物内心崇高理想之间的冲突。为了活下去，我们到底要丧失多少多愁善感？而当我们越来越失去内心的柔软时，活着又还有多少价值可言？《沙漠的女儿》巧妙地通过人性、同情心和偶尔的幽默来解答这个问题。

——美国作家、主持人詹姆斯·肯尼迪（James Kennedy）

雪漠是位全才的作家，作品题材涉及传记和哲学等。他曾说到身体固然很重要，但本质是幻化无常、稍纵即逝。我相信即使雪漠本人在沙漠中生活，也完全能活下来。《女人与豺狗子》对雪漠来说，应该是具有代表性的作品。你无法掌握命运，但你看得见摸得着的敌人却是你自己的身体。在这次长途跋涉中，我们就像小说中的兰兰和莹儿，我们开始自助，我们真的接近死亡，我们拿起一把步枪，里面装有……奇异的有觉知的子弹。当我们揭示它时，也许，就会明白……

——英国中文小说翻译播客知名播主
安格斯·斯图尔特（Angus Stewart）

我很荣幸能录制雪漠的作品，其中最触动我的是书中的主人公兰兰和莹儿，她们都是平凡而普通的女性，但却拥有顽强而伟大的生命力。当你读这书时，你会完全沉浸其中，你的心和她们的心时时联系在一起。当我录完此书时候，沉浸其中，三天走不出来，感觉就像度过整个人生。这本书很简短，但我花了四十小时以上的时间录完，我没办法读快。你不得不爱上你在读的内容，尤其是当你跟着书中的人物去旅行……

——BBC广播4频道主持人莎拉·林（Sarah Lam）

就我而言，我已经竭尽全力地给意大利语的大众读者，展示了雪漠有趣的思想和见解的最佳翻译版。我很期待能翻译更多的雪漠作品。我真诚地希望我们能参加德国的法兰克福书展，并最终与雪漠见面，我们会有很多可谈的话题。

——意大利翻译家保罗·马塞纳罗（Paolo Marcenaro）

《女人与豺狗子》让我想起了十三年前由导演 J.C.Chandor 拍摄的电影《一切尽失》，以及 John Curran 导演的《沙漠驼影》。影片反映了一个令人深省的主题：当一个人丧失活着的勇气时，则失去了一切。希望《女人与豺狗子》有一天也可以拍成电影。

——Sodalite Productions 公司制作人

尼古拉·克莱顿（Nicola Clayton）

《女人·骆驼·豺狗子》这个故事看起来很简单——两个女人骑着两只骆驼穿越沙漠，到达盐田。然而，它却远不止这些。这是一个关于生存的故事，探测生命的极限，精练，非常接地气。

在故事的开头，我们就遇到了豺狗子，但它们的印记始终伴随着我们。在没有听到这个故事之前，我对豺狗子一无所知。然而，雪漠打开了一扇走进豺狗子和整个沙漠世界的窗。如果我迷失在沙漠中，我现在就知道该寻找什么样的植物求生，该远离哪类动物。我更加了解骆驼和骆驼的忠诚，还有沙漠的美丽——山脉、群山、清凉的黎明、闪烁的星星，以及日头爷下山后周围充满的危机，又何以在深夜安然自若。

然而，随着两个农村女子的生活帷幕拉开，故事更精彩丰富。我们听到生命个体的想法、个人的忏悔。故事的书写和揭示的方式十分漂亮。

——英国评论家罗珊娜·索南伯格（Roseanna Sonnenberg）

二、关于《大漠祭》《雪漠小说精选》《猎原》等

看雪漠的作品，对我们来说是全新的阅读经验，翻译他的小说也是全新的体验。雪漠的小说充满西部狂野风味，透着甘肃的人情风俗。从中我们可以体验到沙漠的力量，既有摧残生命的无情，也有大漠无与伦比的美。每当读到大风刮起时，几乎可以感受到沙砾打在脸上的疼痛。把雪漠作品介绍给英文世界的读者，能向他们展示真实的中国西部。

——美国汉学家、翻译家葛浩文（Howard Goldblatt）、
林丽君（Sylvia Li-Chun Lin）夫妇

雪漠老师通过他的作品，给我们介绍了中国西北农村的当代生存，包含着物质的生存、精神的生存、自然的生存、文化的生存。永无止境的沙漠的黄色甚至染上天空的黄色，远离一切，有时甚至远离上帝，天天都在考验人的反抗能力、生存能力、欢笑能力。

雪漠老师提醒我们："我不想当时髦作家，也不想编造离奇故事，我只想平平静静地告诉人们，我的西部农民父老就这样活着，活得很艰辛但他们就这样活着。"

如果西语读者想进一步了解中国西部人民怎样活着，请看已翻译成西语的《雪漠小说精选》和《大漠祭》！

——墨西哥汉学家、翻译家莉莉亚娜（Liljana Arsovska）

在过去的二十年里，汉英文学的翻译给我带来了巨大的回

报。我认识了许多杰出的作家及其作品,并在中国文坛结交了很多朋友。我很荣幸有机会向英语读者介绍雪漠先生的小说,为英语读者打开一扇中国文学的窗口。

——英国汉学家、翻译家韩斌(Nicky Harman)

在德语国家,特别是在德国,翻译理论可能是世界上最发达的。翻译跟哲学有关系,你搞翻译的时候,你要变身为哲学家。雪漠不光是一个作家,同时也是一个哲学家,为什么呢?因为写作需要思考。

——德国汉学家、翻译家顾彬(Wolfgang Kubin)

从古至今的文学作品,在模仿的同时也出现了许多新模式,例如古希腊剧作家阿里斯托芬在他的作品中表达了一些惊人的术语和箴言,他认为男人的领地是战争,女人的领地是和平。在这种思想影响下,他的话剧和戏剧往往倾向于挑战既定秩序,而这种秩序基本上是存在于男性与女性之间。女性力量的独特作用既是文雅的,又是和平的,贯穿了我们世界上所有的文明,而令人惊讶的是,雪漠老师的文学直觉与古老的欧洲文化产生了强烈共鸣。

——中法文化交流协会主席、法国翻译家安东篱(Antonia Finnane)

我们个体的现实,我们割裂的经验,可以跟这个世界其他的现实碰撞,与其他许许多多人类的生活碰撞,他们的生活与我们如此不同,却又如此真实。伟大的文学作品实现了这种碰撞,打开了一扇大门,让我们看到其他人的人生。雪漠的小说正是如此。

——墨西哥著名作家阿尔贝托·奇马尔（Alberto Chimal）

雪漠有关沙漠的作品对城市化的反思，对金钱的贪婪、危机感的存在等主题的探讨，其文学价值与诺贝尔文学奖获得者勒·克莱齐奥的作品《沙漠》不分轩轾。

雪漠小说的创作背景是西部大漠，这是他本人生长的地方。他是中国少数写大漠与人之关系的作家之一。"大漠三部曲"包括《大漠祭》《猎原》《白虎关》三部小说，被认为是当代西部文学的标志性作品，写尽了 20 世纪末西北沙漠地区农民贫困且严峻的生活现状，并对传统的农耕文明进行反思，更呈现出农民在传统与现代工业化转型期中所面临的危机与挑战。雪漠真真切切地写尽了正在变化着的西部，其中老百姓种地、吃饭、换亲、偷情、吵架、看病、感受死亡的悲叹与虚无的生活面貌，巨细靡遗地被揭示出来。

——美国西北大学教授林秀玲

我看了雪漠的作品，不得不说令我印象深刻。他是一个相当高产的作家！

——瑞士图书代理协会会长约恩·伯纳德（Yoann Bernard）

再一次表示，真的很喜欢我们的采访，雪漠唱的"花儿"很好听！雪漠是一位很有潜力的亚洲作家。

——美国资深电台主持人，艾美奖得主凯特·德莱尼（Kate Delaney）

中印文明之间的交流源远流长,越来越多的中国古典文学与现代文学作品被翻译成印度语,中国文学逐渐为印度读者所知。希望未来能翻译雪漠先生的作品,把其作品介绍到印度,希望通过自身的努力为加强中印两国文化交流、友好关系做出贡献。

——印度尼赫鲁大学中国与东南亚研究中心教授狄伯杰(B.R.Deepak)

雪漠先生的遣词造句与字里行间都让我十分着迷。他的作品与众不同,风格独特,非同凡响。通常在他创作的小说中,人物形象生动饱满,个性突出,跃然纸上。读者每时每刻都能够与故事人物产生心灵的共鸣。他静默的文字甚至比声音更洪亮,更充满生机。我发现雪漠对人物内心世界的描写非常细腻而鲜活,换句话说,他对人类的心灵和精神有很强的驾驭能力。

我很荣幸能将他的一些小说作品翻译成尼泊尔语。只要我一趴在书桌上翻译他的作品,就会觉得我和雪漠先生是心意相通的。那段时间让我从多方面了解到了他的生命历程。在我看来,他不仅是一位备受尊敬的中国名人,更是一位独树一帜、与时俱进的学者。我想这也是他的谦逊和慈悲使然。一直以来,我都感觉与他联系很紧密,相处很自然。

——尼泊尔语翻译家马拉(Malla K.Sundar)

很荣幸能认识中国著名作家雪漠先生。他在自己的作品里,讲他的经历,讲他的感悟,这本身就代表着在贫困生活中成长起来的一颗强大的内心。他的成长故事,他的教育理念,他的精神追求，穿越时间，穿越地理，穿越国境，具有一定的普世性。雪漠先生有很强的道德观，他的写法直率，故事举例如真，语言简单明了、通俗易懂，深受尼泊尔读者的欢迎和喜爱。

——尼泊尔特里布文大学孔子学院尼方院长巴尔穆昆达·雷格米
（Balmukunda Regmi）

雪漠以有趣的风格描写了中国西部的生活故事。从其作品《雪漠小说精选》和《无死的金刚心》中，可以看出雪漠似乎有第三只眼睛，始终观照着人生百态。

——尼泊尔特里布文大学文学系博士生导师哈里·普瑞赛·思尔沃
（Hari Prasad Silwal）

雪漠先生的作品充满丰沛、饱满的大爱，展示了真实的人性。在粗粝的生活之下，一个个充满复杂矛盾性格的人物跃然纸上。在群像之上，我们看到了一个与众不同的精神世界，那个精神世界在中国是独一无二的，更不用说在世界范围内。雪漠作品充满了对存在、对生死、对灵魂的追问，充满雄壮、壮阔、浩瀚干涩的力量，同时充满了和风细雨、丝丝入怀的关怀，充满了享受，也充满了未知。你永远猜不到结局，因为他的作品都是开放的，这又给读者无限想象的空间。

——韩国翻译家金胜一（Kim Seung il）

雪漠有极高的讲述故事和表达思想的天赋，翻译他的书对我们来说真是一份荣幸。我们享受出版过程中的每一步，很高兴能出版如此优秀的作品。希伯来语的读者渴望了解更多东方文化，《雪漠小说精选》恰好以有趣和迷人的方式满足了读者的需求。

——以色列eBook Pro出版社文学经纪人丹尼·塞拉斯（Dani Silas）

从第一次读到《雪漠小说精选》那一刻起，我就被深深吸引住了。我读到了很多我不知道的地方，了解了我从未了解过的历史时期，以及我从未了解过的人。

雪漠慢慢地带领我走进他们的社区，了解他们的房子、他们的家庭、他们的传统和他们的日常生活。通过他描述性的文字，我可以想象出他们的面孔、服饰以及他们房子内部的样子。这些描述是如此生动，以至于我能想象自己正在观看一部电影。然后，雪漠向我展示了他们的想法和希望，而我仿佛也能够触碰到他们的心灵。

雪漠从来没有试图美化他们的生活，他写的人不是超级英雄，甚至不是英雄，他们只是在应对将他们带到现在这个境地的环境。然后我意识到，我认识这些人，他们生活在世界的另一端，在我从未听说过的地方，但在他们的内心深处，他们只是普通人。有时他们会感到孤独，有时他们会感到幸福，有时他们会感到悲伤。他们有时愤怒，有时富有同情心和爱心。非常有人情味，就像我、我的家人、我的朋友和我的社群一样。

了解他们的内心后，我能够深深地与他们产生共鸣，直到感受到他们的心与我的心相融。实际的物理距离消失了，我感觉自己就在那里，在中国，与故事中的人物在一起。

在阅读这些故事的过程中，我还经历了另一个神奇的事情。

突然间，我回到了故乡阿拉德，我深爱的那个位于沙漠中的小城镇。

我可以闻到空气的味道，我可以感受到风拂过我的脸，我可以感受到阳光的炽热和我脚底沙子的触感。我不仅仅是在读一个故事，我身临其境地进入了故事中。

读完雪漠的故事后，我觉得必须把它们带给以色列的读者。正是通过读书，我们才能了解我们素未谋面之人的文化、传统、思想和希望。

对于以色列人来说，对中国的描述大多是以数字、统计、政治、商业和地理术语为主。但是如果我们想了解人们的内心，我们就需要从书籍中寻找答案。

通过把《雪漠小说精选》翻译成希伯来语，我们将其介绍给希伯来语读者，让他们像我一样享受阅读。

——以色列 eBook Pro 出版社联合创始人、童书作家塔莉·卡米（Tali Carmi）

很荣幸能翻译雪漠先生的作品《雪漠小说精选》和《凉州词》。作家雪漠是一个讲故事的高手，翻译雪漠的作品是一种享受，有幸能读到这些有趣的故事。

——叙利亚阿拉伯语翻译家福阿德·哈桑（Fouad Hasan）

至今为止，在我读过的所有中国作家中，我觉得雪漠先生的写作最为独特和变幻莫测。这一点，不难从他对中国社会文化生活的生动描绘和发人深省的写作方式中辨别出。

我觉得每个人都应该读一读他最新的译作《雪漠小说精选》，特别是印度读者和印地语读者群体。这是因为作者在书中提供了诸多了解中国城市和农村的不同视角。由于诸多因素，大部分印度人对中国社会以及中国人的生活一无所知。因此，对于自己能读到这些故事，并借此了解到与印度相若的中国社会生活传统和习俗，我感到由衷幸运。

在阅读他写的故事时，虽然有时我会感到非常不安和难过，但好在故事结尾总让我生出一线希望。这本书由四个故事集合而成，分别是《新疆爷》《美丽》《深夜的蚕豆声》《豺狗子》。第一和第二个故事容易让人情绪起伏、陷入浓浓的悲伤中。第三个故事《深夜的蚕豆声》不但展示了一个新世界，让我们从中发现人身上极为残酷和罪恶的一面，而且显示了人如何彻底堕落为野兽的过程。这个故事有一种超现实主义色彩，有时也有近乎魔幻现实主义的味道。作者的想象力纵横无碍，整个故事的叙述始终揪住读者的心。在最后一个故事《女人·骆驼·豺狗子》中，强大有力的叙述语言让读者仿佛置身于主人公莹莹、兰兰以及骆驼和豺狗子之间，并同她们一起进入那广袤无垠的干旱沙漠。然而，即使在极端时刻，生命的柔韧仍然会显现，奇迹也仍然会发生。

读完他的小说精选后，读者不难发现这位中国作家的叙事方式不但与众不同，而且极具想象力。我希望这部作品的译本可以赢得广大的读者群，并得到喜欢阅读创意写作的人的推崇。

——印度出版人拉胡尔·夏尔马（Rahul Sharma）

在雪漠的故事中，能够读到很难被挖掘的残酷现实与浓缩的人类情感之间的平衡。这很少见的！故事的核心是家庭、婚姻，以及一些令人心碎的悲剧，表现出雪漠极高的敏感度和社会洞察力！他的故事就像在时间的岩石上记录的炽热铭文，从中可以寻找人类的精神来源。

——印度作家兼评论家班杜·库什瓦提（Bandu Kushwati）、
青年作家希万吉·米什拉（Shivangi Mishra）

近年来，尼泊尔读者开始对中国作家雪漠的作品产生了浓厚的兴趣。他的短篇小说集《雪漠小说精选》尼文版，由Malla K.Sundar先生翻译，Book Hill出版发行，已在加德满都及其他城市的书店纷纷上架。

这本书通过四个短篇故事，为读者展现了人类精彩的生命历程，甚至称得上是磨难的诸多考验，以此呈现了人类博大的精神、哲学世界及独特的文化生活。这部作品蕴含着雪漠对生命意义和价值的深刻理解。

此外，还有书信集《见信如面》尼文版，由萨尔波塔姆·什雷斯塔（Sarbottam Shrestha）翻译，已在尼泊尔出版发行，深受读者们的喜爱。此书以男女主人公凄美的爱情故事为主线，诠释了人类灵魂寻觅的过程，直抵爱与信仰的本质。

雪漠是中国当代最优秀的作家之一，他著作等身，作品涵盖了文化、文学等领域，尤为难得的是，呈现了中国独特的西部文化。与中国东部相比，世界对中国西部知之甚少。因此，通过阅读雪漠的作品，读者对中国文化有了新的认知和了解。

——尼泊尔知名记者、英国文学硕士尼拉·罗克（Niraj Lawoju）

韩斌翻译的《雪漠小说精选》是一本以丝绸之路为背景的故事集，探索了爱、信仰、生与死。前三个故事描述了农村人的生活和关系，并提供一个当代的视角来看待谣言、痛苦和遭遇的影响。最后一部中篇小说是两个年轻女子与骆驼、豺狗子穿越沙漠的生存故事。

——英国利兹大学利兹新汉语写作中心
（The Leeds Centre for New Chinese Writing）

《母狼灰儿》最打动我的地方在于真实。我认为小说对自然场面的真实描写，时常让我有身临其境之感，总能让我领悟到人来自自然这一事实，因此，我觉得自然鲜活的描述是本书最大的特色。此外，书中关于中国西部大漠风光的描写，对于一直生活在山谷之间的韩国读者，非常具有吸引力。它不但能在读者阅读时将他们渴望了解的东西进行呈现，而且会给他们的心灵注入营养。

——韩国翻译家文炫善（Moon Hyoun Sun）

翻译《拜月的狐儿》对我是一次独特的体验，书中博大深邃的东方智慧，以及浓墨重彩的小品意象都让我深深着迷。尤其在品读和翻译文中的诗句时，我多次被作者迸发的真挚情感深深触动。正如一个美国记者所说："通过一个中国作家的作品，是了解现代中国的最好途径。"

——罗马尼亚翻译家鲁博安(Constantin Lupeanu)

　　《见信如面》是雪漠先生的一部长篇小说《无死的金刚心》里的三十六封情书部分，集结汇编成为一本独立的文学作品，其中五分之四是以尼泊尔加德满都山谷的一位女性人物莎尔娃蒂的名义，写给她在加德满都相识的一位来自中国藏地的修行人的情书。她的情书中，除了她自己的心理情感部分，当时加德满都的物质环境、节日、宗教仪式等也栩栩如生地描绘了出来。雪漠先生来过加德满都多少次，在这里居住过多长时间，有关这里的传统文化知识是谁传授给他的，这些我不太清楚。但把一个不是自己生活的地方作为背景，将历代的事情以小说呈现，绝对不是一件容易的事情。将这样的小说翻译成当地人民能懂的语言，需要很大的勇气，雪漠先生有这样的勇气。

——尼泊尔翻译家萨尔波塔姆·什雷斯塔(Sarbottam Shrestha)

　　您的手稿在最新的编辑委员会会议上，当我们讨论它的出版潜力时，引起了我们的注意。我们阅读了所有的报告并听取了编辑们的意见，可以自信地说，您的作品是极具趣味性的读物。评委会对《猎原》特别感兴趣。这是一本奇妙、迷人而又充满刺激的书，无疑会吸引广泛的读者。手稿得益于一个强大的、令人难忘的开头，可以立即吸引读者跟随主角们不可预测的线索阅读下去。评委会相信您强大、独特的写作风格和您高超的文学功底，能够吸引读者一直读到最后。

——英国奥斯汀麦考利(Austin Macauley)出版社